1

李筝◎著

二十一世纪出版社
21st Century Publishing House
全国百佳出版社

图书在版编目（CIP）数据

三生烟火 ① / 李筝著. -- 南昌 : 二十一世纪出版社, 2014.3
ISBN 978-7-5391-9121-8
Ⅰ. ①三… Ⅱ. ①李… Ⅲ. ①言情小说—中国—当代 Ⅳ. ①I247.5

中国版本图书馆CIP数据核字(2013)第290029号

三生烟火① **李筝 / 著**

策　　划 张　明
责任编辑 张　宇
出版发行 二十一世纪出版社
（江西省南昌市子安路75号　330009）
www.21cccc.com　cc21@163.net
出 版 人 张秋林
经　　销 新华书店
印　　刷 北京中印联印务有限公司
版　　次 2014年3月第1版　2014年 3 月第1次印刷
开　　本 720mm × 1000mm　1/16
印　　张 15
字　　数 270千
书　　号 ISBN 978-7-5391-9121-8
定　　价 22.00元

目录

Contents

第一章 邂逅

叶纤雪抱着刚刚从图书馆借来的书走出崇文院。

实在太无聊了，看点书打发时间吧！她实在很怀疑，不，她几乎能肯定，这个时空历史上那个大秦的亡国妖妃柳氏子衿与大靖的开国摄政王妃，后来被晋封为端敬懿太后的聂氏云桥，都是穿越来的。那些制度改革，阿拉伯数字，绝对是从前的时空才有的东西。

她要好好研究一下，人家是怎么在古代混得风生水起的？为什么她无论做什么都得藏着掖着生怕人知道呢？

唉，记得从前有人总结过，说穿越女十个有八个都要和皇帝扯上关系，剩下两个要么跟了武林盟主的，要么跟了王子巨贾。还好她穿过来的时候已经没有皇帝了，武林盟主也没有了，大不了两个南北军阀头子罢了。嗯，她还是喜欢自由自在的生活，平凡一点，或许真的还能找到一份属于自己的爱情呢！想起爹爹和妈妈那份恩恩爱爱相濡以沫的深情，她就觉得好幸福好羡慕啊！

“砰！”叶纤雪看着天空中飞舞的传单和落在脚边的书籍，神智终于回到现实中。真倒霉，她不过就是出神了一下下么？竟然就被人撞了。可恶，这个男人不长眼睛的么？叶纤雪冷冷地瞥了对方一眼。长得倒是不错，不过看性格莽莽撞撞的，多半没有什么大出息。

“抱歉！”周敬煦微微一怔，道歉的话已经脱口而出了。他心中本来也颇为恼怒，这个女人究竟是走路不长眼睛还是故意撞他的？唉，现在的女人越来越没有羞耻心了，虽然他也是支持解放女性思想的，但也不能将人性的自由当成无耻的借口吧！那些女人为了接近他，可以说是无所不用其极。

不过，这个女人似乎跟自己以前碰到的女人不一样，她看着他的目光竟然没有丝毫的羞涩与喜悦，反而自然中透出些冷漠和几许恼色来。看来，人家不是故意的了。

周敬煦将地上的书捡起来递给她，匆匆扫了一眼书皮，似乎都是些历史和野史之类的书籍。“对不起，但愿没有摔坏小姐的书。”周敬煦对着叶纤雪点点头，客气了一句，然后就再次蹲下身捡自己的传单了。

叶纤雪低头检查了自己的书，稍事整理了一下，便迈步离开。因为满地都是传单，她不可避免地踩了好几张才走出去。

“你……”周敬煦眼看自己的传单被踩，恼怒地瞪着叶纤雪头也不回的背影，却猛然发现她跟自己从前见过的女人全然不同。

这名女子身穿洋装，却将头发高高束在后脑勺上，直直地披泻下来，刚刚扫到肩颈，使得整个人看起来非常清爽利落。

第一次，周敬煦对一个女子好奇起来。他禁不住细细回想那个女子的每一个动作每一个表情，这才惊觉那个女子是多么与众不同。虽然现在很多人穿洋装，但没有一个人有她穿得自然而洋气，就是那些真正的洋人也不及她的气质。

他还记得那张不施脂粉的脸上有一双特别的眼睛，仿佛藏着神秘莫测的智慧，让人望不到底。那个女子的容貌在他看来只是一般，但加上那双眼睛，却立即让她平凡的容貌生动起来，灵气逼人。

那个女人究竟是什么人呢？他怎么不知道学堂里有这么一个奇怪的女人？

叶纤雪回到家，刚刚迈进二门，就听一个女人懒洋洋的声音拖长了调子说：“哟，看看，这就是咱们家那个天才三小姐么？瞧瞧这穿得不男不女的，长得丑也就罢了，还出去抛头露面，真是丢咱们叶家的脸啊！”

叶纤雪淡淡地扫了对方一眼，不急不缓的步子没有丝毫迟疑地走了过去，临近跟前才道：“借过。”

对方眼看叶纤雪都到跟前了，不想撞上她，反射性地退到一边。然而就在错身而过的那一霎那，叶纤雪嘴角微微一扬，轻声道：“果然是好狗不挡道，谢谢！”

“叶——纤——雪！”女人喘着粗气咬牙切齿一声吼叫，丰满的胸脯剧烈地上下起伏着，腰间的肥肉一颤一颤的，吓得院子里大树上的小鸟差点从窝里掉下来。

叶纤雪淡然地回头，抱歉地一笑道：“大伯母不必如此大声的，怎么说咱们叶家也是书香世家，当家主母在府中如此咆哮，实在有些难看呢！”说完转身就走，丝毫不理会身后那个肥女人有没有被气得心脏病发。

叶家是前朝贵族，书香世家，祖上曾经出过三个状元，只可惜这些年来已经逐渐没落了。刚才那个女人是她的大伯母，一个大商户的女儿，据说大伯当初之所以肯娶她，就是因为看上了她的陪嫁。不过，大伯真是个好人，难得的好人，眼光也看得透彻，只可惜书读得太多，愚忠愚孝，被老爷子押在方框里被一堆规矩束缚得死死的。

“小姐，你回来了！”一个梳着两条马尾的小丫头笑着跑了过来，很自然地接过叶纤雪手中抱着的几本书，叽叽喳喳地说，“大夫人去二门口找你麻烦去了，夫人很担心呢！”“那头肥猪又肥又蠢，尽管屡败屡战，但如何是我的对手？”叶纤雪心情很好，大步走进西院。远远地，就看到母亲在门口张望着。

“妈妈！”她飞快地跑过去，满脸灿烂的笑容。

“慢点跑，别摔着了。这孩子……对了，回来的时候看到你大伯母没有？蜀宝说她一直在二门口堵你呢！”崔月眉担忧地将女儿上上下下看了一遍，还是不放心地问：“她没有为难你吧？”

叶纤雪抱住母亲便凑过去亲密地贴着脸颊亲了亲，仿佛许久不见。而事实上，她不过才出去了三个小时。

“呵呵，妈妈，我都跟您说了多少遍了，没有人能欺负得了你女儿的。放心，放心，她以前欺负我们的账，我会慢慢讨回来的。妈妈，我饿了，有好吃的没有？”叶纤雪挽着母亲的胳膊，撒娇了一阵，立即转移话题。

“我刚做了莲子糕，你昨晚说想吃的。”崔月眉轻轻抚摸着女儿的手，觉得自己一定是天底下最幸福的母亲。她的女儿聪明贴心又孝顺，满天下也找不出第二个了。

“妈妈最好了！”叶纤雪歪着头在母亲肩上蹭了几下撒撒娇，又道，“妈妈，您是天底下最好的妈妈了，雪儿一辈子都不要离开你。”

“又说傻话了。虽然妈妈舍不得你，可是女儿长大了总要嫁人的，妈妈可不能耽误你一辈子的幸福。只是……”

说到这里，崔月眉暗自叹息了一声，按照家族的传统，女儿的婚事她和丈夫都做不了主，得老爷子说了算。而且长幼有序，大伯家的两个女儿还没嫁人呢，白白把自己的女儿也耽误了。说起他们家的大小姐和二小姐，今年一个十九，一个十八了，可是高不成低不就的，这要拖到什么时候啊！

“我才不要离开爹爹和妈妈呢！雪儿要一辈子都跟你们在一起！就是嫁人了，我也要三天两头跑回来吃妈妈做的糕点。”叶纤雪娇俏地扬着下巴，眸中喜悦的神采让整张小脸立即变得生动可爱起来。

“哪有嫁人了还总往娘家跑的。你这孩子，可千万别任性。”虽说自己的女儿自己是怎么看怎么好，但崔月眉还是有些担心，女儿的性子可是有些倔强呢！

“呵呵，妈妈您太操心了，你女儿这么可爱，一定可以找一个和爹爹一样温柔体贴的男人，他不会束缚我，会跟我一起回来探望你们的。”这是叶纤雪理想中的男人，跟爹爹一样，不用太有钱，不用太英俊，只要对妻子温柔体贴忠实可靠就好。

“不害臊！”崔月眉刮刮女儿的鼻子，忽然想起常到家里来的那个男孩子，虽说家境不太好，但老实沉稳又上进，如果女儿愿意，甚至还可以招为上门女婿，这样一来他们一家就真的不用分开了。嗯，这个主意好，今晚跟丈夫好好说说，萧明远那孩子的确不错。

周敬煦回到家，正要往自己屋里去，就听一个威猛的声音：“站住！进来！”周敬煦脚步一滞，缓缓转过身来，耷拉着脑袋走进大厅，暗道今天可够倒霉。“爹，您回来了！”跨进门坎，周敬煦脸上已经带上了十二分的灿烂笑容。

“这次出去，一切顺利吧？南方热不热？”周明翰不为所动地眯着眼睛看着他，冷冷地问道：“这段时间在忙什么？又跟着那些同学宣传什么救国理论去了？”

“爹，您不觉得这是一件很伟大很有意义的事情么？作为当代文化青年，我们应该以救国救民为己任。爹，您从小就教导我要有理想、有志气。”既然爹爹都知道了，周敬煦也就只能想其他的办法了。

“救国救民？我看你就是整天太闲了，竟跟着那帮穷鬼瞎搅和。你要把老祖宗留给我们的家当，全都拿出去共有平分了，你才高兴是不是？你现在的首要任务是赶紧给我娶个媳妇回来！”周明翰越说越怒，他五房妻妾，就这么一个儿子。小的时候还觉得他喜欢读书有出息，没想到书读得越多脑子越不灵光，竟然跟那些平民子弟一起搞什么救国运动，现在他甚至宁愿儿子喜欢吃喝嫖赌，也好过如此“爱国”。说到这里，周明翰似乎还不解气，又用拐杖指着周敬煦继续骂道，“真是书读得越多越没出息！家族供你吃供你穿，让你进学堂读书，你就是这样回报家族的？若是没有你爷爷和我辛辛苦苦在外打拼，你能有现在这份闲心忧国忧民？恐怕早就饿死在街头了！”

“爹您别动气，气怒伤肝，您小心自己的身体。儿子知道错了，毕业以后我就跟着您好好学做生意，一定把我们周家发扬光大。”

周明翰听到这里，心火总算平息了些。虽然儿子整天想着救国救民的不务正业，对他这个爹还算孝顺。

这时，周敬煦又道：“爹，您看儿子今年才二十二岁，年纪也不大，不用这么早成家吧？不如让儿子跟着您跑两年，好好学做生意，然后再谈成家的事？”

周明翰眼睛一瞪，怒道："二十二了还小？你爷爷像你这么大的时候，你爹我都会走路了！我像你这么大的时候，家里都娶了三个女人了。你倒好，到现在一个女人都没有，你妈好心给你安排了两个通房丫头你还不要！你倒是给老子说说看，喜欢什么样的女人？以咱们周家的财势，什么样的女人找不到？其他的爹可以不管，可你是我唯一的儿子，你就得给我们周家开枝散叶！"

周敬煦低着头一副虚心受教的样子，心里却着急万分。让妈妈给他挑个女人？京城上流社会里那些所谓的"大家闺秀"他又不是没见过，一个个就跟没见过男人似的，看着他就脸红，却又一再偷看，想起来就觉得腻烦。跟那样的女人过一辈子有什么意思？

就为了生孩子？

这时，周敬煦忽然想起今天上午在崇文院外面碰到的那个女子。清爽利落，容貌虽不出众，但那双眼睛极具灵气，最主要的是，她没有因为自己的容貌而对他多看一眼。如果能娶这样的女人为妻，或许还有点意思。

"爹，我的婚事能不能由我自己做主？"周明翰诧异地瞪了他一眼，看着儿子若有所思的样子，忽然笑了。"老子还当你不开窍呢，怎么，有喜欢的女人了？不过咱们丑话说在前头，以咱们周家的身份地位，门不当户不对的你要弄家里来也不是不行，但只能做小。那些不三不四身份低贱的女人肯定是不能做正妻的，你心中得有数！"

"她的出身应该不差吧？"周敬煦想起叶纤雪的打扮，能把洋装穿出那样自然和谐的味道来，绝不可能是小门小户的女儿。而且看那气质谈吐，显然也是见多识广的。

"哪家的？"周明翰立即来了兴趣。毕竟就这么一根独苗，虽然平时骂得凶，其实也疼得紧。见儿子真有了心上人，他也好奇。只要不与家族利益冲突，他都可以竭力满足儿子的愿望。

周敬煦摇摇头，神色有些微恼的窘迫。"今天在学堂里见过一面……"

"哦？"只见了一面就动心了？周明翰猜测道，"绝色？"

周敬煦再次摇摇头："她容貌只是一般，但很有灵气。爹您先不要管，我只是觉得她有点特别而已，并不是……"

周明翰了然地点点头，以最大的宽容道："爹明白了。我暂时不管你，不过半年之内，你自己要是没有找到合适的女人，就让你妈帮你选一个。"

周敬煦点头应下，脑子里再次闪现出叶纤雪的身影，奇怪的是，对讨个老婆这件事，竟然没那么排斥了。明天，他是不是去学校打听一下呢？那样的女子，见过她的人都应该印象深刻吧？

第二章 密室交手

难得又是一个周末，叶纤雪依旧一身洋装带着丫头蜀宝去教堂。

叶家是书香世家，笃信佛教，但谁都想不到家族里多年不遇的“天才”竟然是个天主教信徒。而纤雪真正的目的地也并不是教堂。从教堂进去，叶纤雪将蜀宝送去这里承办的孤儿院当义工，她自己却在埃里特神父的掩护下，换装坐汽车出城。

现在国内汽车很少，整个京城不到十辆，她乘坐的这辆是德国产的，大名鼎鼎的朋驰。可惜这个时代的汽车在她看起来实在是……也就比目前普遍使用的马车好一点吧！四年前，她已经将自己对汽车的改造方案通过德国驻华使馆的大使舒马赫传回朋驰公司。当然，她只是提出了一些目前在汽车制造基础上的可行性建议，具体的改革方案是朋驰公司来人双方洽谈以后才合作改进的。

前世的她拥有过好几辆车，对汽车可算是相当熟悉了。只是现在工业发展水平还是太低了些，叶纤雪在研究了那些“老古董”之后提出的建议虽然好，却很多都是无法实施的，但尽管如此，她已经是朋驰公司的特聘设计师了。根据她的意见正在改造的新款汽车尚在研制中，正式投产后会在第一时间给她运一辆过来。其实朋驰公司一直在争取，希望她去德国定居，不过她始终没答应。

汽车在颠簸的马路上行驶了一个多小时，才停下来。

“艾莉丝小姐，请下车。”

一个金发碧眼的年轻男子从前座下车来，帮她打开了车门。每次换装出来，她就是来自英国的艾莉丝小姐，英国驻华大使馆大使弗朗西斯的侄女。

叶纤雪优雅地从车上走出来。她身穿西式贵族长裙，腰束得细细的，头上戴着一顶中西结合式纱帽，将整个头脸全都掩住了，连根头发都看不清楚。

这里表面上是一家传统的烟花爆竹厂，而地下室却是一家小型的兵工厂，专门生产手枪和配套子弹。前世为了保住小命，她学跆拳道，学射击，对手枪相当熟悉。

艾莉丝小姐非常喜欢烟花，并且对此很有研究，几年来主持开发研制了好多个新品种，这是上流社会很多人都知道的事情。而大家不知道的是，她对烟花厂地下的兵工厂同样很感兴趣，主持研制了好几款新型手枪。这个兵工厂实际上是她和“叔父”弗朗西斯合办的，弗朗西斯出资，负责工厂的设备、原材料和销售，她则负责技术方面的指导，以技术入股，与弗朗西斯三七开分成，两年下来已经是个小富婆了。

出于安全考虑，他们生产的手枪不在国内销售，主要销往欧美。因为他们每一批手枪都是限量版，又比一般的手枪轻巧，而且射程更远，所以一直卖天价。

来到了地下室的工厂，叶纤雪先询问了近期的生产情况，又取了新款的“AE03”手枪练练手，试试性能。然而，就在这时，烟花厂负责人，她的心腹福桂急匆匆地跑进来，小声道：“小姐，不好了，我们被人包围了！”

“包围？谁那么大胆子？”叶纤雪放下手中的图纸站起身来，戴上纱帽就要出去看看情况。京城里谁不知道这间烟花厂是英国大使出资兴建给侄女“闹着玩”的？

“小姐，您别出去！是京城防卫军。”福桂拦着她，神色颇为紧张。

京城防卫军？叶纤雪皱眉：“难道兵工厂被人发现了？”

“现在情况不明，小姐您还是藏起来的好。我出去看看。”福桂进来之前就通知兵工产停止生产，从另一个出口回到地面去。他会从外面将整个地下室封起来。除了他和小姐，没有人知道怎么进来，怎么出去。

整个地下室的设计很巧妙，外面是用厚厚的生铁做的墙壁，找不到机关要想进去可不容易。前世被人陷害太多次了，所以在设计这间工厂的时候，叶纤雪就弄了一间十平米左右的密室以防万一，连厂里的工人都不知道。

叶纤雪打开密室的门，迅速闪了进去。这间密室只有三米高，地上铺着木地板。只有一根管子埋在木板下面的缝隙里，作为通风设备。叶纤雪关好门，打开电灯，无聊地坐在地上猜测着上面究竟发生了什么事。他们就是怕被发现，所以将产品全都走私销往欧美，怎么会引起京城防卫军的疑心呢？密室里隔音很好，听不到外面发生了什么事情。叶纤雪足足坐了有一个小时，也没见福桂进来放自己出去。看来警报尚未解除，她还是多躲一会儿吧！

然而就在这时，密室里的电灯忽然灭了，四周一下子变得漆黑一片，伸手不见五指。叶纤雪心中一紧，看来事情大条了，竟然连电都断了。她赶紧起身，小心地防备着。大概过了二十多分钟，忽然听到密室门“哗”地一声打开了。

叶纤雪紧张地躲在门边，对方如果不把头伸进来是看不到人的。果然，对方举着马灯转了一圈，没看到人，但还是不放心，竟然迈步走了进来。叶纤雪抓住机会一脚将对方手中的马灯踢到地上，因为担心对方人太多，自己一个人吃亏，下一秒就赶紧扑到开关上把门关住。就在密室铁门关闭的瞬间，马灯掉到地上滚了一圈儿，熄了。整间屋子一片漆黑，伸手不见五指。

来人因为意外才被叶纤雪得手，马灯失手的同时立即回击，而叶纤雪因为关门开关在门口地面上，身形猛然一低，躲开对方一拳，随即在地上打了一个滚，躲到一边。整个密室里没有一丝光线，叶纤雪看不见对方，对方应该也看不到她，可是对方却紧紧咬着她的身形，一再进攻。

叶纤雪忍不住在心中咒骂着，边打边躲。她的功夫对女子来说算是相当不错了，可对这个该死的男人来说似乎差得不是一点点。最最可恶的是她在黑暗中完全抓不到对方身形，而对方却仿佛长了一双夜眼似的将她看得清清楚楚，结果可想而知。连续挨了对方一脚三拳，叶纤雪已经痛得退到了墙壁。她一手捂住腹部，一手防备着对方的下一轮攻击，口中却忍不住呼了一声。

对方一听，忽然停止了攻击，疑惑道：“女人？”

刚才那人进来的时候，叶纤雪匆匆一瞥，似乎是个年轻男子，身形高大瘦削，穿着一身城防军制服。此刻她千悔万悔，今天试枪之后，为什么要丢了那支平日里一直带在身上的手枪。

“你是什么人？”对方又问，“为何躲在密室里？”

叶纤雪听着似乎对方没有那么重的敌意了，猜测着多半因为自己是女人，又打不过他的关系，便示弱道：“你，你想怎样？”因为腹部被他踢了一脚，痛得她气息不稳，说话调子自然也有点怪。因为出声，她再一次准确暴露了自己的位置，下一秒对方已经扑了过来，紧紧将她压制在墙壁上。叶纤雪出手慢了点，两只手先后被对方抓住，狠狠地压制在头顶。真卑鄙！叶纤雪出口就是一句：“Shit!”

对方一愣，轻轻一笑。“英国人？”

重生到现在，叶纤雪还从来没有吃过这样的亏，郁闷得要死。

“抱歉，打疼你了？”那男人虽然说着抱歉的话，语气里可一点抱歉的意思都没有，反而明显地有些幸灾乐祸。

叶纤雪决定暂时不理他，她需要休息一下，恢复体力才有可能逃脱。

不过，这该死的男人连取笑人的声音都很好听，带磁性的那种，让她更加郁闷。“我看看，真的是英国小妞？”

叶纤雪刚刚意识到不好，头顶上两只手腕就被他一只手压住，而他另一只手已经落在她头上，一番细细地抚摸。“咦？竟然是直发。不过发质不错，还有点茉莉花的幽香。”对方摸了她的头发又嗅了嗅之后评价了一句，让叶纤雪又羞又怒。然而不等她发作，对方又顺势摸了摸她的耳朵，还在她耳垂上捏了两下，这才游走到她脸上，眉毛、眼睛、鼻子、嘴……

“皮肤不错，不过……啊……看来真是只小野猫呢！”

叶纤雪隐忍了一下，趁他抚摸自己嘴唇的时候，忽然张嘴狠狠地咬了他一口。

“怎么不太像洋妞？”对方摸过叶纤雪的五官之后，心中有了怀疑，于是继续用手往下“看”下去……

穿越来此，已经十二年了，这还是叶纤雪第一次吃鳖，自然愤怒不已，可恨那个男人竟然顺着她的脖子摸下去。他的大手仔细摸着她衣服的领口、肩袖、胸部曲线、细细的腰身，甚至蓬松的裙摆里面的钢丝内衬。

“裙子倒是没错……”他喃喃自语了一句，手又回到她的腰身上，“竟然有这么细的腰，啧啧……”

“流氓！你无耻……你放开我！”她顾不得隐藏身份，脱口而出，换成了自己最常用的母语。她用力挣扎了几下，却根本无法撼动他分毫。

“行，只要你告诉我你是谁，密室的开关在哪里，我就放了你。”他停止了动作，静待她的回答。

“我是艾莉丝，听说有人持枪把这里包围起来了，我害怕，就躲到这里来了。”叶纤雪喘着气道。

“哦，艾莉丝，听说过。”他语气中似乎带着几分嘲讽，然而下一步，他忽然恶狠狠地说：

“我要听实话。这里漆黑一片，你看不见我，我也看不见你。说吧，开关在哪儿？”

叶纤雪重重地喘着气，细细思量他的话，努力寻找逃生机会。他急着出去，是因为外面有很多他的同伙吧！不行，她现在绝不能冒然出去。不过，倒也是个机会。“开关就在门口，你刚才没看到我关门么？”

“我看到了，可是……”他忽然得意地笑了笑，“小丫头，你以为我不知道么？那个开关有问题，关门是在那里没错，开门可就不一定了，说不定就有机关暗器呢。类似的设计我在美国的时候看到过。”

美国？叶纤雪总算明白问题出在哪里了。他们生产的第一批手枪就是销到美国的，这个该死的臭流氓一定是在美国的时候探听到一些消息，这才追查到这里来的。

按照他说的这一点线索，叶纤雪忽然想起去年年底的一份报纸来。她还记得杜雨馨那个花痴女将报纸上的一张照片剪下来贴在笔记本上，并且连续半个月荼毒她的耳朵，内容只有一个——刚刚继位的北方革命军统帅岳惊云，真的好帅啊！难道这个男人就是岳惊云？叶纤雪仔细回忆报纸上那张照片，身形倒是有些相似，可是，这个轻薄她的臭流氓就是雨馨口中那个风度翩翩玉树临风的一代儒将岳大帅？

“在想什么？”他似乎有些不耐烦了，又或者是好奇，再次低头凑在她耳边说话。“你先放开我好不好？你曾留学美国？你的绅士风度呢？”叶纤雪很快转变路线，一下子变成了一个柔弱可怜的弱女子。

不知道为什么，他明知道叶纤雪是故意装成这副样子博取他的同情，却还是有些心软。她身上有一种淡淡的清雅的幽香，与他平常从女人身上闻到过的完全不同。但是，现在绝对不是心软的时候，“如果你是平常少女，我自然也不会为难你。乖一点，不然吃苦的可是你自己。也别想着骗我，你心里那点小算盘以为我不知道？”

叶纤雪越发肯定了他就是岳惊云，心里郁闷得半死。以她目前的能力，根本无法与他这个大帅对抗。该死的，为什么他这个大帅会亲自追查她这个小小的兵工厂？还好死不死地懂机关密室之学，竟然一下子就找到她的密室。“老天真是不长眼……”她忍不住发泄了一句。怎么可以一下子给一个人这么多？就算要偏爱一个人，干嘛非要偏爱她的对手？

“呵呵，我倒是觉得老天爷很公平的，告诉我，你在郁闷什么？”他仿佛能看到她的表情一般，仅从她的一句叹息中就察觉出她的心境来。

“明知故问！”她愤恨地低吼着，“人家都被你轻薄透了……”

“我以为你不在意。”他凑近她耳边轻声道，灼热的呼吸喷在她耳根，引起她浑身一阵颤栗，令他心中颇为得意。

“谁说我不在意？只要是女人都在意这个！”叶纤雪委屈又无助地吼着，想要躲开他的呼吸，却始终不能如愿。

“那些洋妞开放得很，才不会在意，我就知道你是个冒牌货。不过，你竟然会英语，也去国外读过书？”不知不觉中，他也偏离了自己来到密室的初衷，对她越发好奇起来。

“我在伦敦长大的，我妈妈是中国人！”眼珠子一转，叶纤雪已经打好了腹稿。

“哦？你真的是艾莉丝？”

“如假包换！”

“你是真的在研制烟花吗？还是乘此机会生产别的什么？嗯？”

“你不是都看到了么？”

“看不出来，你小小年纪，倒还真狡猾。”他叹了口气，带着些无奈道，“我一直想保持绅士风度，不想伤害你的，你可不要逼我。”

“就你那还叫绅士风度？”她立即反驳。打得她到现在还疼呢！“女人……真是强词夺理！你也不想想，你自己在什么地方，都做了些什么事情，还好意思怪我打伤了你？”叶纤雪有些心虚地没有说话。

“说啊，怎么不说了？继续狡辩啊！”

“好吧，我承认，我喜欢手枪，所以让叔叔弄了这个小厂让我玩……”

“你不会不知道枪支弹药是禁止私人研制生产的吧？就算你不知道，你叔叔也应该知道。”听她说了句实话，他立即变得正经多了，但言语间，却是赤裸裸的威胁。

“我就是喜欢手枪嘛，可是国家的兵工厂又不会让我研究……你原谅我们好不好？要不然，我们合作好了！”

“合作？”他立即有些心动了。如果说这里的手枪都是由她研制改进的话，这个女人可真的是手枪方面的天才了！“你能做主么？这里的手枪都是你研制的？”

“当然！”叶纤雪得意地说，“这些还不算什么，主要是钢材不好，精细度也不够，达不到我预想的要求，不然我还能设计出更好的手枪来。”

他细细思考了一阵，认真地问：“你让我如何相信你？”

“你……你要是能为我提供一间兵工厂的话，我也可以为你研制手枪。”

“嗯，还有呢？”

“那个……你把人家抱也抱过了，摸也摸过了……”她忽然扭捏起来，“你要是不放心，我，我嫁给你就是了……”

他忽然沉默下来，显然在思考她话中的真实性。足足静默了好几分钟，他忽然轻笑道：“好，我娶你。不过，现在就给我看看你的诚意。”

叶纤雪深深吸了口气，强压下心中的怒火。该死的臭流氓、登徒子，竟然现在就想吃了她？做梦！她叶纤雪是这么好欺负的么？哼！

“怎么样？考虑好了吗？”他坏笑着催促道。

“你长得……不难看吧？”她迟疑地问了一句，再次降低他的戒心。

“保证不丑。呵呵，你真的愿意？看不出来，倒真是个大胆的丫头。”

她都拿手枪当玩具了，还看不出她大胆？“你先放开我的手好不好？我手臂都不知道有没有骨折，腰部和胸口被你打了一拳，又踢了一脚，一直都在痛。”

他轻叹一声，伸手捏了捏她两条手臂，又在她胸口摸索了一阵，说：“没有骨折，出去擦点药酒，休息半个月就好了。”同时，他放开了她的手腕，却用手握住了她纤细的脖子。

第三章 猪头大帅

叶纤雪暗骂他小心谨慎得跟一个贼子似的，竟然到现在都不相信她。不过没关系，只要她的手自由了就好。他一手捏着她的脖子，一手抬起了她的下巴，拇指轻轻地抚过了她的双唇，随即便低头吻了上去。哎！这一世，她还没有被人吻过呢，真是可惜了她的“初吻”，她还想着给爱自己的那个男人呢！尽管前世经验丰富，如今她也不得不表现出万分的青涩来。

对此，他很满意。这一刻，他忽然想，如果真的娶了这么个聪明又狡猾的小丫头似乎也不错。生活应该很有趣吧！叶纤雪抓住机会，一双手不知不觉中搂住了他的脖子。一副沉醉的样子，星眸半闭。他得意于自己高超的吻技，因为对自己强大的信心，从而相信了她的沉醉。他再次探入她口中，纠缠她的丁香小舌，一手已经滑到她胸部轻轻揉捏起来。叶纤雪一声惊呼，乘机抓住了他的头发。他更为得意，手上逐渐用力。叶纤雪溢出一丝娇喘，同时扭转了手指上的戒指。他得意地放开她的唇舌让她喘了一口气，但很快又覆了上去。然而就在这时，叶纤雪已经摸到他颈侧的血管，几乎在同一时刻，她手上已经翻转的戒指，对着他跳动的血管用力按了下去。

“你……”他只感到脖子突然一阵刺痛，反射性地捏紧了她的脖子，心中后悔不迭,女人果然信不得！可恶！他如此小心翼翼,竟然还是上了她的当……

叶纤雪重重一拳砸在他太阳穴上，他握住她脖子的手总算松开来，随即浑身无力地瘫倒在地上。叶纤雪狠狠地喘了几口气，对着他又是一阵乱踢暴打，在黑暗中谩骂了一阵，这才靠着墙壁将手上的戒指旋转还原。哼！自以为是的臭流氓，还是上当了吧？老娘的豆腐也敢吃，不怕烫死你！她的强力麻醉针，是身上最隐秘的一道护身符。

两天后，城防军终于在城郊找到他们的大帅。是时，我们英俊潇洒玉树临风的岳大帅一身城防军普通军服，脸上好几处瘀青红肿，被人打成了猪头差点认不出来。而他身上青青紫紫的伤痕就更不用说了，差点没把城防军的季崇霖司令给吓死。

他赶紧将大帅送回大帅府检查，所幸大夫检查之后说都是些被殴打的皮外伤，倒没有内伤，也没伤筋动骨，身体虚弱是因为两日未进食所致。所有人都松了口气，然后便开始追查究竟是谁绑架了大帅，却又只是打他一顿扔在郊外？

虽然大帅找回来了，可季崇霖脸色依然很难看。失踪之前，大帅曾悄悄混在城防军中去郊外查封那个烟花厂，谁知道烟花厂什么问题都没查出来，反而把大帅弄丢了。不过如此看来，那个烟花厂还真的有问题。但究竟发生了什么事情，还得等大帅醒了之后才知道。

岳惊云很快苏醒过来，弄清了自己如何回到大帅府，又在镜子里看到自己完全被毁容的脸，气得他立即就要带兵去那个烟花厂。只可惜力不从心，两天未进食不说，身体还有些麻醉剂的余留，他刚刚站起身来就觉得有点眩晕。不得已，他只能躺下休息看看情况再说。

岳惊云不着急吃东西，先发布了两道命令。他令城防军立即将烟花厂所有的人都抓起来，并且派人封锁烟花厂，等他身体复原之后亲自过去查看。那天虽然没有来得及细看，但匆忙一瞥间也发现那个兵工厂里好东西不少。第二道命令就是让人密切监视英国大使馆，打探弗朗西斯大使和艾莉丝小姐的行踪，禁止他们出境。

将部属们打发走，他吃了粥，洗了澡，擦了药，便闭着眼睛躺在床上休息，细细回味在密室中与那个女人交手的每一个细节。

她的身手不错，不过实战经验不足，所以在黑暗中吃了亏。那丫头相当聪明，竟然连他都骗了过去，还懂英语，受到的教育应该不差。至于她的身材相貌，应该也不错吧！他还记得她柔顺的直发，有一种淡淡的茉莉花的幽香，细腻的皮肤有如羊脂美玉，柔软香甜的双唇好似玫瑰花瓣，虽然小巧但形状优美的胸部捏起来很舒服，还有那纤细的腰身，绝对比一般的女子要细……他还记得她身上淡雅的气息，可是……该死的女人，他都选择相信她了，她竟然欺骗他。而最令他愤怒的是，那个女人竟然不惜牺牲色相来降低他的警觉性，而且明知道他的身份还敢对他下这样的狠手！哼，这个梁子算是结下了！等他抓到她，总要一笔一笔找她好好清算的！就在这时，管家拿着一封信进来，说是在他穿回来的衣服口袋中找到的。因为信封上写着要大帅亲启，上面还有些英文，管家看不懂，担心有重要内容，所以立即就给他送了过来。

岳惊云看了信封上一手漂亮的钢笔字，忍不住嘴角微微抽搐，扯到伤口丝丝的疼。

英武不凡的岳大帅亲启

英武不凡？岳惊云怒视着镜子里的猪头，愤恨不已。该死的艾莉丝，你给我等着！撕开封口，取出里面的信纸。那是一张上流社会常用的信纸，普通得很，上面全是英文，大意如下：

伟大高贵的岳大帅，欺凌弱女子实在不是君子所为，为了不让您心生愧疚，产生心理障碍，所以小女子小小地报复了一下，如此，我们双方就算扯平了。虽然说高贵的大帅被女人打了实在有些丢脸，但大帅应该不会告诉别人自己是被女人打成这样的吧？至于我们的婚约，艾莉丝是不会赖账的，如果你能找到我的话。祝您早日康复！
您亲爱的未婚妻艾莉丝。

岳惊云越看越愤怒，越看脸色越黑，但他强自压抑着自己的怒火，紧咬着牙关，一个字都没有骂出来。

管家看大帅神色不好，小心翼翼地问道：“大帅，您没事吧？是不是饿了，要不要送点燕窝粥来？”虽然明知道大帅脸色不好肯定跟这封信有关，但管家自知闯了祸，可不敢直接问。

“滚出去！”岳惊云愤怒地将信纸揉成一团扔得远远的。管家悄然吞了下口水，赶紧将信纸捡起来，打算扔得远一点，免得大帅看了生气。“等等！”眼看管家已经走到了门口，岳惊云忽然叫住他，“拿来！”管家怔怔地看了看自己手中被大帅揉成一团的信纸，醒悟过来，又赶紧给他送过去。岳惊云挥挥手让管家下去，然后才小心地将信纸摊平，折叠好，打开床头柜，放进一个小盒子里。这可是证据，等抓到了她，不怕她赖账。

叶纤雪赶在岳惊云回大帅府之前回到叶家。不过她是趁着清晨没人翻墙进去的，因为经常做这样的事，睡在院墙边的大黄狗都不咬她，反而摇着尾巴欢迎她回来。叶纤雪勾着嘴角一笑，扔给它一个特意带回来的肉包子。

那天岳惊云晕过去之后，她出去才知道原来他是一个人无意中发现机关来到地下室的，外面竟然一个人都没有。她立即从另一个出口出去，找到弗朗西斯，在两天之内将里面的机器全都搬走，然后堆放了一些烟花厂的原料和成品，又让人冒充艾莉丝大摇大摆地坐船回国。等一切都安排好了，才将岳惊云丢到郊外，又把城防军引过去救人。

想到岳惊云带人去烟花厂，发现地下室变成了烟花厂的仓库，里面的机械全都不见了，肯定脸都要气绿了。没有证据，他就不能正大光明地找弗朗西斯的麻烦。而弗朗西斯大使的侄女艾莉丝小姐，昨日已经坐船回国了，真是可惜啊！

叶纤雪想着岳惊云那张精彩的脸，心中就涌出无限的喜悦。她叶纤雪可不是随意让人欺负的女人，哼哼！她早就安排好家里人，对外不要说她出过国，不许说她会说外语。更不能提她会武功。她，充其量只是一个音乐天才！

当岳惊云得到消息说艾莉丝已经乘船回国，就意识到事情不妙。他不顾自己身上的伤，当即坐上汽车来到烟花厂。然而当他找到机关打开密室，里面制造手枪的器械零件全都不见了，这个以铁皮包裹起来的密室，竟然成了烟花厂的仓库。

岳惊云咬牙切齿--连说了三个“好”字，愤而离开烟花厂回府，下令对烟花厂及其负责人展开详细调查。如此一番劳累下来，身体便显出些疲惫，岳惊云恼恨不已，再次想起那个让自己栽了大跟头的女人。

然而想着想着，他心中忽然一动。不对，那个女人如果真的离开了，也应该是隐秘离开才对，让他在京城像只无头苍蝇找上几天，不是给了她逃跑的时间？而且，那个女人虽然打扮洋气，又会说英语，却绝对是个中国人，他对自己这双手有信心。

“来人！详细调查与英国大使馆弗朗西斯大使有关系的中国少女，身高约摸一米六，体型偏瘦，腰很细，大概一尺六寸，胸不大，直发，武功不错，会英文……”岳惊云略一沉吟，便报出一组精确数据，由此可见其经验之丰富。

岳惊云的亲卫队长岳康立即牢牢记下这组数据，派人展开调查。

三日后，岳康将自己调查到的结果呈交给岳惊云。

岳惊云取过一看，按照他上次提的那些特点，没有一个人能完全对上号。名单上有五名少女，每个人都跟岳惊云说的有些出入，其中前四名都是上流社会的名媛，他即便没有见过本人，也跟她们的家族掌门人有过接触，只有最后一名少女出自没落的前朝贵族之家，他不太清楚底细。

岳惊云细细看过这份详细的调查报告，目光却不自觉地落到叶纤雪身上。

报告上说，叶纤雪五岁以前是个傻女，时常被堂兄堂姐欺负，一次生病差点死去也是因为在腊月里被堂姐推下了后院的池塘。可是，重病醒来之后，她就仿佛换了一个人似的，竟然神智清醒，聪慧异常，特别表现在音乐方面。

据说，这些年来，叶纤雪每年都有新的乐曲问世，只是她为人低调，并没有将乐谱传扬出去。经过叶氏家人的证实，她不但作了很多新曲，而且每一首都可堪称经典流传下去。以上这些足以证明，叶纤雪的确是一个具有创造力的音乐天才。然而正是因为这些，岳惊云反而去了不少疑心，基本上已经将她排除在外。

一个如此出众的音乐天才已经是百年难遇了，不可能这个女人还会手枪的设计吧？而且根据岳康送上来的资料看，叶纤雪没有学过武术，也没有机会学习。不过，她是天主教徒，与埃里特神父关系不错，会一点英文。

本来，叶纤雪的嫌疑都要洗清了，却不成想城防军送上来的烟花厂的资料，又让岳惊云再次将目光放到她身上。

那个烟花厂的负责人叫福桂，原本是个孤儿，是叶纤雪七岁的时候从街上捡回去的，当时福桂十二岁。三年后，十五岁的福桂离开了叶府，不知去向，直到两年前弗朗西斯创办烟花厂，他又突然冒出来，成为烟花厂的一名小工，因为为人机灵，半年前刚刚被提拔成了烟花厂的负责人。

岳惊云闭上眼睛，却怎么也无法将记忆中的艾莉丝与数据上的叶纤雪重合起来。叶纤雪，应该是一个弱柳扶风般温柔娴静的女子才对，她怎么可能怎么有时间学武？又有什么机会接触到手枪？不过，眼见为实，耳听为虚，还是得找个机会见一见这位音乐界的天才少女才好。

叶纤雪请了一周的假，准备好好在家休息。学校教授的知识本来对她就没有丝毫吸引力，只是作为父亲叶清源唯一的女儿，不去上学说不过去。她不想太过引人注目，这才逼着自己去女校打发时间。然而如今她身上有伤，自然还是留在家里休养。

周末，叶纤雪的小院迎来了一位熟客。

在崔月眉的提醒下，叶清源细细想过，觉得女儿与萧明远确是良配，于是邀请萧明远过来一起过周末。

萧明远认识叶纤雪整整五年了，亲眼见证了她从一个小女孩长成一个亭亭玉立的少女，对这个小师妹是由衷的佩服与喜爱。

萧明远的家在南方，父母双亡，由隔房的伯父养大。家中贫穷，他能来京都学堂读书，是整个村子的人联合凑的第一年学费，而后四年，都是由叶清源资助的。他心中感恩，一直将叶清源当亲生父亲般尊敬。

萧明远心中自然是喜欢叶纤雪的，但他有自知之明，从未想过高攀，却不想先生话中竟然隐隐有那个意思，实在令他惊喜。听说叶纤雪身体不适，都请了一周的病假了，他心里一直很焦虑，不知道她病得有多严重。刚刚走进小院，远远地就听到一阵婉转悠扬的琴声，应该是古筝吧！看来她的身体不要紧了。萧明远悄然放下心来。

“明远你来了，快过来坐下，来，先喝杯茶。”崔月眉见萧明远来了，热情地招呼道，“你有半个月没来了吧！你师妹又作了新曲子呢，让她弹给你听听。她就在琴室，你自己过去吧！”

这暗示得也太明显了。萧明远心中好生兴奋与感激，先生和师母没有门户之见，实在难得。他谢过师母，随后便来到叶纤雪的琴室。透过打开的雕花木窗，只见室内焚香袅娜飘散，暗香幽远。她一身宽松的唐装盘膝坐在木地板上，一头乌丝松松垮垮随意绑了一条粉色丝带。她将琴头放在膝上，琴尾拄地，那高洁出尘之姿，倒不像个十七岁的明媚少女，仿佛书中惊才绝艳的狂生。

其实他们相处得不错，叶纤雪性格中最突出的特点就是平等尊重，她对他，如兄如友，从未有过半分轻视。萧明远不舍得打扰她的兴致，就站在窗外静静凝听，却不想一个少女冒冒失失地往这边跑来，一边跑一边喊着：“纤雪，纤雪，重大消息……”萧明远认出来人正是叶纤雪的同学兼好友杜雨馨。这丫头向来这般沉不住气，不过心地很好。“萧大哥，你也在啊！”杜雨馨匆忙跟萧明远打了个招呼，脚步丝毫没有放慢的趋势，继续往琴室冲。

叶纤雪早知道萧明远站在窗外，他向来喜欢静静聆听她的琴音，从来不会冒冒失失地打扰她，算得上是她的知音之人了。至于雨馨，那就完全相反了。那丫头一来，这么一叫，她就全没心思弹琴了。

“究竟什么事？”叶纤雪放下琴叹了口气缓缓走过去。

“纤雪，重大消息，有人在学校打听你的消息呢！”杜雨馨满脸的兴奋。

“谁？”叶纤雪眸色一深，不由得心中一紧。岳惊云还是怀疑到她身上了？也是，不管她怎么掩饰，福桂那条线是怎么都掩饰不去的。怎么办呢？

“你猜！哈哈，你一定猜不到！”杜雨馨既想卖关子，偏偏自己肚子里又藏不住话，不等叶纤雪问，她就自己说了出来，“是周家的小少爷哦！”

“哪个周家？”叶纤雪悄然松了口气，只要不是岳惊云的人就好。

杜雨馨一副“我就知道你不知道”的样子，兴奋地说：“还有哪个周家？就是如今咱们北方的第一商周家啊！那个被人称为京都第一美男子的周敬煦啊！”

“周敬煦？不认识。”叶纤雪摇摇头，却忽然想起那次在京都学堂撞到自己的那个人，现在想来，那人似乎长得还不错的样子，难道就是那个周敬煦？可是他打听自己的情况做什么？

第四章 约 定

“纤雪，你那是什么表情？”杜雨馨不满地低吼道。

“那我应该是什么表情？”叶纤雪无奈一笑。

“就算不表现出兴奋和喜悦来，至少也应该震惊好奇一下吧？”杜雨馨挽着叶纤雪的手臂，为叶纤雪的冷静颇为不满。真搞不懂，她们分明一样大，为什么纤雪无论遇到什么事情都能如此淡定呢？

“京都第一富豪又如何？京都第一美男子又怎样？不过都是与我无关的陌生人罢了。雨馨，那样的人家我高攀不起。”叶纤雪轻轻拍拍杜雨馨气呼呼的小脸，反倒安慰起她来。

前世，叶纤雪就出生在豪门，个中滋味早已领会透了，避之唯恐不及，又怎么会让自己再次踏入那样晦暗无情的黄金牢笼？

“唉呀，你不要这样说啊，你们叶家可是前朝贵族，有名的书香世家。周氏虽然有钱，也只是这两代的事情，在真正的贵族眼里不过就是一个暴发户罢了，认真论起来，只怕还是周家配不上你呢！”杜雨馨没能听出叶纤雪言下之意，还当她真的因为自己的出身而心生愧意。

叶纤雪无奈地叹息一声，她实在想不通，她和杜雨馨一点共同语言都没有，怎么会成为好朋友的呢？

而站在窗口遥望她们的萧明远听到叶纤雪的话，这才将提到嗓子眼的心放下来，不由得望着她欣然一笑。他早就知道小师妹不是那种贪慕虚荣的女子，他能听得出来，师妹对豪门有一种不屑的排斥。

叶纤雪抬头，就看到萧明远那个温和而深情的浅笑，微微一怔，随即也回了他一个温柔浅笑。

萧明远仿佛霎那间升入天堂，浑身飘飘然，只觉全身上下每一个毛孔都舒畅至极。他一直担心师妹对他无意。却万万想不到，师妹竟然对他笑了……或许，师妹的感情表达跟别人不一样吧？她很小就被誉为音乐天才，所以会矜持一些，冷静一些。

叶纤雪对感情的态度当然是与众不同的。前世，她没有得到过亲情，又被友情和爱情背叛，也曾经放浪形骸了一段时间，对感情，她看得很透彻。她爱过，自然知道自己对萧明远并没有爱情，但她此生能不能找到真正的爱情还是未知数，她怎么能因为一个虚无飘渺的希望，而放弃今生难得的父母与亲情？

既然爹爹和妈妈都喜欢萧明远，萧明远又喜欢她，那么嫁给他也就是一个不错的选择。至少她永远与父母在一起的梦想就可以实现。

杜雨馨疑惑地抬起头来，正好看到萧明远站在前面，深情地望着纤雪。她着实怔了一下，然后才恍然大悟。难怪纤雪一点都不兴奋，是因为她心里已经有人了啊！这位萧大哥她碰到过好几次，据说是叶伯父的得意弟子，还是京都学堂的学生会干部呢！长得倒也高大英俊相貌堂堂，一副温文尔雅的样子，只是听说家境很不好。算了，那些不是自己该考虑的，纤雪聪明着呢！

“好哇，纤雪你太过分了吧！竟然都不告诉我！哼，以后不理你了。”杜雨馨挽着叶纤雪的胳膊，不满地扭了一下。

叶纤雪不好意思地看了萧明远一眼，萧明远不以为意地笑笑，示意她不必在意，又打破尴尬说：“师母说师妹又谱了新曲子，不知今天是否有幸聆听仙音？”

“当然，萧大哥请进！”叶纤雪将萧明远和杜雨馨请进琴室，却抽出几张乐谱递给萧明远，说：“这是我前几天写的一首曲子，萧大哥你听听看，是否有需要改动的地方。”

说着，叶纤雪取下手上的古筝指甲，打开钢琴，坐了下来。她轻轻做了几个深呼吸，平复心境，然后朝着两位听众微微一笑，纤长的手指在黑白琴键上飞舞，一首动听的曲子便从她指间流泻出来。

杜雨馨静静地望着叶纤雪，几乎舍不得眨一下眼睛。她最初被叶纤雪吸引，就是在音乐课上，纤雪第一次当着全班同学和老师弹琴。

萧明远同样望着叶纤雪发呆。从前，他对她的爱慕是藏在心底的，只能站在一个角落里仰视她的美好。但因为她先前的两个笑容，他终于可以与她平视，却又发现她在弹琴时会散发出一种特别的美丽来，那种美丽，源自她的自信，她的骄傲，她的善良，她的温暖。

午后下了一阵小雨，杜雨馨家派了人来接，她只好依依不舍地告辞离去。

临走前，她又说下个月的校庆，班主任秦先生希望纤雪能新写一首歌，在班上选几名同学一起表演。叶纤雪一口应下，说明天就去学校上课。写一首歌对她来说还不是小菜一碟?

萧明远本来也要告辞回学校的，但叶清源留他住下，说明早同他一起去学校就是。他心里念着叶纤雪，其实也舍不得离开，便顺势留下。

晚饭之后，叶纤雪照例是要去花园里走几圈散散步消消食的，叶清源便让萧明远陪着一起去。萧明远第一次与心仪的女子单独约会，心情颇为紧张。“师妹……”他鼓起勇气开了口，却不知道该说什么。

“萧大哥，”叶纤雪回过头来，大方地看着他道，“你可以叫我纤雪。”

“纤雪……”萧明远感觉十分别扭。

“萧大哥，我爹爹妈妈的意思你已经明白了吧，不知道你心里是怎么想的？我不希望你只是因为我爹的恩情而勉强自己。”叶纤雪看他一张俊脸通红，便侧过头不再看着他，免得他更紧张。

“不勉强！”萧明远忽然有了勇气，抬起头来，勇敢地走到她身边，看着她的眼睛道：“纤雪，其实我一直都喜欢你，只是从未有过非分之想。这两年来我一直很矛盾，既希望得到你的感情，又觉得自己配不上你。”

“什么配不配得上的话就不必说了，你知道我从来不看重人的出身。我只想知道，在萧大哥看来，什么是爱呢？”叶纤雪唇角依然淡淡地笑着，但眼睛却认真而期待地望着萧明远。

萧明远愣了一下，想不到叶纤雪会突然问这样的问题。他想了想才道：“爱，是人世间最高尚的感情，是无怨无悔不求回报的付出，是看到对方幸福，自己就能得到幸福和满足的一种特殊的感情。”

叶纤雪点点头，无怨无悔不求回报的付出，这句话她喜欢。因为她是没有相同的感情作为回报的，至少目前没有。

叶纤雪点头认可之后，叶清源和崔月眉都很高兴。

叶清源对萧明远道：“你今年六月就要毕业了，就留校任教吧，你是学生会主席，学校老师对你的印象都不错，我跟校长说一下，应该没有问题。纤雪今天才十七，可以等上一两年，你们也可以多接触一下，相互之间再熟悉熟悉。”

叶清源知道，让女儿嫁一个穷学生，老爷子那头肯定是不会答应的，但如果是京都学堂的先生，再由他从中斡旋一下应该问题不大。他是庶出之子，在大家族里本来就不受重视，他的女儿本来就不敢与大哥的两个女儿相比。萧明远感激地应下，对未来充满了憧憬与期待。

第二天，叶纤雪回到学校上课，没过几天就写了一首简单的歌曲，在班上找了三名声音甜美的同学一起演唱。秦先生看过谱子之后，又亲自来听了一次，觉得很好，便将一切筹备事宜交给叶纤雪了。

光华女校的校庆在四月十六日， 校庆这一天的文艺表演，京都的兄弟学校和社会名人都要派人过来参加，岳惊云岳大帅当然也收到了请柬。

岳惊云这段时间很忙。北方虽说统一了，但因为自己是在大哥突然离世后从国外赶回来继任接位的，军中有些将领颇为不服。这都快三年了，他拉拢了一批人，又打击了一批人，到现在才勉强掌握北方的实权。也就是说，其实有些人对他也是面服心不服的。以他的骄傲，断不能容忍，他正在寻思着怎么将那些人好好打压一下才好。

收到光华女校校庆的请柬，他原本打算不去的，去年他就没有参加。但忽然想起艾莉丝的黑名单来，临时决定过去看看，他记得名单上有三位小姐都在光华女校读书呢!

岳惊云年轻有为，又英俊潇洒，平日里作风很风流倜傥，让女学生们很是仰慕，无数少女都做着飞上枝头变凤凰的美梦。消息传来，杜雨馨兴奋得不行，她也是一只爱做梦的麻雀。“纤雪，纤雪，你听说了吗？大帅来了呢！就坐在第一排！啊，我好紧张啊！”等下她就要去表演了，就可以站在台上看到大帅了呢!

叶纤雪心中一惊，但随即告诉自己，校庆之日，校长请他是例行公事，他出席也不过表明政府对女校的支持，跟自己一点关系都没有。表演之前，叶纤雪作为创作人，一直在后台帮三位上台演唱的同学化妆、整理服装。待她们表演的时候，她本来应该出去观看的，秦先生特意在第二排给她留了位置，可是她没敢出去。虽然她一再告诉自己那个猪头大帅并不是为她而来的，但她心中有鬼，总是心虚的。

纤雪写的曲子明快，琅琅上口，词也写得好，表演时得到一片赞颂的掌声。岳惊云也点点头状似无意地赞了一句：“这首歌还是第一次听人唱，写得不错！”

旁边女校的汪校长立即回道：“多谢大帅夸赞，这是中学二年级的叶同学特意为本次校庆写的，叶同学大帅知道么？就是那个被誉为音乐天才的叶纤雪。”

“哦，是吗？倒真是个天才呢！可惜本帅回国日浅，还不曾见过。”岳惊云不无遗憾地说。

汪校长自然一听就明白。“她应该在后台，我让人叫她过来就是。能得到大帅亲自接见，也是她的荣幸。”可怜的纤雪，虽然躲在后台里，却不想被自己的校长出卖了。

“这样好像不太好吧！对叶小姐不太尊重。还是我去后台好了。”说着，岳惊云就站起身来。汪校长自然跟着起身，然后叫上叶纤雪的班主任秦先生陪同，另外，随行的还有岳惊云的亲卫队长岳康。岳惊云边走边问：“这位叶小姐可是精通英文？听她的歌就知道，她该是看了不少国外的著作。”

秦先生立即回答：“叶同学会一些英语口语，是否精通，就不太清楚了。”

岳惊云心中冷哼一声，是不是那只小狐狸，他见过就知道了。就算眼睛无法辨别，他还可以制造点机会动手亲自检验一下。想到这里，岳惊云很是期待。

后台里，杜雨馨正在发呆。“纤雪，你竟然没有出去看？你怎么不出去看呢？岳大帅就坐在前排中央，我看到他心都要跳出来了。还好没有忘词。”

叶纤雪偷偷翻了个白眼，不就一个卑鄙无耻的臭男人么？有什么好看的？这时，她脑子里立即浮现出那天那个被自己带出密室的鼻青脸肿的猪头！想到这里，她还忍不住发笑，但很快她就笑不出来了。一个女同学风风火火地跑进来，兴奋地低吼道：“大帅来了！大帅往后台来了！据说他想见见音乐天才叶同学呢！”正在为杜雨馨卸妆的叶纤雪手一抖，杜雨馨适时发出一声惊呼。“对不起，扯到头发了吗？”

叶纤雪暗骂自己不冷静。他来就来吧，未必就是因为那件事情暴露了。他越是怀疑，她越要冷静才行。那个臭流氓不会故意制造些事故来，好用那只咸猪手来确认吧？

“哇，大帅竟然要见你！纤雪，我好羡慕你！”原来杜雨馨惊呼的原因在此。片刻之后，秦先生先进入后台，随即，岳惊云在汪校长的陪同下大步走了进来。

岳惊云走进后台，只见里面七八个妙龄少女，个个身材窈窕，面容姣好。也是，今天校庆，上台表演节目的学生哪个不出众？他细细看去，一时间竟然没有发现哪个女子与自己想象中的艾莉丝有特别相似之处。虽然这几个少女都很漂亮，身材也好，但没有那种感觉。

几名少女站成两排，齐声行礼道：“参见大帅！”声音清脆，有如黄莺出谷，其中还带有些兴奋与娇媚。

“打扰各位同学了，不知哪位是叶同学？”虽然有些失望，但既然来了，当然还是要看过人再走。

这时，一名身材高挑的少女，盈盈上前两步道：“见过大帅！”岳惊云锐利的目光立即扫射过去，只见这名少女身高在一米六二左右，腰也很细，估计在一尺八寸上下，当然如果用西方的束腹，或许可以勒进两寸。他的目光又滑到她胸部，却是比自己当日在密室里摸到过的大得多了，他忍不住想：难道她在胸罩里面加工垫了海绵？不过，那丫头在他手里吃了亏，又把他打得鼻青脸肿的，见了他多少有些不自然吧？

岳惊云细细看去，只见那少女手中绞着一条手绢，微微颔首，却又忍不住抬眼偷看自己，颊生红晕，神情羞涩，正是情窦初开的少女见到英俊男子的标准神情。

岳惊云当即就肯定了，这名少女绝对不是自己在密室里抱过、摸过、吻过的艾莉丝小丫头。他不动声色地笑道："叶同学是吧？你的歌写得很好，果然不愧音乐天才。希望你好好学习，为我们写出更多更好的歌曲来，将来也到维也纳开一个音乐会。"这时，站在岳惊云身后的汪校长微微一怔，随后便看着身边的秦先生。

秦先生也是一愣，与汪校长对视一眼，待要说明些什么时，却见岳惊云已经转身打算离开了。"打扰各位同学了，真是抱歉。期待大家的精彩节目，再见！"岳惊云点头为礼，转身离去。

汪校长赶紧跟出去，秦先生却留了下来。"叶同学，这是怎么回事？"他颇为严厉地看着刚才这名"叶同学"。

"先生，人家也姓叶啊！大帅又没点名说他要见的是纤雪。我刚从台上下来，或许大帅就是要见我呢？"原来，这少女不是别人，正是出身叶氏旁支的叶翩然。

秦先生轻轻摇摇头，低声问道："纤雪呢？"

"纤雪担心挨骂，所以才让我替她的。"叶翩然其实跟叶纤雪并不熟，她能到这里上学，全靠纤雪伯父叶清扬的支持，所以，她平日里与纤雪的两个姐姐交好。但今天纤雪把这样好的机会让给她，实在让她太过喜悦激动了，对纤雪的看法一下子好了许多。

岳惊云失望离去，叶纤雪才悠然现身。哼哼，她的小辫子是这么好抓的么？岳惊云被耍了一道，对叶纤雪完全开释，他相信自己的感觉，这个少女不是艾莉丝。可是，其余几人他都见过了，应该都不是艾莉丝。难道那丫头真的走了？

第五章 周氏提亲

校庆演出，算是叶纤雪的一险，因为差点儿被岳惊云发现。可是校庆之后，她和同学老师一起去草场骑马游玩，碰上了意外，更是一大惊险。她正打算展现自己的骑马技术，就被一条蛇吓了个半死。赶来英雄救美的，正是那天巧遇一次的周敬煦，并且周敬煦还直接向她表白，让她一时之间难以接受。

叶纤雪回到家，犹自生气，虽然也有意掩饰，但到底还是让母亲看出些端倪来。由于不想母亲胡思乱想担心自己，她只好简单地解释道："今天在草场骑马认识了一个人，他可能……对我有企图。"

"什么人？"崔月眉一听就着急了。有企图？该不会是坏人吧？

"是周家的大少爷，周敬煦。他在京都学堂读书，被人戏称为京都第一美男子。"叶纤雪紧握住母亲的手，又轻轻抚拍着她的背，安慰道："妈妈不要担心，我没事的。就是觉得他可能喜欢我，担心他会到家里来提亲。"

崔月眉想了想，忽然小声问道："周家的那个大少爷？倒也没听说有不良嗜好，相貌又生得好。你真的不喜欢他吗？我以为你虽然答应跟明远好，但心里并不是十分满意他的。"

"妈妈，谁说我不满意萧大哥的？他人品好，又上进，相貌也不差，最重要的是知根知底，还能入赘到我们家来，我对他可是满意得不得了呢！您怎么会以为我会因为一个陌生人而变心呢？更何况周家是什么样的家庭？那样的豪门深院哪里会有女人的幸福？周家的大少爷又如何？不提别的，单单他这身份，我就绝不会考虑他的。"

崔月眉这才放心地点点头，却又摸着女儿的脸叹息一声道："你从小就特别懂事，妈妈也不担心。可是你又好像太懂事了些，你毕竟还这样小，竟然丝毫不慕荣华富贵，让妈妈放心，但也让我们心痛。这段时间，我会经常去你祖父那边走动走动的，如果有机会，我就告诉老太爷，说你已经定亲了。”

人的成长总是要付出些代价的，叶纤雪的成长契因，崔月眉虽然没有看得一清二楚，但还是为她小小年纪就将世情看得如此通透而暗自心疼不已。不过，女儿立场坚定，不慕虚荣，让她深感安慰。

叶纤雪也彻底放下心来。她相信周敬煦如果真的喜欢她，一定会让人上门提亲的，而以叶家目前的破落，如果拒绝了周家，相信以周家的骄傲，绝不会第二次登门的。而且……呵呵，她忽然觉得有个怨恨自己的伯母也不全然是件坏事，怎么着，伯母也不愿意她嫁这么“好”吧？

“爹，我想娶叶家的三小姐叶纤雪。”从草场回来，周敬煦便将自己的决定告诉父亲。

“城南的那个叶家？世代书香那个？”

“是的，爹，她自小就被人称为音乐天才呢。爹，他们家跟我们也还般配吧？”周敬煦就担心父亲拿叶纤雪的出身做文章拒绝这门亲事。

周明翰倒也知道叶家，一个日益没落的贵族之家。从身份上来说，叶家世代书香，祖上曾出过好几个一品大员，比起他们发家不足百年的周家来说，倒还略胜一筹，只是叶家现在已经没落了，而他们周家正蒸蒸日上……

周明翰看着儿子紧张而期待的神情，沉吟了一下，道：“叶家现在已经没落了，他们家的女儿未必是你的良配，爹又只有你一个儿子……”

周敬煦一听，立即着慌了。“爹，您不是说只要身份配得上就全凭儿子心意吗？爹，我求您了，我真的喜欢她！我就想娶她，别的什么女人我都不要！”

周明翰又沉默下来，似乎正在考虑。见此，周敬煦虽然着急，也不敢打扰父亲思考。

“这样吧，先让人打听打听，那个叶家三小姐自小就被称为音乐天才，也不知道性子如何，若是太娇纵，你以后也麻烦。若是太守旧，只怕于你生意上颇多制肘，恐家庭不睦。我就你这么一个儿子，不得不为你考虑周全。”

周敬煦一听，父亲全是为自己考虑，感动莫名，反思自己从前对父亲的诸多不满，阳奉阴违，暗自羞愧不已。“爹，您对儿子真好，儿子以后一定会好好孝敬您的。”

周明翰欣慰地点点头，摸摸儿子的头，感叹道：“你有这份责任心，又肯上进，爹爹就放心了。现在跟爹说说，你喜欢的那个姑娘，她真有那么好么？配得上我品貌出众的儿子么？”

提起叶纤雪，周敬煦的心立即变得柔和起来，眉梢眼底都是喜悦与幸福的憧憬。“爹，以前儿子不喜欢亲近那些女人，因为她们喜欢的只不过是儿子的相貌和家世，这样的感情太肤浅，儿子不屑。”

周明翰点点头，咧着嘴笑开来。“你小小年纪就能看穿这一点，实在难得。”

得到父亲称赞，周敬煦更加兴奋，又继续说道：“可是叶小姐不一样。她对儿子出众的容貌熟视无睹，在得知儿子的真正身份之后仍然与我保持距离，离别之前我向她表明心迹，她却说叶氏没落之家，不敢高攀我们。可见，她也不是个贪图荣华富贵的肤浅女子。”

周明翰再次点头，称赞道：“倒是个明白的孩子。不过，听你这么说，人家好像并不喜欢你啊！”

周敬煦的喜悦微微僵了一下，立即又释然道：“爹爹，她只是不肯相信儿子的真心罢了，以儿子的才貌，只要让她相信我是真心的，她哪里会不喜欢？”

周明翰点点头，深以为然，却又叹道：“爹爹还是担心你啊，将来你一个人，没有兄弟辅助，你几个姐妹现在感情倒是好，可女孩子一旦出嫁，心可就向着夫家了，关键时候未必能尽心助你。你真的想好了吗？那个叶小姐真的值得你放弃这么多？”

“值得的，爹爹您不知道，她有多好……”周敬煦怕父亲反悔，便将两次相见的情形完完整整说给父亲听。最后，他豪情万丈地说：“爹爹，男子汉大丈夫，不能总想着依靠女人啊，儿子相信自己，凭我的努力一定能让周家发扬光大的。”

周明翰静静听完，点点头，对叶纤雪已经有了一定的认识。不得不说，对叶纤雪的性格，他倒是挺喜欢的。“好吧，我再调查一下，如果没有别的问题，就找人给你提亲去，争取早点把你的婚事办了，你也好安安心心跟着我学做生意。”

“谢谢爹爹！”周敬煦兴奋不已，父亲这么说，基本上便是同意了这件婚事了。他觉得二十二年来，父亲似乎从来没有如此慈爱过。

四月底，周家正式向叶氏提亲，一石激起千层浪。

叶家老太爷早就不管事了，但孙辈的婚事，他却偏要站出来指手划脚一番。听说周氏向叶家提亲，他首先就有几分自得。周家号称京都首富又如何？不过一暴发户罢了，门第如何及得上他们叶氏高贵？看吧，现在有钱了，还不是想给儿子娶个真正的贵族之女？虽说他们叶家这些年的确不如从前了，但传承几百年了，家里随便弄一古董出去就是价值连城。

叶夫人细细打量着老太爷的神色，小心问道：“爹，您看这件婚事……”

老太爷“嗯”了一声，满脸严肃道：“这件事情要好好考虑下。今晚让清扬和清源都过来，周家比不得其他人家，不可草率应对。”

“是，媳妇这就去通知夫君和二叔。”叶夫人扭着水桶腰出去了。回到自己房里，她便将院子里的下人全都叫过来狠狠地臭骂了一顿。她的两个女儿都还没嫁出去呢，那个臭丫头凭什么得到这样一门好亲事？

叶氏三姐妹都上学去了，崔月眉得到消息，万分焦急地守候在小院门口。傍晚，叶纤雪同两个姐姐一起坐家里的马车回来。看到母亲在小院门口张望，神色焦急，她立即意识到有状况。

果然，母亲开口就道：“雪儿，不好了，周家真的来提亲了！”

叶纤雪挽着母亲的手往家走，边走边道：“妈妈，依您看，老太爷会答应吗？”

崔月眉皱着眉摇摇头。“很难说，我觉得多半会答应吧！现在的叶家……唉，你也知道的。”

叶纤雪点点头，并不太担心。她相信大伯母肯定会阻挠的。

果然，晚饭后，老太爷便让几个孙女各自回房休息，让两个儿子儿媳连同已经成家立业的长孙留下来商讨。老太爷名义上是让儿子儿媳留下商讨，实际上他心里已经有了主意。既然事关叶纤雪，原本应该先问问叶清源的意思，可是老太爷压根儿就没考虑他的意思。他首先就说：“咱们叶氏传承几百年了，勤善持礼是祖训，叶氏子孙的婚姻，从来都是父母之命媒妁之言。若让老夫知道有不肖子孙瞒着长辈在外面与人私定终身的，看老夫不打断她的腿！”

这话明显就是影射叶纤雪与周敬煦私下见面了。叶清源听妻子说起过，很为女儿鸣不平，立即反驳道：“爹，纤雪与那位周少爷见过一面不假，但那不过是一场偶遇，纤雪一直矜持守礼，绝没有与人私定终身。”

老太爷淡淡地瞥了叶清源一眼。“没有那是最好。既然没有，那这件婚事就有重新考虑的必要了。”

叶夫人摸到老太爷的心思，立即出言道：“要我说啊，长幼有序，哪有做姐姐都没出阁，妹妹就急着嫁人的？”

叶清扬立即训斥道：“纤柔和纤婉到现在仍待字闺中，还不都怪你挑挑拣拣，高不成低不就的，但你不能因为自己的女儿被耽误了就去耽误纤雪。”

说到这里，他又转而对老太爷道：“爹，周家门第虽然差一些，但据说那位大少爷倒还成气，不同于一般的纨绔子弟，配得上纤雪，这件婚事您就应了吧！”叶清扬是个君子，可惜娶妻不贤，这一生也就这么毁了。他猜测着纤雪和周家少爷定是双方都有意了，这才会上门提亲，对此，他是很支持的。

却不料老太爷瞪着叶清扬怒道："长幼有序，这是老夫打小就教育你们的，纤柔和纤婉尚未订婚，纤雪岂能抢先出嫁？"

"可是不能因为纤柔和纤婉，就耽误了纤雪妹妹啊！"叶清扬长子叶镜飞也出言顶了老太爷一句。

叶夫人恼恨地瞪了丈夫和叶镜飞一眼，她不明白，为什么自己的丈夫和儿子都喜欢那个野丫头。叶镜飞是叶清扬与前妻之子，叶夫人其实是填房，不然，以她的出身又如何能做叶家的大夫人。

"好了！"老太爷用拐杖重重地敲着地板道，"正是为了不耽误纤雪的终身，所以才要尽快帮纤柔和纤婉找户好人家。"叶夫人一听，立即露出几分喜色来。而叶清扬和叶镜飞却频频蹙眉。

"清源，你怎么说？"老太爷终于记得问人家父母的意见了。

叶清源看出老太爷不想纤雪嫁过去，倒也乐得大方，立即答道："爹，我觉得纤雪年纪还小，过两年再谈她的婚事不迟。"

老太爷高兴了，立即拍板道："那就这么定了，回复周家，就说长幼有序，我们叶家愿意将大小姐纤柔嫁过去。"

"好啊！爹您真英明！"叶夫人听了喜不自胜。她一直没好意思说出口的话，就是这个的了。周家可是京都首富，老太爷怎么舍得拒绝这门亲事？可嫡出的两个孙女还没嫁呢，就将庶出的三小姐纤雪嫁到周家，那她两个姐姐岂不是更不好找人家了？

第二天，叶家就通过媒婆将这个意思转达给周家。周敬煦得到消息，感到非常愤怒，他早就听说纤雪在叶家受人欺负，想不到连一门好亲事也会被人夺走。周明翰不以为意地笑笑，叶家的心思他自然猜到了。如今破落的叶家根本舍不得周家，却又死要面子讲究什么长幼有序，不就是担心庶出的妹妹嫁得太好，嫡出的姐姐更嫁不出去么？于是，他也立即给了回复，说周家看上的是叶家三小姐，而不是叶氏的小姐，如果叶家同意，就定下婚事，尽快完婚。言下之意，如果不是三小姐，其他的白送他们都不要。

老太爷得到这个回复很生气。他也看出来了，周家摆明了不将他们叶氏的身份放在眼里，于是，他一怒之下一口回绝。他们叶家的女儿不嫁周家，一个都不嫁！

叶夫人也很愤怒，但想到老太爷一个没答应，纤雪也别想嫁到周家，她的心才稍稍平衡了一点。

周明翰想不到叶家恼羞成怒竟然拒婚，周敬煦更是着急。周明翰本来也很是恼怒，想着这样的姻亲不结也罢，但叶老太爷的拒婚反倒激起他一股好胜心来。看周敬煦伤心失落，他便轻拍着儿子的肩膀道："这就放弃了？"

周敬煦立即抬起头来："爹您还有办法？"

周明翰高深莫测地一笑，冷哼一声道："敬酒不吃吃罚酒！煦儿你放心，半年之内，爹爹定让你得偿所愿！"

叶家。自从与周氏的婚事告吹，很多人都是议论纷纷，特别是叶氏旁支子弟，言语间对老太爷多有埋怨之言，对三小姐报以强烈的同情。

其实老太爷心里多少也有点后悔，周家毕竟是京都首富啊，那位大少爷又是一根独苗，孙女嫁过去就是当家少奶奶，有什么不好？唯一可恨的是，周家为什么一定要纤雪那个丫头呢？纤柔也很好嘛！

老太爷一直不喜欢叶清源，其实源于他的婚姻。当初，老太爷给长子叶清扬找了一个同样书香门第出身的大家闺秀慕氏为妻，就是叶镜飞的母亲。他希望庶出的次子叶清源娶一个商人之女，借此从商以扭转叶家的衰败之势。不想叶清源却爱上了一个寒门女子崔月眉，并一定要娶她为正妻，对从商也没有兴趣，竟然去学堂当了一个教书先生。虽然在老爷子看来，在大学堂里教书倒是比经商高尚多了，只可惜薪资太少，不能贴补家用。

崔月眉自打进了叶家门，多年不孕，而叶镜飞的母亲又得病过世了，不得已，他只能让长子叶清扬续娶了一个商人之女，而后生下一子二女，这样他们叶家的香火总算旺盛了一点。

到后来崔月眉终于怀孕了，生下叶纤雪偏偏又是一个傻女，之后就再无所出，让老太爷如何不气？因此，叶纤雪痴傻的时候经常被两个姐姐及二哥叶镜明欺负，他也睁只眼闭只眼，只当没看到。没想到那个傻丫头一次死里逃生，竟然开了心智，一下子成了一个天才，他心里也不是不喜欢。但他很清楚，那丫头表面上对他很尊敬，然而内心里并不亲近。因此，他心里更加恼恨那个丫头了，他甚至想，叶家的天才为什么不是两个孙子呢？就是纤柔和纤婉也比纤雪那丫头强啊！也是因此，老太爷内心里极不愿意纤雪嫁得比两个姐姐好。

对着这个摆明了讨厌她的老太爷，纤雪实在无法强迫自己装乖宝宝承欢膝下。这么些年来，在叶家，除了自己的父母，也就是伯父和大堂兄叶镜飞以真诚和真心赢得了她发自内心的尊重。据妈妈说，以前的大伯母人很好的，可惜去世得早，后来镜飞大哥就是由母亲照顾的。大伯续娶了现在的大伯母之后，对镜飞大哥也不太好，所以他一直与母亲亲近。也是为此，叶镜飞对叶纤雪的感情比自己两个同父异母的亲妹妹还亲些。

正在叶家充满纠结的时候，一场小意外，却拉近了周敬煦和叶纤雪的距离。

第六章 很想爱你

当天晚上，一名流家里为庆祝出国留学的女儿回国，举办了晚会。邀请了叶镜飞兄妹参加。纤雪也参加了，还特意精心打扮一番。没想到，刚进门，就不小心摔了一跤，恰好又碰见了同样去参加晚会的周敬煦。

晚会尚未开场，但是叶镜飞顾不上这些，带着妹妹匆匆离开现场。

周敬煦追出去，不放心地对叶镜飞道："纤雪伤到脚了，还是去医院看看吧！"

叶镜飞低头看着纤雪道："伤得重么？是去医院还是回家以后请大夫？"医院是西医院，回家请大夫是找中医。叶家对洋人向来没好感，但叶镜飞知道这个妹妹平日里是喜欢西医的。宁愿打针也不肯吃药。

"不要紧的，我回家擦点药酒就好了。"她不想去医院，更不想吃老中医开的中药。她打算若无其事地走回去，不让爹爹妈妈为自己担心。

"不行，万一伤到筋骨怎么办？"周敬煦不赞同地说。

"那还是去医院看看吧！"叶镜飞立即做出决定。

"可是这么晚了，再不回去妈妈要担心的。"叶纤雪挣扎着就要下来，"我真的没事，不信我走给你们看看！"

"别胡闹了！"周敬煦严厉地训斥了她一句，"你又不是大夫，怎么知道伤得重不重？如果不想让伯母担心，就更应该去医院看看。"

纤雪暗自翻了个白眼，自己的脚她当然知道，可惜叶纤雪是音乐天才，可不是医学天才，这话她说了无数遍也没有丝毫可信度。

"这样吧，"周敬煦忽然有了主意，"如果叶大哥放心的话，就让我送纤雪去医院好了，叶大哥你先送两位小姐回府，免得家里人担心。"

叶镜飞略有些迟疑。这么晚了不回去，二叔和婶娘肯定是要担心的，可是将纤雪托付给周家大少爷，稳妥吗？周敬煦对纤雪有意，可爷爷却偏偏拒婚了，万一他羞恼之下对妹妹用强，事后又不认账，这可不是害了妹妹一生么？

“叶大哥可是不相信我？”周敬煦追问道。他是真想与纤雪单独相处一下下，想要亲自保护她。

“这只怕不太好吧，纤雪毕竟是个未出阁的姑娘，我们叶家家风又保守……”叶镜飞言下之意是你们婚事又告吹了，不然若是未婚夫妻，那也不怕人说闲话了。不过，今日亲眼见识了周敬煦的人品风华，又见他对纤雪全心的维护，叶镜飞对他颇有好感。虽然那个萧明远人品也不错，但综合看来，还是比不得周敬煦啊！如果现在将妹妹交给他，不是又给他们创造了一次机会么？

周敬煦听出叶镜飞言外之意，立即举掌发誓道：“我周敬煦今日在此立誓，此生非叶纤雪不娶，若有负于她，让我不得好死！”

这誓言发得有点过火了。叶纤雪呆了一下，她都没有表态好不好？如果她一辈子不肯嫁他，难道他就要打一辈子光棍？男人因为荷尔蒙分泌，就这么冲动？

叶镜飞听了很感动，立即就将纤雪送了出去。而纤柔纤婉两姐妹却是浓浓的妒嫉，为什么纤雪能得到一个这样优秀的男人？京都第一美男子，果然名不虚传啊！

纤雪一声惊呼，挣扎道：“镜飞哥哥，你怎么可以这样？我不跟他去医院，我要回家！”竟然因为一个陌生男人的一句誓言，就将自己的妹妹拱手送人了，这世上哪有这样做人家兄长的？难道他不知道男人的誓言都是靠不住的么？

周敬煦美人在怀，扬着嘴角笑道：“别乱动，我们坐汽车去，如果医生说你的伤不要紧，我就立即送你回家，顺便拜会伯父伯母！”

纤雪头大了。她要怎么说他才能明白呢？难道真要她明言，自己不喜欢他？叶镜飞看着周敬煦道：“如此就劳烦周公子了！”随后他便带着两位妹妹上了自家马车，很快绝尘而去。

“哎，镜飞哥哥……”叶镜飞头也不回地走了，纤雪郁闷极了。保守的镜飞哥哥竟然想给她和周敬煦创造机会，这个姓周的哪里好了？

周敬煦抱着纤雪，看着她胸前的蕾丝花边极力感受着她的馨香柔软，周敬煦悄然吞了吞口水。只有跟她在一起的时候他才会觉得女人是那样的可爱，令他一再想要亲近……

“你看哪里？”纤雪不满地低吼道。

“我，我看……”周敬煦尴尬地收回视线来，脸上已经是一片潮红。

“哼！”纤雪不满地冷哼一声。

“对不起。纤雪，我真的喜欢你，所以总是忍不住想看着你。”向来傲气的周大少何曾对一个女人如此温言软语过？可是，他就是想怜惜她，保护她，照顾她。

因为担心纤雪的脚伤，尽管心里万分不舍，周敬煦还是走得很快，所以没几步路就到了自己的汽车前面。司机帮他们拉开后座的门，周敬煦小心地将纤雪抱进去，然后坐在她身边，对随后上车的司机道：“去教会医院。”

“是，少爷！”司机没有多问，将车往教会医院开去。周敬煦喜悦而又忧虑地望着叶纤雪，鼓足了劲儿才开口问道：“纤雪，你……你喜欢我吗？”他都发誓了，她应该跟他说实话了吧？

纤雪毫不迟疑地回答：“不喜欢！”

“为，为什么？”周敬煦大受打击，“我哪里不好？我改还不行么？”

纤雪同样大受打击，其实她也很想问：你喜欢我哪里，我改还不成么？

“纤雪，是我哪里做得不够好吗？”周敬煦努力开解自己，她这样说只是因为女子的矜持，如今又有司机在，她肯定不好意思承认喜欢自己。

“不，目前看来，你为人还不错。但是……”纤雪暗自叹息，现在还不能将萧大哥供出来，不然，只怕周家和叶家的老太爷都要打压他。

“但是什么？”

“你们家太有钱了，我不喜欢。”叶纤雪一句大实话，可惜周敬煦和周家司机都当她无理取闹。有嫌钱多的么？

“还有么？”周敬煦浅浅含笑，继续追问道。

“还有，你长得太好看了些。”周敬煦无语。这借口也实在太蹩脚了一点吧？难道还是因为她脸皮薄，不肯承认喜欢他？周敬煦双眼一亮，不禁心花怒放。

“我说真的啦！”纤雪头疼地说，“你们家太有钱，你又长得太好看，这样一来，即便你不去拈花惹草，也会有无数女人主动扑到你身上来的。所以，你不会是我一生的良配。”

周敬煦一听，立即笑开来，原来她已经想得这样远了么？那么说，她心里还是喜欢他了，只是没有安全感而已。“纤雪，你放心，我不是没有见过漂亮的女人，但是我只喜欢你！”

“我们今天不过才见第三次而已，你喜欢我什么？又了解我多少？婚姻大事不是儿戏，你不要这么冲动啊，这世上比我好的女人多了去了。你多参加各式舞会，或者跟着你父亲到各地走一走，或许就能碰到更好的人选了，真的，你要相信我！”纤雪苦口婆心地劝他，殊不知自己越是拒绝，周敬煦就越是喜欢她。这几年来，难得有个女人不看重他的容貌，他怎么肯轻易放手？

“纤雪，我只想娶你为妻，别的女人再好又与我有何关系？”周敬煦心中酸酸甜甜的，那滋味从未体会过，美好甜蜜时只觉浑身都飘飘然仿佛置身天堂，当她拒绝时又酸涩难当。今夜能与她这般亲近，他心里其实已经很满足了，至于她的排斥和拒绝，他相信只要自己心诚，她总会感动、总会信任自己的。

纤雪知道自己无论说什么他都不会相信，干脆闭嘴不言。等去过医院回家，以后她再也不见他就是了。唉，她这究竟走的什么运啊！

医生检查之后认为并不严重，没有骨折的迹象，只是脱臼而已，接回去也就好了。当然，那一刹那的痛楚也是惊人的。

周敬煦耐心安慰道:“好了,再擦点药就可以回家了。你看,就算不来医院,脱臼了不也得接回去才行么？很快就不疼了啊……”

虽然脱臼的关节接回去了，但周敬煦无论如何不让纤雪再穿那双高跟鞋。他还是第一次看到那样高那样细的鞋跟呢！没有鞋穿的纤雪只好又让他抱回车上去，心里实在郁闷不已。

又让他占便宜了！算了，她想开一点，人家毕竟是京都第一美男子，以自己这容貌也不算吃亏吧！

汽车开到叶府，叶镜飞带着叶清源和崔月眉还有蜀宝已经在大门口等候多时了。周敬煦还想抱抱叶纤雪呢，可惜没机会了。叶清源慎重地向周敬煦道谢，然后小心地将女儿从汽车里抱下来。“今天真是多谢周少爷了。可惜此刻实在太晚了，就不请周少爷进去坐了，耽搁了周少爷这么多的时间实在抱歉，您请回吧，早点休息……”崔月眉再次道谢兼送客，而后便追着丈夫和女儿进府去了。

周敬煦望着他们冷漠的背影，难免有些受伤。他看得出来，纤雪的父母都不喜欢自己，但他不明白究竟为什么。他到底哪里不好？上好的家世和品貌，又对纤雪一片真心，他们究竟嫌弃他什么？难道真如纤雪所说，就因为他家太有钱而他偏偏又生得太好看了？

这真的能成为拒绝的理由？

叶镜飞本来是想给纤雪和周敬煦一个机会的，没想到竟然被二叔和婶娘骂了。他抱歉地看了周敬煦一眼，周敬煦微微一怔，随即不以为意地笑了笑，轻声道：“谢谢叶大哥！我不会放弃的，她一定会成为我周敬煦的妻子！”

或许一时感动，叶镜飞竟然鬼使神差地说了一句：“祝你好运！”

周敬煦总算笑了。至少叶家还有一个人是支持他的，而且这个人在纤雪心里还有不小的分量。对于纤雪，他志在必得，而且很有信心。而这份强大的信息源自父亲的支持。也不知道爹爹是怎么打算的，他怎么就那么有把握呢？

五月底，法国国家音乐学院派遣了一个乐团来中国演出，一来是学术交流，二来也是为了宣传西方文化，三来也算是学生们的毕业演出，同时让师生们感受一下东方的音乐风格。

他们早知道东方出了一位音乐天才，所以刚刚到达中国就通过大使馆向叶纤雪发了请柬，希望能与东方的音乐天才同台献艺，好好交流下一下不同风格的音乐艺术。

叶纤雪其实是很想去的，可惜让老太爷知道了。老家伙倒没找她麻烦，却将她的父母都叫过去训斥了一顿，严令不准她出去抛头露面。

好个阴险狡诈的老头！叶纤雪若不是看在父亲面上，真想找个月黑风高的夜晚摸到那老头子房里将他暴打一顿！

纤雪脚伤事情之后，周家再次前来提亲，老爷子听了叶镜飞所言，知道周敬煦曾发誓非叶纤雪不娶，心中得意，却又恼怒叶纤雪不知检点，更因为周家提亲时的强势，隐隐竟有威胁之意，他一怒之下再次拒婚。

按他的想法，周家若真的有诚意，至少也应该提亲三次嘛！免得将来周家说他们叶家的女儿轻浮，尚未有婚约，就被人家抱过了。

叶家的拒婚让周敬煦伤心而又愤怒，反观周明翰却很镇定，似乎早已经料到了。“我早跟你说过，叶家不会轻易答应这件婚事的。那老东西摆明了就是敬酒不吃吃罚酒，你偏要让人再去提亲，结果怎么样？还不是自取其辱？”周家再次被叶家落了面子，周明翰作为周家家主，如何能不气？

“那依爹爹的意思，又该如何？”经过此次求婚，周敬煦也成长了不少。原来所有人都喜欢口是心非，叶家也不例外。叶家那个老太爷真是可恶至极，周敬煦真是恨死他了。

“你等着当新郎官就是！”周明翰神秘莫测地笑了笑，并不言明。

三日后，叶家二少爷叶镜明忽然被城卫军抓了去，罪名是酒后杀人，而他杀的不是别人，正是周家刚刚才认祖归宗的二少爷，据说半个月后就要在广场上公开枪决。叶家老太爷一听就懵了。他总共才两个孙子，现在连曾孙都没有。枪决？枪决……不行，他不能看着自己的孙子被杀，那样他们叶家两百多年的清誉就全完了。他要想办法将镜明救出来，镜明，他的孙子啊！

对了！周家？哪个周家？

老家伙虽然固执古板，但并不傻，很快就想明白了其中关键。定是周家恼羞成怒有意陷害他们叶家了！好一个阴险的周家啊！都怪纤雪那个臭丫头，没事干嘛要招惹那个周家少爷。

第七章 所谓真情

叶家老太爷又急又怒，不思反省，反而将责任推到不讨喜的孙女身上。当然，他也就是在心里面腹诽一下，这话他可不敢说出来。如今叶家得到消息的所有人都在怪他，好好的一门亲事愣是让他给弄成了仇人。

叶纤雪的伯母，叶镜明的母亲是第二个得到消息的，仿佛一个晴天霹雳，吓得她心神俱丧，赶忙跑到老太爷跟前哭闹不休，恳请老太爷想想办法，救救自己的儿子。

叶清扬和叶镜飞得到消息赶回来，也怪老太爷的固执害了自己的儿子和兄弟，只不过碍着他是长辈，不好当着他的面数落而已，心里面没少埋怨。其实他们都清楚，如今也只有叶纤雪出马，或许还有几分希望。可是，周家明摆着是因爱生恨，谁知道他们会怎么为难她？

唉，都怪老太爷偏心！他要是有那么一点为纤雪着想，应下这门亲事，哪有现在的事？当然，也怪镜明自己不争气，平日里不好好读书，整日里游手好闲，跟几个狐朋狗党到处吃喝玩乐惹事生非。叶清扬每次管教几句，妻子就跟他大哭大闹，百般维护，久而久之，他也就不怎么管了。

想到这里，叶清扬也后悔，不管怎么说，也是他管教不严之过啊！相对知情人的心急如焚，叶纤雪在学校里一点风声都没听到。老爷子是不好意思让人到学校找她，叶清扬父子是不想连累她，而刚刚得到消息的父母，却还在犹豫中。如今，知道周家大少爷真的心仪与她，叶纤雪的同学们都又忍不住妒忌。

周家，京都首富啊！周家大少爷，被称为京都第一美男子啊！如此财貌双全的男子，怎么就没看上自己呢！

杜雨馨也见过周敬煦，之后就经常找她问："你爷爷真的拒绝了周家的婚事？你真的不后悔吗？周少爷真的长得好帅哦！纤雪，人家好羡慕你呢！"

纤雪烦不胜烦，就差怒吼一声：你喜欢送给你好了！真是的，不就是家里有点钱，人长得好看点么？有什么了不起？

纤雪细细回想自己与周敬煦的三次会面，这才恍然发现那个灾星长得好像的确很好看，似乎比自己还漂亮几分。真是的，一个大男人长成那样，这女人还要不要活啊？还好那老东西帮她拒婚了，不然，跟着这样一个极品美男，整天担心他在外面有没有别的女人觊觎，哪里还有幸福可言？想到这里，纤雪再一次肯定，女人还是要找个让人安心的男人才有幸福。

叶纤雪胡思乱想走出学校，忽然听到一个熟悉的声音叫道："师妹……"会叫她师妹的人很少，而叫得最多的就是萧明远了。"萧大哥，你怎么会来接我？有事吗？"

虽然萧明远的脸色有些羞涩腼腆，但却大大方方地说："先生叫我今晚过去，我想正好接你一起回去。"

叶纤雪扬着嘴角笑了。看来这块木头总算开窍了呢！

"呵呵，走吧！"她将书包递到他背上，并对着他灿然一笑，当即迈开脚步走在前面。这还是两人严格意义上的第一次约会呢，不过一点都不浪漫。叶纤雪暗自叹息一声，告诉自己，知足吧！木头也有木头的好处，至少他不花心吧！

"小师妹……"萧明远总算开口了。

"嗯？"纤雪答得有些慵懒随意。

"我听说周家的少爷很喜欢你，可是真的么？"

"嗯，"纤雪点点头，这事很多人都知道，而且，也没有保密的必要。不过，她又补充了一句："他喜欢我是他的事，我喜欢谁是我的事。"

"我听说周家都去叶家提亲两次了，所以才忍不住想亲自问问你。"萧明远细细打量纤雪的神色，眼底有些不太自信的忧虑。

"那你一定也听说我爷爷已经拒绝他两次了？"纤雪回头朝着他不以为意地笑笑。

"我感到很庆幸，可是我又没什么把握……"萧明远忽然很不好意思地望着她笑了笑，接着道，"那位周少爷与我同年级，我们见过面的，他……不只是容貌出众，为人也很不错，没有大少爷的架子，他那么喜欢你，可是你却拒绝了他，让我感觉很意外，很幸福，也很不安。"

"不安？"纤雪有些诧异。他不安什么？担心周家对付他？

"我不知道你为什么会选择我，担心自己不能够给你幸福，担心你今日放弃他，以后会后悔。毕竟他对你这样好，你就没有一点感动么？”

纤雪沉默了一下才道：“我喜欢宁静的生活，渴望的是一份细水长流的感情。你能答应我今生今世只有我一个女人么？”

“当然！我从来没有想过，我会和别的女人产生什么关系。纤雪，我发誓，今生今世，非卿不娶，一生一世，永不变心！”说这话的时候，萧明远紧紧锁着纤雪的眼睛，说得非常认真。

纤雪其实并不相信永远，也不相信誓言，但却因为他这份誓言，她相信他至少此刻对她是一心一意的。如此也就够了，谁能保证自己一辈子只爱一个人呢？走过宽阔的街道，遇到一个卖花的小女孩。萧明远难得浪漫了一回，他买了一束茉莉小花串送给她。纤雪将花串戴在手腕上，举到鼻间闻着淡雅的花香，嘴角勾起一抹浅浅的笑容。重生在此十二年，总算有人送花给她了，不容易啊！

这时，忽然从对面走来两个年轻男子，看到萧明远，远远地就摇着手打招呼。萧明远眉头微微一蹙，脚步一滞，缓缓迎了上去。

“会长！”

“会长好！”会长？纤雪愣了一下，随后反应过来，原来是京都学院学生会的同学。萧明远为双方做了介绍，那两人都是从南方来的穷学生，一个叫秦天鸣，一个叫魏紫阳，比萧明远低两个年级。

“会长，上次跟您说的那件事情你考虑得怎么样了？”秦天鸣看了叶纤雪一眼，迟疑地开口问道。

萧明远没有立即回答，反而转身抱歉地望着叶纤雪道：“对不起，学生会有点事情，等我两分钟好么？”

纤雪莞尔一笑道：“没关系，你先忙吧！”于是，萧明远带着两位同学走到街道另一边僻静的角落交谈。纤雪没有刻意听他们说什么，虽然她不明白萧明远为什么要背着她说话，他对她还是有所隐瞒吗？还是他不想她知道太多的事情烦心？据说，京都里有南方同盟军操控下的同盟小组，很多都是来自南方贫苦家庭的学生，高唱着民主、平等和人权，实际上却是为同盟军充当探子。她忽然有些担心，萧明远不会是其中一员吧？

萧明远面色平静地将两人带到一边，脸色却一下子变得慎重起来，道:“我不是说过了么？我决定留在京都，不回去了。”

“会长留在京都，是为了叶小姐么？”魏紫阳问。

“也不全是。我喜欢这样简单的生活，在京都学堂里当个讲师，一直是我的梦想。”萧明远淡淡地说道。

“如果不是为了叶小姐，那您回南方去同样可以进学堂当讲师啊！南方大学正在筹备中，您这个时候回去，不是正好可以组织负责此事一展抱负？”秦天鸣咄咄逼人。

萧明远沉默了一下，叹息道：“好吧，我承认，我喜欢她，非常喜欢，在我的生命中，尚未发现有其他任何人任何事能超越她在我心中的分量。”

秦天鸣与魏紫阳对视一眼，又偷偷看了一眼等在街道另一面的叶纤雪，压低了声音道：“以您现在的身份，您和叶小姐的事情只怕有些麻烦。”

萧明远点点头道：“我知道，不就是周家曾两次向她提亲么？叶家已经拒婚了。”

“不，”秦天鸣再次压低了声音道，“根据我们的最新消息，周家对叶小姐只怕是势在必得。昨夜，叶家的二公子被城防军抓捕了，罪名是酒后杀人，而他所杀之人正是周家刚刚认祖归宗不到一个月的二公子。大人，您想一想，叶家想要保住叶二公子，除了将三小姐送给周家，可还有别的路走？”

“竟有此事？”萧明远远远地看了纤雪一眼，看她悠然自得的神情，显然还不知道这件事情吧！好一个卑鄙的周家，竟然用这种手段。原本他还以为那个周敬煦是个君子，如今看来也不过是个小人罢了。如此，他更不能放弃纤雪了。

“还不只如此，我们还发现大帅府的人，也在暗中调查叶家三小姐，只是原因不明。”魏紫阳又补充了一句。

“大帅府？”萧明远脸色越来越沉重了。难道纤雪什么时候见过岳惊云么？他想了想，叹息道：“为了她，我总要努力争取的。如果只是听了这些消息，知道跟她在一起有困难我就放弃的话，那样一个懦弱没有担当的我，就是回去了又能成什么大事？”

秦天鸣与魏紫阳对视一眼，轻轻摇摇头，无言以答。

“就这样吧！谢谢你们，我先走了。”萧明远轻轻一声叹息，转身往叶纤雪走去。他前不久才认了亲人，可是，在他心里，将他养大的伯父伯母、叶先生和师母一家远比血缘之亲更亲。

叶纤雪看萧明远过来，淡淡一笑道：“谈完了？”

萧明远轻轻“嗯”了一声，却有些迟疑地问了一句：“小师妹，除了周家，还有别的人向你提亲吗？”

“好像没有了吧？”她头上还有两个未出阁的姐姐呢！

“小师妹，你见过大帅吗？听说上次你们学校校庆，他也去参加了，还特意见了你一面。”

“没有，”叶纤雪摇头，拒绝与岳惊云扯上任何关系，“上次校庆表演的时候我在后台没有出去。后来大帅到后台来，我又有事出去了，我堂姐就冒用我的身份与大帅见了一面。萧大哥，你究竟想问什么？”有什么事情不能摆明了说么？

“小师妹，我刚刚听说了一件事情，你二哥出事了。我想，如果你要是认识大帅的话，说不定此事还有转机，否则的话……”说到此处，萧明远轻轻叹息一声，突然间也没有了信心。

“我二哥？”纤雪有些疑惑，但随即冷笑一声道，“他是死是活与我何干？”

“你不打算救他？”萧明远诧异地问道。

“他做了什么？需要我一个女孩子去救？”叶纤雪反问一句，对那个二哥的事情，她实在提不起什么兴趣来。萧明远将自己听到的消息告诉纤雪，却见她神色如常，甚至带着些嘲弄的意味勾起一抹浅浅的笑意，冷笑一声道：“让我去救，我拿什么去救？我的身体？还是婚姻？”

萧明远张口结舌地看着叶纤雪。他还是第一次看到这个神情的叶纤雪，与她平时表现出来的沉静文雅全然不同。她是那样的聪明，又是那样的冷静犀利。无疑，此刻的纤雪与她平常表现的温柔乖巧的一面大相径庭，但看在萧明远眼中，这样的她似乎更真实生动一些，也更具魅力。

叶纤雪看了一眼目瞪口呆的萧明远，继续说道：“凭什么要我去救？这些事情都是老太爷自己弄出来的，他要是心疼孙子，就自己想办法，想利用我，没门！”既然打定主意要跟萧明远在一起，她当然要适时地将自己最真实的一面慢慢表现给他看。

“周家的计策也太卑劣了，竟然大费周章认一个二少爷来赴死，这事说出去，谁都猜得到内幕。”萧明远怔怔地点点头，他只领会了一点，纤雪不会因为救叶家的二公子而牺牲自己的婚姻。知道这一点他就放心了。

“猜到了又如何？关键是证据！周家绝不会留下证据给我们叶家的。”纤雪将脚边的一颗石子踢得远远的，心情也有些沉重下来。老爷子向来偏疼孙子，肯定是要打她的主意的，她得想个办法才行。

回到叶府，只见下人们三五成群围在一起议论纷纷，看来消息已经传开了。

纤雪回到西院，母亲已经准备好了饭菜，只是神情忧虑，父亲背对着大门，正在看大堂上挂着的那一幅字。那是老爷子写给爹爹的——“礼孝传家”。那个“孝”字让父亲为难了吧！纤雪什么都不怕，就担心父母因为自己而受委屈。

“妈妈，我们回来了。”纤雪收拾起心中忧虑，迈着轻快的步子跑了过去。

“先生，师母！”萧明远跟在纤雪身后，总算明白了她的两面性原因为何。原来小师妹天真喜悦的背后，是浓浓的孝心。

“回来了？累了吧，洗洗手吃饭！”崔月眉见女儿与萧明远一起进门，强打笑容起身招呼他们。

叶清源“嗯”了一声，看了看女儿，又看了看萧明远，竟不知该如何开口。

萧明远看出先生的为难，就主动说了一句：“先生，师母，二公子的事情我们已经知道了。”

“你们知道了？”叶清源和崔月眉对视一眼，又看了看表现得一如往常的女儿，心里疑惑万分。纤雪不会不知道这件事情背后隐藏了什么，为何她还能表现得如此轻松？

“爹，爷爷有叫我过去吗？”纤雪不忍父母为难，主动开口问道。

“嗯，”叶清源点点头，说道，“他本来让你回家就去主院的，我回说你吃了晚饭再过去。”

四个人都坐下来，却都没有什么胃口。纤雪频频为父母布菜，语调轻松地劝慰道：“不要担心啦，吃饭皇帝大。不吃饱怎么想办法？”

叶清源和崔月眉不忍女儿担心，勉强用了一些，而萧明远毕竟是个小伙子，虽然心里搁着事情，还是吃了一碗饭。

如此草草用了晚饭。四个人又坐下来商议。

“你爷爷上午就让人打听了，说是为了酒馆里那个卖酒的女子，两个人有了争执，你二哥恼怒之下打了对方几拳，那人摔倒的时候后脑碰到了桌角，流了很多血，就这样死了。当时很多人看到的，周家倒是没有冤枉他。如今……”说到这里叶清源停了下来，后面的话他无法说出口来。

“如今唯有一个办法可以替叶镜明开脱，就是周家主动承认那个二少爷本来就有病，是旧病复发而亡，而不是叶镜明打死的，并保证不再追究凶手的责任，这样叶镜明就只有误伤之罪，罪不至死，对吗？”叶纤雪替父亲说了出来，令父母连同萧明远都感到很意外。他们虽然知道她很聪明，却想不到她竟然一眼就看得这样透彻。

叶清源点点头，继续道：“你爷爷打算明天就派人过去问问周家的意思，让你跟着一起去，希望通过周家大少爷……”

“爹您的意思呢？”叶纤雪打断父亲的话，别人如何算计她，她都可以不在乎，她关心的只有父母的看法。

“杀人偿命，这是国法。我跟你爷爷说了，此事与你无关，怎么能让你一个女孩子出面？可是你爷爷态度很坚决……我跟你妈妈商量，打算另外找栋房子搬出去住。”叶清源没有说得很清楚，可是叶纤雪已经明白了父母的意思，所以她笑得很灿烂。她就知道，父母永远都不会放弃她。

“爹爹，您别担心，一切有我呢！”叶纤雪站起身来，自信地说，“爷爷那里不用担心，我若不愿意，他就休想勉强于我。只是周家那里还需好好计议一番，此计不成，难保他们不弄出些新的阴谋诡计来。最好让那个周敬煦不再喜欢我就好了。”

“能有什么好办法？”崔月眉愁眉苦脸地说。

叶纤雪笑着吐了下舌头，转身就往外走。“我先去老爷子那里走一趟，你们在家好好商议，搬家最好。”叶清源要陪着女儿一起过去，叶纤雪不让。有些话当着爹爹的面她可不好开口，免得吓到他。

叶清源想起今天下午与父亲大吵了一架，无论如何他是不肯认错的，担心父亲看到自己火上浇油，最后还是决定留下来。于是，崔月眉让蜀宝陪着小姐一起过去，如果发现不对就赶紧过来通知他们。

叶纤雪刚刚走出西院，就看到大哥叶镜飞从一棵梅树后面转出来，拉着她的手急切地交待道：“纤雪，不管老爷子怎么凶，都别答应他。原本我还以为周敬煦是真心喜欢你的，想不到他们周家如此卑鄙，这计划应该早就开始了。这样的人家，再有钱咱也不稀罕！”

“镜飞哥哥！谢谢你！”纤雪很是感动，眼睛也有些湿润。若是为了镜飞哥哥，她受什么样的委屈都不要紧，可是那个叶镜明是什么东西？打小就知道欺负她，如今杀了人就该偿命，凭什么要她做牺牲？

来到老爷子的书房，他已经等得不耐烦了，自然也没有好声气给纤雪。“怎么，看周家如此在意你，就目中无人了？这都什么时辰了？是不是要老夫用轿子来请你才肯过来？别说你现在还没嫁人呢，哪怕你嫁给大帅做了第一夫人，也是我叶家的子孙，也归我管！”

“爷爷不知道嫁出去的女儿泼出去的水么？”叶纤雪悠然自得地倒了杯茶坐下来慢慢品着。老家伙嗜好好茶，叶家也只有他这里才有好茶，好久没喝了，今天就好好品一品，也顺便把老家伙等一下吐出的废话听一听。

“你——”老爷子被噎了一下，暴跳如雷，“还真是反了天不成？你爹妈怎么教你的？对长辈就这个态度？”

“俗话说得好，父慈子孝，有人为老不贤，如何怨得了做晚辈的态度不够尊敬？”叶纤雪语气轻轻淡淡的，也就只有老爷子听清了她说了什么，而守在外面的叶清扬夫妻连同叶镜飞和蜀宝都只能听到老家伙的咆哮而已。

“你、你、你……你这个不孝子孙，十七年了，叶家生你养你，老夫竟没看出来你竟然是个忤逆女……”老爷子在叶家几十年作威作福惯了，今天下午先是被儿子的忤逆不孝气了一顿，如今发现自己向来不放在心上的孙女更加不孝，一口气提不上来，差点就背过气去。

“爷爷，您又说错了，生我养我的是我爹爹妈妈，跟您关系真的不大。您自己想想，自从我爹爹娶了我妈妈，您给过他一个铜板么？还有啊，孙女劝你一句，年纪大了就要懂得惜气，不然气出病来可是会折寿的。”

第八章 祖孙对决

看在他生了爹爹的面下，纤雪好心地提醒了老爷子一句，却气得老家伙浑身颤抖。“来人，快来人！真是反了天了，好一个忤逆的东西……”老太爷用拐杖敲得桌子“梆梆”响，叶清扬夫妻和叶镜飞赶紧跑了进去。蜀宝也跟到门口，偷偷往里瞧。

只见叶纤雪低垂着头恭敬地站在书桌旁边，脚边一个被摔碎的茶杯，茶水打湿了她的裙子，上面还残留着两片茶叶。而老太爷瞪大眼睛仿佛要吃人，一边狠狠地盯着叶纤雪，手中的拐杖还指着她的头。

“爹，您这是做什么？”叶清扬赶紧将老爷子扶到主位上坐下。同时，叶镜飞也担忧地将叶纤雪拉到一边，关切地问道：“纤雪，你怎么样？打到哪儿了？疼不疼？”

纤雪轻声道：“镜飞哥哥，你别惹爷爷生气，都是我不好，爷爷没有打我，那个茶水也是……是我自己往身上倒的……”其间，她只抬头看了叶镜飞一眼，尔后便迅速低下头去。

叶镜飞轻轻拥着她，心疼不已。看看，他聪明活泼一个妹妹都给爷爷吓成什么样子了？竟然连自己往身上倒茶水的话都说得出来。“爷爷，我说过了，镜明的事情我们会想办法的，您不要牵涉纤雪，这件事情，她是最无辜的！”

“你们能有什么办法？”老爷子不住地用拐杖敲着地板，怒吼道，“人家摆明了就是要那个不孝的东西。她要是不去，周家怎么肯松口？”

“杀人偿命乃是国法，二哥犯了罪，为什么要我牺牲自己去救他？”叶纤雪抓到机会抬起头来反驳道。今天她不气得老家伙打消牺牲自己的念头誓不罢休。

“你——”老爷子指着叶纤雪吼道，“即便他犯了罪，他也还是你的兄长！

作为叶家的女儿，你自然有义务为救出兄长而做出牺牲！”

“可是我们叶家不是礼仪传家么？大义灭亲，怎么能因为他是我的兄长，就可以包庇他杀人的罪行？还要我牺牲自己去救他出狱？”

叶清扬和叶镜飞看叶纤雪开口了，便都沉默下来。叶镜明犯了罪，他们是没有立场要求纤雪牺牲自己的。

老爷子瞪大眼睛怒吼道：“谁都知道那是周家的圈套！那个什么周家二少爷，不过是街头的一个乞丐而已！”

“乞丐就不是人么？乞丐就可以随便被人虐杀么？爷爷，人生来不应该是平等的么？一个人的出身真的就决定了一切么？”叶纤雪针锋相对，却一直很有分寸。果然，听了叶纤雪的话，叶清扬和叶镜飞一点都不怪她，反而觉得她坚持真理与正义，实在难能可贵。

“我说了，镜明是被人陷害的，那人未必就是他杀的！”老爷子激动地站起身来走了两步，却不敢接纤雪关于自由平等的话题，赶紧将话题转开。

“如果二哥是冤枉的，那爷爷不应该去找他被冤枉的证据么？”

“要是有证据，我还找你做什么？”

“没有证据，谁能说他是冤枉的，毕竟好多人都看到他伤人致死的！”老太爷被叶纤雪驳得没办法，只能吼道：“我们叶家的子孙怎么可能会杀人？”

“不会么？”叶纤雪冷笑一声，她正等着他这句话呢！“他十岁就会杀人，还是杀自己呆傻的堂妹，如今人长大了，胆量想来是越发大了吧？爷爷不相信么？我可是完全相信的。”

“你，你胡说什么？”叶老太爷震惊地后退两步，怒视叶纤雪的目光仿佛要吃人。

与此同时，叶清扬和叶镜飞也恍然醒悟过来。他们急切地拉着纤雪问道：“你说什么？纤雪，你说你五岁那年是被镜明推下池塘的？”

纤雪没有直接回答叶清扬和叶镜飞的话，反而讥诮地望着老太爷，冷笑道：“爷爷，别人不清楚，您还不清楚么？当时，您可是站在祥云楼上看得一清二楚的。”

“你怎么知道？你不可能知道的……”老爷子彻底崩溃下来，软软地倒在椅子上。

“什么？”叶清扬和叶镜飞震惊之后转而望着老爷子。

叶纤雪冷哼一声，却不知不觉中红了眼眶。她含着泪水笑开来，自嘲地说：“您亲眼看着我被他推下池塘，却装作没看到，不就是想淹死我这个令叶家蒙羞的傻女么？却没想到镜飞哥哥会刚好从这里路过，又将我救了回来……呵呵，爷爷，不但二哥会杀人，您也会呢！”

纤雪一直以为自己并不在意这件事情，毕竟那个时候她还不是叶纤雪。可是，当她说到这里的时候，心真的很痛很痛，就如同前世被自己的亲人谋杀时一样。

叶老太爷不住哆嗦着，却一个字都说不出来。他终于明白为什么这个孙女变聪明以后却从来不跟自己亲近，原来她竟然知道，她竟然都知道……

想到这些，纤雪越发心痛难忍，她含泪望着到如今仍怒视自己的老人，哽咽道："爷爷，这件事情我忍了十二年都没有告诉过任何人，就是期待着变聪明的我能让您改变初衷，对我和我妈妈好一点。可是，无论我怎么表现，您心里还是只有大姐和二姐两个孙女，您真是让我失望您知道么？但凡您对我还有一丝祖孙之情，叶家能落到现在这步田地么？二哥再不争气，周家也不会无缘无故陷害他……爷爷，虽然您久沐风雨，明白世事，可是您的眼光真的很不好，为什么直到如今您都不肯承认，正是因为您的固执己见，因为您对我莫名其妙的憎恨造成了今天的局面，爷爷，您……"

叶清扬愤怒而失望地望着年老的父亲，哽咽道："爹，您从小就教导我们兄弟仁义礼孝悌，没想到您竟然是这样的人！爹，您实在是让儿子太失望了……"叶镜飞红着眼睛将纤雪搂进怀中，怜惜地摸着她的头。当他抬头再次凝望着老太爷的时候，心里再也没有了丝毫对长辈的敬重。

纤雪在叶镜飞怀中哭了一阵，这才抬起头来望着叶清扬道："大伯，对不起。如果是您和镜飞哥哥出了事，让我做什么都成，哪怕你们与全天下为敌，纤雪也可以帮着你们杀人放火。可是为了叶镜明，我做不到……其实我心里没有太多的国法家族观念，我只知道，对我好的，我会加倍回报，而伤害过我的，也绝不轻言原谅。"

"别说了，纤雪，这事不怨你，是他自己咎由自取……"叶清扬红着眼睛拍拍叶纤雪的肩，"这件事情你就不要管，天色不早了，让你镜飞哥哥送你回去休息吧！"

叶镜飞将纤雪和蜀宝送回西院，叶清源和崔月眉看到女儿哭红的双眼，都很震惊。

纤雪已经很多年没有哭过了。

"我没事的，妈妈，您别担心。"叶纤雪自己抹去眼泪，又笑了笑，然后便拉着父母坐下来。

萧明远有些担心地望着她，真的没事吗？

"你爷爷没逼你？"叶清源不太相信自己的老父亲。

纤雪再次点点头。今天哭了一场，发泄之后反而全身轻松舒爽了许多，感觉是好得不能再好了。忍了那老家伙这么多年了，今天总算是报仇了。"大家放心吧，这一次，无论如何爷爷不会把我卖出去就是了，但以后还会发生什么事情就不好说了。对了，你们商量得如何了？”其实她倒是有个想法，只是担心爹爹妈妈不答应。

三人均摇头叹息。他们也都看出来了，周家提亲不成，现在连阴谋诡计甚至人命都弄出来了，只怕那个周敬煦对她是完全入迷了。要让周家主动放手，不容易啊！

“其实我倒是有个办法。”纤雪小心地注视着父亲的神情道，“那个法国来的音乐会不是给我发了请柬，希望我能当他们的嘉宾么？如果我答应下来，抛头露面，想必周家无论如何都不会再要我了。”

“不行，你一个未出阁的大家闺秀，怎么能登台亮相呢？你喜欢音乐我们支持，但你毕竟是有身份的贵族小姐，如何能像那些歌女一般以才艺娱人？”叶清源立即反对。不说老爷子曾经一再交待过不许纤雪参加那个音乐会，就是他自己也是不赞同的。

纤雪仿佛猜到父亲在想什么，立即解释道：“爹爹，西洋歌剧在我们中国不是很受欢迎，所以这一次他们是以歌曲和乐曲为主，当然，也节选了歌剧的很多精彩片断。不过，我去的话，是为了展示我们中国的音乐。”

叶清源这才点点头。

“爹爹，我想请萧大哥帮忙，与我一同上台表演。”既然要败坏自己的名誉，与一个男子在台上大唱情歌就是最好的了。

叶清源有些疑惑，甚至还有些怀疑。“你们要一起表演？”

“我想写一首二胡曲子，让萧大哥去表演。我自己呢，就选一首古筝曲好了，展现我们中国的传统音乐嘛！”叶清源听了脸色这才稍缓了些，点点头。这还差不多。她一个女孩子，上去弹一首古筝曲也就够了。

第二天，叶纤雪就主动找人与法国大使馆联系，秘密商议在音乐会上展现东方音乐的事情。当晚，她便连夜作曲，将要表演的三首曲子的曲谱写下来。音乐会还有三天就到了，

这三天，萧明远请了假住在叶家，每天都同纤雪在琴房里练习。好在萧明远聪明，本身对音乐也有一定的天赋，三天的时间练习两首歌，足够了。

三天很快就过去了，音乐会即将开始。

叶纤雪和萧明远一大早就出门与法国音乐学院的师生们会合了。为了不引起人注意，叶清源和崔月眉都会待在家里，并不会到现场看表演。叶纤雪会一点法文，平常交流是没有大问题的，但她不敢表露出来，所以装着听不懂，麻烦一位略通中文的老师充当翻译。

到了晚上六点半，京都大剧院缓缓打开大门，等候在外面的观众陆续入

场。纤雪与萧明远一直在休息室等候。忽然从外面跑进来一个法国女学生，捂着胸口，满脸花痴地惊呼道："哎呀，那个大帅来了呢！中国的大帅真的好帅呀！天啊，怎么办，我觉得我爱上他了呢！"那份花痴样跟杜雨馨简直如出一辙。

纤雪震惊地差点站起来。该死的，不是说那个男人今天就要去东北搞什么军事演习，已经明确表示不会过来么？他怎么会推迟前往东北的计划来看表演？

萧明远发现纤雪脸色一变，轻轻握住她的手道："不要紧张，你就当我们在琴房练习时一样就好了。"

"不是，我只是听说……"她现在不能懂法文啊！真是憋屈死了！该死的岳惊云！就为了怕被他抓到，她好好一个语言天才不得不装白痴。要知道她前世可是在西欧留学多年，不但精通英文和德文，法文也是相当熟悉的。其实她一直比较喜欢法语。

该死的岳惊云！萧明远很快反应过来，面露惊讶地问："你，你能听得懂法语？"

"嘘——"叶纤雪赶紧往四周看了看，好在大家都在问大帅的事情，倒没有人注意他们。她赶紧坐到萧明远身边，轻声道："千万保密。我无意中得罪了一个大人物，他没见过我，但知道我会英语和其他外语，所以，你一定得给我保密。"

萧明远立即变得面色沉重，轻声道："他来看表演了？"

纤雪点点头。

"要不然你的表演取消吧！就装病好了！"认识纤雪这么多年了，萧明远还是第一次看她如此紧张，如何能不着急？而且，纤雪竟然懂英语和法语，却瞒着所有人，只怕她身上还有很多秘密吧？萧明远忽然之间觉得自己好像一点都不了解她了。

纤雪强笑着摇摇头。"已经来不及了。他本来就怀疑我，如果我听到他来就怯场，就更无法摆脱嫌疑了。"该死的岳惊云，她敢肯定，他绝对是故意跑过来看她的。

不错，岳惊云的确是听说音乐天才决定在音乐会上表演，所以临时改变行程，将去东北的计划推迟了一天。这一次，他要近距离好好研究一下，那个音乐天才究竟是不是他的小狐狸。

第九章 暗算

纤雪立即决定换装出场。首先她找了一顶大波浪的假发戴上，然后把束腰放了一点点，让腰身稍稍粗一点，而后她又看了看自己的胸部，忍痛把胸罩里的两个厚厚的海绵插片取了出来。小胸女就小胸女吧，她才十七岁，还没发育好呢!

接下来，她又向法国少女要来化妆品，利落地往自己脸上招呼，先拍上一层乳液，然后是粉底，接下来腮红、唇膏、眼影，转瞬之间仿佛变了一个人似的。看得法国师生们一脸赞叹，惊得萧明远目瞪口呆。

纤雪也没有办法，不化妆担心被岳惊云认出来那天在学校那个不是她，进而加重对她的怀疑，可化妆了同样担心被认出来她就是在密室里设计手枪那个艾莉丝。

要死了，这个臭流氓为什么要来啊！时间过得很快，只听外面一阵掌声响起，音乐会正式开始了。萧明远轻轻握住她的手，神色坚定地在她耳边道："别怕，还有我呢！就算被发现了也不要紧，大不了我带你去南方。"纤雪并不太明白他话中的意思，但他想保护她的心意却很清楚。她暖暖地望着他，浅浅一笑。

萧明远一身白色唐装，前胸和袖口绣着青翠的竹叶，整个人看起来清爽高洁，有一种出尘脱俗的温雅气质；而他眸光晶亮，眼神坚定，俊美中有一种儒雅的阳刚气息，真真令人赏心悦目。纤雪这才恍然发现，原来萧大哥也是个美男子呢!

"怎么了？我脸上有什么不对吗？"萧明远有些不自在地摸摸自己的脸，难道他什么时候不小心弄了点胭脂或口红上去?

纤雪轻轻摇摇头，勾着嘴角笑道：“萧大哥，你也不要担心。我也不是这么好欺负的。”萧明远点点头。他已经看出一些端倪来了——纤雪，实在是个聪明、勇敢、孝顺又坚强的女孩子。

这时，纤雪的第一场表演就要到了。纤雪沉着冷静地起身站起来，落落大方地走出去，先绕到钢琴前面对着观众提着裙摆屈膝一礼，然后便坐到钢琴前面，熟练地弹奏起来，对一直紧盯着自己身上的几道热烈的目光视而不见。

一曲完毕，纤雪起身，行礼告退，没有开口说一句话。直到她退回幕后，如潮的掌声才猛烈地响起来。果然不愧为东方的音乐天才啊！观众席上，男男女女们窃窃私语，语气中都充满了赞叹。

岳惊云一直眯着眼睛盯着叶纤雪，从她出场，直至退回幕后。

那一头大波浪的褐色卷发令他震惊，但随即他就邪气地笑了笑，时下好像不流行卷发吧？还是此地无银三百两？不过不得不说，这女人虽然没有留过洋，但的确洋气，那洋装穿在她身上，气质真是自然得很，一点都不显得突兀。从气质上看，她倒是跟那只小狐狸挺像的，不过岳惊云坐在第二排正中，将台上的叶纤雪看得非常清楚。但根据他的目测，那个女人的身高有一六五以上，腰围应该有一尺八左右，胸围么，似乎太“平”了一点，与自己掌握的尺寸有些不一样啊。短短两个月而已，变化不至于这么大吧？

难道她真的不是艾莉丝？可是，她也不是那天在学校自己见过的叶纤雪吧？虽然身形容貌上有几分相似，但气质可就差得太多了。

周敬煦和父亲周明翰就坐在观众席的第三排。

前日，叶夫人找到周家，恳求他们放过叶镜明，说愿意将三小姐叶纤雪嫁过来。当时周敬煦去了学堂不在家，周明翰回说周家正在同黎家议婚，叶夫人立即道三小姐本是庶出之女，若能到周家为妾已经是高攀了。

周明翰没有直接给答案，却留下一句说：若叶纤雪半个月之内进了周家的门，那么叶镜明之事尚有转寰的余地。叶夫人连道明白，第二天就来报告说叶纤雪打算参加法国大使馆的音乐会。周明翰猜到叶纤雪的意思，却叮嘱叶夫人不许破坏此事，他正好看看这丫头有多大的能耐。

叶纤雪第一首钢琴曲就征服了观众，立即让周明翰明白了她的价值，这丫头的确不错，不过显然她对自己的儿子无心，看来得想个办法去一去她的傲气才成。“爹，我去后台看看纤雪。”周敬煦看纤雪退回幕后去了，立即就要起身追过去。周明翰赶紧拉住他道：“不着急，现在还早呢，等她三个节目都表演完了再去吧，不然可能影响她后面的表演。”周敬煦一想也对，便耐着性子坐下来。

与此同时，坐在第四排的两名外国大使也在用法语小声交谈着。“都准备好了么？”

“放心，一切都准备好了。”

“我再提醒一遍，必须找中国男人，而且不能让他们双方知道。否则万一要是让她知道了，我们的一切计划都要泡汤了。”

“放心，保证是个纯正血统的中国男人。呵呵，就算万一不幸有了孩子，也怀疑不到我们头上……”

纤雪回到后台，所有人都向她道贺。她谦和地感谢大家，然后便下去换服装了。下一个节目萧明远要二胡独奏，她的钢琴伴奏虽然在角落里，但还是换一套与萧大哥相配的衣服比较好，反正最后一个节目也要换服装。

当她换装出来，几乎所有人都忍不住惊叹地屏住了呼吸。那个长裙曳地、云带舒缓、气质温婉的女子跟刚才那个一身洋装透着淡淡冷漠舒离的叶小姐真的是同一个人？

萧明远几乎看得移不开眼睛。这是纤雪吗？她竟然可以这样美？

萧明远是和纤雪同时出场的，但一个走向舞台正中，一个只在角落里的钢琴前面坐下来，或许是萧明远的唐装以及出众的气质令观众精神一振，倒是很少有人注意到她。他们的表演十分成功，情感表达淋漓尽致。

观众席里非常安静，所有人都沉浸在这婉转悠扬却又带着浓浓忧伤之情的音乐中。当最后的尾音也消散在剧院上空，观众们才回过神来，掌声缓缓响起，却越来越激烈。

岳惊云或许是听刚才的二胡曲勾起了心底的忧伤，竟然要了酒来喝，而且一杯接一杯。尽管周围的观众闻到酒味心中很是愤怒，但一看是大帅在喝酒，立即就将这些不快藏了起来。

与此同时，周明翰看了看望着舞台一脸痴慕的儿子，第一次感觉到自己的儿子原来这样有眼光。那丫头的确才华横溢，如果将来打着东方音乐天才的旗号去欧洲巡回演出，一定会引起轰动的，肯定能结交无数上流权贵。

而就在此刻，坐在他们后面的两位大使却发生了一点小小的争执。“叶真的是个难得的音乐天才啊！她真的就是艾莉丝？”

“当然！这钢琴还是我引她到教堂里学的呢！”

“可是……天底下真的有这样惊才绝艳的天才少女么？天啊，音乐天才叶和武器及机械设计专家艾莉丝……”

“嘘！小声点！”

“放心，放心，这些中国人哪听得懂法语。可是，我忽然觉得就这样毁了她，真的好可惜啊！”

“这怎么能算毁了她呢？在中国只会束缚了她的才华，等她到了英国，我们会提供给她最好的研究条件的，让她可以完全发挥她的天分。”

“不是说好去法国？”

“现在法国有能力保护她么？”

“哼，你们英国也好不了多少……”

“好了，这个暂时就不争了，到时候看她自己吧，我们公平竞争就是。”

“好，就这么说定了……”此刻，坐在后台休息室的纤雪还有些成功演出的兴奋，压根儿不知道有多少人在算计着自己呢！

天才少女的第三首曲子终于要到了，所有人都一起期待着。

司仪报幕之后，深紫色的幕布缓缓拉开，只见一男一女一坐一站分别在舞台两端。纤雪的琴声先起，引音并不令人惊艳，但所有人都想不到这是一首歌，而不是琴箫合奏曲。当纤雪的声音也随着扩音器传出来，让人感觉仿佛被一泓清泉濯洗过心灵一般，那样空灵的声音，那样令人惊艳的歌词，似乎也只有台上那个纤细的身影能够写得出来，唱出味道。纤雪和萧明远分处舞台两边，但目光却一直看着彼此，再配合他们所唱的歌词，就连台下的观众都能感受到那份浓浓的情意。

究竟怎样清灵的女子，才能写出这样歌曲呢？一曲完毕，掌声不断。众人皆叹：天籁之音！

纤雪回到后台，与萧明远相视一笑，打起精神接受众人祝贺。

舞台下，岳惊云已经喝醉了，喃喃自语道：“小狐狸，你给我等着，我总会抓到你的狐狸尾巴的……小狐狸，艾莉丝……”看到叶纤雪如此让人惊艳的音乐才华，他已经排除了她就是艾莉丝的怀疑。一个十七岁的少女，怎么可能什么都懂呢？好一个叶纤雪，她果然不愧音乐天才之名，又会那么多的乐器，想来平日里没少花工夫练习吧！这样一个轻灵少女，又怎么有时间有机会接触手枪并设计呢？可如果叶纤雪不是艾莉丝，其他几个女人也不是，难道那只小狐狸真的出国去了？岳惊云越想越愤怒，越想越郁闷，不知不觉中就喝多了。

“大帅，您明天还要去东北呢，要不今天就早点回去休息？”岳康一边问，一边往前后看了看。在音乐会上喝醉了，实在有些丢脸啊！反正大帅过来就是看叶纤雪的，既然人家都表演完了，那应该可以闪了吧？那些西洋鬼子的东西，他真是一点都听不懂，而且也不好听。还是他们东方音乐好听啊！情到深处，哀婉动人。

岳惊云大着舌头点点头：“嗯，好，回去……”

大帅府离此不远，不过岳康看岳惊云实在醉得厉害，干脆将他扶到京都大剧院旁边的京都宾馆。反正大帅长期在那里有包房，专门用来与女人幽会的。大帅向来十分“洁身自好”，因为他从来不将那些女人带回大帅府去。根据大帅一概的习惯，喝了酒往往都会要女人的。岳康小心地将岳惊云扶到床上，又要来热水帮他擦了脸和手，最后脱掉靴子和外衣，盖上被子。

岳惊云微微眯着眼睛，却仍然不肯安分，恼恨道：“小狐狸，我要小狐狸……去，帮我把小狐狸抓来……”

岳康一怔，大帅所说的小狐狸指的是叶小姐么？不是不能确定么？难道今天大帅已经确定了？又看到她和那个姓萧的情意绵绵，所以心里不痛快，这才喝了这么多酒？

嗯，一定是这样，可是，到底要不要将那个叶小姐弄过来呢？不管怎么说，人家都是尚未出阁的大家闺秀，就这样把人弄过来让大帅毁了名节只怕不太好吧？而且，要在京都大剧院的后台休息室偷个女人出来可不容易。

可是……这是大帅的命令啊，他能抗旨不遵么？岳康想了想，反正大帅喝醉了，多半认不出人来，或许他随便弄个女人让大帅发泄一下也就好了。可万一大帅认出不是叶小姐不高兴又怎么办？岳康立即叫来心腹手下，让他们去碰碰运气。只要他尽心办了，即便没偷到人，相信大帅是不会责怪他的。

周敬煦怀抱一束鲜花兴奋地来到后台。后台休息的法国少女见他如此俊美，虽然知道他是来找叶纤雪的，还是非常热情，通过翻译告诉他说叶小姐和萧先生正在换装，请他稍等。

叶纤雪和萧明远作为嘉宾，有一间单独的休息室，不过他们没有享受这种特权，大部分时间都还是待在外面的大休息室里，这里人来人往消息灵通啊！周敬煦走进纤雪的休息室里，只见房间很小，一个梳妆台，一大面镜子，一个两人坐的沙发，一个小衣柜和一个小茶几。

周敬煦将手中的鲜花放到身边的沙发上，心情有些紧张。他已经知道了父亲使的手段，可惜不管他怎么说，父亲都不肯网开一面，说除非纤雪乖乖嫁入周家，否则叶镜明死定了。周敬煦很担心纤雪看到他会生气会愤怒，会要求他出面作证救他哥哥，但不管心情有多么忐忑，他还是来了。他想她，真想她，那种迫切的心情，连他自己也感到不解和震惊。可是，他就是想要她，一天比一天更想！房间里很安静，等待却让人焦虑。

忽然，一位外国男子端着一个托盘敲门进来，看到他愣了一下，用蹩脚的中文问道：“叶、小、姐、呢？”

周敬煦微笑着冲对方点点头，回道：“她还在换装。”

对方“哦”了一声，将托盘上两杯茶放到茶几上，道：“先生请用茶！”

周敬煦礼貌地说了声“谢谢”，端起茶杯喝了一口。对方看他端起了茶杯，眼中有些喜悦，随即告辞出去。周敬煦本来有些紧张，因此也没有特别注意那个老外。只是觉得那茶的味道有点怪怪的，一点都不纯正。想来老外就是老外，如何懂得中国的茶道精粹。不知不觉中，他又喝了两口，还是觉得不好吃，于是放下。不知道纤雪看到自己会有怎样的表情？对了，那个跟她一起唱歌的男人究竟是谁？

难道她真的有心上人了？可是那天晚上，她是那样柔弱无依地靠在自己胸口，分明就是对他有意嘛！想着想着，他忽然心神一阵恍惚，好困……

叶纤雪和萧明远回到小休息室里，看到沙发上有一束鲜花，愣了一下，随即便笑了。“萧大哥，你看，有人给我们送花呢！”

萧明远看着她脸上单纯的喜悦，心里也很高兴。“喝杯茶吧！”虽然只唱了一首歌，但从前台下来，却不得不热情谦逊地接受众人祝贺，直说得人口干舌燥。若非如此，他们也不会拖到现在才把唐装换下来，然后躲到这里来休息。纤雪看到茶几上有两杯茶，猜测是剧院的服务生准备的，便端起来喝了一口。

“这茶的味道真不怎么好。”她蹙眉道。她向来喜欢喝好茶。

“似乎有点药味，是润喉的吗？”萧明远也喝了两口。虽然味道不太纯正……

纤雪耸耸肩。“可能吧！”她真的有点口渴了，因此也顾不得嫌弃茶不好，又喝了两口。只是，这杯茶竟然都没有满，看来外国人真的对他们中国的茶艺一窍不通啊！水不好，茶叶不好，冲泡不好，甚至连分量都不够。

当萧明远的茶杯“碰”地一声摔碎在地上，纤雪才意识到不对。可惜，已经晚了。她觉得自己的头越来越重，越来越重，眼皮也不由自主地合上，终于失去意识晕倒在了沙发上。在失去意识的前一刻，她不由得在心中暗骂自己，在这里十二年了，因为得到父母的爱，她的警觉性竟然变得如此低了。究竟是哪个该死的算计她，最好别让她知道，否则……哼哼……

第十章 暗夜迷情

清晨，岳惊云睁开眼睛，头还有些眩晕，昨夜确实喝多了。他摇摇头，忽然忆起昨夜一些零星的片段，似乎……有个女人？岳惊云缓缓坐起身来，只见床单很整洁，没有女人的痕迹。也是，这些年来，他从来不跟女人过夜的，发泄之后就会让对方另外找房间休息。

守在门口的岳康听到声音惊醒过来，低声道："大帅？您醒了？"

岳惊云低沉地"嗯"了一声，又问："几点了？"

岳康看了看手表："才六点半，您可以再休息一会儿。八半点的专机，您可以七点半左右才离开。"

岳惊云摇摇头，起了床径直走进浴室洗漱。他向来不喜欢身上留下女人的味道，不过，昨晚的女人倒也难得，竟然没有那种浓郁的香水味儿。沐浴之后，岳惊云换了身干净衣服出来，岳康忽然有些迟疑地问："大帅，昨夜的女子可要特殊安排？"

岳惊云正温柔地擦拭着自己的手枪，不以为意地说："你又不是第一次处理这样的事情，还用问我？"

岳康小声嘀咕道："属下以为这次不一样呢……"

"不一样？为何要不一样？"岳惊云仔细想了想，可惜还是记不清楚昨夜那个女人究竟长什么样儿。不过，有限的记忆中那个女人一点都不热情就是了，好在身子还算紧致销魂。

"难道她还是处女？"岳惊云猜测着，"那就多给点钱吧！"

岳康怔了一下，立即应下："是！属下这就去办！"

周敬煦迷迷糊糊醒过来，发现自己躺在一张陌生的床上，身体很是酸软疲惫。他吃力地抬起手来，看着自己赤裸裸的身体以及身上的抓痕，忽然就怔在那里。他想起来了，昨晚他去给纤雪献花，喝了两口味道怪怪的茶，然后就昏睡过去。而后的记忆就很模糊了，似乎……有一个女人与自己亲密纠缠……

究竟怎么回事？那个茶是什么人送来的？目的是他还是纤雪？而昨夜与自己在一起的女人又是谁？周敬煦心情焦躁不堪，赶紧起身穿戴，草草洗漱了一下就跑了出去。原来这是京都宾馆父亲长期定下的包房，父亲偶尔在这里住一夜，大多数时候是招待商界的朋友住的，就在大剧院旁边。可是，谁把他弄过来的？这一刻，他忽然想起父亲神秘莫测的笑容来，难道是爹爹？

周敬煦赶紧赶到叶府求见三小姐。叶家老太爷这几天一直躲在房里不出来，自然不管事。叶清扬这几日也为儿子操碎了心，一大早就出去找人拉关系去了，不在家。叶夫人热情地接待了他，然后亲自将他引到西院去，一路上一再恳求他救救自己的儿子。西院，叶清源已经去学堂了，因为学校即将放假，要准备期末考了，这段时间他也很忙。崔月眉本来是不想见周敬煦的，她已经认定了萧明远才是自己的准女婿，但既然人家都主动送上门来了，见一见也好，或许她还可以劝说他放弃自己的女儿呢！

周敬煦已经认定了叶纤雪是自己的未来的妻子，对崔月眉这个准岳母谦逊又恭敬，一口一个伯母，一口一个晚辈，倒让崔月眉反感不起来。

不得不说，这位周家的大少爷不但长得好看，也比萧明远会说话。可是，正因为如此，她越发觉得此人不会是女儿的良配。这样的男人太招女人喜欢了，就算他自己没有外心，外面的女人也会争先恐后扑到他身上的，久而久之，谁能担保他会一直对自己的妻子一心一意？

“伯母，晚辈这次来，是想冒昧求见三小姐。她昨晚的表演实在太精彩了，真不愧为东方的音乐天才啊！伯母，纤雪她昨晚什么时候回来的？如今可醒了？”

说来说去，他不过是想套几句话而已。今早醒来，床单上还有处子的落红，让他很怀疑也很期待，昨夜那个与自己春风一度的女子，是纤雪么？昨夜，父亲非让他那个时间去后台，是不是因为他都安排好了？

“那丫头，今天早上清晨才回来的，洗了澡就去睡了。说是昨夜庆功宴上喝多点了，所以在京都宾馆住了一晚。一个未出阁的女子，竟然在外面喝醉了，还一晚上不回家，真是岂有此理。还好老太爷不知道，否则不剥了她的皮才怪！”

若在平常，崔月眉如何舍得说这样的话败坏女儿的名誉，可如今面对周家的逼婚，这也是没有办法的办法。更何况经过昨夜的音乐会，只怕女儿与萧明远的事情已经传扬开了。正如纤雪所说，只要自己不在意，管别人怎么想怎么看呢？

周敬煦却从崔月眉的话中听出些东西来。昨夜纤雪就在京都宾馆，今早才回家，也就是说，昨夜与他在一起的女子，很有可能就是她。想到这里，周敬煦虽然恼怒父亲的卑鄙计谋，然而内心还又忍不住万分欣喜。“伯母，既然三小姐累了，晚辈就改天再来拜访好了。请您转告三小姐，我……我是真的喜欢她，过几天我会让父亲再来提亲的。希望这一次，伯父和伯母能应允。”周敬煦站起身来，恭恭敬敬地向崔月眉鞠了个躬，告辞离去。

崔月眉怔怔地看着周敬煦走出院子，心里疑惑万分，怎么他好像不但没死心，反而对女儿更加势在必得了？

萧明远醒来的时候天色已经大亮，他只感觉浑身酸软，头晕沉沉的，重得几乎抬不起来。可是，想到昨晚莫名其妙被人下药迷晕，而后似乎有些“不一样”的记忆，叫他如何不担心？纤雪怎么样了？有没有人欺负她？而昨夜的女子，有没有可能就是她？等他草草梳洗之后走出房门，发现自己竟然是在京都宾馆。这是京都最高级的宾馆，以他的身份，哪里住得起？虽然不明白究竟是谁的设计，他还是老老实实主动去前台结账。宾馆服务生的微笑很标准，但并不可亲。他们告诉他已经有人结账了，并热情询问他是否还需要别的服务。萧明远询问是谁带他过来入住，又是谁结账的，可惜服务生很抱歉地看着他，一直摇头说不知道。萧明远无奈地走出去，长长地吐了一口气，而后打起精神迅速往叶府走去。

来到叶府，已经时近正午。纤雪尚未起身，崔月眉本来很喜欢萧明远的，可是今天清晨女儿一个人回家，本来应该陪伴保护女儿的萧明远却现在才到，看精神还很不好，让她心里对他很有些意见，连人家周敬煦都比他早几个小时。“师母，纤雪她，她回来了没有？”刚出口，萧明远却更加急切，更加害怕起来。如果纤雪还没有回来，怎么办？如果纤雪被人迷晕后带走了，怎么办？

崔月眉没好气地瞪了他一眼道：“明远啊，你先生和我是信任你才将唯一的女儿交给你的，可你是怎么照顾她的？”萧明远一听，不由得被吓得魂飞魄散。

“师母，您是说她还没有回来？糟了……”他转身就要回去京都宾馆找人，急得连跟崔月眉解释都忘记了。“哎，你去哪儿？雪儿早就回来了……”

“她已经回来了？什么时候回来的？”萧明远一听，一颗悬在半空中的心总算放了下来，但想到那杯被人下了药的茶，刚刚落到实处的心又悬了起来。她回来了，可是，没发生什么事吧？他一个男人还可以当作做了一场春梦，可她一个女孩子万一要是真的被人……可怎么办？

“昨晚就回来了，不过似乎很不高兴，洗了澡就睡了，一直到现在都还没醒呢！”崔月眉轻轻叹息一声转身走进正堂，看在萧明远如此着急自己女儿的分上，她立即决定原谅他这次了。可是，女儿清早才回来，这事最好还是别让他知道的好，男人难免都在乎这个吧！

“昨晚就回来了？”萧明远张大了嘴，悄然将心放到胸腔里，但随即心里又升起一股排解不开的郁气来。如果昨夜的女子不是纤雪，又会是谁呢？他竟然被一个女人迷奸了？可床单上为什么会有处子的落红？他的身体已经脏了么？纤雪会嫌弃他么？明天或者后天会不会有个女人跑来找他，说他玷污了她？那个女人会不会有他的孩子？

“我去叫她起来，你先坐一下吧！对了，你吃了午饭没有？”崔月眉看萧明远精神很差，只当他是昨晚喝多了，转身正要去张罗午饭，忽然看到他衬衣领口内的脖子，似乎有一个吻痕，“明远，你，昨晚你在哪儿？你是不是做了什么对不起雪儿的事？”崔月眉想起女儿清早回家时一脸的怒气，虽然她已经极力收敛隐藏了，但还是被自己看了出来。那孩子平时不这样生气的，难道昨晚明远喝多了，与别的女人有染？听说西洋女子很开放的，会不会……

萧明远顺着崔月眉的目光看到自己身上的吻痕，不由得双腿发软，竟然踉跄地后退了两步。他勉强扶着大门站稳身体，脸色十分苍白地说：“对不起，师母，我，我先回去了。”

话尚未说完，他已经转身仓皇地离去。崔月眉看着萧明远落荒而逃的背影，眉头越蹙越深。她竟然猜对了！

她赶紧来到女儿房前，先轻轻敲了敲门，没见声响，而后又叫了几声，还是没有回应。崔月眉不由得着急了，用力地拍着门大声叫道：“雪儿！雪儿，你醒了没有？雪儿，你怎么了？快开门让妈妈进来！雪儿？”

“妈妈，我没事，就是觉得累，您让我多睡一会儿吧！”屋子里终于传出叶纤雪的声音，不过有一丝暗哑，带着几分酣睡未醒的慵懒而已。崔月眉这才松了口气，看来女儿虽然伤心，但应该能承受得住。唉，想不到连明远那样老实的孩子也会在酒色面前把持不住自己，这世上难道真的就没有好男人了么？这时，她忽然想起今天早上匆匆赶来探望女儿的周家大少爷，如果除开萧明远，单看人品，那孩子似乎也不错。只是周家的家庭实在太复杂了，那位周家的大老爷心机深沉，为达目的不择手段，那样的家庭正是女儿避之唯恐不及的吧？唉，虽说女儿大了，又很懂事，可仍然让人操心啊！

“对了，今天一大早那位周少爷来过，说……说他真的很喜欢你，还说过几天他要再次上门提亲。雪儿，似乎昨晚的计划对他一点用都没有呢，这可怎么办才好……”虽然知道女儿不爱听这个，但如果明远真的做了对不起纤雪的事情，那他们也算完了，要不要考虑周家，还是得女儿自己拿主意。她的雪儿一直都是个有主意的孩子。

“周敬煦？”纤雪喃喃自语，“会不会是他呢？”

崔月眉听房里面很久都没有声音，也只得叹了口气悄然离开。女儿遭遇了这样的打击，就让她静一静吧！一个人只要心里没事，饿上一天半天的不要紧，晚上再叫她吃饭好了。房间里，纤雪睁大眼睛，望着白色的帐顶，心里愤怒郁闷到了极点。打猎的竟然被雁啄瞎了眼。今年她走霉运么？究竟是谁在玩她？他们到底是何目的？

今天早上在京都宾馆全身一丝不挂、赤裸裸地醒了过来，她立即就知道昨晚自己被人下药吃掉了。全身酸痛不已，尤其下身极其难受，让她知道自己不但被吃了，而且对方还很不温柔，一点都没有怜惜她是处子之身。

她第一个猜想是不是岳惊云，但随即又否定了。以她对岳惊云的了解，他似乎不像是如此下作之人，尽管她一直骂他臭流氓。但他如果要对付自己，早就动手了，不会等到现在。然后她又想到是不是周家那只老狐狸的手段。他既然能让叶镜明变成杀人凶手，那么找人下迷药，毁了自己的名节，也并不让人感到惊讶。

纤雪小心地下床，轻手轻脚走到门口听了一下，外面似乎有人，但呼吸均匀，应该已经睡着了。她借着窗帘外路灯照进来的一丝微弱光线细细地将整个房间打量了一遍，发现自己本来的衣服就放在床头，还叠得整整齐齐的，同时，托盘里还有一套崭新的衣服。

床上干干净净的，气息很清新，还有阳光的味道，很明显这里不是“案发现场”。她抱着自己的衣服来到浴室，轻轻放了一点冷水清理了自己的身体，然后穿好衣服梳好头发，直到看不出一点破绽了，才轻手轻脚走了出来。

看来走大门是不行了，好在还有窗户。

纤雪轻轻打开玻璃窗探出头去。这里是三楼，但每扇窗户上面都有一块遮雨板，简直就是一道上下的简易楼梯啊。她用床单包着自己的鞋子先扔到下面的内花园里，然后双手一撑就从窗口跳了出去，顺着遮雨板几步就跳到地上。穿好鞋子扔掉床单，她闯过内花园小心翼翼爬墙出去。此刻天色还早，刚刚有点蒙蒙亮。她看看表，才五点一刻。街上的早餐店已经忙碌了，不时有挑着新鲜蔬菜赶往菜市的农民和小贩。纤雪低着头，加快步子，用了不到半个小时的时间就穿过半个城，来到叶府院墙外。

还是老规矩，翻墙进去。不过这回没有给护院的大黄狗买肉包子，因为她身上没有钱。好在大黄还算义气，看在以前无数肉包子的分儿上，还是很快将她认了出来，而后就摇头摆尾跟在她屁股后面表忠心，估计是在奇怪今天怎么没有包子吃?

纤雪摸回西院，叫醒蜀宝给她烧洗澡水，不想却把母亲惊醒了。于是，她只能说昨晚自己喝醉了，所以在京都宾馆住了一晚，今早醒来，唯恐他们担心，又怕给老太爷知道，所以早早地就回来了。好在崔月眉刚刚起床，眯着眼睛，也没有把她看得很清楚，又知道她是爬墙回来的，所以衣服上干不干净也没在意。如此，就让她蒙混过关了。纤雪一面催母亲再回去睡会儿，一面又说醉酒有些头疼，洗了澡还要睡一下，让母亲不要吵她，紧接着便取了自己的换洗衣服去了浴室。泡在热水里，身子被水刺激，泛起一丝火辣辣的疼，恼恨中，她忽然想起一个大问题来。天啊！这年代没有避孕药卖，她会不会一次中标？纤雪默想自己的月事，结果气得想吐血，这几天正是危险期啊!

怎么办？据说中药也有事后避孕的效果，可是她不懂中医啊！这个时候，中医馆尚未开门吧，而最重要的是，她一个未出阁的少女，若是出去买事后避孕药被人发现了可怎么得了？但是她不去，又让谁去呢？这事不能告诉爹爹妈妈，不然还不把他们急死？也不能告诉蜀宝，那丫头口风也不严，特别是这样重大的事情，难保她承受不住会告诉妈妈。若在以前，还可以找福桂，可现在为了“避嫌”，福桂已经不敢轻易跟她联系了。啊！纤雪在心中怒吼一声，臭老天，为什么要这样玩我啊!

第十一章 大打出手

纤雪睡了一天，到了晚间，不等妈妈来叫人，她自己就起床了。虽然心里还是愤愤不平抑郁不已，但是日子还是要过下去的。她肚子饿了。

崔月眉一直认为是萧明远喝多了与别的女人有染被纤雪逮到了，所以两个孩子才变成这样的。叶清源回来，也说萧明远回了学校之后在宿舍躺了一天，并没有去上课，再结合中午的时候他被崔月眉发现吻痕落荒而逃，这个“与其他女人有染”的罪名，基本上是“成立”了。夫妻俩担心提到萧明远女儿伤心难过，竟然连中午萧明远来过一趟，都没有告诉她。

而在纤雪看来，对方将他们迷晕，既然是为了得到她，萧明远应该不会有什么危险，而她现在已经愤怒憋屈得不行了，自然也没有心情关心他好不好。如此，这个误会就这么结下来了。

“妈妈，今天周敬煦什么时候过来的？都说了些什么？”纤雪很怀疑这件事情是周明翰那只老狐狸设计的。他有这个能力，人也向来如此卑鄙无耻。

崔月眉仔细回忆了今天早上的事情，一字不漏地说给女儿听，心中难免猜测，难道女儿被萧明远伤了心，开始考虑周敬煦了？

纤雪听完，细细思索，越发怀疑起周敬煦来。从他的话里分析，他显然知道她昨晚出了事情，应该是今早看到她莫名其妙不见了，所以才过来打探消息的。

他们原本想坏了她的名节，嫁不出去，然后周敬煦再出面，扮演一个胸怀宽大的好男人，不介意她失身于人，然后便可以在叶家的感激涕零之下将她娶回去了。据说，周家正在同黎家议婚，说不定他们还想把她当二房娶回去，既达到了目的，又不落人口实，反而给周敬煦赢得一个有情有义的美名。叶纤雪越想越怀疑，越想越愤怒，最后竟然忍不住“啪”地一声将筷子拍到桌子上，愤然地站起身来，咬牙切齿地说：“最好别让我抓到把柄！哼……”

话已出口，她才醒悟过来，目瞪口呆地看着一脸担忧的父母，立即知道坏事了。“啊，那个，没事，没事……对不起，爹爹，妈妈，吓到你们了吗？我没事的，只是忽然想起周家的卑鄙有点愤怒而已。你们不要担心，吃饭，吃饭……”纤雪尴尬地强自笑笑，提起筷子连忙给父母布菜，自己也选了喜欢的汤，足足地灌了一大碗。

“雪儿，你是爹爹妈妈唯一的孩子，是我们的心肝宝贝，要是有什么不开心的事情都可以告诉我们，不要憋在心里，无论怎样，爹爹妈妈总是站在你身后的。”崔月眉怜惜又感动地看着女儿，眼中隐隐有些泪光闪烁。

纤雪心中十分感动，却强笑道：“没事的，妈妈你不要担心。你女儿可不是好欺负的。”

叶清源同妻子看着纤雪情绪起伏转折，暗自在心中叹息一声，有一个这样孝顺懂事的孩子，真是他们的福气啊！

“这是我回来的时候买的报纸，对你们昨晚的演出给予了高度评价。”饭后，叶清源犹豫再三，还是将报纸递给女儿看。报纸上虽然也有些猜测之语，但绝大多数还是赞誉之言，对女儿的才华给予了高度肯定，最后竟然称她为“东方音乐界的绝世之才”。

叶清源很为自己的女儿感到骄傲，他觉得自己这一生最成功的一件事情，就是娶到倾心相爱的妻子，以及妻子给他生的这个懂事的女儿。

纤雪上学本来就是为了打发时间，不让自己显得那样另类，但出了这样的事情，她哪有时间去学校应付老师和同学？所以请假在家休息。却不想一早大伯母和两个堂姐就过来围着她转，乞求她救救自己的儿子。

纤雪烦不胜烦，本来已经请了一周的假，结果只在家待了一天就受不了了，还是回学校去躲一躲好了。

然而在学校，除了面对无数热情崇拜的目光，还有无数妒嫉的冷眼。她若少笑了两下，人家就要说她摆音乐天才的架子了，可是，现在的她哪里笑得出来？唉，果然人怕出名猪怕壮啊！而她的好朋友杜雨馨偏偏又生病了，请了半个月的假，被人冷嘲热讽的时候连个帮手都没有。甚至两位堂姐还拉着叶氏旁支几名姐妹，在课后一起来找她“求情”，也不怕家丑外扬。不过估计这件事情在上流社会也不是什么新闻了。

纤雪真是后悔死了，她为什么要来学校啊！不行，明天她早点出门，然后再翻墙回去，好好在家躲一天，静一静……

下午放学，纤雪收拾好书包无精打采地走出学堂，忽然听到同学起哄。她抬头一看，只见周敬煦手捧一束红玫瑰倚在一辆黑色朋驰前面，看到她出来了，立即含笑跑了过来。

"纤雪，"他脸色微红，似乎有些局促，却匆匆将手中的花束塞到她怀中道，"送给你。"

纤雪怔了一下。这男人竟然还有胆子来学校找她？难道前天晚上的人不是他？或者说前天晚上，他也是被他那个狐狸父亲设计了，他心中有愧，所以才来找她示爱兼道歉的？那天晚上迷奸她的男人，究竟是不是他呢？

不过，这样的桥段，她有十多年没有遇到过了呢！虽然现在的朋驰在她看来并不咋样，但在其他人眼中，那可是富贵新潮的象征。好多大胆的女孩子都不忍离去，远远地站在校门口看着他们。看着局促不安的周敬煦，又看看怀中被他硬塞过来的红玫瑰，纤雪有些犹豫。是把花直接砸在他头上转身就走呢？还是板着脸骂他两句再走？然而不等她下定决心，就听到身后有人大声叫着追了过来："三妹，等等我！"

纤雪头皮一麻，双眉深深蹙起，三两步走到汽车旁边，而后转身冲着周敬煦低吼道："还愣着做什么？你不是要送我回家的么？"

周敬煦从呆怔中清醒过来，满心惊喜，赶紧跑过去帮她打开车门让她上车，然后自己上了驾驶座开车。

"纤雪，你，你……我们去哪儿？"周敬煦第一次追求自己心仪的少女，紧张得都不知道说什么好了。

他不知道关于音乐会那天晚上的事情她究竟知道多少，父亲让他不要担心，静静等待就好了，说叶纤雪一定会主动答应婚事的。虽然父亲总是不肯承认那天晚上动了什么手脚，但周敬煦还是从父亲的话里肯定了当天晚上跟自己一夜缠绵的女子就是纤雪。他不想纤雪误会自己，更不想她伤心难过担忧着急。他想亲眼见她一面，然后告诉她，他是真心爱她的，他愿意为那天晚上的事情负责任。

"开车！"纤雪靠在座位上，看着他的紧张和羞涩，心中怒气稍缓。或许不是他吧！至少他不是主谋。他似乎还没那个胆子。

"是！"周敬煦赶紧发动汽车开出去，忐忑的目光飞快地看了她一眼。"纤雪，我们……我请你吃饭好不好？"纤雪没有回答，只是以审视的目光看着他。周敬煦被她看得颇不自在，他知道她心里不高兴，甚至很恨他，他其实非常意外她的反应。一个未出阁的贵族小姐，乍然见到强暴自己的男人，怎么可能这样冷静？由此，他推断出她或许并不完全了解那天晚上的事情。

"音乐会那天晚上……你在哪里？"纤雪直直地盯着周敬煦的侧脸问道。

"嘎！"汽车突兀地停在路边，周敬煦由于惯性扑在方向盘上，"叭"地一声按响了喇叭，但随即他便一个激灵转身望着纤雪，一张脸一阵红一阵白，嘴唇哆嗦着，却半天说不出一个字来。

"那天，究竟怎么回事？"纤雪反应比较快，没撞倒头，但还是被他吓了一跳。她庆幸周敬煦激动之下踩的是刹车而不是油门，人也逐渐冷静下来。

周敬煦看着镇静的纤雪，不由得心神一震，也立即镇定下来。纤雪一个女子，出了这样的事情都能沉着冷静，他堂堂一个大男人，竟然连一个女子也不如么？他喜欢她，是光明正大的事情，没有丝毫见不得人之处。他爱她之心坦坦荡荡，即便音乐会那天晚上的事情是真的，也不是出自他的本意，他又何必如此耿耿于怀，在他面前就总觉得低人一等浑身不自在呢？若那一夜的女子真的是她，他愿意负责愿意弥补，而一味沉浸在愧疚中又有何用？

想通了这一点，周敬煦仿若换了一个人似的，容光焕发，更显俊美无匹神采飞扬。

"那天晚上我抱着一束鲜花到后台找你，一位法国小姐将我带到你们的休息室，后来有一位外国男子送了两杯茶过来，问你在哪里，我说你还在换衣服，而后他便离开了。我端起茶杯喝了两口，随即便感到头晕，而后就失去了知觉……"

想起那天晚上在休息室沙发上的那束鲜花，想起自己那杯不满的茶水，纤雪深深吸了一口气，心里立即有了别的想法。

那茶竟然是音乐学院的人端过来的？这说明了什么呢？难道法国音乐学院的师生也有参与此事？他们这么做有什么目的？还是说他们只是被人利用了？而利用他们的人正是周明翰？

事情越发复杂了，后台那么多人，不可能将三个昏迷的人带出去，竟然没有一个人发现吧？唯一能解释的理由只有一个，那就是法国音乐学院的师生中有他们的同谋。可是，这样做对他们有什么好处？没好处的坏事，又须冒着大风险，谁会傻得帮忙？

"后来呢？"她强迫自己冷静下来。

"当我醒来的时候，发现自己躺在京都宾馆父亲长年定下的包房里。而那天晚上的事情我虽然只有一些模糊的片段，却还是知道曾经发生过什么……而且，床单上还有女子的落红……"说到后来，周敬煦还是有些心虚。他忐忑地望着纤雪，知道以她的聪明一定会怀疑他们父子的，可是他不能也无法欺瞒她。

"他承认了么？"纤雪冷静地问了一句。

"他，他没正面承认，但是……也没有辩解。他让我不要管太多，也不要来找你，说你一定会答应嫁给我的，可是，我不放心你……"纤雪问得很奇怪，但周敬煦自家人知道自家事，自然一听就明白。

纤雪忽然闭上眼睛，疲惫地靠在椅背上。她不明白为什么那么多人想要算计自己，她只是想平平淡淡地过一辈子而已，到底碍着谁了？为什么不肯放过她？

“对不起……”周敬煦缓缓伸过手去，轻轻握住她的手，而后放到自己胸口，认真地说，“纤雪，嫁给我吧，我会爱你一辈子的！”

纤雪咬着下唇，缓缓地抽出了自己的手来，冷漠的面孔没有再看他一眼，利落地打开车门走了出去。

“纤雪？纤雪你去哪儿？”周敬煦赶紧打开车门追了出去。“别过来！否则别怪我对你不客气！”

纤雪回头，冷漠中透着无比的愤怒，狠狠地盯着他。“纤雪……”周敬煦如何甘心让她就这样一个人走掉，自然是要跟上去的。至于她的威胁，他丝毫没有放在心上。前面是一条小巷，两面都是高大的围墙，暮色中一个人都没有，偶尔窜出一只猫或狗来，见到人又飞快地跑开。而小巷深处已是灰暗一片，似乎没有尽头一般。

“纤雪，别生气了。”周敬煦紧跑几步追上纤雪，拉着她的胳膊道：“天色已晚，这里不安全。你要是暂时不想见我，我送你回家好不好？”

周敬煦的话也就说到这里了，随之而来的是一声惨叫。面对他的担忧着急，迎接他的不是纤雪的感激，而是一双隐忍了很久的拳头。

自从出事之后，纤雪就很想要发泄，可是她找不到发泄的方法，在家里怕妈妈担心，自然是不敢的，甚至都不敢露出太过悲伤或愤怒的神情；在学校当然也是不行的，她是音乐天才，如今赞誉满天飞，有什么好悲伤好愤怒的？不是引人探究么？如此，她一直憋到现在。

不得不说，自从周敬煦出现的那一刻起，她就想动手打人了，可惜没有理由，地方也不合适。这里可真是个适合打架的好地方啊！周敬煦也是会一些功夫的，其实只比纤雪差一点，只是他不敢还手，尽管非常意外纤雪的功夫这样好。于是，一个只想发泄，一个丝毫不还手，结果可想而知。当纤雪打累了慢慢停手，这才发现周敬煦有多惨。他身上的伤虽然看不到，但衬衣上零乱的脚印却很清晰，而那张迷死无数怀春少女的俊脸更是惨不忍睹，虽然暗红的鼻血被他用衬衫擦去，嘴角却裂开一条小口子，鲜红的血丝清晰可见。纤雪背靠着墙壁喘气，一双眼睛异常明亮，但依然怒火熊熊地瞪着他。

周敬煦紧咬着牙走到她身前，眼睛里不改温柔的关切。“纤雪，你，你心情好点没有？我送你回家吧！好不好……”

“你这个白痴！”纤雪提起一脚就要踹过去，但看着他的眼睛，心下到底有些不忍，于是怏怏地把伸到一半的腿收了回来，却依旧狠狠地瞪了他一眼道：“你白痴啊！难道你不会躲吗？”

周敬煦听着她恶狠狠的关怀下，不觉弯着嘴角笑了，牵扯到伤口，火辣辣的疼，但心里却甜蜜非常。

第十二章 给你一个机会

纤雪再次坐上汽车，却让周敬煦将车开到教会医院。在车上，周敬煦不时偷看她，却极少说话，显然他有太多的疑惑，却又不敢开口问她。到了医院，纤雪挂了急诊，然后跑上跑下，很快找了两个熟悉的医生过来。周敬煦伤得颇重，连向来温和稳重的杨医生见了都有些不忍，不断咒骂着那些可恶的“劫匪”下手也未免太狠毒了。

周敬煦自然不好说自己的伤都是身边这位看起来温婉善良的少女揍出来的，所以京都城里只好又“多”了一群坏人，他们不但抢劫单身少女的皮包，还对见义勇为的护花使者大打出手，看这伤势，真是丧尽天良啊！当叶纤雪听到医生检查后说周敬煦断了两根肋骨的时候，心不由自主地颤动了一下。虽然知道自己下手不轻，但看他一直不还手也不求饶，她还以为他伤得不重，都只是皮外伤而已。想不到他竟然断了两根肋骨，可是他却一声不吭，依然温柔而深情地看着自己，甚至她要踹他的时候还不躲不避，所坚持的不过是要送她回家。

这一刻，纤雪忽然觉得这个男人抛开其家世来看，与她的要求倒是相距不远。但是，萧大哥又怎么办？咦，这都三天了，萧大哥怎么也没有来找她？

纤雪刚刚想到萧明远，医生已经将周敬煦推到手术室治疗去了。断了的肋骨得立即接好才成。于是，纤雪的注意力又放到周敬煦身上，不知道对这个男人该怎么办才好。他是真的爱她吧？感情一直是她最为渴求的东西，特别是有了父母的爱之后，她就一直期盼着爱情。

她曾经以为萧明远很爱自己，但现在想来，这份感情里面只怕掺杂了父亲对他的恩情，并不纯粹。可是周敬煦不一样，周家比她们叶家有钱，周敬煦长得比自己好看，他一再让人上门提亲，还任自己打骂不还手，这样痴情的男人上哪儿找去？她还要拒绝下去么？

约摸半个小时之后，周敬煦被推出手术室。医生要求他住院治疗，可是他偷偷跑出来的，担心父亲找不到人着急，坚持要回家去。

纤雪想了想，借院长室的电话给周公馆打了一个电话，让他们到医院接人，而后便回到周敬煦病床前。

她明白他的顾虑，他是不想让他父亲知道这件事情吧？虽然他对医生说他们是被京都城里的小混混打的，但这样的谎话显然骗不过老奸巨滑的周明翰。他还是为了她么？担心周明翰找她麻烦？

纤雪支开医生和护士，认真地对他道："我会武功的事情不要告诉别人。"虽然事情棘手，但相信以他对老狐狸的了解，想一个好一点的说辞应该能蒙混过去。

"我不会说的。"周敬煦看着认真的纤雪，身上很痛，心里却无限喜悦。他明白她是什么样的人，她既然肯对他提要求，那就是不将她当外人了。

"帮我调查那天晚上的事情。"纤雪继续吩咐。

"好。其实我一直在调查，只是京都宾馆那边很不合作，什么都说不知道。我爹口风又紧，不过，大概的真相就是这样了……"

"那个叶镜明是死是活，对我来说半点关系都没有。可是，我不喜欢有人借我的事情杀他。"言下之意也很明显了。

"我一定会劝我爹出面的。"周敬煦没有半点迟疑，不管她说什么，他都应下来。

"你就这么喜欢我么？"见他答得这样爽快，纤雪忽然轻轻一声叹息。

"嗯！"周敬煦重重地点点头，牵扯到胸前刚刚接好的断骨，痛得冷汗直流。"我也不知道为什么会这样，我就是喜欢你，每一天都比前一天更喜欢。自从在京都学院第一次见到你之后，你就一直在我心里住着……"

"如果……那天晚上的人不是我，你也会娶她么？"要明白这感情，是不是基于责任和愧疚么？

"我想娶你，跟那件事情一点关系都没有。你应该知道的。"对那天晚上的事情，他也没什么深刻记忆，怎么可能因为一些模糊的片断就要对一个陌生女人负责呢？他只想对她负责。

"如果……那天晚上的女子不是我，你还要娶我么？"周敬煦一怔，这两个问题表面上似乎没有什么不同，其实包含的意义大不相同。

"这不可能，就是你，我知道……我爹也没有否认……"

"如果不是呢？"纤雪追问。

周敬煦认真地想了想，道："我觉得是就是！不是也当你是！我想跟你在一起，与那天的事情没有半点关系。那天的事情不代表什么，更不能阻止我什么！”

纤雪忽而一笑。他的答案令她还算满意。“我给你一个机会吧！好好养伤，伤好了再来找我。”纤雪站起身来，回头淡淡地看了他一眼，转身走出病房。周家的人快要到了吧？

纤雪回到家已经晚上九点多了，父母都很担心，蜀宝一直在西院门口徘徊，此刻正焦急地踱着步子。他们已经得到消息说她跟周敬煦坐车走了，又这么晚不回家，怎么不让人担心？见纤雪平安回来，一家人全都松了口气。张妈赶紧去将饭菜热了热，送上来。蜀宝立即去准备热水和换洗衣物，等小姐吃了饭就去沐浴。纤雪知道大家都有很多疑问，可是谁都没有开口问她，因为她今晚的神色不同寻常，不同寻常的严肃，这样的叶纤雪，大家平时是很少见到的。

临睡前，纤雪主动找到母亲说：“我答应，给他一次机会。”

崔月眉没有立即表态，但眉头还是微微蹙起，许久才道：“你向来有自己的主意，相信你会考虑清楚的。你想要的是什么样的生活，只要朝着这个方向努力就好。只是，你这个时候下这个决定，会不会太冲动了点？”

“这个时候？这是什么时候？”纤雪这才恍然意识到爹和妈好像误会了什么。

“明远伤了你的心，你们刚刚分手，妈妈实在担心你只是一时的报复心理，将来会后悔……”萧明远伤了她的心，他们刚刚分手？她怎么不知道？爹爹妈妈究竟误会了什么？难道自己那天晚上的事情萧明远知道了？他接受不了，所以主动向爹爹提出分手？

“萧大哥？怎么说的？”纤雪迟疑地问。

“他还能怎么说，话都没说完就落荒而逃了。雪儿，别难过，天底下还是有好男人的。”崔月眉拉着女儿的手，轻拍着安慰道。

纤雪怔怔地点头，心中暗想，过几天一定找萧明远，问问清楚究竟怎么回事。顺便，也把两人之间的关系理清，毕竟自己心里已经有了选择。

萧明远低垂着头走进叶府西院，远远的，就看到纤雪身穿一件月白色锈金边的纯棉唐装站在一棵梅树下，竟是越看越美。纤雪静静地等待他走近，没有说话。

“小师妹，对不起……”萧明远实在不知道该怎么说才好。虽然他觉得那天晚上的事情不能怪自己，可是为什么偏偏让师母看出来了呢？而纤雪是那样高洁的一个女子，知道了这样的事情，他们哪里还能找回曾经的幸福融洽心有灵犀来？

“或许，该说对不起的是我。”纤雪苦笑了一下。曾经想过他们会一起平平淡淡白头到老，即便没有热烈如火的爱情，至少也拥有相濡以沫的幸福温馨，却原来一切都是自己的自以为是么？

因为母亲没有说得很清楚，因此纤雪以为萧明远是因为那天晚上她出了事而无法接受，所以才要跟她分手的。以她对萧明远的认识和了解，他应该不是那样的人啊！他本是她的男朋友，他们在一起遭了人家暗算，要怪也该怪他没有将她保护好，他怎么反而怪起她来？还因为她失去贞洁而放弃她。是她看错了他么？

“对不起，小师妹，我……我也不知道为什么会这样，我真的不想让你伤心难过的。我想，终我这一生，都不会再爱上别的女人了……”萧明远长长地叹了口气，有些贪婪地看着她。他决定回南方去。他已经看明白了，只有权势才能保护自己，保护自己所爱之人。此生，他的幸福已经完了，就让他用余下的生命来守护她的幸福吧！

纤雪有些好笑，天底下竟然还有这样的人。他无法接受她的不洁，却又说会永远爱她。“究竟什么是爱呢？”纤雪轻轻一声叹息，“如果遇到合适的人，就好好爱她吧！不要再让她伤心难过了。”

萧明远悲凉地笑了笑。曾经拥有过这样美好的她，最后却又失去，他这一生哪里还有幸福可言？“京都城南朱雀大街上有一家‘平安客栈’，如果以后有需要我帮忙的，你将信交给黄掌柜就可以了。”

纤雪点点头，却越发不明白他了。她很想问一句，那天晚上的事情就真的那么难以让人接受么？但她毕竟是个女子，这样的话，她问不出口。再一想到周敬煦，她更觉得没有必要再问了。她不是都决定接受周敬煦的追求了么？即便没有那天的事情，她的心也已经偏向周敬煦了。如果现在的萧明远还是从前的萧明远，她可能还会犹豫，究竟要不要冒险迎接一分激烈如火的感情，但既然他们已经不可能了，也省了她一桩抉择和烦恼。但不得不承认，无论是自己放弃还是被别人放弃，都同样让人心里难受。“我已经答应周敬煦的追求……”她淡淡地陈述这个事实。之所以告诉他，一来这本就是事实，二来也是想让他放心。虽然她已经“不贞不洁”了，但还是有人要的。

“祝你幸福。”艰难地吐出这四个字，萧明远很没有风度地再次落荒而逃。如果没有那天晚上的事情，他还会拼尽一切与那个周家少爷搏一搏，可是，已经有了污点的自己，在她面前几乎抬不起头直不起腰来，叫他如何与那个原本就很完美的周敬煦竞争？

纤雪看着萧明远匆忙逃离的背影，心中暗自叹息不已。

他还爱她，却已经无法再接受她了。南方的男人竟然真的这样保守？女人的贞洁有那么重要么？

而与此同时，萧明远的心也在流血。那天的事情真的是个意外，为什么她要如此急切地答应别的男人，与自己划清界限？男人的贞洁，对她来说真的那么重要么？

还有两天叶镜明就要执行枪决了，叶夫人这几日天天都去周府求见周明翰，但一直没见到人。她转而又求见周敬煦，依然被拒之门外。走投无路，她只好回到叶府，在西院外面长跪不起，高声呼号，全然不顾自己当家主母的身份，引得叶府上上下下的人都来看热闹。

叶夫人这一招果然高明，虽然她自己是一点面子都没有了，可是叶纤雪一家同样被灌上无情冷血之名，让所有下人指指点点。纤雪相信，不用三五天，整个京都都会知道叶家那位音乐天才的三小姐一家是怎样冷漠无情。

如果说叶纤雪有什么软肋的话，无疑就是她的父母了，她绝不允许任何人伤害自己的父母。为了父母的名誉，叶纤雪无奈地走出房门。

母亲已经劝了大伯母好一阵了，可是那个即将失去儿子的女人什么都不听，一再哀求着他们大发慈悲救救自己的儿子。

纤雪好说歹说让母亲先进去，而后冷冷地与叶夫人对视。她静静地看着叶夫人眼底无声的哀求和绝望。这是一个母亲的眼睛，她可能丧尽天良，但事关自己儿子的性命，她也就是一个母亲，与世上千千万万的母亲一样，为了自己的儿子，她可以不顾一切。

这份母爱感动了纤雪。她终于发现，原来大伯母身上还是有一点可爱之处。这份不顾一切的母爱也给了她一个理由，让她能说服自己对仇人伸出援助之手。

“三小姐，是我错了，我向你道歉，你要我怎么样都成。我知道镜明从小就喜欢欺负你，我也总是找你麻烦，千错万错都是我的错，我没有把他管教好，我给你磕头，我向你赔罪。求求你，看在你大伯的面上，你就大人大量开个口救救他吧！我求求你了，三小姐。”

叶夫人现在也隐隐清楚了，这位三小姐极有主见，不是轻易能让人左右的。看到叶纤雪走出来，她双眼中闪动着最后一丝希望之光，不断地向纤雪磕头请罪，哪里还有半分当家主母的骄傲。

“大伯母，您先回去休息吧，叶镜明不会死的。”纤雪淡淡地说完这句话，转身又回去了。一个母亲，可以为了自己的孩子抛弃一切，尊严又算得了什么？纤雪只希望叶镜明吃一堑长一智，以后好好跟着伯父和镜飞哥哥多学好，至少不要辜负了叶夫人这份母爱。

“谢谢三小姐！谢谢三小姐大人大量。”叶夫人心中涌起无法言喻的喜悦，又磕了几个头才离开。纤雪换了一身衣服，带上蜀宝就出门了。她要去周家探望周敬煦，顺便问问，叶镜明的事情，他到底帮她办了没有。算算日子，她昨日就该来月事了，可直到今天也没动静。事到如今，她不得不面对现实，她可能，真的中标了……

这事儿必须得告诉周敬煦，他们必须早点儿结婚。

叶纤雪什么也没说，就出了门，直奔周公馆。周敬煦的伤还没好，但是这事儿必须得跟他商量。她匆匆跑来，让周敬煦很是意外，但也很是惊喜。说完了怀孕的事儿，周敬煦简直不敢相信，但是随之而来的就是惊喜。惊喜之下，他忍不住把纤雪抱在了怀里。可是还没等纤雪反应过来，房门就开了。进来一位贵妇人，一进门就怒气冲冲地叫起来：“敬煦，你们在干什么？”

第十三章 公 婆

周敬煦半是尴尬半是恼怒地抬起头来，脸色微红，带着几分埋怨道："妈妈，您怎么进来也不敲门？"

周敬煦的母亲魏清婉系出名门，魏氏也南方有名的大家族，正是在魏氏的支持下，周家的生意才扩展到南方，进而成为京都首富。魏清婉十七岁嫁到周家，连生三个女儿，二十六岁上才生下周敬煦这个独子。她今年都快四十九了，但保养得宜，看起来不过三十出头的样子，很是年轻。特别是那身段，竟有如少女般凹凸有致，看得出来，年轻的时候也是一位绝代佳人，否则，也生不出周敬煦这个京都第一美男子来。

周夫人绝对是个厉害角色，从周明翰娶了四房小妾却没人能生出一个儿子来就能看得出来。

此刻，周夫人似乎根本没看到儿子脸上的不悦，只是冷漠地打量着叶纤雪道："这位小姐有些面生呢！什么时候到的？瞧，我这个主人招呼不周，竟然都没人给小姐倒杯茶水呢！"

"周夫人客气了。"纤雪似乎没有听出周夫人话中的讥讽，自然大方地站起身来，微微鞠躬行了一个礼，而后抬起头来，唇边挂着淡然疏离的笑容，神情不卑不亢地说："夫人您好，晚辈叶纤雪。"

这时，周敬煦也赶紧站起身来，兴奋地对母亲道："妈妈您看，这就是纤雪。妈妈，刚才纤雪答应我的求婚了，您快去给我们准备吧！我真希望早点将纤雪娶进门。"

叶纤雪微微回头，冷冷地瞥了他一眼，低声道："好好坐着，不许激动。我这就回去了，过几日再来看你。"

"好。"周敬煦轻轻一笑，乖乖坐了下来。

周夫人忽然冷哼一声道："原来这就是叶家那位号称音乐天才的三小姐啊！似乎长得也不怎么样嘛！这还没进门呢，就把我们敬煦管得服服贴贴了，真等进了门，还不知道怎么了不得呢！不过叶小姐，你也是书香门第出身，应该懂得上下尊卑吧？这做姨太太就应该有做姨太太的样子，既然到了我们周家，就要守我们周家的规矩。"

周敬煦一听母亲这话，又气又急，腾地一下站了起来，紧握住纤雪的手道："谁是姨太太？妈妈，我告诉你，纤雪会是我的妻子，唯一的妻子，除了她，我谁都不要！您要是打定主意想欺负她，我们结婚后就搬出去住！"

"周敬煦！"周夫人怒吼一声道，"人都还没进门呢，你就为了她顶撞母亲，你的圣贤书都读到哪里去了？你还要搬出去住？你翅膀硬了是不是？妈妈管不得你了？"

周敬煦紧紧皱着眉头，回头对纤雪轻声地说了句："我送你回家。"竟是懒得再理会母亲的无理取闹。

周夫人越发愤怒起来，手一伸就要拉住周敬煦。"你给我站住！"纤雪及时伸手拦阻了她，冷静地说："请您小心一点，他身上有伤。"

周夫人这才醒悟过来，有些后怕地收回手来，却是更加恼怒道："若不是你，我会忘了他身上有伤吗？知道他身上有伤，你刚才还勾引他？"

"妈妈，你越说越过分了！"周敬煦第一次觉得有这样一个母亲，实在是自己的耻辱。他不是不知道平时在家里妈妈将几位姨娘管得服服贴贴的，却想不到自己的母亲竟然如此尖酸刻薄。

"你别生气了。她都是为了你好，别生她的气。"纤雪拍拍周敬煦的手，浅浅笑道，"我先回去了。你好好休息，不用送我的。"

"纤雪……"周敬煦看着空落落的手心，想要追出去，却被纤雪回头一个眼神安抚住了。他仿佛听到她在说：要好好照顾自己，别让我担心。要好好与你母亲沟通，这才是在帮我。

周夫人和她身后的少女也愣了一下，随即冷哼一声，转而对着周敬煦一顿好骂。这时，刚刚走下楼梯的纤雪忽然停住了脚步。只见一个西装革履的男人正大步朝自己走来，但见他四十多岁的样子，身体微微有发福的迹象，一双眼睛正热烈地看着她，带着几许慈蔼的微笑，却泛着精明的光，好像狐狸一般。

"叶小姐？这就要走了么？怎么不让敬煦送送你？"周明翰虽然诧异在自己家里看到叶纤雪，但是很快就猜到了原委。只怕是为了叶镜明而来的吧，虽然她表面上装出一副不在乎叶镜明的样子来，但毕竟是堂兄，据说她跟她伯父关系可是很不错的。

"周先生！"纤雪缓缓走下楼来，微微鞠躬一礼，淡然道："晚辈这就告辞了。敬煦有伤在身，就不劳烦他了。"

"叶小姐要是不嫌弃，叫我一声伯父就好。呵呵，敬煦有伤，那就让伯父送你出去吧！天色不早了，让你一个女孩子独自回去，伯父可不放心。这样吧，我亲自送你回去，顺便也拜会一下令尊大人。"周明翰果然不愧为京都最有名的商人，说话时面带真诚喜悦的笑容，怎么看都是一位慈祥和蔼的长辈。

"如此，就麻烦伯父了。"纤雪淡然一笑，既不显得生疏，也丝毫谈不上热情。对这只老狐狸啊，她不得不打起全副精神应付。

这时，二楼上周夫人的谩骂也愕然停止，三人都诧异地走出房门，站在楼上怔怔地望着楼下的周明翰与叶纤雪。

周夫人也是得了周明翰的暗示为儿子寻找正妻才想到黎家，想起自己表妹有个年龄相当的女儿，却不想双方长辈刚刚有了那么点意思，儿子忽然冒出来说要娶叶纤雪为正妻，如此，她可怎么对表妹交待？

而更让周夫人诧异的是，周明翰对叶纤雪的态度。她比谁都清楚，对周明翰来说，绝对是利益至上的。相比之下，黎家小姐无论相貌家世都比叶纤雪要好，唯一不足之处就在于周敬煦本人的心意。周夫人可不认为丈夫会因为儿子的喜好而对叶纤雪另眼相看。难道叶纤雪身上还有什么她不知道的秘密？

"爹爹，您回来了！"周敬煦从未像此刻般对父亲充满了感激之情，感谢他尊重自己所爱的人。

纤雪看周敬煦激动之下就又要跑下楼来，双眉一蹙，严厉地盯着他道："你又跑？慢点走不行么？"

"哦，哦，好。"周敬煦满脸堆笑，脚步果然慢下来。

周明翰嘴角一扬，虽然此举全在意外之外，却很是喜悦。看起来，自己这个儿子还是有几分本事的，一个英雄救美，就将美人的芳心拐过来了。

"敬煦，你还在养伤，要自己注意身体。这次你伤得这样重，可不要留下什么病根才好。叶小姐的事情你就不用担心了，等一下爹爹帮你送她回去就是，你且安心在家休息。"周明翰朝儿子点点头，笑容中很有些赞叹自豪之意。果然是虎父无犬子啊！他周明翰的儿子就是聪明！

于是，纤雪再次与周夫人及周敬煦告辞，跟着周明翰，带上蜀宝坐着汽车离开。至始至终，周夫人都没有给她一个好脸色，也没有介绍她身边的那位小姐与纤雪认识。

上车以后，周明翰反而为她解释道："刚才跟在你伯母身后的是她表妹家的孩子，姓黎，那丫头一直想嫁给我们家敬煦，但敬煦一直不同意。你也别多心，敬煦心里一直就只有你一个。不是伯父当父亲的在老王卖瓜夸自己的儿子，我们家敬煦心地纯善，好学上进，在年轻人中绝对是难得的了。”

“是，敬煦很好。”纤雪礼貌地笑笑。心中暗道，周敬煦是不错了，不过你们周家、你这老狐狸就实在不怎么让人喜欢了。当然，她叶纤雪也不是谁都能欺负的人，她虽然不喜欢周家，但也丝毫不惧。

“听说叶小姐英文很好？”周明翰状似无意地问道。

“只是会一点点日常对话而已，没有专心学过，我不喜欢英语。”纤雪不知道周明翰为什么问这个，但直觉还是小心为妙。

“哦？为何不喜欢？现在似乎学英文挺时尚的，很多年轻人都喜欢。”

“我们中国拥有最悠久最灿烂的文化，中文是世界上最丰富最优美的语言，我堂堂一个中国人，很为我的国家而自豪，学那西洋的鸟语做什么？最好中国再强大一些，以后所有外国人都来学我们的中文才好。”纤雪带着几分自得道。

周明翰很有些震惊。难怪自己的儿子认定了她就不松手呢，这个女孩子……还真是不同一般啊！

周明翰亲自送叶纤雪回家的消息很快就传遍了叶家每一个角落，知情人纷纷感叹，还是三小姐面子大啊，想那叶夫人天天去周府，连个人影儿也见不着，三小姐一出马，竟然让周家家主亲自送回来。叶夫人此刻已经没有丝毫嫉妒之心了，她只期盼着叶纤雪能说服周家大老爷，救出自己的儿子来。

按理周明翰应该先拜会叶家老太爷或者叶家目前的家主叶清扬才对，可是他却对前来迎接的叶镜飞道：“天色已晚，今日就不去打扰老太爷了，周某改日再来赔罪。今次主要代犬子送三小姐回家，顺便拜见一下清源先生。”

叶纤雪对叶镜飞道：“镜飞哥哥若是有空，就一块儿过来吧！”

叶镜飞立即点点头，脸上带着礼貌的微笑，抬手道：“周先生这边请！”

叶清源和崔月眉得到消息，很有些意外。今天叶夫人到西院这么一闹，他们知道女儿也是迫不得已才出面的，却想不到她竟然将周明翰一块儿带了回来。就算有人送回来，不也应该是周敬煦么？

见父母神色间很有些意外，纤雪立即对着他们调皮地眨眨眼睛，叶清源和崔月眉立即知道女儿很好，一点都没有吃亏。

在两方大人正式认识寒暄之后，纤雪忽然站起来，大大方方地说：“爹爹，妈妈，今天我已经答应敬煦的求婚了。”

两方大人都是一怔。叶清源和崔月眉不禁暗自责怪，这孩子，竟然当着周先生的面说自己与人私定终身，哪家的女孩子会如此大胆？而周明翰却想，叶家老太爷如此古板固执，想不到叶清源家教竟如此开放，难怪能养出一个与众不同的女儿来。

叶纤雪正是担心老狐狸胡说八道，所以才自己把话挑明白了，免得爹爹妈妈受骗。所以，在父母一怔之后，她继续说道："今天女儿本来是去探望敬煦的伤势，前几日他为了我被人打成重伤，女儿心里一直过意不去。今天他带着伤再次向女儿求婚，并答应女儿，此生我会是他唯一的妻子，女儿感动于他一片真心，便答应下来。请爹爹妈妈原谅女儿的自作主张。"

"这孩子，婚姻大事，岂能自作主张。"崔月眉佯怒地骂了一句，便带着纤雪到里间去了，留下两个男人详细商讨。如此，周家原本的主动之势已被叶纤雪几句话全部化去，周明翰一怔之后，才恍然明白了过来，可他并不生气。对这个准儿媳，他是越看越喜欢了。于是，周明翰很诚恳地正式向叶清源提亲。叶清源明白了女儿的意思，自然也不为难，很快就答应下来，只是对于婚期，双方尚有不同意见。

叶清源总觉得这些时日女儿的神情有些不对，担心她只是"受了刺激"才冒然答应下这件婚事，总想着拖一拖，所以想尽量把婚期延后。而周明翰知道自己儿子的心意，又担心时间拖久了叶纤雪"变心"，只说周家一切都准备好了，希望他们能尽快完婚。

这时，崔月眉忽然走了出来，劝解道："既然对这件婚事都没有意见了，那么早一点晚一点又有何关系？今日天色已晚，要不明日再议吧？"叶清源和周明翰一听，都觉得有理，便约定好明日再议。

然而周明翰回到家中，周夫人却是一张冷脸。"当初不是你让我另外给敬煦找个大家闺秀的么？前日我都跟表妹说好了，现在又要娶叶小姐为正妻，你让我如何跟家人交待？那个叶小姐，我真是怎么看都讨厌！长得也不如何，脾气倒是不小，依我看，她连给我们敬煦当个姨太太都不配！"

"她本来就不是给人当姨太太的料，那丫头……是我小看她了。"周明翰轻轻揽着妻子的肩，柔声哄道，"这件事情确是我低估了叶纤雪，让夫人你受委屈了。但事已至此，我们也只能向黎家道歉了。好在还没有定，事情尚未传开，对黎家丫头也没有什么不好的影响……"

"哼！那叶小姐有什么好的？怎么你们父子两个都被她迷惑了似的？"周夫人仍然愤愤不平。

"那丫头么，可是不简单呐！我们就敬煦这么一个儿子，可是偏偏他的性子又太过仁善了些，俗话说商场如战场，我是担心他啊！难得叶家那丫头小小年纪就心性坚定宠辱不惊，很会隐藏自己，只要她愿意，一定会是儿子的贤内助。所以，你以后也对她好点吧！这也是为了周家，为了咱们的儿子好嘛！"

周明翰以为经过音乐会“那件事”之后，叶纤雪会消沉、会愤怒，却想不到她竟然跟个没事人一样，站出来依然自信满满，对他这个设计陷害她的“罪魁祸首”也能淡然含笑以对，这份涵养就是他自己都未必能比她做得更好。单凭这一点，周明翰就知道，那丫头也是只小狐狸。只要儿子能得了她的心，只要她能认了自己的命，她绝对能帮助儿子把周家发扬光大的。

周夫人看丈夫的神情就知道他有事瞒着自己，但既然那叶家小姐对自己的儿子有帮助，她也不是非找那丫头麻烦不可。

而在叶家，叶清源同崔月眉询问叶纤雪的意思，她却答应尽快出嫁。她说周明翰坚持只有她入了周家的门，才肯为叶镜明开脱罪名，既然她已经决定嫁给周敬煦了，那么早嫁晚嫁又有何不同？不如早点嫁过去，将叶镜明救回来，也省得伯父和镜飞哥哥整日忧心。

叶清源望着女儿悠悠叹了口气，想要再劝她慎重一些，却看到女儿眼中的坚定与急切，不由得很是疑惑。

“究竟怎么回事？为何这样急切？你以前不是不喜欢那个周家大少爷的么？”崔月眉拉着女儿的手，轻声问道。

“妈妈，你知道为什么今天是周先生送我回家，而不是周敬煦么？”

“不是说他为了救你，而被一群无赖打成重伤了？”

“不，不是这样的。根本就没有什么无赖，他是被我打成重伤的。”

“什么？这怎么可能？”叶清源一声惊呼，难以置信。他虽然知道自己的女儿会一些功夫，但她毕竟看起来柔柔弱弱的，把一个男人打成重伤，这个会不会太夸张了？

“爹爹，是真的啦。那天，他去学校接我，引起轰动，我本来心情就不好，所以半路上下了车。谁知他却死缠烂打地跟着我，说要送我回家，不然不放心。我一气之下就动了手……”

说着说着，纤雪就低下头，似乎正在忏悔。

“后来呢？”崔月眉追问道。真是她打的？

“他一直都没有还手，甚至都没怎么躲，就让我打……直到我发泄够了，他已经被打得鼻青脸肿鼻血直流，却依然坚持要送我回家。我看他伤得不轻，坚持要他去医院检查，却没想到他竟然被我打断了两根肋骨……”

“什么？你竟然……你，你这孩子……”叶清源指着女儿的头，不知道骂她什么才好。人家好心好意送她回家，她不感激也就算了，竟然打断人家两根肋骨，这也实在太过分了！“你说你一个女孩子，出手怎么这样重？啊？要是打出人命怎么办？还好人家不计较，要不然……以后你不许动手打人了，听到了没有？”

而崔月眉却从女儿话中抓到重点。“你打伤了他，他却不怪你，甚至帮你隐瞒了这件事情，你心中感动，所以才答应了这门婚事？”

纤雪点点头，带着些愧疚道：“妈妈，他对我实在太好了。我想，这辈子不会有别的男人比他对我更好的了。”

话说到这个分儿上，叶清源也不禁对周敬煦心生好感，同时还有些愧疚。只见他点点头，认真地对纤雪道：“难得人家对你一片真心，无怨无悔，你也莫要辜负了人家。该忘记的就忘记了吧！”

纤雪轻轻“嗯”了一声，算是答应下来。

第十四章 责任与抉择

于是，第二天，周明翰到叶家商谈婚事时，叶清源对如此紧迫的婚期便没有推诿，一口答应下来。如今叶家老太爷不再出面管这些事情了，叶清扬看叶清源都答应了，自然也不会反对。双方家长正式写了婚书，又找了一个“媒人”，各自签字认可，这件婚事便彻底定下来了，时间就在半个月后。

隔天，这个“好消息”就被周明翰刊登在报纸上。

《京都晚报》的记者随即写了一篇报导，题目就叫“第一美男子痴心不改，天才少女花落周家”，对这件豪门婚姻背后的故事进行了披露。当然，也不知道此人是不是收了周家的好处费，整篇文章主要在天才少女的惊世才华以及周敬煦的痴心不改上做文章，对叶纤雪和萧明远之事、对周家利用叶镜明逼婚之事只字不提。

英国和法国大使馆的大使们看到这个报导不由得面面相觑。

“难道那天晚上的计划失败了？”法国大使很震惊。

“不，是我们低估了艾莉丝。你看，她竟然将婚期放在半个月后，这已经说明我们当晚的计划是成功了的。否则，她不会如此急切地嫁人……”英国大使弗朗西斯有些恼恨。按照他对中国婚俗的了解，贵族之家的婚姻不应该如此仓促才对，这都说明他们的计划成功了，却不想人家竟然见招拆招，轻描淡写地就化解了。

“会不会是因为周家逼婚？要不我们出面想想办法把叶家那个杀人的少爷弄出来？”法国大使也一直关注着叶家的情况，对这些内幕知之甚详。

“不，你不了解艾莉丝，她绝不是会受人胁迫的人，这件事情应该是她自愿的。对了，那天晚上的男人不会就是那个周家少爷吧？”弗朗西斯忽然有些怀疑起来。他们会不会弄巧成拙了？

“按照计划，不是那个姓萧的么？不过那天晚上周敬煦去了他们的休息室之后，也在京都宾馆住了一夜，就算是弄错了人把他们弄到了一起，他们双方也不知道啊！那个药喝下去绝对会昏迷十二个小时，艾莉丝应该一点印象都没有。”

“至于那个男的，后来应该会被灌下一种催情药，但即便两种药性有抵触，也只能记起一些模糊的片断，绝对无法确定对方是谁。”当晚用的迷药是法国大使提供的，对药性他很有自信。

“如此看来，艾莉丝确实跟一般中国女子不同。她竟然对自己的贞节毫不在意，还有胆子嫁人。我猜她多半怀孕了，所以才急着嫁人的。”弗朗西斯又叹了口气，他自以为了解艾莉丝，竟然还是失算了。

“要不我们再弄点流言出去？如果周家听到风声，知道艾莉丝已经不是处子了，肯定丢不起这个脸，绝对会退婚的。到时候，艾莉丝走投无路，就只能出国了！你觉得这个办法怎么样？”法国大使忽然想到一个“好主意”。

“不行。我们再出手，就会让她看出端倪来了！艾莉丝年纪不大，可聪明得很呢！唉，算了，反正现在国内也不平静，即便现在把她逼紧了，她也未必会去英法两国。据我所知，她跟德国朋驰公司也有合作，万一她选择去德国可就糟糕了。”

弗朗西斯摇头叹息，“算了，这件事情就到此为止，过段时间我们再想别的办法吧！”

就在周敬煦与叶纤雪的婚事见报的第二天，远在东北的岳康也得到了消息。“大帅，大帅，不好了，叶小姐要嫁给那个周家少爷了！”

岳惊云刚刚与外国的代表周旋回来，感到身心疲惫。他看出来了，那些国家只怕想乘南北内战之机独立，为此，他加强了北方的兵力，又严格控制了这些国家的经济。

但是他仍然很不放心，虽然目前北方与南方暂时安定，但毕竟处于分裂状态之下，每到这个时候，就是那些觊觎本国国土的国家蠢蠢欲动的时候，他担心南方同盟军会与日本的自救独立会联合起来，共同发难，到时候自己首尾难顾，必然要有所放弃的。

岳康难得如此失态，却又没说什么大事，让岳惊云很不高兴，将他好好数落了一阵，这才问道：“你刚才说什么？”

岳康冤枉地望着岳惊云。敢情大帅根本就没听清他说的什么，就长篇大论地数落了他一顿。“大帅，刚刚得到消息，昨日，叶纤雪小姐已经同周家大少爷周敬煦登报订婚了，婚期就在半个月后。”

岳惊云回想起音乐会上那个风华卓越的女子，她的才华有如暗夜里天空中最灿烂的明星，她的声音是人世间最动听的天籁之音，她的容貌不说绝美，那份自信坚定的气质却是独一无二的。这样一颗璀璨的明星就要被人摘走了么？不知为何，他忽然觉得心里一阵憋闷难受。

岳惊云解开领口的纽扣，做了几个深呼吸，却几乎没有什么效果，心里还是难受得紧。他隐隐明白，自己只怕在调查叶纤雪的过程中不知不觉有些动心了。他烦躁地摇摇头，努力使自己镇定下来，又问："为何婚期如此急迫？周家逼的？不是说周家设了个计谋将叶家的二少爷判了死刑？"

"有这方面的原因。但有消息说是因为叶小姐被一群无赖调戏，周少爷英雄救美，被人打得鼻青脸肿，还断了两根肋骨，所以叶小姐感激之下才答应了婚事。"岳康心里很着急。他本来很确定那天晚上伺候大帅的就是叶小姐，谁知道等他回房间看的时候人已经不见了。而留在京都的密探这几日才打听到当晚还有一个少女被人迷奸，清早的时候捂着脸离开京都宾馆。而当晚周家大少爷也住在那里，据说也在周明翰的安排下要了一个女子，还是处子。如此他就不敢肯定那天跟大帅在一起的女人是叶小姐了。

周家大少爷喜欢叶小姐是所有人都知道的事情，周明翰应该不会安排别的女人给自己的儿子吧？如果不是叶小姐，周少爷也未必愿意啊。难道当晚跟周敬煦在一起的才是叶小姐，而他的手下找不到人，所以胡乱弄了一个糊弄他？也怪他自己当时没有好好检查，只听说是在叶小姐的休息室弄回来的就确定是她了。可是，派出去的都是心腹弟兄，带回来的又是大帅指名要的女人，他怎么好意思去细细检查？

拜托，那天实在太乱了，那天晚上，究竟怎么回事啊！这个不清不楚的，他也不好向大帅禀报啊！

而岳惊云听了岳康的禀报也不禁怔了一下。他忽然想起自己被艾莉丝打成猪头的样子。鼻青脸肿，还断了两根肋骨，那周家少爷似乎比他当初伤得更重啊！真的是街上的无赖打的？还是叶纤雪自己打的？不，不可能吧，那个叶小姐如此温柔高洁的气质，怎么会打人，怎么会功夫呢？她是音乐天才，怎么可能是武器设计天才？她根本就没有机会熟悉手枪，又谈何设计？

岳惊云承认，想起音乐会上她的婉约灵气，他心里并不是无动于衷的。他知道自己有些喜欢她，尽管她生得并不十分美貌，身材也不够好。但，也就是一份自然的吸引，一份莫名的心动罢了，他们没有过感情的交流，自然也谈不上多么深刻。况且她都与人登报订婚了，他现在还能做什么呢？

"大帅，"岳康小心翼翼地问道，"我们要不要动手？"

"动手？你打算怎么动手？"岳惊云淡淡地问了一句，心里却在考虑动手的可行性。要不要抓住这份难得的心动呢？可他不只是岳惊云，他还是北方的大帅啊！肩上的责任决定了他不能凭自己的好恶恣意妄为。

“您可以下令将叶家二少爷那件案子延后重新审理，然后找个理由押了周家的货，逼他们退婚。”岳康狗腿地奉上一个馊主意。

岳惊云白了他一眼，轻轻摇摇头道：“周家的商铺几乎遍布整个中国，算得上是北方经济的一大支柱，我虽然是大帅，但怎么能因私情而枉用权力，难道你想让我将周家逼到南方与同盟军合作？”

如果可以滥用权力，当初寻找艾莉丝的时候，他就可以将那些嫌疑人一个个都抓起来，抱一抱，摸一摸，亲一亲也就能确定究竟是不是了，何须那么麻烦，还一个一个调查，长期监视，见了面也彬彬有礼。

“那，那可怎么办好？要不您赶回京都去，亲自去叶府提亲，让叶家退了周家的婚事好了。”岳康怎能不急，那位叶小姐，很有可能是大帅的女人啊！

岳惊云再次摇摇头：“现在东北局势不稳，我怎么能走？岳康，我不能为了一己之私，变成民族的罪人啊……”

“可是大帅，那叶小姐怎么办？您就真的不管她了么？”岳康长期跟在岳惊云身边，自然看得出来，大帅对叶小姐是不同的。

岳惊云想了想，说：“这样吧，马上发电报过去，派人调查清楚，如果她是自愿嫁到周家，就随她吧！若她是被逼的，就让季将军出面暂缓婚礼，等我回去再说。”

岳康得到指示，立即下去办了。

于是，两日后，崔月眉在绸缎庄为女儿挑选嫁妆的时候遇到一位贵夫人，对方看崔月眉挑选的都是婚礼用的物品，便主动与她攀谈起来，知道她为女儿挑选嫁妆，更是笑语如珠贺喜不断，语气中颇多羡慕之色，直夸崔月眉福气好，女儿嫁得这样一个财貌双全的女婿，又赞叹周家如何如何有钱。

崔月眉当时没发现什么不对，想起女儿来，只慈爱喜悦地笑道：“家世倒不算什么，难得两个孩子情投意合一片真心，这倒真是天作之合。”

对方笑笑，而后不久便选好物品离去。崔月眉回到家才恍然想起，对方根本就不认识她，如何知道她女儿要嫁到京都首富的周家去了？晚间说与丈夫知晓，夫妻俩都感到奇怪。

而在东北，岳惊云当晚就收到了这个消息。

“大帅，您真的要放弃么？”岳康急得团团转。

岳惊云轻轻叹息一声，苦笑一声道：“岳康，你真是越来越糊涂了。虽然我是大帅，但不能因为我心里有些喜欢她，就能恣意破坏人家的婚姻啊！她若受人胁迫也就罢了，既然人家两情相悦，我凭什么横刀夺爱？”

“可是大帅，您难得喜欢一个人啊，就这样放弃了，不是太可惜了么？”在岳康看来，自家主子难得喜欢一个人，如果错过了，以后说不定就再也碰不到了。

岳惊云细细回想几次与叶纤雪的会面，心中的确有些难舍，然而想起密室里不知形貌的艾莉丝，他的心又是一阵焦灼憋屈，酸酸涩涩甜甜蜜蜜，那滋味当真是五味杂陈。

他轻轻一声叹息道：“如果是艾莉丝，即便她嫁人了，我也要想办法把她夺回来。但是叶纤雪……我们从来都没有开始过，我有什么理由有什么资格破坏她的幸福？”

岳康欲言又止。怎么会没有开始？说不定您早就把人家吃了呢？可惜那天晚上的事情自己也不能确定，不然说与大帅知晓，大帅说不定就要改变主意把人抢回来了。不过，大帅考虑得也不错，人家既然是两情相悦，难道要大帅当个强抢民女荒淫残暴的大帅么？周家毕竟不是一般的人家啊！原来当个大帅也有这么多的顾虑，也不能随心所欲。岳康无奈地摇摇头，站到一边不说话了。

岳惊云闭上眼睛，想起叶纤雪坐在古筝前面婉约的身影，想起她灵动出尘的声音，想起她即将嫁与他人，心隐隐作痛。

第十五章 七月新娘

从定下婚期到成婚，分明只有半个月，周敬煦却仿佛度日如年。

在叶家，自从叶纤雪和周敬煦的婚事登报以后，就有很多平日里极少走动的亲戚上门来表示祝贺，联络感情，心急的已经开口求情，想到周家的商铺去“帮忙”。

对这些人，纤雪是从来不见的，不管那些人背后怎么说她。对于她不在乎的人，她向来是比较冷漠的。这些年来在父母的疼爱下，她的心已经柔软了很多，要不然也不会被周敬煦感动了。是的，她很清楚自己对周敬煦的感情，百分之八十的感动加百分之二十的喜欢。至于爱情，哪里是那么容易产生的？其实嫁给周敬煦也符合她对于婚姻的谨慎追求。一个爱自己的男人，一份衣食无忧的生活，还有时间发展自己的爱好。唯一的不满在于，周家太有钱了，人事复杂，她嫁过去就是少奶奶，不可能什么事情都不管。

对这份婚姻本身，她没有太强烈的期待，但因为月事一直没有来，她却也暗自祈祷着婚期早日到来。其实在这份婚姻里，抛开那一夜的是非纠葛，对周敬煦是不太公平的，因为他付出了真心，而她的心却依然在自己的掌握中，要不要给他，给多少，还看他以后的表现。

在不同的期待中，婚期终于到了。他们举行的是一个完全的中式婚礼，只不过将花轿改成了花车。

她还是一个顶着大红盖头，身穿红色喜服的新娘子。周敬煦的伤基本痊愈，只要不做剧烈运动，就没什么大问题。迎亲这样的大事，他自然是要亲自来的。穿上红色喜服的周敬煦因为内心的幸福喜悦显得容光焕发英姿抖擞，嘴角那掩饰不住的迷人笑容使其越发俊美夺目，犹如天空的烈日，几乎能灼伤人的眼睛。从他走进叶府开始，就有无数的丫头和小姐躲在大树后、廊子里、假山后偷偷看他，惊叹不断。天啊，世间竟有如此俊美的男子。

周敬煦什么都没有注意到，他的眼睛一直望着前面，期盼着那个自己仿佛已经等待了几生几世的女子。今天，他就要把她娶回家去了，从此以后，王子和公主过着幸福快乐的生活。

按照传统，新娘子要由自己的兄弟背上花轿的，纤雪没有同胞兄弟，就由叶镜飞代替了。但是说实话，这么热的天气，趴在一个人的背上同样让人受不了。

纤雪觉得自己有点想吐，头上也直冒冷汗。但她一直咬着牙坚持着，她明白，很多人都在看在自己，这不光是她和周敬煦的婚礼，也关系到叶家和周家的颜面。别人的死活她可以不管，但她不能让自己的爹爹妈妈丢脸。

终于到了大门外，纤雪在鞭炮声中被小心翼翼地放了下来。周家的黑色朋驰装扮一新停在大门外，到处都扎着鲜花，是真正意义上的花车，空气中浮动着一股浓郁的花香。纤雪在一个喜娘和丫鬟蜀宝的陪同下坐在后座中间，而周敬煦坐在另一辆车上，在前面开路。纤雪手上握着一个大大的苹果，想晕想吐的时候就凑到鼻子跟前闻一闻。她暗自庆幸，幸好是苹果不是花瓶。天气很热，车上又没有空调，纤雪头上顶着最好的红色绸缎锈龙凤呈祥的盖头，密不透风，更是热得不行。蜀宝不住地为她打扇，但隔着盖头，基本上没有什么效果。

忍了一天的热，终于送入洞房了。

送走喜娘，周敬煦关好房门，环视新房一圈，但见处处都扎着红绸，一片喜气洋洋的景象，心里越加兴奋不已。今晚，是他们的洞房花烛呢！

“敬煦！”纤雪在浴室里轻轻叫了一声。

周敬煦赶紧来到浴室外面，微微红着脸道：“纤雪，需要我帮忙吗？”

“把床单换了，我要睡凉席。”这么热的天，又没有空调，谁受得了睡床单啊！

“哦，好。”周敬煦知道自己想歪了。他尴尬地走到新床边，小心地将床单扯掉，下面就是一床玉质的凉席。因为是寒玉玉片制作而成，色质青翠，母亲说用在新房里不好看，所以才在上面铺了一层红色床单。

约摸一刻钟以后，浴室的门开了，纤雪穿着一件浅粉色棉质睡衣缓缓走了出来，在梳妆台前坐下。蜀宝随即帮她将包在头顶的长发放下来，轻柔地用干毛巾擦拭着。

“纤雪，你饿不饿？”周敬煦缓缓走了过去。

“不饿，我刚才吃了一个苹果。”纤雪淡淡一笑。虽然是浅浅的一笑，却仿佛春花初绽一般，看得周敬煦心中一动。他忽然反应过来，从口袋里摸出一个厚厚的红包递给蜀宝说："你下去休息吧，我来就好！"

蜀宝红着脸看着自家小姐，等待她的指示。她要是走了，小姐就跟姑爷单独在一起了。小姐今天身体不适，到底要不要洞房啊！

纤雪看着蜀宝可爱的样子，忍不住好笑。"姑爷给你的，还不快收下。"蜀宝这才接过周敬煦的红包，红着脸小声道："谢谢姑爷！"

"好了，你今天也累了一天了，下去休息吧！"纤雪温和地笑笑，蜀宝对她向来忠心，在心里，她也一直把蜀宝当妹妹的。

"对了敬煦，蜀宝的房间在哪里呢？"

"就在二楼尽头右边那一间，她一个人住。放心吧，一切我都让人准备好了的。"周敬煦知道蜀宝是纤雪的心腹侍女，所以在主宅这边给蜀宝安排了房间，离他们的新房也近。而周家下等奴仆的房间都在主宅后面另一栋小楼里。

蜀宝行礼告退，周敬煦关好门回来，轻轻地蹲在纤雪身边，双手轻轻握住她的手，喜悦激动之情溢于言表。纤雪刚才还很冷静大方，现在只剩下他们两个人，她又如何能不紧张？但见她微微红了脸，不敢直视他灼热的目光，低声道："你不是要给我擦头发么？"

"哦，哦……"周敬煦有些无措，心里的紧张并不比纤雪好多少。他拿起毛巾学着刚才蜀宝的动作，小心轻柔地擦拭着她一头长发，心也跟着变得软软的，仿佛做梦一般。

纤雪看着镜子里满脸喜悦与柔情的周敬煦，心里也感到温暖甜蜜。有人爱的感觉，真好啊！"好了，就这样吧！你也累了一天，去洗洗澡吧！"纤雪取了梳子将长发梳理了一下，便站起身来。

周敬煦从后面轻轻揽着她的腰，目光从她的肩上看过去，直直地落在她松松的睡衣里起伏的曲线上，呼吸有些急促。"纤雪，我可以……亲你一下吗？"

纤雪低下头来，脸上也开始发烫。"先去洗澡吧。"

"好吧！"周敬煦恋恋不舍地放开她，匆忙找了睡衣去浴室。

纤雪这才大大方方地将整个房间打量了一下。这时，她忽然闻到一丝熟悉的清香，借着屋里透出来的灯光，她发现阳台边上有一盆茂盛的茉莉，小小的花朵点缀在深绿的叶子里很不起眼，但那花香却很是清雅宜人。

纤雪轻轻走过去，深深一嗅，做了一个深呼吸，顿时觉得神清气爽，仿佛身体里的浊气都排出来了，只留下茉莉的清香。

周敬煦沐浴出来，便看到落地窗被打开来，晚风从宽阔的窗口吹进来，很是凉爽。他轻轻走了出去，只见她站在那盆茉莉前面，长长的发丝随风轻扬，仿佛从花香中走出来的茉莉花仙。“纤雪……”他从身后轻轻搂住她的腰，将下巴搁在她肩上，深深地嗅着她身上淡雅的花香，喉结滚动，忍不住万分期待地她耳边道：“我们进去吧。”

纤雪低着头，没有说话，却缓缓转身往回走。周敬煦关好窗户，拉了窗帘回来，只见她已经上了床背对着自己躺下。他紧张地握紧了拳头，关了房间中央的水晶吊灯，只留下两盏床头灯，放下了纱帐之后，才轻轻地爬到床上。“纤雪……”他轻轻唤了一声，缓缓将她的身子扳过来，纤长的手指温柔地抚摸着她细致的脸蛋，忍不住吞了下口水，缓缓凑过头去，轻柔地吻了一下。纤雪听到他一声喜悦的叹息，灼热的双唇轻轻移动，一点一点地亲吻下去。纤雪非常紧张，虽然前世也有过经验，但毕竟都过去十几年了，而且周敬煦的感情也给了她很大的压力。他们交往很少，彼此也还不算很熟悉，可他们已经是夫妻了，她没有理由拒绝他。周敬煦其实并没有什么经验，尽管从他十六岁起，父母就有意让他接触女人，但他心里有一股傲气，总不愿让那些庸俗的女人亲近自己，所以一直是个童男，直到音乐会那天晚上。但偏偏唯一有点经验的那个晚上他又神志不清，因此，他实际上还是一只菜鸟，此刻完全是依照自己的本能在做。

“敬煦，敬煦……”

“嗯？纤雪，你……我弄疼你了吗？”他不舍地从她胸前抬起头来。

“没有。”

“那……你不舒服吗？”

“不是……”

周敬煦有些不知道该说什么了。难道她不愿意？还是太紧张了？

“我怀孕了……我听说，怀孕前三个月胎儿都不稳定，不能那个……”

“哦……”好生失望的语气，但随即又升起了期待，“那，那我亲一下可以吗？放心，我会很轻很轻……”

“嗯。”纤雪点点头。她明白男人本来就是下半身动物，柳下惠那样的男人千百年来也没几个。她也不能太过分了。他们的婚姻生活才刚刚开始，来日方长吧！

“纤雪，其实，能这样亲近你，我已经感到很幸福了……”

清早，周敬煦在一阵淡淡的茉莉的清香中醒来。他睁开眼睛，只见纤雪已经起床，一头长发用一支玉簪高高地绾在头顶，身穿一袭粉红色绣并蒂金莲的唐装，正站在阳台上看花。

他看了看天色，又看了看对面墙上的西洋钟，才六点四十分。往常读书的时候他一般六点半起床，七点一刻司机开车送他去学校，八点上课正好。

现在暑假，他一般都要睡到七点才起床，锻炼一下，八点用早饭。

纤雪都起床梳洗好了，他竟然不知道。看来他这个丈夫做得实在不够好。他连忙翻身下床，往阳台走去。

“纤雪，昨晚，你睡得好么？”他走到她身边，双手抑制不住地握着她的肩，轻轻将她转过身来。

纤雪脸色微红，羞涩一笑道：“我很好……”

“你先坐一会儿，我换了衣服带你下去吃早饭。”周敬煦搂着纤雪的腰将她送到藤椅上坐下，找了本书递给她，然后迅速去浴室里洗漱换衣。

纤雪把书放下，走到床边将薄被叠好，又将那大红的床单依旧铺上，忽然发现床头的柜子上放了两个锦盒。她打开上面一个，只见里面放了一块白绢，中间依稀还有已经干涸的血迹。她脸色一变，难道那天晚上的人不是周敬煦？她又打开下面一个盒子，里面却是两束用红线缠在一起的头发。

周敬煦换了一身大红丝制绣比翼鸟的唐装出来，见纤雪看着两个盒子沉思，便走过来搂着她的腰轻声解释道：“昨晚你睡着以后，我剪了我们的一束头发缠起来的。”

“这个呢？”纤雪指着那个放着贞洁布的盒子道。

周敬煦脸色微红，低声道：“我妈妈并不知道那天的事情，我怕她为难你，所以弄了这个……”

听他这么说，纤雪立即释然，心里涌起一丝感动。两人手牵手一起出门下楼。早饭还没有这么早，两个人又到花园里散散步，遇到好几位周家小姐，周敬煦一一为她介绍。有周敬煦在身边，所有人对她都很客气，也很热情，相比之下，反而纤雪一直表现得温和有礼，但骨子里却是疏离，对谁都谈不上多么热情，但又让谁都挑不出毛病来，只当她刚刚嫁到周家，还有些羞涩而已。

看时间也差不多了，两人回到大厅里，今天还有一件重要的礼要行呢！纤雪这个新媳妇要给公婆敬茶。周明翰对这个儿媳妇可是很满意的，丝毫没有为难她，不但一直乐呵呵的，还给了一个厚厚的大红包。

周敬煦的母亲魏清婉就没那么高兴了，虽然她也接了纤雪的茶，却撇撇嘴道：“既然进了周家的门，以后就是周家的人了，就得守周家的规矩。你是周家的少奶奶，就应该有少奶奶的样子，以后就待在家里相夫教子，不要动不动就出门乱走。”

纤雪恭敬地答道：“是！儿媳记住了。”记是记住了，不过要不要这么做，那可就不好说了。

“还有，”魏清婉端着茶杯继续说道，“记住你是敬煦的妻子，所谓夫为妻纲，你以后事事都要听从丈夫的安排，不要自作主张。”

周敬煦带着几分责怪看了看母亲，又紧张地看着纤雪，生怕她不高兴。

“是。谢母亲大人教诲！”纤雪神色平静，很是恭敬领了婆婆的“教诲”。

“嗯，果然出身书香门第就是不同，看样子还算懂事。这是前朝皇室流传出来的一对镯子，与你的气质倒是相配，我也就敬煦这么一个儿子，就给了你吧！”魏清婉架子摆够了，这才将准备好的一对白玉镯戴到她手上，让她起身。

“多谢母亲大人！”纤雪“谢恩”之后，才在周敬煦的搀扶下起身，只盼着以后婆婆少找自己麻烦就好。

好不容易这个敬茶仪式算是结束了，一家人才去餐厅用餐。周敬煦有些担心纤雪会不会孕吐，他记得姐姐怀孕的时候就吐得厉害。他不希望现在就公布纤雪有孕的消息，那样对她的名誉不好。好在纤雪目前来说并没有太大的反应，周敬煦关怀备至，生怕她吃不惯家里的早餐，餐前还小声问道：“你喜欢吃什么？若是有喜欢的尽管告诉厨房。”

纤雪含笑摇摇头：“这样就很好了。我不挑食的。”

他们声音很小，但好多人都听到了，一个个都悄然点点头，觉得这位少奶奶温和有礼，看样子是个好相处的人。只有周明翰眯着眼睛，对这位儿媳越发满意了。果然是只小狐狸啊，隐藏的本事够强！

第十六章 风云渐起

相比自己从前的自由自在，少奶奶的生活实在有点无聊。还好，目前周敬煦已经毕业了，又尚未跟父亲一起去公司上班，天天都可以陪在她身边。

不得不说，周敬煦真的是个非常好的丈夫，温柔体贴，只要是她喜欢做的事情，他都支持。他们一起听广播，她练琴的时候他就在一边当忠实听众，满脸的骄傲与幸福。

周敬煦在他们卧房隔壁准备了一间琴房，里面放着除了钢琴以外的所有乐器，大多是纤雪的陪嫁。钢琴放在大厅里，是一架德国产的白色三角钢琴，非常漂亮。纤雪每天都过来弹奏半小时，每一首曲子都是那样的流畅自然，从未听过的优美动听。周家上上下下都对这位新少奶奶发自内心的喜爱。

周敬煦从小就习武强身，每天都要锻炼，纤雪现在怀孕了，不能与他对练，但每天都跟他一起起床，坐在一旁看他锻炼，时不时送上热毛巾帮他擦汗，或者是一杯蜂蜜水补充体力。连挑剔的周夫人都不得不满意地点头，这个儿媳的确好得挑不出毛病来。如果一定要鸡蛋里挑骨头，就只有一点，他们回娘家的次数实在太勤了点。

周敬煦每隔个三五天就带着纤雪出去，或者看新上映的电影，或者购物，或者喝茶吃饭，然后就“顺便”回叶府探望岳父岳母。

如今还在暑假，叶清源也在家，夫妻俩对这个女婿也是满意得很。每次过来都要留他们吃饭，崔月眉亲自下厨，纤雪打打下手，周敬煦则陪着叶清源谈谈时政。

一个多月很快过去，周敬煦与纤雪朝夕相对，越来越亲密自然，每次相望，眼中的浓情蜜意都仿佛能将人融化掉。

这天晚上，纤雪被敬煦缠得没办法，又想着孩子已经有三个月了，便松了口，想要实现他们迟到的洞房花烛。

结婚近两个月来，周敬煦与纤雪日夜相对，虽然他们一直没有做到最后一步，但其他该做的都做了，他对她身体的迷恋也是与日俱增，原来，女人的身体是这样的柔软、温暖、馨香。之前的每一个夜里，他总是抚摸着她光滑细嫩的肌肤爱不释手，但到了最后，想着她腹中的孩子，他还是避着自己忍下来。但是今晚，他真的不能再忍，也实在忍不住了。

一切仿佛水到渠成一般，是那样的自然而美好。纤雪一直有些担心孩子，好在这其实是敬煦在实质意义上的第一次，他虽然兴奋得很，但问题也出在这里，太过兴奋的男人往往都是不能持久的。当他满脸懊恼地从她身上下来，纤雪倒是长长地吐了一口气。

“敬煦，抱我去洗澡好不好？”虽然刚才的激情并不持久，但纤雪还是觉得有些浑身无力。

敬煦温柔和兴奋地抱着纤雪去清洗，等两个人洗完，他正好再振雄风，可惜这一次纤雪严厉地拒绝了他，看他一脸的郁闷不满，她又柔声道：“敬煦，我们来日方长，不要急嘛！”

来日方长，来日方长……这句话实在太好听了，所以敬煦亲亲她的额头，满心欢喜而满足地抱着她睡了。

第二天，魏清婉便将周敬煦和叶纤雪都叫到大厅里，认真地说：“敬煦啊，你也不小了，如今都成家了，整天待在家里像什么事？我跟你爹说过了，过两天你就跟着他一起去公司上班吧！我们周家就你这么一个儿子，将来这个家迟早要交到你手上的，让你早点熟悉公司的营运也好。”

周敬煦本来说好等成亲以后就跟着爹爹出去学做生意的，但他没有想到成亲以后，他越发舍不得离开纤雪，真想时刻待在她身边陪着她。于是，便没有主动提起此事。父母想着他们新婚燕尔，也算体谅，没有催促，但儿子结婚有一段时间了，周夫人也意识到不能继续让他无所事事地待在家里。

周敬煦看看纤雪，为难地说：“妈妈，能不能再等等？明年好不好？”纤雪有了身孕，正是需要人照顾的时候呢！说实话，他还真是不放心留她一个人在家。

周夫人凌厉的目光立即转向纤雪，但不等她开口，纤雪立即道：“一个大男人，整天待在家里算怎么回事？我看妈妈说得不错，你都成家了，也该立业了，明天就跟爹爹去公司熟悉一下吧！爹爹也不年轻了，你这个做儿子也该帮着分担一下才是。爹爹就你一个儿子，养这么大，你不帮他谁帮他？”

魏清婉听纤雪这么说，这才含笑点点头，看来这个儿媳妇还算懂事。周敬煦一听，也觉得有些羞愧，但他真的不放心她啊！“那，我去上班了，你怎么办？”

“我都这么大了，还需要人照顾吗？你上班去了，家里不是还有妈妈，有蜀宝，有几位姨娘吗？她们都会照顾我的，你放心吧！”纤雪说得非常懂事，让魏清婉越发满意起来。

“可是你又不爱打牌，又不爱逛街买东西……”周敬煦皱眉走了两步，忽然道，“不如你还去读书吧！早上我送你去学校，然后再去公司，下午我下班后到学校接你一起回家，不是正好？”

周夫人正要反对，说已经出嫁的女人还去读什么书啊，但叶纤雪已经点头道：“这样也好，就当去学校打发时间吧。”

周夫人转而一想，反正是女校，环境也单纯，再说锦月还在读书呢！姑嫂一起相互照应着，应该也没什么，如此便算是默许了。然而就在她没有注意到的时候，周敬煦与纤雪迅速交换了一个大功告成的眼神。

九月初开学，纤雪再次出现在校园里，自然引来无数关注的目光。不过，学校也没有规定已婚女子不能入学，况且，她才十七岁，学校没有理由拒绝她，也不愿拒绝这样一名出色的学生。

早上，周敬煦将她送到学校就离开，但正值学生入学高峰期，自然被很多人看到并传扬出去。但凡亲见过周敬煦的女子，难有不动心的。而每天下午周敬煦到学校接纤雪回家，时常会带着一束鲜花或者一盒点心过来，浪漫又体贴。

他们新婚燕尔，幸福甜蜜，又因为一日不见如隔三秋，他总是自然地牵她着的手，搂着她的腰，在学校外面实在有些打眼，招人眼红。

他们自己浑然不觉有什么不对，然而，不到半个月，学校的气氛便开始变得有些不一样了。从前纤雪在学校对同学就比较淡漠，除了杜雨馨没有十分要好的朋友，大家虽然知道她有个音乐天才的名头，但相处久了也没发现她与别人有太大的不同，久而久之也就习惯了。但如今，显然不一样了。

一个没落贵族家的音乐天才并不引人注目，但京都首富周家的少奶奶，京都第一美男子的妻子这两项光环戴在头上可就太显眼了。特别是她平日里淡漠惯了，凡事不喜欢出头，容貌也不过中上之选，让某些“有心人”非常之愤怒！

好几位京都的名门闺秀都暗自恼恨，那个叶纤雪根本就长得很一般嘛！家世又不好，这样平凡的女人，凭什么得到那么好的夫婿？据说周家大少爷对她可是好得不得了呢！可不，今天又送了一盒进口的白色巧克力！

人的妒嫉心实在是很可怕、也很丑陋，即便没有理由，也能找出无数个理由，来打击侮辱践踏对方。

而就在这个时候，有人传出消息，说周家大少爷向来不近女色，不过被叶纤雪勾引，第一次尝到了女人的味道，所以才对她这样痴心一片。更有甚者，说叶纤雪看着冷冷淡淡的，其实骨子里很放浪，从小就喜欢在外面跟着男人跑，不但勾引了周家大少爷，还跟那些西洋人说说笑笑搂搂抱抱的。

一个个“言之凿凿”，仿佛亲眼看到一般，尽管有些人不太相信，但看着纤雪的目光却变了味道。

这些话，纤雪本人是听不到的，只是觉得同学们看她的目光有些怪，但周锦月却很快就得到了消息，因为有些人忍不住心中好奇竟然找她求证。虽然周锦月一直在为纤雪辟谣，可惜一个能打击别人抬高自己的谣言，实在符合大众需要，因此周锦月的话基本上没有什么效果。

杜雨馨也不知道怎么回事，自从前次生病以后，整个人好像都变了，这一学期开学还是第二周才到学校的，人消沉了很多。

纤雪问起，她却总是强颜欢笑，只说家里生意不太好。为此，纤雪还跟周敬煦打了招呼，让他能帮忙的尽量帮忙。可是，她总觉得，雨馨的变化不仅仅是因为家里面的生意问题。但为什么那丫头什么都不肯说呢?

杜雨馨时常沉默，变得极为安静，等她发现这股谣言的时候，已经是铺天盖地难以扭转了。她很震惊，却不知道该怎么告诉纤雪。她想劝纤雪回家当少奶奶就好，可纤雪又总说在周家会无聊，让她的话憋在肚子里，万分难受。

周锦月不敢告诉纤雪，却将这件事情告诉了周敬煦。周敬煦叮嘱她不要告诉父母，也开始劝纤雪回家待产。

十月，周明翰得知有一位来自美国的大商人到了上海，双方联系之后决定在上海谈判，于是，周明翰带着周敬煦坐上火车匆匆赶往上海去了。

周敬煦一走，纤雪顿时觉得仿佛整个周公馆都变得陌生起来。天气越来越冷，以前一个人也没觉得怎么样，但刚刚习惯了有个人在身边嘘寒问暖，如今又骤然离去，还真让纤雪有些不习惯。

她想回娘家小住几天，不过刚刚起了个头，就见魏清婉眼睛微微一眯，寒光一闪，冷声寒语地道：“怎么，敬煦出差去了，这个家就留不住你了?你就一天都离不了男人?俗话说得好，嫁出去的女儿泼出去的水，你记住，你已经不是叶家的女儿，而是我周家的媳妇了！”

纤雪不想在丈夫离开的时候与婆婆争吵，便打消回娘家小住的念头。但她买通了周锦月和送他们上学司机，每天并没有去学校，而是逃课回到叶家，傍晚再回周家去。在母亲身边，她的心才算安定下来。

就在周敬煦去上海之后的第三天，报纸上、广播上便大势传颂着大帅岳惊云在北方以强大武力与经济制裁震慑他国的事迹，赞扬他用高超的政治手腕平息了三个属国内的骚动，将一场战事消弥于无形。

听了报导，然后再看报纸上岳惊云一身戎装，英姿勃发，目光深邃而坚定的照片，纤雪忽然觉得他似乎也没那么讨厌了，原来长得也算不错，让人觉得很有安全感。

两日后，岳惊云便乘坐专机回到京都。第二天，大帅府即向上流社会派发了请柬，邀请社会名流去大帅府参加庆祝晚宴。说是在这次晚宴上正要举行“慈善活动”，募集钱物支持后方贫困老人和生病的孩子。周家作为京都首富，又与留守京都的陈子荣将军是姻亲，自然也收到了请柬。可是，周家的老爷少爷都不在家。周夫人立即让人准备好，周家的男人不在，但大帅府的邀请不能不去，她决定带着叶纤雪一起去。叶纤雪作为周家的少奶奶，也该出去见见世面了。

纤雪本来不想去的，可是找不到不去的理由。她总不能说自己怕被大帅抓住小辫子吧？如今敬煦不在，她也不能坦白自己怀孕了，不然，学校肯定去不成了，而且要是婆婆找个老中医来，她婚前有孕的事情就保不住了。纤雪穿上一条白黄绿三色条纹的韩版礼服，腰收在胸线以下，成功掩饰已经藏不住的腹部，再披上一件狐毛圈领的大红金丝高腰小夹袄，整个人看起来娇俏又大方贵气。

魏清婉站在楼梯下，看着叶纤雪缓缓走下楼来，微微蹙眉道：“你穿这个怎么感觉怪怪的？”

“妈妈，您觉得不好看吗？这个是我的新设计呢！妈妈，今晚需要注意些什么？您先跟我说说，我怕自己出错。”纤雪主动挽住婆婆的手臂，故作亲热，立即转移了魏清婉的视线。

魏清婉将宴会上需要注意的事项叮嘱了一遍，啰啰嗦嗦一大堆，等她说完，汽车也到了大帅府了。她们稍稍来早了一点，主人还在内花园后面的云楼休息，此刻只有几位早到的客人在大休息室里等候，聊聊天，打打牌，听听曲子，同时也相互联络一下感情。因为有人抽烟，让纤雪感觉很不舒服。她见外面大厅里有一架钢琴，跟婆婆说了一声，便走出去顺手弹奏了一曲。琴声引来了岳惊云的亲卫队长岳康。见到纤雪，他很意外，便走过去问道：“少夫人怎么一个人在这里？大少爷呢？”

“你认识我？”纤雪故做十分意外，实际上她早就知道此人是岳惊云的第一号心腹岳康。就像岳惊云派人调查她一样，自从上次与岳惊云在密室里结下梁子，她也一直关注着岳惊云的情况。

“在下岳康，是大帅的亲卫队长。”岳康依旧一身戎装，腰上还配着手枪。

“哦。”纤雪点点头，这才答道，“实在抱歉，我丈夫和公公一起去上海了，今晚纤雪是和婆婆一起来的。”

“是不是无聊了？还是累了？”岳康看着纤雪的身子，只一眼就发现不对劲。“少夫人这是有喜了么？”

纤雪诧异地看了他一眼，暗道这人眼睛怎样这样毒？连她身边的蜀宝都没看出来呢，只当她长胖了呢！“没有的事。倒是看不出来岳队长竟然什么都懂，连女人的事情也知道。”

“对不起，岳康冒犯了！”岳康弯腰行礼，又道，“少夫人要是累了，不如去后面的休息室休息一下吧！那边开窗就是花园，空气好，而且没有人打扰。”

“这样好么？”说实话，她的确不愿意跟那些女人在一起，那一道道打量猜忌的目光真是让人浑身不自在。可是，她又不想太特殊。那个后面是什么地方，能去吗？

“本来就是岳康安排不周，应该给各位夫人单独安排一间休息室的。”岳康走在纤雪前面半步的样子算是带路，态度和蔼亲切，仿佛久别的朋友，让路过的客人及大帅府的下人都暗自揣测不已。“大帅府没有女主人，所有宴会都是在下安排的，照顾不周，本就是在下的不是。”岳康将纤雪引到另外一个回廊里，走了一小段路来到一间小休息室外面。岳康推开门，请纤雪进去。房间不大，但布置得颇为精细，隐见奢华。岳康道：“少夫人，就暂时在这里休息吧，等会儿时间到了，我再派人请您过去。”

“好的，谢谢康队长了。”纤雪看着岳康出去，带上门，她这才环视了整个房间一圈儿，自己剥了一个猕猴桃吃，然后推开后院的窗，看了看后花园，闻着浓浓的桂香，在旁边软软的真皮沙发上坐下来。

第十七章 大帅府相聚

这里可比外面那个大休息室好多了。纤雪一面轻抚着小腹，一面看着花园里的菊花，轻轻哼着一首自己也没在意的歌。

忽然，只听“嚓”一声，门开了。纤雪转过身来，只见岳惊云一脸诧异地出现在门口。“大帅？”他怎么会出现在这里？难道他还在怀疑她？不可能吧？他要是真的怀疑她，绝对不会让她顺顺当当嫁到周家的。

“叶小姐？”岳惊云收起满脸的惊愕，转而关切地问道，“叶小姐可是身体不适？”不然怎么会被带到这里来。

“没什么，不过大休息室里有人抽烟。”纤雪自然地站起身来，不知不觉中已经打起全副精神，接道说：“纤雪已经嫁为人妇，请大帅称呼纤雪周少夫人。”

“少夫人。”岳惊云淡淡一笑，颇有些自嘲的意味儿。“时间也差不多了，不如让惊云送少夫人过去吧！”

“纤雪不敢，还是请大帅先行的好！”纤雪可不想惹麻烦。虽然别人巴不得能跟大帅拉交情，她可是敬谢不敏的。

“有何不敢的？惊云又不会吃人。”岳惊云朝着她伸出手去，很有绅士风度地说，“走吧，我让你走前面就是，要是我先出去了，少夫人可就晚了。对了，周少爷没跟您在一起？”不是说他们夫妻很恩爱？

“哦，我家敬煦去上海谈生意去了。”纤雪不好拂了人家大帅的颜面，可是她又不想跟他套交情，只好屈膝一礼道：“如此，纤雪就冒犯了。”说着，她就微微低着头，从他身边走了出去。就在两人错身而过的瞬间，岳惊云不禁屏住了呼吸，专注的目光看着她修长白皙的颈项，看着她脸上淡淡的红晕，没有穿耳洞的肉肉的耳垂……

当她离去，他却久久地凝视着她的背影，脑海中浮现出音乐会上那个风华绝代的女子。岳康看得很准，自己对这个女人，的确有些动心了，连这次找的女人，都有她的影子。可惜，他们终究错过了。为什么当她不在身边的时候，他总想着艾莉丝，而在她面前，他就忘记了一切呢？岳惊云摇摇头，缓缓跟在叶纤雪身后走了出去。

纤雪来到大厅，乐队已经奏响了凯旋喜庆的音乐，众人都已经在此等候了。魏清婉趁人不注意的时候狠狠地瞪了她一眼，将她拉到身边，压低声音道："不是说在大厅弹琴么？跑哪儿去了？看看，所有人都到齐了。"

纤雪不以为意地笑笑，说："大帅还没到呢！"

魏清婉还想数落她两句，正巧，这个时候岳惊云出来了，宾客们的议论顿时停了下来。岳惊云面带微笑，抬手让众人都安静下来，开始了宴会前的演说。

纤雪没有听他说什么，只是奇怪他身边什么时候有了一个年轻女子。只见那女子身穿粉红的洋装，一头波浪式的卷发，容貌甜美，然而眼睛里却有些野性。而最最奇怪的是，那个女人为什么总是盯着她看？她们好像不认识吧？

纤雪还在猜测那个女人是谁，不想魏清婉忽然低下头来，轻声问道："你刚才也从那边过来的，你去哪儿了？你见过大帅了？"不然大帅身边的女人为何要用那样的目光盯着她看？

纤雪想不到这个婆婆竟然如此精明，这样狗血的情节她也能猜到。不过，纤雪就是纤雪，她面不改色地侧头望着魏清婉，略带几分疑惑道："大帅也从那边过来的？我没注意到。对了妈妈，大帅身边的那个女人是谁啊？她怎么好像一直在盯着我看？"

魏清婉看着她疑惑的神情不似作假，勉强相信了她，轻哼一声道："那是崔小姐，是大帅从东北带回来的。"

"哦，是大帅的女人啊，挺漂亮的。"纤雪冲着那道不甚友好的目光轻巧一笑。

"咱们这位大帅向来风流，你不知道？"

"报纸上都说大帅英明神武呢！我向来不太关心这个。"她怎么不知道？她还知道这个大帅不但风流，还是个没品的臭流氓，只会占女人的便宜呢！当然，这样的实话自然不能告诉婆婆大人。

魏清婉似乎总算在她身上发现了一个优点，心情颇为不错。

这时，岳惊云的演说完毕，晚宴开始。

这是一个西式的自助餐式的晚宴，客人们或三三两两聚在一处，或者端着酒杯到处联络感情。因为魏清婉和叶纤雪没有丈夫在身边，平日里熟识的朋友也不好意思太过热情，往往点点头，打个招呼就走。

纤雪从来不将他人的看法放在心里，自己端了盘子找好吃的去了。大帅府的西点真不错，岳惊云曾在国外留学，府里的厨子手艺颇为地道，纤雪一张嘴，两个人吃，不知不觉中就吃了很多，在一群贵族小姐眼中，简直就是专门来找吃的。那些看着她的猜疑的目光越发不友好起来，这样的女人凭什么得到周家大少爷的青睐？

当纤雪端着盘子，又取了一块水果布丁的时候，一位小姐再也忍不住走到她身边，带着几分嘲弄道："少奶奶胃口可真好，呵呵！"

纤雪只一眼就看出对方来意不善，于是嫣然一笑道："纤雪与小姐不同，纤雪已经嫁人了，也不用在意什么形象美丑了，如今是想怎么吃就怎么吃了。呵呵！"

说着，她又吃了一口。

对方被她噎得说不出话来，只好气呼呼地走了。是啊，她已经嫁人了，而且嫁的正是那些女人仰慕万分、却求之不得的京都第一美男子，的确该她得意的。

此刻岳惊云挽着那位年轻美貌的崔小姐已经被人围了起来，敬酒的、寒暄的、讨好的，男男女女、老老少少，热闹非凡。当然，这里面自然不包括纤雪。

魏清婉其实也想上去跟大帅打个招呼的，奈何今天丈夫儿子都不在，她对家族的生意、对目前的政治都不甚熟悉，实在找不到什么好说的，想了想还是作罢了，不过在外围跟一些熟识的夫人说说话而已。

过了一会儿，大家吃得也差不多了，舞会即将开始。

本来么，大帅身边有女伴，由他们开舞也在情理之中，但他实在低估了京都贵族小姐们对他的爱慕之心，一个个都主动要跟他跳第一支舞，实在让他不好选择。毕竟在这里的小姐都不只是一个女人，而是代表了一个家族，一股势力。他向来不对这些女人出手也是这个原因。

最后由戴家的小姐想了一个办法，得到了在场诸位小姐的一致认同。岳惊云对这些女人没办法，只得答应下来。不过，他心里却觉得好笑，感觉自己怎么像古代的女子抛绣球招亲一般。

大帅府的侍女当即从餐桌上的花瓶里取了一束花出来，扎好，呈给岳惊云。岳惊云认命地站在大厅中央，闭上眼睛转了三个圈儿，然后花束脱手，高高地飞起来，落下。

纤雪看着从天而降的花束，反射性地退后一步，手一伸，结果花束还是稳稳当当地落在她的餐盘里。大厅里有片刻的静寂，鸦雀无声。纤雪呆呆地看着那一票恨不得将她生吞活剥的女人，又低头看了看自己盘子里的花束，半天才反应过来。她这是接到大帅的鲜花了？不过，大帅没事扔鲜花做什么？岳惊云面上挂着淡淡的笑容，拨开人群走了过来，接过她手中的餐盘连同沾染了白色奶油的花束一起放到一旁的餐案上，然后掏出手绢擦去她嘴角残留的一点白色奶油，最后才后退两步，含笑欠身伸出手来："少夫人，可以请你跳支舞吗？"

"呃，很荣幸……"不知道为何，只要他走近，她总是会情不自禁竖起全身汗毛，心跳加快，精神紧张。原来刚刚那些女人，就是为了要争夺大帅的第一支舞啊。她总算是了解那些女人的心了。其实她万分不愿出这个风头的，可如果她要是拒绝的话，只怕会引来更多猜忌的目光。可是要与这只狼共舞的话……

岳惊云牵着纤雪的手走到大厅中央的舞池里，音乐响起来，灯光被有意识地调暗，他低头看着她颇为紧张的神情，轻声道："别紧张，就是一支舞而已。"

"是……"她知道只是一支舞而已，可是他不是别人啊，他是在密室里夺了她此生初吻，又被她打成猪头的那个人啊！虽然知道现在的他不可能会认出自己来，可身体还是忍不住地紧张。

岳惊云揽着她的腰，低头闻着她发间的清香，忽然觉得是那样的熟悉。这样淡雅的清香，跟艾莉丝好像……他不觉搂紧了她的腰，随着舞步的摇动悄然量着她的腰围，结果大吃一惊。"你长胖了？"他疑惑地在她耳边低语。

纤雪心神不宁，一不小心就踩了他的脚。好吧，就让他以为她是长胖了吧！"呃，很抱歉……"

岳惊云心里很疑惑。叶纤雪，现在的周家少夫人，她不可能是艾莉丝的，可为什么自己抱着她的感觉是那样熟悉而激动呢？是因为他心里喜欢她，希望她是艾莉丝，还是因为她真的有可能是艾莉丝？可惜，她已经嫁人了啊！这一刻，岳惊云竟然有些后悔。如果他听了岳康的馊主意，阻拦了她的婚事，现在一切会不会不一样呢？

"你过得好吗？"

"嗯？"纤雪很疑惑。那样的话是他说的吗？他有什么资格说那句话？

"周敬煦，他对你好吗？周家，对你好吗？"这一刻，岳惊云忠实于自己的心，他需要得到安慰，但愿她是幸福的吧！

"好！当然好！"纤雪有些不适应他的转变。他们之间似乎没有什么关系吧？就算有那么一点点，他也应该不知道啊！他为什么会问她那样奇怪的话？

“嗯……”这样，他就可以告诉自己不必后悔。她过得很幸福。音乐声、人们的议论和嬉笑，让围在舞台外面的人听不清他们在说什么，不过，仔细观察的人还是看到了他们在说话。

魏清婉看着岳惊云搂在自己儿媳妇腰上的手，看着他低头凝视她时，那唇边展现的温柔，想着先前那位崔小姐对叶纤雪的敌视，心中一股邪火直往上冒。看不出来，叶纤雪其貌不扬的，竟然那样招男人喜欢。不就是会弹几首曲子么？有什么了不起的？竟然趁着敬煦不在就勾引男人……

可是，该死的女人！为什么那个男人竟然是大帅？让她不得不将一肚子火气硬生生压抑下来。这人她得罪不起……一曲即将结束，岳惊云引着纤雪转了几个圈儿。

纤雪很想停下来的，可在他的主导下，要停下来就得冒着暴露武功或者丢脸的危险。权衡利弊，她还是决定忍了。可是，意志力再强大，身体不配合也无可奈何。不过才三个圈儿而已，纤雪就华丽丽地头晕了……

岳惊云赶紧抱住她，却再一次感受到她与艾莉丝的不同。她的胸围明显比艾莉丝要大啊。

一直跟在岳惊云身边的崔小姐心里很不是滋味，今天她从宾馆过来，就发现原本给自己准备的休息室被人占了，后来竟看到那个周家少夫人和大帅先后从屋里走出来，气得她浑身颤抖。到了舞会时间，她作为大帅的女伴，本来就该是她与大帅一起领舞的，不想众人想了一个抛花选舞伴的法子来，而大帅又故意将花束抛给了那个少夫人。

是的，她知道，大帅是故意的。以大帅的身手，不过转了三圈哪里会晕头。而事实上，他的方向和力度都掌握得很好。他就是故意乘此机会跟那个女人亲近的。

崔小姐越想越气愤，越想心里越泛酸，于是愤愤地想着要怎么整治一下那个不守妇道的周家少夫人才好。据说那位少夫人就是那个人称东方第一的音乐天才。哼！同样是卖唱的，凭什么她就可以高高在上受人尊崇，而自己却是人人都不屑的歌女？不如想个法子让她跟自己一样当众献唱，最好再出个丑就更好了。嗯，就这么办！

晚宴之后的募集活动结束，岳惊云致词，感谢京都名流对慈善事业的支持，对他的支持，正要宣布散会，却见崔红叶盈盈浅笑地站到他身边道：“红叶有幸参加这样一个意义重大慈善晚会，可惜却对大帅的慈善事业毫无帮助，红叶想乘此机会为诸位先生、太太、小姐们献唱一曲，若大家觉得红叶的歌声尚能入耳，不妨再为大帅的慈善基金添资助彩。”

岳惊云微微蹙眉，这不是当堂卖唱了么？虽然大家都知道他岳惊云的女伴是什么出身，可这女人没脑子吗？竟然自曝其短。然而，崔红叶话已出口，他想要收回却是来不及了。只听满堂宾客轰然叫好，一个个都喜笑颜开等着崔红叶的表演。

听大帅的女人唱歌，无论唱得好与不好，那滋味自然都是与一般人不同的。崔红叶本来就在东北一家有名的夜总会里唱歌，岳惊云去夜总会消遣时无意中见到，便收在身边带回京都来的。当然，这样出身的女人自然不能住到大帅府，所以他安排她住在京都宾馆自己常年包下的那个包房。

崔红叶很快将准备好的六弦琴背在身上。当时六弦琴在中国并不流行，见过的人不多。一个花样女子，背着一把大大的六弦琴，那样子确实有点怪。崔红叶向众人鞠躬行礼，而后拨弄着琴弦唱了一曲东北民歌小调。客观地说，崔红叶的声音很甜美，唱得也好，只是这伴奏的六弦琴与她选的曲子不太相配。但人美歌甜，宾客们还是给与了她很热烈的掌声，一个个仿佛打赏似的，数目却一直往上涨，合在一起却是一笔不小的善款，倒也给岳惊云的慈善基金添了一点彩。

本以为今晚的晚宴可以圆满落幕了，不想一位小姐冒出来道：“我想，今晚大家听了崔小姐如此美妙的歌声，一定会遗憾没能听到音乐天才叶小姐的天籁之音吧？大帅，周家少夫人就在这里，您可能满足我们这个小小的心愿？”

岳惊云皱眉，没有立即开口。他这才意识到崔红叶主动献唱的目的所在。也怪他，只想找个机会跟纤雪说两句话，却不想给她带来了麻烦。女人的嫉妒心真是可怕啊！然而，不等岳惊云表明态度，其他小姐们已经纷纷附和，因为周明翰和周敬煦都不在，有些道貌岸然的男人也偷偷在里面起哄。“是啊，少夫人号称东方第一的音乐天才，为我们唱一曲吧！”

“若能在这个美妙的夜晚聆听少夫人高歌一曲，定然会让大家毕生难忘的。”

第十八章 《献给爱丽丝》

魏清婉愤怒地看着那些刚才还客气地跟她们打招呼，现在却落井下石的人，转而又恼恨地瞪着叶纤雪。都是这个女人跟大帅牵扯不清，才让那些女人嫉妒了。这一刻，魏清婉真是恨死了叶纤雪，但是她却不能让那些人如愿，不管她怎么不喜欢叶纤雪，她总是自己的儿媳妇，是周家的少夫人！周家不能丢这个脸。于是，魏清婉对着众人抱歉地笑笑，说："实在对不起，我家纤雪身体不适，只怕要让诸位失望了。刚才大家也看到了，她不过稍稍跳个舞就头晕了，所以今天实在无法为大家表演了。"

"唉呀，只是唱首歌而已嘛！刚才少夫人不是说自己没事吗？"

"是啊，也不要少夫人又唱又跳，只要坐下来为我们清唱一曲就好了嘛。"

"少夫人可以不给我们面子，但好歹给大帅一个面子吧？"

听得众人越说越过分，岳惊云冷冷地瞥了崔红叶一眼，正好看到她眼底得意的笑容。他转而拿起扩音器，正色道："诸位，今天少夫人的确实身体不适，大家就不要强人所难了吧。"

众人听大帅都这么说了，自然不好再为难叶纤雪，但心里却更加恼恨，当场就听有人酸溜溜的说："大帅对少夫人可真是体贴入微呢！"

纤雪听大家越说越不像话，只得站出来，朗声道："承蒙诸位厚爱，纤雪就献丑了。愿为大帅的慈善事业、愿为需要帮助的孤儿和老人贡献一份微薄的心意！"

"哦，好啊！好。少夫人果然慈悲心肠呢！"

"能听少夫人一曲，实在是我们的幸运啊！"

"少夫人献唱，我等一定不能吝啬了。"

"据说少夫人能即兴作曲的，不知道今天能否让我们见识一下？"

总之不会轻易放过她是吧？纤雪淡然一笑道：“请这位小姐出题吧！”

“唉呀，少夫人天才之名果然名不虚传呢！可是，出什么题好呢？”总要想个能难住她的才好啊！

岳惊云心中恼恨不已，这些女人为何就这样肤浅呢？打击别人，真的能带给自己快乐么？他想起岳康的调查资料，知道叶纤雪最是孝顺，于是开口道：“不如就以母亲为题吧！”

既然大帅开口了，众人自然没话说。

这时，崔红叶忽然好心地将自己用过的六弦琴送到叶纤雪面前道：“少夫人，红叶这把六弦琴借给你伴奏吧！”

她知道中国很少有人会六弦琴，刚刚她也找人打听过了，没人听说过叶纤雪会六弦琴。纤雪淡淡地看了崔红叶一眼，随手接过她的六弦琴来，小心地背在身上，而后随手拨弄了一下，试了试音色。这感觉，就好像是第一次碰这琴一般。

众人都有些幸灾乐祸地看着她，暗想着明日的报纸会怎样报导，“音乐天才被六弦琴打败？”“音乐天才也有不会的乐器？”“这就是我们的天才？”

纤雪的确很多年没有碰过这玩意儿了，不过，前世，这可是她最熟悉的乐器之一。六弦琴，就是吉他嘛，在前世，这乐器最是普遍了，大学里好多人背着它到处走。不过，用手指弹她可是有些受不了，她弹古筝都喜欢戴指甲的，那样声音更清脆些，不过对演奏者的演奏技巧要求更高。

“岳队长，能向您借件小东西么？“纤雪的目光在场内环绕一圈，似乎就只有岳康的肩章勉强能当拨片用。

“哦，“岳康微微一怔，随即躬身一礼道，“少夫人请吩咐！”

“能否借您的肩章一用？”

“好，当然可以……”说着，岳康就将自己的肩章取下来，恭敬地递给她。在场众人小声议论纷纷，对岳康的态度很是疑惑，但同时却有了更多的证据和谈资。岳康作为大帅的亲卫队长，何曾对一个女人如此恭敬过？说那个女人跟大帅没关系，谁信啊！

纤雪仿佛没听到众人在谈论什么，只见她缓步走到扩音器前面，朗声道：“谨以此曲献给我们伟大的母亲。”随后，她开始拨弄琴弦，仍然有试音的意思。

周围宾客们已经在暗自偷笑了。她真当自己是音乐天才啊！以为自己什么乐器都是不学就会？拿起就用？

然而，纤雪再一次让大家震惊了！只见她手指夹着拨片轻轻拨动琴弦，舒缓而优美的旋律缓缓响起，每个人都安静下来，打起全副心神等待她的歌声。大家似乎都等了很久，其实不到半分钟，纤雪终于轻轻开口唱了。优美动人的歌声带着淡淡的忧伤和对自由的憧憬，立即打动了所有人。

纤雪微微低着头，人们看不到她的眼神，但每个人都能感受到她歌声中散发出来的忧伤和怀念的浓厚气息，让人不由自主地想起自己的母亲，想起童年，想起十多岁时的叛逆和最初理想；让人不知不觉中沉浸在她的音乐氛围里，随着她的歌声而怀念、忧伤、憧憬……一段优美的和弦之后，纤雪微微抬起头来，眼神迷蒙中充满了怀念和淡淡的忧伤，同时，优美的歌声再次响起。

随着最后一个音符消失在耳边，众人许久才回到现实中，掌声缓缓响起来，从最初的稀疏到密集再到激烈。所有人都无法欺骗自己的心，不管对叶纤雪有过多少的嫉妒，不管她们曾怎样不屑、怀疑她的才华，不管她们曾听过多少诋毁她的流言蜚语，当她们亲耳聆听了她在众人的刁难中随性而唱的一首《妈妈》，那些负面的看法和感情便在她的歌声中全然散去。

这一刻，所有人心里都闪动着一个念头：叶纤雪音乐天才之名果然名不虚传！

“纤雪献丑了！”纤雪站了起来轻轻一鞠躬，然后取下六弦琴还给崔红叶，又将手中的拨片还给岳康。

“今夜能听得少夫人一曲仙音，可谓平生之幸了。”

“果然是东方天籁啊！”

“可惜这样的天籁之音今后只怕再难听到了，还是周少爷有远见啊！”

“到如今我才知道自己以前听的曲子全都是低俗的玩意儿，这才叫音乐！这才是能称之为艺术的音乐啊！”纤雪依然淡淡一笑，脸上没有丝毫自得，也没有丝毫怨恨，这份宠辱不惊的气度更加让人觉得心怀愧疚，更加敬佩她的气度风采。

“也只有少夫人这般心境，才能唱出这样的天籁之音吧！”众人感叹。先前说好了的，只要少夫人开口唱一曲，他们就毫不吝啬地支持大帅的慈善基金，可如今他们却觉得，如果用金钱来衡量少夫人先前的天籁之音，那将是对她以及对她的音乐的亵渎。

崔红叶呆呆地望着叶纤雪，到如今她哪里还记得嫉妒，她已经羞愧得无地自容了。她总算明白自己与这位少夫人的差距了，她终于相信，天才之名不是谁都能担当得起的。音乐天才，也只有这样的才华才能被称之为天才吧！

魏清婉也呆怔了很久，她是第一次听纤雪唱歌，她想不到这个自己向来不太看得起的儿媳妇，竟然真的有这样的本事。就在刚才，她几乎忘记了那个眼神迷茫而哀伤的人是自己熟悉的叶纤雪，那一刻的叶纤雪仿佛换了一个人一般，就好像传说中的精灵。

怎么办呢？众人有点为难了。这钱他们是想给却不好意思给了。

这时，岳惊云忽然站出来道："惊云在国外的时候也曾学习过钢琴，今日就乘此机会请少夫人指点一下吧，诸位不肯亵渎了少夫人的天籁之音，不妨让惊云捡个便宜，等下诸位连同惊云的分儿一块儿给好了。呵呵！"

听岳惊云这么一说，众人立即鼓掌起哄，大帅竟然要亲自弹琴？他是为了打破眼下的僵局么？还是用自己的身份地位帮着周家少夫人消除当堂献唱带来的负面影响？

不管众人如何猜测，但对岳惊云的演奏都有了强烈的期待。看大帅亲自表演，只怕是他们几世修来的福分。若今晚不是因为有周家少夫人这个音乐天才在，他们哪里能有如此的幸运？

岳惊云坐到钢琴面前，忽然正色道："谨以此曲祭奠我此生最真挚最期盼的一段感情，献给我不知身在何方的未婚妻——艾莉丝。对了，明天的报纸一定要写清楚，说不定她看到这则消息，会再次回到我身边。"

岳惊云神情温柔，目光中含着深沉的爱恋，绝对是今晚最劲爆的新闻。众人齐声声吸了一口气，大帅有未婚妻，还离开了他？竟然有女人舍得抛弃大帅这样有权有势才貌双全的未婚夫？那女人脑子是不是有问题？对了，艾莉丝，这名字似乎听过呢！在哪儿听过呢？

纤雪刚刚走回魏清婉身边，听到岳惊云这句话也忍不住微微变了脸色。他说什么？

他竟然承认艾莉丝是他的未婚妻？他说那是他最真挚、最期盼的一段感情？他不是为了她在武器设计上的才华才追查她的么？他们过不一面之缘，他怎么可能会爱她？岳惊云一身戎装，坐在钢琴前面似乎有些格格不入，但他神情庄重认真，纤长的手指在黑白琴键上飞舞跳跃，洒下一串动人的音乐，令人遐想联翩。

究竟是怎样的女子，才能让大帅念念不忘呢？纤雪一听就知道他弹奏的是贝多芬的名曲《献给爱丽丝》，不由得心神微微颤动。他弹得这样熟悉流畅，是因为经常练习吗？他经常练习这首曲子，是因为想她？她是熟知音乐的，人嘴里时常会说谎，可音乐却是不会说谎的，他在这首乐曲里投入了多少感情，她自然能听得出来。可是她却更加疑惑难解。难道她把他打了一顿，竟然还打到他心里去了？

坐上汽车，魏清婉才开口问道："刚才大帅弹奏的那首曲子叫什么？"

她看纤雪神色不太好，暗自揣测着，大帅不是真的看上自己的儿媳了吧？又或者，大帅另有心上人的事实打击她了？

“《献给爱丽丝》。”纤雪面色有些古怪。她弄不清岳惊云先前的话是真是假，但即便他真的“爱”过“艾莉丝”的话，如今也已经选择放弃了吧？否则，这样将她暴露出来，没有他的保护，“艾莉丝”岂不是变成人民公敌任人宰割？

不过，岳惊云对她的态度实在令人费解。刚才，他抛出艾莉丝来，主要还是为了将众人的注意力从她身上引开吧？女人的直觉让她知道，岳惊云对她似乎有一种特殊的感情。可是，她又不确定岳惊云是真的喜欢上了叶纤雪、还是在怀疑她就是艾莉丝。唉，男人真麻烦！好在她已经有了敬煦，以后她还是老老实实做她的周家少夫人，别的男人还是少见面、少操心的好。

“曲子就叫《献给爱丽丝》？”还有这样奇怪的曲子？魏清婉不由得沉思起来，那么说大帅真的有个未婚妻了？“可是，怎么从未听说过大帅曾与人订婚？莫不是骗人的吧？而且，听名字，似乎是个西洋人。难道是大帅在国外读书的时候认识的？”

纤雪本不想理会婆婆的八卦好奇心，但为了让她将注意力从自己身上转移开，所以特别解释道：“《献给爱丽丝》是著名音乐家贝多芬的一首单曲，在欧洲是很有名的。据我所知，大帅口中的艾莉丝应该是英国大使弗朗西斯的侄女，据说也有中国血统，是个混血儿，长得非常漂亮，几个月前离开大帅回欧洲去了。”不漂亮大帅能喜欢么？就让她自恋一回吧，反正也没有人知道。

“哦？你怎么知道这么多？”闻言，魏清婉不由得上上下下打量了叶纤雪一圈儿，难道她真的跟大帅有暧昧关系？不然如何知道这么多？

“妈妈不知道吗？我跟弗朗西斯大使认识好几年了，与艾莉丝自然也是熟悉的，大帅为我解围，也是看在艾莉丝的面子上。”纤雪脸不红气不喘地说，这可是大实话啊！

魏清婉这才释然地点点头，随即又流露出可惜的神情。“若是那个艾莉丝还在，你与她关系好，倒可以帮敬煦不少忙。”魏清婉忽然想，丈夫同意叶纤雪嫁过来，多半也是知道她有这些关系网吧！

纤雪嘲讽地笑笑，没有说话。若艾莉丝真的出现了，只怕周家的日子就不好过了。虽然不能肯定岳惊云对自己有几分真情，但他绝对不会放任一个武器设计天才，游离在自己的掌握之外。

第二天，报纸上就沸沸扬扬报导了昨夜大帅府的募捐拍卖活动，对崔红叶的民歌、周家少夫人临场新作的新歌《妈妈》、岳惊云的钢琴曲《献给爱丽丝》都有评述。音乐天才的《妈妈》自然被评为天籁之音，让没有听过的人懊悔不已。而岳惊云的钢琴曲，特别是他明确说是献给自己未婚妻艾莉丝的，给了人们很多遐想。

纤雪从来不曾小看记者的八卦能力和调查能力，但还是没想到不过用了三天，大帅钟情于英国大使弗朗西斯的侄女艾莉丝小姐的故事就见诸报端。而更加让她啼笑皆非的是，报纸上竟然连他们在什么时候相见、如何一见钟情、如何有了误会以及艾莉丝如何伤心离去都有报导，一条条一道道说得煞有介事，若不是自己身处其中，只怕连她看了这些报导都要相信了。

然而，经过此事，魏清婉参加上流社会的宴会就再也不带纤雪一起去了，却不想这也是纤雪正求之不得呢！

第十九章 有 喜

而在大帅府，岳惊云看了看报纸上的标题，便扔到一边。岳康从外面匆匆进来，低声道："大帅，崔小姐已经送回去了。"

岳惊云轻轻"嗯"了一声，道："让你另外找个人，有人选了吗？"

"暂时有三个，详细资料还在准备中，等候大帅裁夺。"岳康恭敬地回答，而后又带着几分疑惑道，"属下不明白，大帅您为什么这么着急要另外找个女人呢？"刚才他才派人将崔红叶送回东北去了，没必要这么着急另外找人吧？

"总要有个女人的，不然，人家还以为我有问题。"岳惊云淡淡地解释了一句，忽而又问，"周家那边，没有为难她吧？"要是送走了崔红叶，又没有另外找人放在身边，只怕那些无聊的女人，又要怀疑到叶纤雪身上去了。

"没有。大帅放心，虽说周家大少爷不在家，少夫人可不是任人欺负的性子。"岳康越想越不明白，"大帅，您到底……您还是喜欢叶小姐吗？可是她已经嫁人了。"看大帅这个样子，岳康忍不住暗自腹诽道：当初让您卑鄙一点想个办法吧，您又不肯，现在后悔也晚了。

"嗯，那丫头不错，才华横溢，宠辱不惊，数百年难得一见，怎不让人喜欢？"岳惊云回想起几日前晚上的那场短暂的接触，想起她那一曲《妈妈》里蕴含的哀伤和憧憬，忍不住沉默下来。

岳惊云的确有些后悔。他也搞不清楚自己究竟怎么回事，每次一见到她就有些控制不住自己，眼睛总是往她身上瞟，总想与她亲近一点，总是为她担心，见不得人为难她，见不得她吃苦。但当她离开之后，他却又老想着艾莉丝。所以一直以来，连他自己也疑惑，他心里最想要究竟是哪个？

唉，这世上果然没有后悔药吃啊！他真的没有想到自己对叶纤雪，竟然这样割舍不下。现在竟然连艾莉丝都败下阵去了。要知道艾莉丝可是他最理想的伴侣，武功好，还熟悉手枪，能自我保护，让他可以放心一些，又留过洋，与他有共同语言。

他时而仍在怀疑，她们两个到底是不是一个人。因为她们的发香竟然一样。而且，据岳康透露，叶纤雪现在好像怀孕了。所以，她的腰围和胸围才会变大？想了好久，他长长地吐出一口气来。告诉自己，她们不会是一个人的。如果艾莉丝就是叶纤雪，他会后悔死的。可是，如果艾莉丝和叶纤雪真的是一个人，他要不要把她抢回来？

英法大使看到报导，不由得捏了一把冷汗。还好他们放弃了最后一个计划，否则召来岳惊云的注意，艾莉丝肯定要被他抢走了。如今艾莉丝隐瞒身份嫁给周敬煦，大帅不知情，他们以后想想其他办法说不定还有点机会。

对天才的招揽，他们要不遗余力。可惜啊，目前西欧硝烟滚滚，战争肆虐，正是最需要武器天才的时候，偏偏这个时候又是绝对无法招揽到她的。唉！上帝为什么不将艾莉丝这样的天才赐给他们英国呢？

同时，远在上海的周敬煦父子也看到了报纸上的报导。周敬煦对别的都不关心，他就盯着一条，岳惊云强迫纤雪在晚宴上的卖唱，强迫纤雪与他跳舞，以及两人的拥抱。

“不行，我要赶回去！”

“急什么？你又不是不知道，北方涉及政治的新闻到了南方就要变味儿，若真的有什么事情，你妈妈会给我们发电报的。”周明翰沉着脸瞪了儿子一眼，这几天的谈判还当他真的出息了呢，原来还是沉不住气，特别是遇到自己老婆的事情就变得冲动盲目了。让儿子娶了一个中意的老婆也不知道好是不好。

“爹，我不放心。”周敬煦也知道现在正是谈判的关键时期，而父亲又需要自己翻译，特别是合同，因为是中英文各一份，换了人当翻译父亲如何放心？可是，他实在担心纤雪，她在学校的声誉已经很不好了，这样的报导出来，她还怎么在学校里待下去？而母亲又对她有偏见，他特别担心母亲会不会为难她。

“若真的放心不下，就早点把合同订下来，你就可以回去了。”周明翰举着烟斗抽了一口，状似不在意地看了儿子一眼。

周敬煦没有立即接口。他明白父亲的意思，可是，那样的条件他不能答应。纤雪早就跟他说过，她最在意的是什么，所以，这样的错误他万万不能犯。不就是一单生意么？做与不做对他们周家来说并没有太大关系。他就是不明白，为什么父亲的野心那么大，一定要将生意做到国外去。他觉得现在这样与外国人合作也很好嘛！

周明翰深深地看了儿子一眼，忽然正色道：“这几天我跟你说的事情，你考虑的怎么样了？其实玉玲珑小姐姿容绝世，出身也不差，不过命运多桀才沦落风尘，给你做个侧室也不算辱没了你。她惯于上流社会的交际，对你的事业也有帮助。敬煦，你跟爹说实话，你是真的不动心还是不敢？"

"爹，我真的不喜欢她。"周敬煦感到很无力。他已经说过好几次了，为什么父亲就是不肯相信他呢？

"不喜欢？她不是比纤雪漂亮多了？而且还懂多门外语，能歌善舞，会茶艺会插花。说实话，你爹我也算见多识广了，这样的绝色尤物还是第一次见到。她能看上你，也是你的福气，你的身份相貌，只要哪一项差了一点都不行。儿子，你知道整个上海乃至整个南方八省有多少人妒嫉你么？"周明翰拍着儿子的肩膀道。

"爹，美貌不过是一层皮相罢了，不能吃也不能穿，又经不得时间考验，这还是您教我的。"周敬煦承认，那个玉玲珑的确很美，身段也诱人，可是一个看上他家世与相貌的女人，有什么值得他心动的？

周明翰摇头叹息，不明白儿子在这个问题上为什么就是不开窍。"那个时候你不是还小么？爹是担心你误入歧途。现在你长大了，应该能看明白了。这美色有时候就是金钱，就是权势。你若肯答应玉小姐，她就帮我们拿下这个单子，你算是人财两得，何乐而不为？"

"爹，那我的尊严呢？"为了一单生意，难道还要他使美男计，勉强自己去跟一个不爱的肮脏的女人上床么？

"尊严？什么尊严？男欢女爱，怎么就有损你的尊严了？你真当爹不知道？你不就是担心纤雪跟你闹么？儿子啊，不是爹说你，你怎么就让一个女人管成这样？男子汉大丈夫三妻四妾那是你的本事，是你的身份，难道你还真要守着她一个人过一辈子？"周明翰开始对儿子洗脑了。叶纤雪已经进门了，跑不掉了，还有什么好担心的？吃着碗里的，看着锅里的，这是男人天性。

"我就喜欢她一个，又有什么不好？我答应了她的，这辈子就她一个女人。爹，每个人对幸福的追求是不一样的，对我而言，这辈子能有她一个就算是幸福了。我觉得，一个家里女人多了未必就是福气。"

周明翰有些诧异儿子的话，因而沉思了一阵，久久无言。他这才明白，原来自己并不完全了解自己的儿子。看来，他倒是小看这个儿子了。"去休息吧！明天再找詹姆斯先生好好谈谈。"周明翰拿起拐杖站起身来，神情，有些疲惫。他忽然觉得，自己这些年来为了家族的生意而不顾一切，到头来似乎也并没有得到多少幸福和快乐。

八日后，一辆从上海开往京都的特快列车终于到站了。已经是十月底了，今天天气不太好，灰蒙蒙的天空中飘着小雨，但阴霾的天气，丝毫不能影响纤雪的好心情。今天，敬煦就要回来了。不听婆婆的劝告，她亲自到车站接车。

接到周敬煦父子。坐上了汽车，周敬煦拉着纤雪的手，絮絮叨叨问着他离开后的事情，特别是大帅府的庆功晚宴。“那天晚上，究竟怎么回事？”

“这你还想不到？”纤雪白了他一眼，随即又高兴地抱着他的手臂说，“那天你不在，所以在场的女人都盯着大帅了，都想跟他跳舞，于是想了一个转三圈儿扔花选美的点子出来。我猜大帅可能谁都不想得罪，于是故意把花扔得很远，没想到我躲在那边吃糕点，他的花一下子就扔到我盘子里了，溅了我一脸的奶油。我刚想骂人，就发现自己成了众人瞩目的焦点，没奈何，为了不给你丢脸，我就只好忍了。”

“呵呵。”周敬煦想着当时她一脸奶油想要发作却发作不得的场景，也觉得很好笑，连周明翰都不觉莞尔。“后来呢，他怎么抱着你不放？”为着这个消息，周敬煦可是连续几天没有睡好，当然要问清楚的。

“他抱着我不放？有吗？”纤雪细细一想，恍然道，“大帅请我跳舞，我也不好不给他面子，结果舞曲结束的时候他拉着我转了三个圈儿，我头晕，差点摔倒，是他及时抱住我，我才没摔到地上。”

周敬煦一听，慌忙道：“你身体不适？怎么会晕倒呢？啊！”他恍然大悟，着急地拉着她上上下下地看，担心地问：“孩子没事吧？我忘了你有孩子了，你应该告诉他你怀孕了，拒绝跟他跳舞的。”

“孩子？”周明翰本来一直闭着眼睛假装累了靠在后座上假寐，听到这里却忍不住差点跳起来，又惊又喜地逼问道，“纤雪有孕了？什么时候的事？为何也不告诉我们？要是有个什么万一如何是好？你们两个真不懂事，孩子的事情能大意么？”他还以为自己将这两个孩子都掌握在手里，却想不到他们竟然连这样大的事情都瞒着自己。他这才发现，自从儿子娶了这个儿媳妇，好像就不在自己的掌握中了。

周敬煦和纤雪对视一眼，知道这回糟糕了。知道怀孕了也不告诉长辈，还瞒着他们去学校，甚至去跳舞。完了，完了，这回肯定要挨骂了，而且谁也救不了他们了。

周敬煦握着纤雪的手捏了捏，给她使了一个眼色，示意她不要多说话，做诚恳认错状就可以了。

纤雪收到信号，立即向周明翰认错，而后就低着头闭口不言了。

周明翰兀自说了一通，见两个孩子都低着头不说话，这才觉着自己一直数落他们也不是个事儿，毕竟孩子都大了，车上还有司机呢！还是给他们两个留点面子吧！

周明翰歇了嘴，周敬煦立即道："爹爹，是我们不好，是我们贪玩，我们知道错了。以后我们也为人父母了，做事一定三思而后行，不会再这样莽撞这样不懂事让您和妈妈担心的。"

周明翰点点头，心里的气顺一点了，这才想到问："几个月了？"

"啊？哦，"周敬煦醒悟过来，赶紧道，"三个多月了。"虽然父亲知道当初那件事情，但直觉的，周敬煦还是选择了隐瞒。

周明翰点点头，那是刚刚成亲就一战成功的了。回到家里，周明翰立即让人去请大夫过来，魏清婉还以为他们父子有谁不舒服，没想到竟然是纤雪有孕了。当然，怀孕这样的大事都不告诉父母，还整天在外面乱跑，挨骂是免不了的。魏清婉可不像周明翰这样就事论事，数落纤雪他们夫妻孩子心性不懂事也就罢了，她是将纤雪嫁进周家以后所有自己看不惯的地方都翻出来骂。更过分的是，她骂着骂着又扯到纤雪的父母身上去了，说他们没将女儿教养好云云，骂得纤雪的心火直往上冒。

"妈妈，您骂累了没有？要是累了，就回房休息，要是还有力气，您就继续骂好了。不过，我可是累了，这就回房休息了。还有，此事确实是我不够慎重，我会认真反省的，但与我父母无关，请您骂我的时候不要牵涉她们。"说着，她转身就上了楼。

周敬煦正想追上去，却听到母亲吩咐道："巧儿，蜀宝，你们两个把少爷的东西收拾一下，送到三楼书房去。"

周敬煦脸色一变，慌忙阻止道："母亲，您这是做什么？"

魏清婉白了他一眼，随即又眉开眼笑地说："你这孩子，都要当爹的人了，怎么还这样不懂事？"

周敬煦俊脸一红，总算反应过来。他拉着妈妈的手道："妈妈，纤雪怀孕了，我会照顾好她的，我看就不必搬了吧？纤雪睡觉总喜欢踢被子，让她一个人住，我不放心。"

三位姨娘连同在客厅里伺候的丫鬟管家都暗自偷笑，总算明白为什么少夫人怀孕了却要瞒着老爷夫人了。

魏清婉面色一冷，狠狠地瞪了他一眼，说："这大半个月来你们父子不在家，我们婆媳两个不也好好的？"随即魏清婉又摆摆手，让下人连同三位姨娘都下去，这才拉着儿子的手道："妈妈知道你们少年夫妻小别重逢舍不得，可一切以孩子为重，儿女私情暂且放在一边，还有几个月而已，晃晃就过去了。"

"不是的，妈妈，其实我们……"周敬煦霎时红了脸，有些说不出口。其实他们这几个月来不过亲一亲抱一抱而已，一直没冲破最后一步，就是担心伤到孩子。这好不容易等到孩子有四个月了，稳定了，可以亲近了，却要让他们分房睡？

“好了好了，快别说了，没得让人家笑话你。”魏清婉拍拍儿子的手。

这时，重新下楼来的纤雪走过来，对着周敬煦纤雪温柔一笑，轻声道：“两情若是久长时，又岂在朝朝暮暮？妈妈也是为了孩子着想，你就委屈一下去书房住几个月吧！”说着，她又冲他眨了眨眼睛。

周敬煦醒悟过来，立即点头应下。“好吧，我去住书房吧。不过，妈妈，你也别给我准备别的什么女人了，我再跟您说一遍，我只要纤雪，别的女人再美，我也是不要的。”

这时，周明翰忽然道：“他们年轻人有年轻人的看法，我们还是不要过多的干涉了吧，既然敬煦都说了不要，你也就少操一份心好了。我看纤雪是个好孩子，如今又怀了我们周家的骨肉，敬煦守着她一个，也没什么不好。”这次在上海遇到玉玲珑，周明翰也算是看开了，儿子连玉玲珑都看不上，又怎么会要别的什么女人？其实细想下来，两个人恩恩爱爱不是比一群美人环绕身侧却处处算计的好？

第二十章 玉玲珑

当晚，周敬煦就搬到了三楼的书房，但只带了些必备的日常用品，连衣服都没搬，每天早上回二楼的主卧房来找衣服换，顺便找机会跟纤雪亲热一下。

由于纤雪怀孕的原因，魏清婉对纤雪好了很多，纤雪对魏清婉也变得恭敬起来，也不怎么跟她顶嘴了。背后还时常劝着周敬煦多陪陪母亲，又给他出招买些小礼物变着法儿讨好母亲。看到妻子大度又孝顺，母亲脸上的笑容也越来越多了，周敬煦心里也高兴，暗自感叹娶得如此贤妻定是自己此生最大的幸运。虽然夫妻俩分房而居，感情却越发甜蜜。

或许是看儿子依然是自己的儿子，又或许是看在孙子面上，魏清婉也不像从前那样说话夹枪带棒的。一家人表面看起来倒是和乐融融的，只有三位姨娘背后时不时讥讽大夫人被儿媳妇给治住了。

这天上午，纤雪拉了一会儿小提琴，然后就懒洋洋地躺在房中的皮沙发上休息，时不时吃点核桃和瓜子。都说核桃补脑，孕妇多吃孩子聪明，所以她每天都要吃一点的。

她微微眯着眼睛，想着今天的日子怎么打发，忽然一个在大厅里伺候的丫头阿兰敲门进来回话，说有位从上海来的玉小姐求见老爷和少爷。

“玉小姐？”纤雪有些疑惑，敬煦没跟她说过在上海的时候认识了一位玉小姐啊！“夫人呢？”既然是求见公公和敬煦的，那多半是公事吧！不过也奇怪，如果是公事，应该先拍个电报过来才是嘛！

“夫人出门去了。”意思就是说现在周家由她这个少夫人当家。

纤雪点点头，这个时候，她这个少夫人就必须出面了。“她长什么样子？一个人么？还带了什么东西没有？”

“回少夫人话，那位玉小姐长得实在是……实在是非常好看……还带着一个侍女，提着一个小盒子。”阿兰心中腹诽，少夫人不允许少爷纳妾府里的下人都听说了，可是她听那位玉小姐的口气，怎么就好像是少爷在外面找的相好似的？现在这位少夫人待下人又礼又客气，为她送杯茶都要说谢谢，周府的下人都是打心眼儿里喜欢的。他们不想这样好的少夫人伤心。

“少夫人，既然老爷和少爷都不在，要不就回了她吧！”

纤雪一看阿兰的神情就醒悟过来。她轻轻摇摇头，叹息道：“既然人家都找上门来了，你赶得了一次，还能赶人家两次三次？算了，请她进来吧！我也想见见，看看我们阿兰口中非常好看的玉小姐到底有多美。呵呵，阿兰，别苦着个脸。去吧，放心，没有人能欺负得了你家少夫人。”

是福不是祸，是祸躲不过，她就去会一会那个女人吧！虽然前世被所有爱人、亲人和朋友背叛，让她对人性对真情都失去了信任，但此生父母的爱却让她重新看到了人性的光明和美好。此刻，在内心深处，她还是相信周敬煦的。阿兰点点头，转身出去了。

纤雪起身来到客厅，只见沙发上端坐着一名二十来岁的女子，身后站着一名十八九岁的侍女。玉玲珑听到声音抬起头来，正好迎上纤雪打量的目光。

玉玲珑赶紧起身，纤雪一面打量对方，一面缓步走过去。玉玲珑身材修长，估计有一米六八左右，一头大波浪的卷发，皮肤白皙，五官精致到几乎无可挑剔的地步。她身穿灰色羊绒大衣，内穿白色毛衣，领口处斜织着一朵红玫瑰，使得整个人看起来充满了朝气。容貌气质俱佳，果然是位绝代佳人啊！纤雪暗想，就是自己的前世，也比不上这个女子的美貌。

“玉小姐，这是我家少夫人。”在客厅里伺候的阿梅介绍道，又对纤雪道，“少夫人，这位就是从上海来的玉玲珑玉小姐。”

纤雪长长地吐了一口气，随即带着一个淡淡的笑容走到主位上坐下，称赞道：“刚才阿兰说玉小姐美若天仙我还不信，原来还是阿兰词拙了，玉小姐的美哪里是简单的言语所能表达的。”

“少夫人过誉了。”玉玲珑看着叶纤雪发自真心的赞叹，很有些不习惯。她向来受男人追捧，被女人视为眼中钉肉中刺，难得竟然有女人看着她的目光中没有嫉恨的。

“玉小姐请坐。”纤雪微微抬了一下手，开门见山地问道，“玉小姐是敬煦在上海认识的朋友吧，真不巧，他去公司上班了，要晚上才回来。不知您找他有什么事？或许我可以代为转达。”

玉玲珑看着叶纤雪已经有些凸起的腹部，看着纤雪脸上自信的微笑，忽然觉得心中一阵刺痛。叶纤雪确实不同于一般的肤浅庸俗之色，但是，她才貌都不及自己，凭什么拥有大少爷那样举世无双的丈夫？她要的不多，她只希望能陪在那个风光霁月的男子身边，哪怕只是个侧室，她也就满足了。

“玉小姐可是有什么为难的事情么？”纤雪活了两世，自是将玉玲珑眼底的嫉妒和期盼看得很明白。“阿兰，阿梅，你们先下去吧！”阿兰阿梅行礼退下，悄无声息地消失在门外。

“玉小姐，现在可以说了。”纤雪催促道。她正无聊呢，老天就送了一个玉玲珑过来给她玩。但愿，只是给她玩的吧！她暗自在心中祈祷，敬煦，千万不要让我失望。

“我和大少爷……”玉玲珑看着叶纤雪眼中的自信和聪慧，相信她已经看出来了，于是有意欲言又止遮遮掩掩地说，“在周先生的撮合下，我与大少爷，我们……周先生说，大少爷可以给我一个名分……”

“你骗人！”蜀宝一听，差点没跳起来。大少爷说了这辈子只要小姐一个人的。

纤雪拍拍蜀宝的手，脸上的笑容依然淡淡的，只是眼底却难免有些猜疑。“玉小姐说完了么？”

“嗯？”玉玲珑很意外纤雪的反应，这位少夫人竟然没有大发雷霆将她赶出去？难道这些还不够？“我，我已经有了大少爷的骨肉……”

玉玲珑含羞带怯地低下头去，脸上两抹红晕分外动人。

就在这时，周家几位姨太太得到消息，一个个陆续从自己房里出来了。据说来了一个绝代美人呢！也不知道是老爷招来的，还是大少爷招来的。

“听说家里来了客人，还是个难得一见的美人儿，所以过来看看。少夫人，没打扰你们吧！哎呀，这位就是玉小姐吧，真真比画上的仙女还好看呢！”五姨娘孟芷兰笑呵呵地走过来坐下，丝毫没有打扰人的自觉。

“孟姨娘消息倒是灵通。”纤雪心中冷笑，婆婆不在家，这几个女人就唯恐天下不乱了？欺负她年轻怎么的？不过，若以为这样就可以打击她，她们可就太天真了。“玉小姐说她怀了我们敬煦的骨肉呢！”

“真的吗？哎呀！实在太令人震惊了！”二姨娘桂馨然也到了，她瞪大眼睛捂着嘴，一副惊恐的样子。“可是，大少爷不是说不纳妾的吗？”

“啊，我想起来了，老爷跟我提起过呢。说玉小姐在上海可有名了，还说大少爷和玉小姐在一起好像金童玉女一样！呵呵，这下好了，老爷一下子有两个孙子了，咱们家越来越热闹了。”五姨娘孟芷兰不时用眼光打量叶纤雪，少夫人连夫人的面子都不给，把少爷吃得死死的，这位玉小姐想进门可没这么简单。周家，真的是越来越热闹了。其实两位姨娘心里也有些看不起叶纤雪，一个落魄贵族之家庶出的小姐，凭什么当她们周家的少夫人，还不让少爷纳妾？天底下的好事怎么能她一个人全占了？人的天性大都这样，喜欢看到有人比自己更惨，这样她们所承受的痛苦似乎就能减轻不少。

纤雪如何不明白她们的意思，只见她灿然一笑道：“如果玉小姐真的有了敬煦的孩子，我立即收拾东西离开周家，这个少夫人的位置让给你来坐。”一句话，让听者无不震惊，而更让她们震惊的是，自始自终她都是这样冷静，甚至脸上还笑得那样笃定那样灿烂。

“少夫人是说，玉小姐肚子里的孩子不是大少爷的？”二姨娘桂馨然猜测着问，又怀疑地看了看玉玲珑。这位玉小姐是那样的人么？可没有做过的事情，大少爷会认？少夫人会不会太自信了些？

“这件事情要问玉小姐才知道了。只不过，在一个素昧平生的人与自己的丈夫之间，我选择相信我的丈夫。我相信敬煦不会这样伤害我。”纤雪本来也有些猜疑的，但玉玲珑的不自信却让她将那仅有的一丝疑虑也去了。她忽然扬声道：“蜀宝，让厨房做些糕点送过来，我饿了。”

玉玲珑震惊地望着叶纤雪，这才发现，原来自己还是低估了这位少夫人，她竟然比自己想象中更聪明。

“少夫人这是不相信我的话么？”玉玲珑抬起头来，脸色有些羞恼，双颊泛起自然的红晕使其更加艳丽动人。

叶纤雪轻轻叹息了一声，浅浅含笑地望着玉玲珑道：“玉小姐，你是我见过的最美的女人，你也很聪明，很会演戏。只是可惜了，你还是太沉不住气了。”

玉玲珑脸色一白，她总算明白过来。原来自己画蛇添足，弄巧成拙了。但事已至此，似乎也只能这样坚持下去了。

蜀宝奉命去传点心，但心里到底沉不住气。所以偷偷打了电话去公司，将家里的事情告诉了周敬煦。周敬煦得知玉玲珑见了纤雪，还说怀了他的孩子，气得他差点将电话砸了。他匆忙对父亲交待一声，就急匆匆坐上汽车往家赶。

客厅里，纤雪起身说有点累了，请两位姨娘招呼客人，她自己则慢慢走到钢琴边窗户下的布艺沙发上坐下来，懒洋洋地靠在柔软的椅背上看报纸，等糕点上来。不大一会儿，新鲜的糕点就送过来了，当然，两位姨娘和客人也有。纤雪不在，两位姨娘与玉玲珑说得很投机，纤雪坐在不远不近的沙发上，不时听到她们的欢声笑语，听起来倒不像是新结识的朋友。

纤雪状似不在意，其实将她们的话听得一清二楚。玉玲珑交游广阔，熟悉南方上流社会的各种人物，以及无数来中国做生意的外国商人，名人典故、志趣笑话，异域奇珍，服装珠宝、化妆美食等等，对她来说多不胜数，顺手拈来，立即将不怎么出门的两位姨太太哄得眼冒金光，惊奇不断。

过了一会儿，四姨娘高玮苓也过来了。“听说家里来客人了？”她先走到纤雪身边捞了一块糕点吃，笑道，“这怀孕的人啊，就是饿得快。少夫人可是累了？要不要回房休息？”

纤雪明白她的好意，却笑着摇摇头道：“还好，有客人在，我也不好离开。”

高玮苓点点头，这才走到五姨娘孟芷兰身边坐下，对着玉玲珑点点头道：“这位就是玉小姐吧，果然是天姿绝色呢！”接着，她又故作埋怨地瞪了桂馨然和孟芷兰一眼道，“你们两个也太过分了，家里来了这么漂亮的客人也不叫我一声，差点就错过看美人啦！”

高玮苓是周锦月的母亲，在三位姨娘中最是聪慧，眼光长远，不会胡乱得罪人。其他两位姨娘知道魏清婉不喜欢叶纤雪，所以便站到魏清婉一边逮到机会就对纤雪明嘲暗讽两句。而高玮苓和周锦月却把分寸拿捏得很好，既不至于得罪魏清婉，又时不时地表现出对纤雪的关心。纤雪虽然嘴上不会随便说人是非，心里却是有数的。

周家原本四位姨娘，但三姨娘去世很久了，据说是死于生产，不过可惜的是孩子也没保住，后来周明翰就没再纳妾了。如今三位姨娘都聚在一起，她正好看看她们的小聪明，真性情。

如此又过了一刻钟，只听外面响起尖锐的刹车声，紧接着是重重的关门声，而后便是一阵急促的脚步声往客厅大门而来。

纤雪不用看都知道是周敬煦回来了。周敬煦急切地从大门冲进来，一边跑一边取下手套扔给跟在后面的仆人。他在进门的霎那间准确找到纤雪的位置，然后飞奔过去，对其他人可谓视而不见。“纤雪，你有没有生气，那个女人胡说的，你不要相信她。”他奔到纤雪面前，蹲身牵着她的双手，喘息着急切地看着她的眼睛。

纤雪拉着他在自己身边坐下，责怪道：“跑这样快做什么？天气冷，冷空气吸进肺里对身体不好。还有，不许把车开那么快，不安全知不知道？我都跟你说过好多次了，你总是不听。”

“纤雪，你，你听我说……”周敬煦越听越疑惑，怎么纤雪一点都没有生气呢？

纤雪笑了，从他的神情中她已经知道他没有让自己失望，当然，她也不能让他失望。“急什么，先缓口气，喝口水再说吧！”说着，她将自己的茶杯递给他。

周敬煦接过她递过来的茶杯，却又放回茶几上，急切地问：“可是纤雪，你都不着急吗？”

“傻瓜，你对我如何我不知道吗？我怎么会相信一个陌生人而怀疑你呢？”纤雪看着他的眼睛，看着他眼睛里的自己，双手搂着他的脖子，温柔一笑。

周敬煦得到纤雪的信任，心中充满了无限激情，温暖又兴奋，然而对玉玲珑的厌恶却又多了一分。他让纤雪在此休息，他却起身愤恨地走到玉玲珑面前，要为老婆也为自己讨个公道。他虽然向来待人温和有礼，但并不表示他没有脾气，不懂得挖苦讽刺人。“想不到骄傲的玉小姐竟然也能说出这样无耻的话来。该不会是玉小姐入幕之宾太多，而记错人了吧？但周某自认没有碰过玉小姐一根手指头，不知玉小姐有孕，与我周某有何相干？”

第二十一章 被骗

玉玲珑脸上一阵红一阵白，微微低着头，不敢直视周敬煦讥诮的目光，虽然羞愧难当，却也楚楚动人。

“对不起。”

“对不起？”周敬煦冷哼一声，对玉玲珑的哀婉动人视而不见，“不知道玉小姐用这样的招数破坏了多少幸福的家庭？若不是我与爱妻情深似海，相爱不疑，若非她聪慧自信，以她如今身怀六甲的身体，如何能经受得住你这样的污蔑和欺骗？做错了事情，一句轻飘飘的对不起就可以了结吗？”

“对不起。”玉玲珑含着泪盈盈欲泣地抬头看了周敬煦一眼，深深鞠了一躬，又道，“我本来是真的有事情过来找周先生的，不意见到少夫人，想起大少爷，心有不甘，一时起意试探了少夫人一下，我，我不是故意的。”玉玲珑捂着粉脸嘤嘤哭泣，怎么看怎么惹人怜爱，只是很可惜，这里没有会怜惜她的男人。三位姨娘一看她是过来招摇撞骗的，立即没有好脸色，一个个说得比周敬煦还难听。少爷面前自然要表明立场的。

纤雪暗自叹息，都说得这样坦白了还可以算不是故意的？如果这都不算故意的，那什么才算故意？不过，这女人实在难得，难得的美貌，难得的演技。这样的人才，正是敬煦他们刚刚建成的电影公司需要的啊！有这样一个绝世美人参演的电影，就凭一张宣传海报就能俘获人心，红透半边天，想不出名都不行。

“我们周家跟玉小姐没有任何关系，玉小姐请回吧！”周敬煦才不相信玉玲珑有什么“要事”需要找父亲，多半是引诱自己不成，又将算盘打到父亲身上了。

玉玲珑迅速抬起头来，惊呼道：“是真的，大少爷，我真的要非常重要事情要告诉周先生，请你相信我！”

周敬煦冷笑一声道：“玉小姐觉得自己还有信誉在么？”

“我，我知道刚才那个玩笑开得太过分了，可是，我不是故意的，大少爷，请听我说……”玉玲珑咬着嘴唇，看了看周围的几位姨娘和下人，迟疑地说，“我们可以单独谈谈么？”

这个时候竟然要求单独“谈谈”，周敬煦只觉得可笑，这个女人什么时候变得这样天真了？他正要开口将她赶出去，不想纤雪轻轻走了过来，挽着他的手臂道：“我相信玉小姐是真的有事，才会来京都找你和爹爹的，我们不妨坐下来，静静听一听玉小姐怎么说。”

周敬煦疑惑地看着纤雪，不明白她究竟打什么主意。他可是知道，纤雪绝对不是善良到没有原则的人，她向来是有恩报恩，有仇报仇的。不等周敬煦开口，纤雪已经转身对三位姨娘下逐客令，说道：“请三位姨娘暂时回避一下好吗？”

三位姨娘识趣地离开，纤雪又让周家的下人全都下去，玉玲珑也让她的侍女暂时回避，看起来倒是很慎重的样子。“玉小姐，现在可以说了。”

周敬煦带着纤雪小心地坐下来，他仍然不太相信玉玲珑，对她深具戒心。

西式的大厅很高，很大，视野开阔，一眼就能看到有没有人偷听，只要说话声音小一点，丝毫不用担心被人听到。

玉玲珑看叶纤雪并没有回避的意思，略迟疑了一下，知道自己无论如何是无法让她离开的，只好死心，坦诚道：“是关于上次的生意。我在詹姆斯先生那里听到一个消息，对周氏很不利，所以就赶过来了。”

“噢？什么消息？”听到这里，周敬煦依然是不咸不淡地问了一句。

“詹姆斯先生有一次太高兴了，无意中说漏了嘴，说……”玉玲珑一边说一边打量周敬煦的神色，故意拖拖拉拉想让他着急。

“玉小姐可以直言无妨。”纤雪对着她温和地点点头，笑意中包含几分坦诚，几许期盼，也有几许的鼓励。

玉玲珑暗恼叶纤雪的聪明，如果她愚笨一点，自己凭着这个消息，说不定就真的能进周家的门了。“是这样的，詹姆斯先生说，他到中国联络商家去美国做生意，其实是想借着欧洲的战争发一笔横财。他明着与周氏签约，订购中国的丝绸和茶叶，其实暗地里联络了很多小商户，要将中国的粮食、医药和纱布运到欧洲去。”

不等玉玲珑继续说下去，周敬煦已经打断了她的话。“我明白了。多谢玉小姐！还请玉小姐暂时保密，我们周家必有厚谢。”

紧接着，叶纤雪又补充道：“为了不引起注意，玉小姐只怕需要在北方多待些时候了。玉小姐如果不嫌弃，就在寒舍住几天可好？”

玉玲珑眼前一亮，想不到这个少夫人竟然这样自信，这样大胆，于是连忙回道：“多谢少夫人！”

“纤雪，没这必要吧？玉小姐留在家里会很不方便的，我会告诉爹爹，这件事情自会查证的。”周敬煦想起玉玲珑黏人的功夫就蹙眉，那女人在风尘中多年，脸皮可不是一般的厚，偏偏还装出一副纯真的样子来，他见了就倒胃口。

纤雪轻轻一笑，大胆地捧着周敬煦的脸道：“你别担心，你又不是第一天认识我，我是什么样的人你还不知道？好了，现在公司的大事要紧，你这个大少爷少不得要做一下牺牲了。”

“牺牲？”周敬煦忽然有一种不好的预感，纤雪不会也像爹爹一样，让他去陪那个女人吧？

“你想哪里去了？”纤雪抱着他的手臂，亲密地靠在他肩上，好笑地说，“只是想让你做个不懂风情的木头罢了，人家玉小姐对你痴心一片，你却总是不动心，所以玉小姐就追到京都来了。当然，你们在上海的时候曾有过什么，别人就不知道了。总之，我是个妒妇，万万不许你纳妾就是了。所以，你只能想别的办法安抚玉小姐了，比如说在京郊给玉小姐买栋别墅啦，或者邀请玉小姐到我们家的电影公司啦，什么的……”

周敬煦隐约明白纤雪的意思，可是……“我怎么觉得我还是个负心汉啊！这么做了，不是告诉别人我真的跟玉小姐有什么吗？”

“所以才说要你牺牲一下名誉嘛！我知道是假的就好了，至于别人怎么想，那就不关我们的事情了。”纤雪笑了笑，冲他眨了眨眼睛。

周敬煦会意地点点头，转头对玉玲珑道：“如此，就委屈玉小姐暂且住几天吧！”

玉玲珑站起身来，含笑鞠了一躬道：“那是玲珑的荣幸！”想不到少夫人竟然这样大方，看来她真的不虚此行了。即便大少爷不动心，北方总会有爱慕她的人吧？北方的大帅就很年轻帅气呢！

周敬煦立即吩咐司机带着玉玲珑的侍女去宾馆取行李，又让管家安排玉玲珑在客房住下，这才拉着纤雪回房细谈。

两人回到房间，关上门，纤雪立即换了凝重的脸色，认真地说：“敬煦，我们只怕有麻烦了。这件事情说轻了只是我们被人骗了而已，但说重了就是走私。现在南北之争迫在眉睫，双方的局势一触即发，虽然你们合约上写的是丝绸和茶叶，但周氏旗下有医药公司、有纺织厂、有大型粮仓、这些生意我们都在做，南北政府无论哪一方没有打点好，人家要诬陷我们那是轻而易举的事情。”

“可是，爹爹在两边政府都有人脉，不至于这样严重吧？”周敬煦轻抚着她的眉，安慰道，“别担心，一切有我和爹爹。你只要平平安安开心地把孩子生下来就是了。”

纤雪勉强一笑，亲亲他的唇角，继续道:“我也不想这样担心的，可是敬煦，以前南北各自平乱，相对安定，自然是欢迎我们周氏这样的大商家繁荣经济安定民心的。但如今情况不同了，南北就要开战了，我们两边都有工厂和商铺，两边都有人脉，他们如果不能招揽，就会选择打击。如今，两边军费都吃紧，正愁找不到理由拿我们开刀呢！”

周敬煦跟着父亲好几个月了，细细想来，越发觉得纤雪所言非虚，不由得有些担心了。而最最棘手的是，他们的第一批货已经发了，第二批货也准备好了，如果被查出来，就是“铁证”。

周敬煦到如今才算彻底明白过来。他们周家是得到南北政府认可的官商，有出港官引，詹姆斯就是为了这个，才引他们上钩的。难怪詹姆斯一开始条件开那么高，一会儿想要丰厚利润，一会儿又被玉玲珑的美色迷惑，但总是不肯退步，结果那天他刚刚流露出想要放弃这桩生意回京都的时候，詹姆斯立即就开始让步了。

如果南方政府在港口检查的时候，发现他们的货船上除了茶叶和丝绸，还有违禁商品，他们不但在南方的生意要被查封，只怕北方政府也要找他们麻烦。

现在，纤雪也总算明白为什么玉玲珑敢开那样的“玩笑”了。她带来的这个消息，对周家来说，无异于救命之恩啊！

“我们的商船，我们的送货部怎么就这样大意呢？按理说我们的船上了多少货，都是什么货，我们自己才最清楚的啊！”周敬煦恼恨地在房间里踱着步子。

“敬煦，说句不好听的话，周家的根基在北方，虽然每年爹爹都会去南方视察，但到底山高皇帝远，那边的主管有没有被收买实在难说。甚至有可能，不，我觉得很有可能，詹姆斯偷运出去的就是我们公司出产的药品和纱布。”纤雪轻轻一声叹息。这样的事情，前世她在电视里见得太多了。

“可是，我们公司的货有多少，销往何处都是记录在案的。”周敬煦跟着父亲在上海，就曾查验过各家公司交上来的账本。

“这还不简单，只要某部分货物从原料采购到加工生产到销售，全都不上账就可以了。地方的主管甚至可以要求员工加班，这样你从工厂的日产量上查都查不出来。”经过纤雪的点拨，周敬煦顿时茅塞顿开，经商思路和眼界一下子拓宽了不少，同时也更加担心此次事件被南方政府察觉。

这一刻，周明翰还在公司里为自己签订了这样一桩直销海外的大生意而沾沾自喜；魏清婉还在外面买东西，炫耀周夫人的荣光；周家三位姨太太多半在窃窃私语谈论大少爷和玉玲珑的八卦；而实际上，周家，正面临一场危机。

周敬煦知道事情严重，赶紧给父亲打了电话，然后上楼与纤雪讨论补救方法。他现在才发现纤雪不但是音乐天才，她好像什么都懂，对政治局势尤其敏感，心中免不了更加敬佩喜爱这个天才妻子。

不大一会儿，周明翰就匆忙赶了回来。

三人关上门，在书房里商量了一个下午，第二天一大早，周明翰就坐火车去了上海。周敬煦主持北方的商务，同时抽调了一批得力人手陆续送到南方，将那些吃里爬外的叛徒换下来。

魏清婉看纤雪如此关心儿子，而丈夫离开前又说这个儿媳妇很有从商的天分，会是儿子的贤内助，她也在不知不觉中改变了一些看法。魏清婉心里微微做了让步，便发现这个儿媳妇身上还是有些优点的，看着她的大肚子，想着即将出生的孙子，也开始主动关心起她来，有时候跟她一起给周敬煦送饭，有时候陪纤雪逛商店给孩子买衣服。

纤雪向来是个懂礼的，人敬我一尺，我敬人一丈；当然，反过来就是，人欺我一分，十倍报之。所以，她很快与婆婆冰释前嫌，抛下旧怨逐渐亲热起来。看得其他人很是疑惑，却不明所以。

“周家此次遇到的麻烦已经被严格保密了，连魏清婉都不清楚内幕。”见母亲与妻子和好，周敬煦很高兴，虽然诸事缠身，但整个人的精神状态却显得很好。

玉玲珑自从上次见了周敬煦与叶纤雪相处的情形，就知道自己这辈子也不可能将周敬煦抢过来了。这些天在周敬煦回家的时候缠他一下，也不过做做样子给下人和几位姨娘看罢了。纤雪找了个时间与玉玲珑细谈一番，正式邀请她进入周家的电影公司。可是，玉玲珑对这个并不是很感兴趣。当时电影刚刚传入中国，还是无声的，又没有字幕，每次放映的时候都是找人现场配音的，票价高，因而观众并不多。另外，当时电影演员等同于戏子，比起她在上海当上流社会的交际花，更辛苦不说，身份更加低贱。所以，之前南方的电影公司也邀请过她，她一直没有答应。

玉玲珑很坦诚，因为她知道这位少夫人也是难得的聪明人。

纤雪喝了一口橙汁，想了想说：“如果我可以制作有声电影，可以让你红遍全国甚至整个世界，你会考虑吗？当然，比起你现在的生活，拍电影是很辛苦的。”

玉玲珑心中一震，然而脸色丝毫不变，只是眼神中略有些诧异而已。她深深吸了口气，镇定地问：“少夫人凭什么这样说？你又有几分把握？”

纤雪自信一笑道：“至于无声变有声，这个很好解决，留声机已经问世好多年了，不是么？”

玉玲珑“呀”了一声，立即两眼放光，怎么这样简单的方法竟然没有人想到呢？少夫人，她真的是个天才！

“一部好的电影，首先需要一个能感动人的故事，然后是好的演员，另外，最恰当的摄影和剪辑，适宜的造型也很重要。玉小姐是天生的演员，这一点我很有自信，而其余的，我同样自信。”纤雪想起自己前世看过的无数经典电影，如今自己要钱有钱要人有人，要复制出几部感人至深的经典电影出来，其实相当简单。

玉玲珑细细思索着其间利弊，已经有些动心了。纤雪不着急，等她想了一会儿才又继续说道：“玉小姐应该知道，名利名利，有名就有利，如果玉小姐成了风靡整个中国甚至风靡全球的电影明星，崇拜者无数，会给你带来怎样的利益？那不仅仅是财富，还有地位！”

“地位？一个戏子能有地位吗？”玉玲珑最在乎的正是在此处。

“电影明星怎么能是戏子呢？电影是一种艺术，电影明星么，自然就是艺术家，电影艺术家。比如我，同样是与音乐打交道，在夜总会里唱歌的就是歌女，是低贱的，其实她们同样可以自己写新歌；而我不过出身比她们好，偶尔在教堂、在音乐会上弹奏一曲，我就是音乐天才，是音乐家。歌女和音乐家能同日而语么？地位这个东西，说难也难，说容易也容易，不过看如何引导舆论宣传罢了！”

玉玲珑释然一笑：“少夫人，玲珑很少有佩服同样身为女人的，但您的睿智真的让我震惊！”

纤雪笑着伸出手去，“那我们合作愉快？”

玉玲珑同样笑着握住她的手，“合作愉快！”

第二十二章 第一桶金

周氏的电影公司成立不久，各项机器设备刚刚到位，如今正在面向社会招聘演员，可惜应征者寥寥无几，而且大都是夜总会或戏班子出身。当然，这样的人有一定的表演基础，也不是坏事，但至少表现出人们对电影演员这个职业的社会地位不抱丝毫希望。

这其实是个奇怪的现象，人们喜欢看电影，觉得很新奇，但是却藐视为电影艺术而辛勤付出的电影演员。纤雪想要扭转这个社会约定俗成的现象实在不是件容易的事情。

不过，她有办法。

年底，玉玲珑回到南方，而周家基本上已经将詹姆斯欺骗事件处理好了，南北政府都有打点，南方相关公司的负责人都撤换下来。这段时间，周敬煦稳定了家族生意在北方的繁荣局面，并稳步发展，让周明翰很是欣慰。他虽然只有一个儿子，却是最能干的儿子。

只有魏清婉知道，在这中间，那个大着肚子在家养胎的儿媳妇，给儿子出了很多好主意。她不由得暗自感叹，还是男人眼光好，他们父子一开始就认为叶纤雪是个聪明能干的，只有她被一时嫉妒作祟，心里总将那丫头当仇人，这才会错看了她。不等孩子出生，这对婆媳就已经冰释前嫌。

这段时间，是纤雪嫁进周家以来，周家最团结最和睦的时光。新年到了，而周敬煦的生日就在正月初六。刚刚解决了一个生死危机，周家正好趁此机会庆祝一下。那一天，真真是客似云来，连远在上海的玉玲珑得到消息都赶了过来。这一天的周家可说是从未有过的奢华热闹，即便是周敬煦和纤雪结婚的时候都没有这样铺张浪费，只是经历了上次詹姆斯事件，如今谁都不将那些浪费的钱财放在眼里。纤雪前世出身豪门，这样的奢华在她眼里根本不算什么，自然也没有二话。

当天晚上有舞会，本来应该由周敬煦这个主人带着妻子开舞的，但纤雪已经有七个月的身孕了，自然不敢跳舞。可是，丈夫的生日，她这个做妻子的总要表现一下才对，所以她接过扩音器对众人道："感谢诸位亲朋好友参加敬煦的生日舞会，今夜，我要为我亲爱的夫君送上一份独一无二的礼物，为他献上一首我特意为而他谱写的歌，请诸位为我们作一个见证，请大家祝福我们永远相爱、永远幸福吧！"在热烈的掌声中，纤雪一脸深情地望着周敬煦，而之前没有听到丝毫风声的周敬煦也惊喜而深情地凝望着她。

纤雪伸出手，与周敬煦手牵手走到钢琴前面。纤雪小心地坐在套了垫子的长凳上，打开琴盖。周敬煦将扩音器放好，然后轻轻靠在琴头，深情的目光不肯放过她每一个温柔甜蜜的表情。

轻缓优美的音乐响起，让人的心情也舒缓沉静下来，不知不觉中已经充满了期待。"假如人生能够留下，可以延续的记忆，我一定选择感激。"纤雪抬起头来，目光深情地望着周敬煦，继续唱道："如果在我临终之前，还能发出声音，我一定会说一句谢谢你。"

听到这一句，周敬煦微微蹙眉，她怎么可以想到那个字？

原本热闹的大厅已经彻底安静下来，所有人都凝望着窗前的钢琴，以及钢琴前面那两个深情凝望的人影。那样的甜蜜和深情是上流社会难得一见的，大家说不错那是种什么味道，或许表面上仍然会不屑，然而谁心里没有几分妒嫉？没有几分向往？

玉玲珑远远地看着叶纤雪和周敬煦，听着这样动人的一首情歌，对这位少夫人是彻底心服了。这一刻，她将之前对叶纤雪的所有怀疑都抛到九霄云外。以少夫人这样的才华，只要她愿意，甚至只需一首主题歌，就绝对可以让自己在电影界走红。这一刻，玉玲珑彻底认输，自己比不上叶纤雪，不仅是才华，还有她对大少爷的感情。那样深情的歌词，是多么深厚的感情才能凝结出来的啊！

这一夜之后，周氏大少爷与少夫人夫妻恩爱、情深意笃之名便借着当晚参加晚会的社会名流之口迅速传播开去。而与此同时，周家少夫人的音乐天才之名再次被人推到另一个高度。那不仅仅是对一个人才华的赞誉，更有对她品性的肯定与崇敬。

其实，所有的人都想多了。

纤雪只是找不到合适的歌曲，所以才将这首虽然煽情但并不是十分贴切的歌选了出来。因为这一次，她打的就是深情牌。

两个月后，报纸上打起了广告，周氏飞天电影实业公司即将推出一张唱片，由音乐天才周家少夫人叶纤雪亲自创作并演唱的，见证了她与周家大少爷夫妻深情的限量版纪念单曲——《谢谢你》！报导之后特别注明，此张唱片自见报之日起开始接受订单，数量有限，欲购从速。

这个时候，留声机基本上已经进入中等富裕家庭，然而可以让大家播放的歌曲却少得可怜，还有很多是从国外传过来的，大家根本听不懂，不过为了假装时髦，所以才买了唱片，无聊的时候放一下。

而周氏飞天电影实业公司出品的、见证一对恩爱夫妻深厚感情的单曲立即得到追捧。不说人家少夫人的音乐天才之名，那优美动人的声音有着天籁之音的美誉，单单是为了里面蕴含的那一份感情，就让各家小姐夫人太太们羡慕不已，自然要买回来沾点喜气的。

自从发行前一个月她在报纸上做了宣传，订购的电报电话就一直没间断。这三千张肯定是不够卖的，但既然说了是限量版嘛，自然不能弄太多。她卖了人家天价，还是很有职业道德的。所以，不得已之下她又在报纸上做了广告，告诉大家别再打电话了，此张唱片已经被订购完了。同时她还不忘附上社会名流对这张唱片的评价，当然是好评。只是一张单曲，就成功将周氏飞天电影实业公司的大名打响，让各界都对这家新生的电影公司报以十二万分的好奇和期待。

周明翰立即将飞天电影实业公司交给纤雪打理，对这个儿媳妇真是满意得不得了。

纤雪再次在报纸上招聘演员，言明“待遇从优”，又放上玉玲珑的近照，写上“想与中国第一美女共事吗？请到飞天电影实业公司”。

金钱和美女的吸引力果然不同凡响，两三天后竟然有一千多人报名，其中不乏家底殷实的纨绔少爷，很明显就是冲着美人来的。

初选之后，纤雪穿上粉红的春装，在周敬煦的陪同下亲自到电影公司进行复选。她准备了无数即兴题目让人表演，还经常随机抽取男女应征者合作表演，虽然吓跑了一些人，但却挑出一些胆子大、放得开、会表演的人才来。

经过严格挑选，最后留下来的只有三十多人，其中绝大部分都是底层的劳动者，有夜总会出来的，有纺织厂的女工，有大户人家的丫头，甚至还有流浪街头的乞丐。纤雪特意安排了一个晚宴，让大家相互熟悉，同时也是为了教导这些新演员熟悉上流社会的一些礼节，毕竟这些都是以后拍戏时可能会用到的。

纤雪亲自参加了此次晚宴，她需要根据这些演员的容貌气质等确定自己第一部电影拍什么。目前她有三个打算，一个是这个时空也有的神话《封神榜》，一个是自己前世的聊斋故事《白狐》，还有一个是她从这里的历史书上寻到的一桩秘辛，大秦末代妖妃柳子衿和大靖开国的摄政王妃聂云桥的故事，她认为她们就是一个人。她想，如果这部电影出来，一定会引发争论的，特别是那些史学家们，一定会引经据典批驳她，但这样一来，这部电影想不红都难。

她想了想，《封神榜》需要太多的演员，前世人家拍战争场面都是去军队借人的，但现在南北战争即将爆发，她能上哪儿借人？想了想，她决定还是保守一点吧，就先拍一个《白狐》好了。无论哪个时空，人们都喜欢灵异故事，特别是这种动物有灵也懂报恩的故事，肯定能引起人们内心深处的共鸣。剧本她只用了半个月就写好了，这还是在婆婆的监视下写的。婆婆不允许她太累了，真是让她感动。

纤雪将大致的计划拟了出来，整个电影公司就开始忙碌起来了。确定演员，寻找拍摄地，制作道具和戏服等等。这部电影纤雪决定自己来导，因为现在根本就找不到导演。但她想自己可以通过两三部戏培养几个人才出来。不过，现在是准备阶段，得等到她生下孩子才能开工。

纤雪的预产期在四月，不过只有她和周敬煦两人清楚，魏清婉准备的是在五月，现在虽然小心地看顾着她，却并不怎么着急，反而是崔月眉很是担心，三天两头过来看望女儿。

四月正是一年中最好的季节，气候温暖湿润，处处繁花似锦，充满了甜蜜与希望。纤雪的孩子就在这样一个美丽的季节里降临人间。孩子出生那天，是四月二十二日。傍晚的时候她就感觉到阵痛，经过这段时间婆婆和母亲的教导，她知道，孩子等不及要出世了。纤雪强忍着吃完晚饭才告诉周敬煦，结果被骂了一顿。这还是认识以来周敬煦第一次骂她，纤雪心里有一点恼怒，但更多的是甜蜜窝心。他都是担心她啊！听说纤雪有早产的迹象，魏清婉立即招呼丫头侍女准备，不到十分钟就将产房布置出来了。

纤雪本来是想着自己肯定要“早产”的，到时候婆婆没有准备好，自然只得送她去医院生产，可惜她低估了婆婆的精明能干，魏清婉怎么能让这样措手不及的事发生呢？几个电话过去，京都里最好的接生婆和产科医生便匆匆赶到周公馆。初始的阵痛是一波一波的，中间有间隔，纤雪咬着牙也就忍过来了。魏清婉看着她的坚强，安慰的同时也有些敬佩。毕竟纤雪只有十八岁，又是第一次生产，能这样镇定这样坚强已经相当不错了。

周敬煦坐在床边，紧紧握着纤雪的手，又心慌又着急。“纤雪，你痛不痛啊？我听说生孩子都很痛的啊！”

纤雪咬着牙忍过一波阵痛，长长地吐了一口气，这才白了他一眼道：“下辈子，你变成女人来试试看！”

“那你不要忍着，痛就叫出来吧！”他擦掉她头上的汗珠，担心她咬伤自己，又递上自己的手臂道，“要不你咬我吧？”

魏清婉瞪了儿子一眼，但心里还是有些感动。这个儿子，是她最大的骄傲。

接生婆在一边，正要开口说什么，纤雪已经没好气地骂道：“你不懂就不要乱说啦，我要留着力气生孩子好不好？想被我咬是不是，手臂伸过来，让我咬一口。两个人的孩子，竟然让我一个人痛，实在不公平……”

周敬煦老老实实地将小臂放到她嘴边，纤雪也老实不客气地重重咬了他一口，这果然有效，舒坦多了，又咧开嘴笑道：“傻子，妈妈准备了软布，就是给我咬的，不过还没到时候。”

接生婆还是第一次看到这样的产妇和父亲，不由笑道：“大少爷和少夫人果然恩爱呢！老婆子接生了一辈子，就没见过这样疼妻子的丈夫。少夫人真是好福气！”

纤雪望着周敬煦担忧而又兴奋的眼睛，心中也觉得幸福，然而那个笑容刚刚浮现在唇角，却又立即被新一波的阵痛所代替，周敬煦脸上的温柔也立即变成了心痛和担忧。“又开始痛了？又开始痛了？还要多久才生啊？怎么痛了这么久都不生？”

周敬煦轻轻擦拭妻子额头上的汗水，慌乱地追问着接生婆。魏清婉轻轻叹息一声道：“这才开始呢！纤雪第一次生孩子，哪有这样快的？我看你还是出去吧，在这里一惊一乍的，反而扰乱纤雪心境。”

接生婆掀起薄被看了看纤雪的身体，也说：“产道未开，还早呢！”

“不，我不出去，我要守着纤雪。”周敬煦听母亲说这才开始，生产还早得很，不由得更加担心了，如何肯出去。

生产的时候有丈夫守在身边自然是最幸福的，但纤雪和周敬煦成亲后毕竟还没有过最亲密的关系，纤雪想着他亲眼看着自己产子的画面，心里反而觉得不太自在。“敬煦，我看你还是听妈妈的话，出去等吧！历来就没有男人进产房的道理，你还要做生意呢！”

魏清婉听到这句话，不由得赞许地点点头。这个儿媳妇果然是个懂事的孩子。“可是，你以前不是说希望我陪着你吗？你别听那些男人在产房不洁的鬼话，我才不信那个。你是我的妻子，你正在辛辛苦苦地生育我们的孩子，我自然应该守着你的。”

周敬煦坚定地看着她，又抓起她的手，在她手背上吻了一下。

“敬煦，听话。女人生孩子看起来是很吓人的，其实没那么危险，你不要担心。你就是外面守着，我要是想你了就叫你。”纤雪下定决心，非把他赶出去不可。她本来也是不信鬼神的，可她忽然想起自己的来历，如果真的没有鬼神，没有灵魂，那她是怎么来到这里的呢？

周敬煦看纤雪的样子不似作假，这才不舍地离去。魏清婉看着重新关好的房门，轻轻叹息一声，对纤雪道："别怕，女人都是这样过来的，我生了四个孩子，不都平平安安的？"

纤雪勉强一笑道："妈，我知道。我会平平安安将这个孩子生下来的，我知道我可以。"她相信自己一定可以的。

与此同时，在大帅府的岳康得到周家少夫人"早产"的消息，心中一紧，现在就生了？只怕不是早产，而是早孕吧？那个孩子，会不会就是那一夜大帅留下的孩子？怎么办？他要不要告诉大帅？

虽然每个人心里多多少少都有些担心，但谁也没有想到后来会发生那样的危险。周敬煦不舍地出了这门，等他再进来的时候，入目的鲜血让他双腿一软，差点没晕倒。

第二十三章 难 产

虽然阵痛一波一波袭来，但纤雪一直比较冷静，她知道生孩子就是这样的。想着自己的孩子，她告诉自己，不管多痛，她都能忍。可是，到了下半夜，羊水破了，然后见红，接生婆却说她骨盆太小，孩子头太大了，生不下来……

"周夫人，您看，是保大人还是保孩子？"

保大人、还是保孩子？听到这里，纤雪仿佛被人当头一棒，心里一泄气，立即感到痛不欲生。怎么会一下子变得这样痛呢？真的好痛……"敬煦……"隐忍的泪水再也忍不住夺眶而出，她一声惊呼，心中慌乱无措，未知的恐惧攫住她的心神，她不舍得放弃孩子，可是，她同样不舍得放弃自己的生命。

"怎么会这样？孩子头太大，她骨盆太窄，你先前怎么不说？"魏清婉抓住接生婆恶狠狠地吼道，"孩子要保，大人也要保！两个都要！"

"夫人，您不是说是早产么？我怎么知道早产的孩子会这样大啊？就是足月的孩子，也很少有这样大的啊！我看这孩子至少也有七八斤重吧！"接生婆哭喊着，她虽然接生过很多孩子，可早产一个多月，孩子却这样大的从来就没听说过，哪里能怪她大意没检查？

"这样吧，马上准备手术，剖腹产，孩子会没事的，大人也有百分之五十的生存希望！"教会医院的妇科医生着急地从屏风后面跑出来。

他本来并不担心的，少夫人个子高高的，孩子也并不大，又是早产，顺产的机会很大，没想到少夫人个子高，盆骨却窄，孩子怀得紧实，个头竟然这样大。到此刻，他也有些担心了。这里不是医院，只有他一个人，虽然带了手术器械，但缺少聚光灯，缺少消毒药水，缺少输液设备，缺少血浆等等。

魏清婉千算万算算错了一件事情。她自己做好了完全的准备，却无法保证自己找好的接生婆和妇科医生也随时做好了少夫人早产的准备。

“砰”地一声，门被踢开来，周敬煦跑进来，双腿发软地跪在纤雪床前，紧紧抓着她的手道：“保大人，保大人，我们不要孩子了。纤雪，你一定要坚持住！你不要离开我……”他真的好怕。

“你疯了吗？这是我们周家的长孙，怎么能说放弃就放弃？”魏清婉怒眼一瞪，使劲推了儿子一把，“你出去，女人生孩子，你进来做什么？”

“妈妈，我不走！”周敬煦用力挥开母亲的手，再次扑到纤雪床前，红着眼睛大声叫道，“无论如何，我要我的妻子好好活着！”

纤雪心中感动，身体的痛似乎也没那么难以忍受了。她深深吸了口气，紧紧抓着周敬煦的手道：“敬煦，准备手术吧！我不想放弃孩子，敬煦，我不想死，可是我要宝宝，我的孩子，我不能抛弃他。”

“纤雪……”周敬煦泪流满面地望着她，终于艰难地点头，“准备手术吧！”

岳惊云打开房门，身穿一件宝蓝色绣暗色银纹的睡衣就走了出来。不知道为何，他今夜心情总是有些烦躁，竟然久久无法入睡。是因为大哥的女儿，自己的侄女岳潇潇回来了，太兴奋？好像又不太对。难道是太久没女人了？似乎也不怎么想啊。啊！难道自己病了？岳惊云一边走一边关掉路灯，暗自揣测着是不是因为房间外面太亮了，所以害自己睡不着的。但随即他又笑自己没事胡思乱想，房门关得紧紧的，哪里能看到外面的光？

心中虽然自嘲，他的手却没有停，走一段，关一段灯，在他身后，已经是一片黑暗。不知不觉中，他已经打开大门走了出去。今晚月色倒好。岳惊云深深吸了一口花园里的清新空气，人倒是更精神了，心情却依然烦躁。他抬头望望天，喃喃自语道：“今晚是二十二吧，月亮这么早就出来了？难道已经是下半夜了？岳康，几点了？”

“嗯？啊？大帅您说什么？”岳康猛然回神，心情却越发激动起来。要不要告诉大帅呢？那个孩子到底是不是大帅的？

“你怎么了？是不是太累了？”岳惊云有些不满地皱眉。今晚不但自己不对劲，连岳康都不对劲呢！“累了就找人换个班，回去睡吧！”

“不是，大帅，我只是……”岳康暗自握紧了拳头，却还是不知道该怎么说出口。

“你究竟怎么了？”岳惊云也奇怪了。岳康是父亲收养的孤儿，从小跟他一起长大的，除了他在美国的几年，他们一直是形影不离的，难道岳康也有心事了？这小子想女人了不成？

“大帅，你怎么……怎么还不睡？”岳康迟疑地问。

“心情有点烦躁，睡不着。”岳惊云缓缓走了两步，又补充道，“昨天的电报你也看到了，同盟军已经在长江边上集结，明天我们也过去吧，悄悄过去。不亲临战场，我不放心。”虽然这样跟岳康解释，但岳惊云自己知道，不是因为南北之战的原因。如果一场尚未打响的战争，就能让他心情烦躁到睡不着觉的地步，他这个北方的大帅也可以换人了。

“哦！”岳康迟疑了又迟疑，犹豫了又犹豫，想着大帅说明天就要南下，自己到底要不要跟大帅说呢？如果不说，可能又会错过一个机会，可如果说了，不是更加扰乱大帅的心么？大帅可是要上战场的啊！

“岳康，究竟什么事？”岳惊云轻轻拍拍岳康的肩，淡笑道，“我们一起长大，你知道我心里一直当你是兄弟的，有什么事告诉我吧，我帮你做主！是不是有了喜欢的女人了？”

岳康有些哭笑不得。“大帅，不是我的事……”

“嗯？”不是你的，难道是我的不成？岳惊云疑惑地看着岳康。“昨晚收到消息，说周家少夫人要生孩子了。”说完，岳康紧紧盯着岳惊云的脸探查他的心意。

“叶纤雪？”岳惊云有点吃惊，“不是说预产期在下个月么？”说完他才惊觉，别人的女人怀孕生孩子，他关心个什么劲？竟然连人家的预产期都记住了。真是！他们不是已经错过了么？她现在生活很幸福，这样就很好了。

然而心里却想起她发行的那张唱片，那一曲《谢谢你》的旋律，恍然又在耳边响起，心里免不了有些憋闷难受。似乎时间也不长啊，他们就爱得那样深刻了？这一生，他能找到一个以这样的心意爱自己的女人吗？

“大帅，我得到的消息是昨天傍晚七点左右就开始生产了，可是到现在还没有生下来……”所以他才特别着急啊。就他所知，好多女人都是生孩子死的。

“这么久了？”岳惊云转身回到大厅，打开水晶吊灯，看着墙壁上的钟惊道，“啊！都三点四十了……”他想起自己与她几次短暂的会面。“她会不会有危险？”岳惊云不知不觉中将心里的担忧问了出来。

岳康点点头，激动地说：“女人生孩子都是很危险的。”

是啊，女人生孩子都是很危险的。“她在哪家医院？”

岳惊云急切地追问道：“她在哪家医院？”

“没去医院，在家里呢。”岳康撇撇嘴，对此很不满意。

“真是胡闹，女人生孩子这样危险的事情，怎么能不去医院呢？周敬煦在做什么？”想到有可能她就那样香消玉殒，岳惊云一下子着急起来，竟然在大厅里团团转。

“大帅您也不要担心，据说已经请了最好的接生婆和产科医生，应该不会有事的。”其实岳康自己心里也担心得要命，可是大帅已经急成这样了，他不能让大帅急得没了分寸。

“就算有最好的产科医生，没有医院的设备，能管什么用？万一出个什么意外，可怎么来得及？”岳惊云烦躁地捋了捋头发，又问，“你安排了人在周公馆？”

“是！”岳康疑惑了，他们在哪个大家族里没有安插人？周家是京都首富，自然少不了他们的暗探。大帅今天这是怎么了？“一有消息就会通知你的对吧！”

“是……”

“那我们等她生了再走吧！反正也不差这一天两天。”岳惊云在沙发上坐下来，想找根烟抽，这才发现自己穿着睡衣。“我去换件衣服。”

看样子今晚是睡不着了。岳康紧跟在大帅身后，问了一个自己憋了几天的问题。“大帅，您走了，京都的事情谁做主？”

“潇潇不是回来了么？让陈司令辅佐她，暂时给我看着几个月应该没问题。”岳惊云迅速换好衣服，将一盒雪茄放进上衣口袋。

“可是大小姐……”岳康不知道该怎么说。一个女流之辈，又没有经验，能担负这样重大的责任么？“而且大帅，您这一走，京都可就是陈司令坐镇的，他会不会……”陈子荣看起来豪爽直率没有心计，他能从一个大帅的亲兵，成长为镇守京都的警备军司令，靠的全是运气么？谁信？

“陈子荣有野心我知道，但他同样很聪明，没有把握的事情他是不会冒险的。我让潇潇主持政务就是为了防范他，你别担心，潇潇其实很聪明的。我没有孩子，她就是我的继承人，让她多经历一些，锻炼一下也好。”

“啊？可是大帅，您现在没有孩子，并不代表以后都没有孩子啊！要是以后……”要是以后你有了孩子，不和大小姐夺权才怪！岳康很担心，这样的事情历史上还少么？而且，说不定周家少夫人现在生的就是你的孩子呢！

“岳康，我的大帅之位本来就是大哥传给我的，如果潇潇或者她的丈夫有那个能力，我将这个位置还给他们也是应该的。”岳惊云望着窗外的明月一声低叹，其实他对权力没有那么大的野心。

就在这时，忽然听到一阵急促的脚步声跑上楼来，一个年轻的声音急切却压抑地低声唤着：“康队长？康队长？”

岳康和岳惊云几乎同时跑出门去。

“有消息了？如何？”

“坏消息！据说少夫人难产，医生说要动手术，说要剖腹把孩子取出来！”

“他们竟然决定保孩子不要大人！该死的！”岳惊云愤恨地咒骂了一句，大步下楼，“快，备车，去周公馆！”

这时，三楼上传来一个不满的女声：“谁啊，这才几点？还让不让人睡觉啊！”

岳惊云一面下楼一面朝楼上吼了一声道：“抱歉，潇潇，有紧急军情，我出去一下。你回去睡吧！”楼上的女子似乎嘀咕了两句，很快传来重重的关门声。

大帅府与周公馆一个在城中央，一个在城北，汽车不到十分钟就到了。

“那边有我们的据点吧！不要进去，就停在院墙外面就成。”虽然离她越来越近，心情也越来越焦急，岳惊云反而冷静下来。人家的女人生孩子，他急匆匆地赶过来算个什么事？不能进去，不然人家肯定说闲话。他倒没什么，可是纤雪毕竟是有夫之妇。

车子熄火之后，岳惊云又赶紧催促道：“岳康，赶紧派人打探情况！”

岳康不等岳惊云吩咐，已经把人派出去了。

然而带回来的第一个消息，就是个坏消息。“大帅，据说孩子已经取出来了，是个男孩儿，可是少夫人的血止不住，现在急切需要输血！”

“那就输啊，还等什么？”岳惊云急得想骂人。那个周敬煦真不是个东西，看起来夫妻恩爱，结果竟然要孩子不要大人，一遇到点事情就没有主见。该死的，他竟然相信她真的找到了幸福，这算什么幸福？

“可是少夫人是什么 O 型血，据说教会医院用完了，现在还正在向别的医院查询调配……”

“该死的！这批废物！”这么重大的事情，竟然一点准备都没有，“我就是 O 型血，我给她输血！”

“是！”岳康立即从汽车后座里面提出一个医药箱来，迅速找出采血设备。“可是，可是大帅，我，我不会……”

岳康急得想哭。大帅的汽车上都带着医药箱，除了常见的刀枪药、手术刀、酒精纱布等，也有输血输液的设备。然而直到现在岳康才发现，虽然这些东西准备很充分，但自己根本不会用。

“打电话让最近的仁康医院直接过来采血。”岳惊云利落地将医药箱放在自己膝上，熟练地取了酒精消毒做好准备。大约五分钟之后，仁康医院的救护车就到了。岳惊云穿了一件便装迎了上去，见采血器械都准备好了，立即就伸出手去，没有引起任何人注意。一管血五百毫升，岳惊云眼睛都没眨一下，说：“再来一管。”

采血的医生有点迟疑，说："先生，一次献血一千毫升，您会贫血受不了的。而且，很有可能会休克。"

"少废话！让你抽就抽，哪那么多废话？"岳惊云低吼一声。医生这才看清是岳惊云，嘴巴张得大大的，足以塞下一个鸡蛋。"快点！产妇还等着救命呢！我告诉你，要是里面的人出了什么事，我定饶不了你！"岳惊云又是一身低吼，那医生总算颤抖着又抽了五百毫升鲜血。

"快点送进去，不许提是我献的血，就说是从其他医院紧急调配的，知道么？"岳惊云已经感到头晕目眩了，仿佛抽去的不是他的鲜血，而是他的意识。他扶着岳康的肩，调动所有的意志不让自己晕倒，不就是失血一千毫升么？他从前受伤又不是没有经历过。这个时候，不能晕啊！

"是，是，我明白了……"岳惊云看着那医生提着放着自己鲜血的医药箱跑进周公馆，这才让岳康搀扶着慢慢走到汽车里等待消息。

而此刻，纤雪失血过多，身体开始抽搐，人已经昏迷过去，幸而这两瓶血液送得及时，让她的呼吸和心跳很快好转。一刻钟之后，教会医院派了专家组带着从其他医院抽调的足够的药和血浆赶来了。

凌晨六点，天已经蒙蒙亮了，大帅的汽车停在周公馆外面有些打眼，好在路过这条巷子的人不多。岳惊云正在考虑自己是不是到岳康的秘密据点暂避一下，就得到确切消息，周家少夫人已经脱险了，母子平安。

岳惊云长长地吐了一口气，脸色苍白，他浑身无力地靠在汽车上，吩咐道："回去吧！让他们盯紧点，随时汇报最新情况。"

第二十四章 风雨欲来

三日后，纤雪从昏迷中清醒了过来，医生宣布她已经脱离危险期。后面只要注意不感染，就不会有事的。岳惊云得到确切消息，当天下午就乘专机南下。话说周家嫡系子嗣一直不茂盛，叶纤雪进门不久就有了身孕，让周明翰和魏清婉很是欣慰，却不料第一胎就难产。医生说了，因为这次是剖腹产，以后如果再怀孕的话，可能会有生命危险，也就是说，她已经不能再生孩子了。周明翰和魏清婉心里自然是感到万分遗憾的，然而当着叶纤雪的面都是笑脸，毕竟这个孙子也是人家拼着不要性命，才生下来的。

"我看这小家伙健康又聪明，将来肯定会有出息的。以后我们好好培养他，一个孙子顶人家无数个，就跟咱们家敬煦一样！"周明翰想到自己的儿子就心怀大慰，抱着孙子更是激动得意。这小子虽然早产，但身子却很壮实，生下来的时候足足有七斤八两。其他人都啧啧称奇，他却猜到真相。但这毕竟不是什么光彩的事情，既然儿媳妇不追究，他也就当不知道好了。难怪去年儿子被她打了一顿，两个人的感情反而好起来了呢，一定是他那个傻儿子说了实话。不过傻人有傻福，好心有好报，儿子一片赤诚，总算抱得美人归，那一顿打，真值啊！

魏清婉点点头，温柔地笑道："是啊，孩子多了未必就是福气，要是兄弟相争，也是个麻烦事情。"为了自己的儿子成为周家唯一的继承人，她使了那么多手段，这个时候自然不会拆自己的台。

"我本来以为还有一个月的，这名字都还没想好呢！我得好好想想，叫什么好呢。"周明翰一会儿冥想，一会儿翻书，终于在七日后给新生的小家伙定了大名——周翊安。

家里给孩子请了乳母，一个十九岁的年轻少妇，夫家姓林，大家都称其为林嫂。林嫂相貌清秀，身材娇小，倒是看不出有奶的样子，可实际上她的奶水很好。

纤雪产后失血过多，昏迷了三日，清醒之后也无法下床活动，不得已放弃了亲自哺乳的计划，心里有些遗憾。但想着她和孩子母子均安，又感到万分庆幸。

这几日，母亲天天都过来看望她，她知道自己这回把爹爹妈妈吓坏了，好在她总算是挺过来了，爹爹妈妈这才放下心来。

纤雪生命无碍，然而崔月眉心里还是担心的。周家只有敬煦这一根独苗，肯定是希望他开枝散叶的，以后女儿都不能再生了，他会不会纳妾？为了子嗣，他完全可以名正言顺地纳妾，谁都没有理由反对。

纤雪安慰道："妈妈，您和爹爹只有我一个女儿，我爹不也只有您一个？敬煦身上没有那些纨绔子弟的坏习气，是个专情的人，他不会让我伤心的。虽然只有一个孩子，但好歹也算是对周家有了交待，他会保护我们母子的。妈妈，您不要担心。"

崔月眉轻叹一声，见亲家母这几个月来对女儿也还不错，这才稍稍释怀。纤雪昏迷的时候，周敬煦一直守在她床边。待她清醒之后，医生宣布脱离危险，他才回房好好睡了一觉，然后依旧去公司上班，每天早晚过来探望一次。

纤雪这次可是把他也吓坏了，即便她还可以再生，他也不敢再让她生了。女人生孩子，真是要命啊！他永远无法忘记那天晚上的鲜血，那刺目的红，险些就带走了她的生命。为此，他将房间里所有红色的物品全部都换掉了。

五月初，纤雪从报纸上得知南北已经正式开战。大帅亲临战场指挥，鼓舞了士气，至少报纸上宣传都是他们在打胜仗，什么九江大捷，宜昌大捷，按照报纸上的说法，用不了三个月，南方就会被彻底打垮，大帅就要实现南北统一了。

然而事实上哪有这样容易？纤雪不用问都知道。南北对峙多年，南方政权若没有几把刷子，能完成南方的统一？能与北方这么多年和睦相处共同发展？政治上的和睦，往往都建立在实力均等的基础上。

如今南北已经开战，周家的处境便越发艰难。南方的商业要是不要？管是不管？为此，周明翰偷偷南下，想要将今后几年的事情做一个安排，之后就待在北方，等南北统一之后再说。

纤雪得到消息的时候已经晚了，周明翰已经出发了。他对外声称生病在家休养，公司的事情由周敬煦全权负责，但愿不会引起注意。纤雪很担心，周家的根基还是在北方，南方政权会不会将公公当成奸细抓起来？北方政权会不会怀疑周家支持南方政权？

五月十六，北方又取得一个胜利，占领了一座小县城，北方又为大帅歌功颂德。五月十八，是如今京都的掌权者，京都警备司令陈子荣的生日，于是借着大帅的大捷举办了一个大型的生日宴会，同时宣扬大帅神威，以及北方革命军的大好形势。陈子荣的妻子是周敬煦的亲姑姑周向晚，可以说，没有周家的财力支持，陈子荣也爬不到这样高的位置。陈子荣实际上是周家在北方军界的一个投资。如今周明翰不在，叶纤雪尚未出月子，周敬煦便与母亲一同赴宴。那天晚上周敬煦回来得很晚，纤雪都睡着了。

可是第二天，蜀宝却没有按时送上报纸。纤雪看她神色似乎有些不对，却什么都问不出来，只好自己下楼问个清楚。纤雪生下孩子已经快一个月了，虽然所有人都不允许她出门，可实际上她已经能下床走动了。只要动作不太大，伤口就不疼。五月的天气已经有些热了，但她还是老老实实穿了长袖长裤下楼，然而，见到她，每个人的表情都不太自然。纤雪想了想，走到电话旁边，给叶家挂了一个电话，让妈妈过来一趟。叶家近来也安装了电话，不过是在主房的客厅里。但以如今自己的地位，相信大伯母再不喜欢她，也会帮自己传话的。

打完电话，纤雪就老老实实上楼看望孩子去了。她喜欢儿子贴在胸口的感觉，当然，如果儿子能吃自己的奶，那就更完美了。然而，不等母亲到来，周敬煦就赶回来了。纤雪并不意外，只是冷静地问了一句:“究竟出了什么事？为什么要瞒着我？”

周敬煦脸色不太好。他什么都没有说，只是缓缓坐在她身边，伸出手温柔地将她搂进怀里，许久才叹息道：“纤雪，我爱你。”

纤雪搂着他的腰，心底升起一股温暖的幸福来，她淡淡地笑开来，说:“我知道。所以，无论什么事情，你都可以坦白告诉我。”

“昨天晚上，在姑父的宴会上……”

“嗯，姑父的宴会上发生了什么事？”

“现在京都的掌权者是谁你知道吗？”

“不就是姑父吗？噢，正确说来应该是大帅府的大小姐岳潇潇吧！上个月才从美国回来那个。据说她是大帅的继承人？”纤雪轻轻推开周敬煦，心中越发疑惑起来。难道跟岳潇潇有关？

“那个女人……”周敬煦满脸的羞怒愤恨，“简直无耻至极！”

纤雪看着敬煦脸上的羞愤，震惊地摸到一点皮毛。“她看上你了？敬煦？到底怎么了？你不要让我担心啊！”

“她……自从见到我，她就一直盯着我看，我不理她，她就拉着姑父走到我身边。姑父为我们做了介绍，我立即就跟她坦言我已经娶妻了，可是她……”

周敬煦想起昨夜的宴会上，岳潇潇咄咄逼人，甚至以大帅的身家来要挟他，要求他休妻娶她，一时真的不知怎么开口。

今天，报纸上就刊登了北方公主岳潇潇爱慕有妇之夫却被当场拒绝的事情。但不到半小时，这些报纸就被京都警备军的士兵收缴了。据说《京都日报》的主编还被抓进了警备军的大牢。其实今天早上不是蜀宝不给纤雪看报纸，而是家里的报纸一大早就被收走了，还勒令不准任何人谈论大小姐的事情。原本家里的下人没多少识字的，也不知道昨晚的事情，但报纸被收缴，反而激起了大家的好奇心，所以这件事情很快就在周家传遍了。大家担心少夫人知道了担忧，同时也是为周家担忧，所以看着纤雪的表情才那样奇怪。

“唉，宁得罪君子，莫得罪小人。那个岳大小姐被宠坏了，你若顺着她，她或许反而不将你放在心上，你越是拒绝她，反倒激起她的征服欲。不过敬煦，如果你真的给了她好脸色，哪怕是假装的，我也不理你了。”

纤雪挽着敬煦的手臂，抬头在他脸上香了一口。她的夫君真好，有节操！她喜欢！

周敬煦紧紧抱着她，幸福得仿佛拥有了全世界。然而心底，又怎能不忧虑？岳潇潇那个小人，她不会真的对纤雪出手吧？“纤雪，你以后少出门，好不好？如果一定要出去，必须得我陪着。”

“你不必担心，要欺负我可不容易。”大不了她以后出门都带上匕首和手枪，多带几发子弹。她叶纤雪可是人不犯我我不犯人，人若犯我百倍报之的。

“不，纤雪，别逞强，不要让我担心好么？”那个无耻的女人可是什么都做得出来的，纤雪虽然会一些功夫，但人家有兵，有枪炮，叫他如何不担心？不行，他等会儿得再找姑父商量一下，如果姑父能出面解决这件事情就好了。

昨晚回来他就给姑父打了电话，可是姑父说这位大小姐从小就被宠坏了，以前的岳惊澜大帅还会管管她，现在的岳惊云大帅从来都迁就她。加上岳惊云的大帅之位本就是岳惊澜传给他的，岳潇潇又是岳惊澜唯一的骨血，他即便想管也要考虑影响。

周敬煦越想越怒，好一个淫贱无耻的女人！要不然，他让人找一个相貌好的男人来送给她？

岳潇潇根本不相信世间有真情。她母亲死得早，爹爹一直没有另娶，外人都说父亲怎么怎么痴情，其实呢？她爹爹什么时候缺了女人？后来跟着叔叔一起去了美国，她虽然就读女校，也知道叔叔跟好多女人都有过暧昧关系。陈子荣的生日宴上，她被周敬煦拒绝后，回到大帅府，狠狠地发了一通脾气，打了人，又砸了一屋子东西，而后才将大帅府的下人找来，详细了解周敬煦的事情。

若是换了其他人，大帅府的下人未必了解，但周敬煦和叶纤雪这对夫妻实在太引人注目了，他们想不知道都难。报纸上报导过很多次，周家大少爷对叶小姐一见倾心，三次向叶家提亲，两次被拒绝，最后还是抓了叶家的二少爷逼迫少夫人进门的；去年在法国音乐会上，少夫人被称誉为东方的音乐天才，她的歌声被所有人赞为天籁之音；去年十月大帅的庆功晚宴上，少夫人临场献唱一曲《妈妈》，其绝世才华征服了所有人；周家大少爷的生日宴会上，少夫人一曲表达爱意的《谢谢你》，令无数男女感动不已，其后发片几乎演变为天价，却还是有很多人抢购不到……

总之，周家大少爷和少夫人就是一段爱情童话，让所有人都羡慕且敬佩。

岳潇潇不相信周敬煦与他的妻子之间真的有坚贞的感情，更想不到那个女人也是个旷世才女。然而听了留声机里放的《谢谢你》，她却忍不住被这样的感情所震撼。可越是看到这段感情的美好和坚贞，她就越发羡慕，羡慕到后来就变成了嫉妒……那样一个好男人，她也想要……她一定要把他抢过来！那个叶纤雪有才又如何？她岳潇潇有权！

陈子荣在电话上敷衍了周敬煦，对岳潇潇可是费尽心思的支持。

当然，表面功夫还是要做的。“大小姐，你看，我那个不懂事的侄儿已经成亲了，他们夫妻感情又是出了名的好。俗话说得好，强扭的瓜不甜，您这样就算用权势把他抢过来了，只怕也没有幸福可言啊！”

岳潇潇恼怒地瞪了他一眼，冷哼一声，自负地说道：“那个叶纤雪不也是被周家胁迫才嫁过去的？现在他们感情不是很好？如果他娶了我，我也会让他感动的。”她岳潇潇才貌双全，又贵为北方革命军的公主，是北方政权唯一的继承人，难道还比不上那个会写两首歌的叶纤雪？如果周敬煦真的聪明，他就应该知道娶了她，对他们周氏家族有多大的好处。

“那少夫人可怎么办呢？大小姐，人家毕竟是明媒正娶的.”

“休掉！”她是公主，她的男人怎么能有别的女人？他要是舍不得休，她不介意帮他做掉也可以。

“唉，大小姐，你就是太不了解男人的心了。你想啊，他们现在感情正好，你让他休妻，他心里能高兴么？他心里要是不高兴，能看到您的好么？再说了，他们还有一个孩子呢，又是周家长孙，难道你要把那孩子一起赶走？那周家二老即便不敢当面说什么，心里肯定也会不高兴的。”陈子荣虽然很想周敬煦能娶了岳潇潇，但除掉叶纤雪却是最不可取的。

“陈叔叔，你就是来给周家当说客的吧？”岳潇潇不高兴了，“我告诉你，周敬煦我潇潇要定了！”

“哎哟！我的大小姐，陈叔叔可全都是为你好啊！你如此一片真心对敬煦，真的让叔叔我好感动啊！可是，敬煦是个倔脾气，我们得好好想想，怎样才能得了他的心不是？您要是得了人却没有心，又有什么意思？”陈子荣喜欢岳潇潇，这丫头看着聪明狠毒，心思却很好把握。如果敬煦成了大帅的继承人，那他就是敬煦的心腹了，以后肯定少不了他的好处。

第二十五章 公主与小人

听了陈子荣的话，岳潇潇细细一想，觉得很有些道理。“可是，我要怎么做，才能得了他的心呢？”

陈子荣欣慰地笑了，说：“大小姐您能这么想，足可见是真心对敬煦的了，叔叔看了都感动啊，肯定得帮你一起想想办法了。”

“陈叔叔您快说，我要是真的嫁给敬煦，一定会好好感谢您的。”不过三两句话，两个人就已经暗中达成了协议。

“大小姐，您还记得我跟您说过，当初周家是怎么逼迫叶家那三小姐嫁人的吗？”陈子荣提示道。

“哦，我懂了。咱们可以依葫芦画瓢。随便找个理由抓了他的亲人，逼迫他就范！”岳潇潇一点就通。

“可不能随便找个理由，不然叔叔我可不好跟夫人交待。其实他们周家本来就有不少问题。比如说如今大帅已经同南方政权开战了，可是周家在南方还有好多生意呢！就是敬煦的父亲，我那大舅子，对外说是生病了在家休养，其实现在正在南方！据说，就在去年年底，他们周家还囤积了不少的粮食和药品，也不知道卖给谁了。”

“通敌！卖国！全家拘禁，财产充公！”岳潇潇一拍桌子站起来，兴奋地打了一个响指，脸上现出得意的笑容。

“唉，大小姐，不能一下子就扣这么一顶大帽子，您得设个大小适中的局，给敬煦一个选择的机会嘛！”

“嗯，陈叔叔果然好计策！我先让他休了叶纤雪。”两个人相视一笑，狼狈为奸。

“不，大小姐，我跟您说过，叶纤雪不能休，也没有必要休。”

“没有必要？那我……”

“大小姐可以让敬煦将叶纤雪贬为侧室嘛！谁让她自己身份不够您高贵呢？那个孩子自然也还留在周家，这样，孩子的爷爷奶奶就不会反对，敬煦也没那么抵触。”

岳潇潇越想越觉得有道理，不由得得意一笑道：“等我进了门，再好好收拾那个叶纤雪！”

“不用，不用。”陈子荣满脸算计的笑容，不住地摇头。“大小姐不知道，那个叶纤雪是相当善妒的，她从正室被贬为侧室，心里能舒服么？肯定是要找敬煦闹的。可哪个有钱有势的男人不是三妻四妾的？敬煦就是再爱她，也经不起她这么闹啊！您想啊，敬煦答应娶你，不是为了整个家族么？叶纤雪这么一闹，不但显得特别自私小气，而且立即就得罪了整个周氏家族，敬煦又是个孝子。”

“啊，陈叔叔，您真是太高明了！就这么定了，您悄悄帮我搜集周家通敌卖国的证据，我负责抓人。您再偷偷给他们报信，顺便劝劝敬煦……”岳潇潇越想越兴奋，已经开始幻想周敬煦低声下气站在自己面前恳求自己的模样。

“对了，还有一点，大小姐，这件事情可得瞒着大帅才好。”陈子荣有些不放心地交待。以大帅的作风来看，这件事情若让他知道了，肯定没戏，而且大帅对叶纤雪的态度很耐人寻味，他可不想节外生枝。

“这是当然！不过，就算叔叔知道了也没什么。从小到大，叔叔什么事情都顺着我，对我比我爹还好呢！”

“唉，大小姐，您真是……对了，大帅为什么会对您这样好呢？”说到此处，陈子荣不禁又是一计。机会难得啊！

“因为我爹只有我一个女儿，叔叔的位置是我爹传给他的啊！”岳潇潇疑惑了，难道这个背后还有什么隐情？

“大小姐啊，您不是说了，从小大帅就对您好，可是那个时候，北方大帅还是您的爷爷呢！”陈子荣很快就将岳潇潇引到自己局里来。

“是啊，那是为什么？”岳潇潇开始深思，还有什么内情是她不知道的么？

“大小姐可不要告诉大帅是我说的。”若让大帅知道了，只怕要怀疑他的用心了。

“陈叔叔放心，潇潇不会告诉叔叔的。”岳潇潇乖巧一笑，然而心里却自有打算。要不要告诉叔叔，那要看陈子荣说些什么了。

“大小姐可知道您的母亲是怎么死的？”陈子荣起了个头。

“我一岁的时候，大帅府来了刺客，我母亲被刺客所伤，失血过多不治而亡。”当时她太小了，这还是后来爹爹告诉她的。

陈子荣轻轻摇头，低声道：“那次大帅府来了刺客的确不假，不过，你的母亲却是为了保护你叔叔才死的。你想啊，刺客没事到大帅府杀女人有什么用？当年，我还是你爹的警卫员呢，等我们打死刺客赶过去的时候，你叔叔正抱着你母亲，一脸呆滞地说‘都是我不好，都怪我’……”

“原来如此……”岳潇潇沉默了一阵，忽然又笑了。打着哈哈应付陈子荣:“陈叔叔放心，我叔叔欠我家这么大一个人情，肯定不会管我的。周敬煦我要定了！”

三日后，南方传来消息，周明翰被南方政府扣留了，说他是北方政府的奸细。魏清婉在家里一向强势，这些消息一直瞒着三位姨娘，但她自己却忍不住总露出些忧心之色，三位姨娘和下人们眼尖心细，多多少少猜到一些，所以整个周家的气氛，一下子都变得沉郁起来。

周敬煦得到消息，立即就要南下，魏清婉和叶纤雪都拦着不让他去。现在这个局势，他去了顶什么用？说不定不但南方政府要抓他，被北方政府知道了同样给他安一个通敌罪名，那可就更糟糕了。

周敬煦想着父亲一生从未吃过这样的苦头，一方面让南方的负责人找人疏通，一方面做母亲和纤雪的思想工作，他已经决定了要亲自去南方探望解救父亲，不管母亲和妻子是否同意。

纤雪生产刚好一月，她看出周敬煦的决心，与婆婆商议了一下午，最后决定自己去。她是个女人，要混出封锁线更容易些，而且，她想着岳惊云就在前线，即便自己不小心被北方革命军抓住了，岳惊云也不至于治她的罪。女人的感觉有时候相当奇怪，她早就知道岳惊云对她有点意思。若是平时，她自然是避之唯恐不及的，但现在形势迫人，为了敬煦，为了公公，其他的她都不管了。

周敬煦自然是不会同意让纤雪去的，不说她身体尚未复原，就算她身体好了，他也不能让自己的妻子去冒险，自己一个大男人却待在家里干着急啊！

魏清婉心里是感动的，但儿媳妇和儿子相比，自然还是儿子更重要些，所以，她也支持纤雪南下，结果却被周敬煦骂了一顿。

“妈妈，您真让我失望，我是你的孩子，纤雪就不是你的孩子了么？她生翊安的时候动了手术，流了那么多血，整整昏迷了三日，差点就醒不过来。到如今才刚刚过了一月，她身体尚未康复，您怎么就忍心让她一个女人穿过战场去南方？妈妈，您怎么能这样自私？纤雪她不但是我的妻子，还是我儿子的母亲，她也有疼爱她的父母，也将她当成心肝宝贝命根子一样。”

周敬煦一直都是个颇为孝顺的儿子。虽然之前也有与母亲意见相左的时候，但从来没有开口说过母亲一句重话。母亲竟然为了保住自己儿子的命，而让儿媳妇去冒险，他理解一个母亲的心情，但这将置他于何地？

魏清婉心中有愧，一个字都没有还口。

“敬煦，你别说了，不是你想的这样，是我自己主动要去的。我和妈妈都是经过了深思熟虑的，我一个女人上路，没那么打眼，可能更顺利一些。现在爹爹被扣在南方，周家需要你来坐镇，所以无论如何你都不能离开……”纤雪担心母子俩因为自己失和，不断劝着丈夫，又不断为婆婆开脱。

“现在去南方，必须要经过南北封锁线，你若出了点什么意外，岂不是要让我后悔死？你趁早死了这条心吧，我不会让你去的，除非我死了！”周敬煦越说越怒，竟然连同纤雪也狠狠地瞪了一眼。

“敬煦，我知道你担心我，可是，你去的话，我和妈妈也同样担心你啊！而且我的功夫也不错，应该不会有太大的危险。如果你离开北方，这件事情就瞒不下去了，很有可能北方政府也会找我们麻烦，到时候我们连一条退路都没有了！”纤雪心中感动他想要保护自己的心意，然而想着目前的紧迫形势，她仍然试图说服他。

“我再等一天！”最后周敬煦总算做出了让步，“如果等到明天晚上仍然没有消息，我后天南下，没有商量的余地！”

第二天，周敬煦一大早就去公司了，叶纤雪和婆婆带着儿子在客厅里等消息。不想叶清源忽然上门来，要求与纤雪单独谈谈。

魏清婉心里不太高兴。虽说叶清源和叶纤雪是亲生父女，但纤雪毕竟已经嫁到周家了，有什么事情不能当着她的面说呢？

在纤雪的小客厅里，叶清源交给纤雪一封信。纤雪疑惑地接过，震惊地看完，最后只剩下惊喜。她当即将信撕成碎片扔到垃圾筒，然后高兴地跑下楼给婆婆报告好消息，紧接着又给周敬煦打电话：“公公没事了，估计五日内，就可以回来了！”

周敬煦和魏清婉很奇怪纤雪是从什么渠道得到的消息，纤雪有些迟疑，最后小声道，她请玉玲珑托了在南方的关系。魏清婉早就打过玉玲珑的主意，可是周敬煦就是不准，宁愿自己冒险跑一趟南方，没想到最后还是托了她的关系。

魏清婉只是感到欣慰，只要人没事了就好，可是周敬煦却很沉默，半天才说：“还是得谢谢她！”想起玉玲珑，他便忍不住想起岳潇潇，果然是一个妓女都比岳潇潇这个公主高贵。

纤雪低头淡淡一笑，说：“我会感谢她的。但这件事情不能外传，否则只怕给她带来麻烦。妈妈，敬煦，以后你们看到她就当没有这回事吧！这也是她的要求。”

魏清婉和周敬煦点点头，人家好心好意帮了忙，他们不能连累人家。其实，纤雪撒谎了。那封信不是玉玲珑托人带过来的，而是萧明远。他现在已经改名叫聂明远，南方同盟军大帅聂荣飞是他的舅舅。当年，萧明远的母亲是随着他父亲私奔的，萧明远在京都大学读书的时候，聂荣飞才找到他，甥舅相认。聂荣飞有三个儿子，一个早夭，一个在英国学习艺术怎么也不肯回国，一个继承他的衣钵，从军。却在两年前的一次刺杀中受伤致残，如今，萧明远就是聂荣飞着力培养的继承人。这次事情当然是不能说的，不然一直将萧明远当半子的爹爹就有麻烦了。可是，萧明远的信很奇怪，他说他会竭尽全力守护她的幸福，如果有什么需要，可以联系他，联系方法早就跟她说过。纤雪这才想起来，萧明远离开以前的确说过有事情可以到城南朱雀大街一家客栈里找一个掌柜传信。那家客栈叫什么来着？她当时没有用心记，现在竟然怎么都想不起来。

不用五日，第四天，周明翰就平安到家了。一家人都松了口气，周家的气氛这才好起来。可惜，好景不长。密切关注着周家的陈子荣和岳潇潇很快得到消息，周明翰本来被南方政府抓捕了，但没几天又被放了回来。这中间会有什么关卡呢？周家是不是跟南方政府达成了协议，给南方政府充当奸细？为南方政府提供支持？于是，头天晚上陈子荣忧心忡忡地跑来报信，第二天一大早，岳潇潇就带人将周府包围起来，要将周家老小全都抓到警备军大牢里去，同时又查封了周家在北方所有的公司店铺，下的罪名就是“通敌卖国”！

周敬煦知道这是岳潇潇故意的，目的就是逼他就范。可是，一边是父亲和整个周氏家族产业，一边是心爱的妻子，让他如何选择？

“大小姐，现在是法治社会，凡事都讲求证据，你说我们周家通敌卖国，有何证据？”眼看父母妻儿都要被自己连累，周敬煦奋起抗争，试图跟岳潇潇讲道理。

“国难当头，宁可错杀一千，不可放过一个！”岳潇潇盯着周敬煦说得斩钉截铁，但随后又拖长了调子道，“周先生才从南方回来吧？战争期间，他去敌方做什么？既然被南方政府当奸细抓起来了，怎么没过几天又被平平安安放回来了？是不是与南方政府达成了什么协议？你们周家是不是要充当南方政府的奸细？周家的粮食药品是不是要运到南方支持他们与我北方革命军作对？我作为北方的临时总理，有权逮捕所有对我北方政府有威胁的可疑分子！”

岳潇潇义正言辞地说了一通，其实全是猜测之言。但正如她所言，战争期间，一切从权，只要有一丁点的怀疑，她都可以全都逮捕起来。

“就算我爹爹去了南方有通敌嫌疑，我母亲、姨娘、我的妻儿应该没有去过北方，应该没有嫌疑吧？我儿子刚刚满月，我母亲年老体弱，还请大小姐开恩，让我母亲和妻儿留下等候查证吧！”强权面前，周敬煦也不得不低头。他想着纤雪产后身体尚未复原，儿子还那样小，如何能去牢房里待？

岳潇潇见周敬煦不救父亲，反而想着自己的妻儿，心火直往上冒。她看了纤雪一眼，但见叶纤雪一身素静的唐装，抱着孩子，一脸的沉静，容色很是一般，心中有些敬佩，也有些不屑。

这样一个女人，也配做她岳潇潇的对手？她本想乘此机会将叶纤雪弄到牢房里折磨一下出出气，忽然又想起陈子荣的忠告，于是硬生生将这口气忍了下来，大度地说：“看大少爷的面子，本小姐就格外开恩，让这些女人孩子都留下好了！来人！立即将嫌犯周明翰带走！”

纤雪只偷偷打量了岳潇潇一眼，就知道她的目标是自己的丈夫，所谓通敌卖国都是幌子。如此，她也稍稍放心了些。既然岳潇潇看重敬煦，就应该不会太为难爹爹。同时，他们也有机会找人求救。于是，她一直沉默着，尽量不引起岳潇潇的注意，她明白自己只要站出来，不是叛国也会变成叛国，那女人肯定不会放过她的。

现在，唯有忍耐！

最后，岳潇潇只带走了周明翰一个人，却留下卫兵将周公馆严密封锁起来，不允许他们与外界联系。她要用周明翰和周家的家业逼迫周敬煦低头。

周敬煦想不到那个女人这样毒辣，虽然她最后只带走了爹爹一个人，却将整个周氏都封了。如此，即便她什么都不做，就这么拖上半个月，周家的公司不破产也会脱掉一层皮。现在周敬煦算是看明白了，岳潇潇就是冲着他来的，她若真的怀疑周家通敌卖国，又怎么可能只抓走爹爹一个人？那个女人究竟想怎么样呢？想要他向她磕头认罪？亲吻她的靴子？或者对她阿谀奉承？任她调戏？甚至要他出卖身体……

该死的！周敬煦想着自己向那个女人低头的情景他就受不了，可想着父亲在大牢里受人欺侮的情景他同样心如刀绞。

但好在他们的根基在北方，如今掌握京都警备军的不是别人，正是他们周家一手培植出来的姑爷陈子荣，周敬煦相信，姑父应该不至于为难父亲的。

第二十六章 艰难抉择

周敬煦向门口的卫兵塞了一个大大的红包才得以出门。他径直到陈家，想要找姑父好好谈谈，看能不能花点钱了事。以前出了事都是这么办的。

可是，当他来到陈家，竟然发现那位北方公主，岳家大小姐正翘着腿坐在客厅的主位上抽烟，陈子荣苦着脸正在一边说好话。他自然不知道自己之所以能成功贿赂守卫出门来，全都是岳潇潇交待好的，他们正等着他自己往圈套里钻呢！

见到周敬煦进门来，岳潇潇立即拖长了嗓子道：“哟，这不是周家大少爷么？怎么上这儿来了？噢，对了，好像周家和陈家是姻亲？大少爷这个时候到陈家来，是想讨人情么？陈司令，你不会徇私舞弊私放犯人吧？”

“下官不敢。”陈子荣一副战战兢兢的样子，恭敬地站在岳潇潇下首，弯腰低头，怎么看都是一副奴才相，其神情态度是周敬煦之前从未见过的。

见姑父都被岳潇潇吓成这个样子，周敬煦也实在硬气不起来。可是，他又不甘心就这样对那个女人卑躬屈膝，于是礼貌地鞠了一躬道：“既然大小姐找姑父有公事，在下这就告退了。”说完，他转身就离开了。

岳潇潇含笑看着周敬煦憋屈离去的背影，心中很是得意。哼，不就是个商人之子么？她一定要好好挫挫他的傲气！

然而走出陈家，周敬煦又后悔。都什么时候了，还要什么尊严什么面子，难道为了自己的尊严和面子，他就不管爹爹的死活了么？周家那么大的产业，祖祖辈辈的心血，就这么付诸东流了？

他转而去了警备军大牢，不想碰到姑父的身边的周副官。认真说起来，这位周副官还是周敬煦的远房堂叔，当初陈子荣因为周家的财力打点，才升得这样快，因此也提拔了一些周家人到身边任职。

周副官一面引周敬煦进去，一面摇头叹道："大少爷，等会儿见了老爷您别难过，也别怪陈司令。本来，陈司令是安排了最好的房间给大老爷的，可是今天大小姐到牢里视察，见大老爷房间里什么都有，发了好大一通脾气，严令将大老爷换到普通牢房，还带走了牢房的钥匙。唉，大老爷何曾吃过这样的苦啊！"

一路上，看着牢房里衣衫褴褛蓬头垢面的囚犯，周敬煦的心揪得生疼。若不能很快将爹爹救出去，是不是爹爹也会被折磨成这个样子？

周明翰的牢房在最里面，周敬煦进去的时候，见几个守卫正在前面一间牢房里搬东西。周敬煦瞟了一眼，看到里面铺在稻草上的崭新的棉被和潮湿的地面上干净的桌子板凳，知道那就是父亲之前住的，不由得立即红了眼睛。

之前有姑父照顾，爹爹才有那样的待遇，如今被那个该死的岳潇潇弄到了普通牢房，爹爹该受了多少罪啊！

他大步跑过去，透过牢房锈迹斑斑的铁窗往里看，只见爹爹站在角落里，衣裳还算整洁，身体靠在墙上，地上铺着一层稻草，整个牢房都充斥着一股浓郁的霉臭味儿。

"爹。"周敬煦只喊了一声，眼泪就不住地往下淌。、

当天晚上，周敬煦红着眼睛在客厅，讲述自己在大牢里的所见，引得母亲和三位姨娘一起抹眼泪。

纤雪坐在周敬煦身边，怀中抱着已经熟睡的孩子，有一下没一下地轻拍着。那个岳潇潇究竟想怎样呢？这件事情，究竟是岳潇潇因爱生恨、还是真的想拿他们周家开刀杀鸡儆猴？

这时，一个丫头小跑着进来禀报，说陈姑爷和六小姐来了。周敬煦立即起身迎了出去，将陈子荣和姑姑周向晚迎进客厅。

魏清婉拉着周向晚的手，叫了一声"六妹"，随后便低下头不住地拭泪。三位姨娘与陈子荣和周向晚见礼，而后便满怀期待地望着陈子荣这位当官的姑爷。

陈子荣勉强笑笑，安慰大家道："事情也不是没有转机，几位嫂嫂不必忧心。敬煦，我们到书房好好谈谈。"

周敬煦将陈子荣带去书房，魏清婉连同叶纤雪和三位姨娘陪伴周向晚。周向晚时不时以一种奇怪的眼光看着叶纤雪，说话间明显有些迟疑和敷衍。纤雪心中明白，勉强一笑，立即以孩子睡了为由，主动向婆婆和姑姑告退，将孩子抱回房去。

姑姑有话要背着自己跟婆婆说吧！想也知道是什么话。

先前陈子荣说有转机，纤雪便猜到几分，如今看周向晚的神情，哪里还有不明白的？是要敬煦与她离婚然后娶那个女人么？想不到一个公主竟然也能无耻到这个地步。敬煦会答应吗？即便暂时不答应，心里肯定也会非常为难的吧？父亲在大牢里受苦，他这个当儿子的只要娶一个女人就可以将其救出来，换了谁都不会有二话吧。敬煦心里再厌恶那个女人又能坚持多久呢？

不行，她不能坐以待毙，如果她坐视不理，结局就只有一个。在爱情和亲情面前，敬煦别无选择，一定会牺牲他们的爱情。即便他想坚持，他又如何面对母亲？如何面对整个周氏家族？如何面对周家列祖列宗？

如今，只有一个办法了。由她出面找岳惊云，以兵工厂以及自己的武器设计为筹码，换取周氏一族的平安。等会儿敬煦过来商量一下吧，让姑父问大帅的电话，再不然就让姑父给大帅发电报，她相信大帅肯定会制止这件事情的，然后由她出面与岳惊云交易，应该能取得他的信任。这样，公公只需在牢里再坚持一两天就可以了。

送走陈子荣以后，周敬煦便回到主卧室看望纤雪。

孩子晚上与乳母住在旁边的婴儿房，房间里只有纤雪一个人。她一直坐在沙发上等他，旁边留了一盏小灯，原本想闭目假寐，或许是太累了，片刻间，竟然真的睡着了。

周敬煦轻手轻脚走过去，长久地凝望她在晕黄的灯光下宁静而孤寂的身影。她呼吸均匀，已经睡着了，但忧虑和疲惫依然留在脸上。周敬煦轻轻坐在她身边，看到她长长的睫毛下两排淡淡的阴影，情不自禁抬手抚上她尖尖的下巴。不过才几天，她竟然瘦了这么多。

纤雪敏感地睁开眼睛，看到他双目赤红，脸上神情哀伤而绝望，心里已经有了答案。他已经下定决心了么？

周敬煦很心痛，在纤雪睁开眼睛的那一霎，他竟然不敢直视她的目光，而是紧紧地拥抱她，仿佛想将她融进自己的骨血。

“纤雪，对不起。”

纤雪轻轻抓着他的背，眼睛开始发酸发烫。“你已经决定了？”

“我没有别的选择。”他将她紧紧搂在怀中，在她耳边哀求道，“纤雪，我求你，为了我委屈一次好不好？”

纤雪凄婉一笑，这就是权势的力量啊！难怪那么多人追寻呢！尤其在这个乱世，光有钱还不行，还得有权才能保护自己，为什么她总是想要逃避呢？“权势真的是个好东西啊！”

“纤雪？”周敬煦缓缓抬起头来，看着她脸上那个浅浅的哀婉的笑容，心如刀绞。“纤雪，我爱你，只爱你，可是我没有办法，我不能……”

“你不用说了，我都明白的。”纤雪缓缓将目光转到他脸上，抬起手抚摸他含泪的眼。这个男人是真心爱她的，她知道，可是，造化弄人，老天见不得她幸福么？她以为这个时空跟自己前世不一样，没有衰落，不会被列强欺辱，只要有钱就可以了。可是她忘记了，这里还是军阀统治时代，是强权代表一切的时代，这里同样是没有公平和民主的。“姑父怎么说的？”

周敬煦看着冷静而哀伤的纤雪，实在难以启齿。“他说……他说要我将你贬为侧室，然后迎娶那个女人做正妻……”

纤雪自嘲一笑：“我以为她会要求你休了我的。”那女人倒是比她想象中聪明嘛！

周敬煦满脸愤怒，青着脸道：“她本来就是这个意思，是姑父为我们争取的。”

“哦？姑父为我们争取的？”纤雪神情一变，细细思索。如果真的是这样，只怕这位姑父大人动机不纯啊！

贬妻为妾让她留下，表面上是为他们夫妻争取来的机会，实际上却牵制了敬煦的心，又将她置于险地。敬煦向来单纯，又身在其中，看不透其间奥妙也在情理当中，可姑父毕竟是老江湖了，不会不懂这些吧？

“纤雪，你……你为我委屈一次好不好？”周敬煦紧张地看着她，她的神情实在有些奇怪。他知道她是最受不了这个的，可为什么她依然这样冷静呢？

“敬煦，如果还有别的办法呢？”纤雪轻轻地问。

“还能有什么别的办法？要是还有别的办法，我也不会答应这样屈辱的条件。”周敬煦痛苦地摇头，哪里相信还有别的办法。姑父说得对，现在在北方，岳潇潇掌握生杀大权，她既然铁了心要嫁给他，周家家大业大，他又能躲到哪里去？倒不如现在就顺了她的意，周家也少受点苦。

“敬煦，岳潇潇只是代理总理，她还不是大帅。让我出面找岳惊云吧，他……一直在等我一个答案，由我出面跟他做一笔交易，换取整个周氏平安。你让爹爹再坚持两天好不好？”因为中间情况太复杂，纤雪也没能一下子说得太清楚，而没有准确表达的后患就是让周敬煦直接误会，然后拒绝。

“不行！我就是死也不能牺牲你来挽救周氏家族！”跟大帅做交易？一个男人跟女人能有什么交易？原来以前的谣传并非空穴来风，纤雪跟大帅真的有关系？原来风流多情的岳惊云真的觊觎自己的妻子！该死的岳家没一个好东西！

“可至少这样你不用娶那个岳潇潇，周家也会没事的，我们也还能在一起……”纤雪这才意识到敬煦可能误会了，连忙解释道，“敬煦，你误会了，我和大帅不是你以为的那种关系，他只是觊觎我的天份……”

“纤雪，你敢说他没有一点喜欢你么？你敢说你们之间没有过一点暧昧么？”周敬煦一只手重重覆在自己额上，只觉得胀痛不已。为什么会变成这样的？他和纤雪那么幸福，眼看以后会更幸福的，为什么岳潇潇要来破坏？甚至连岳惊云都要来插一脚，觊觎他人的妻子？

他们凭什么？不就是凭着他们手中的权势么？是啊，纤雪说得不错，权势真是个好东西啊！如果一定要权势才能保护自己的爱情，他也会不择手段的！

纤雪一时无言。扪心自问，她和岳惊云真的没有暧昧么？那个人，抱过她，亲过她，她甚至曾向他“求婚”……

纤雪的沉默让周敬煦更加愤怒心痛，他们竟然真的有暧昧！他最心爱的妻子竟然跟岳惊云牵扯不清！那一刻，他愤怒得想杀人。

“敬煦，你已经答应了岳潇潇？”纤雪轻轻叹息。不管他怎么反对，她都要试试看。

周敬煦点头，又拼命摇头，连声说他实在没有别的办法。

“敬煦。”纤雪轻轻叫了他一声，周敬煦立即安静下来，等候她的宣判。

“我理解你的苦衷，也理解你的选择，敬煦，我不怪你，可是，二女共侍一夫，我不能接受。”纤雪神情冷静而哀伤，但目光坚定。她的原则和底线，她的骄傲和尊严，永远不能抛弃。如果没有这些，叶纤雪也就不再是叶纤雪了。

“不，纤雪，你不能这样！”周敬煦紧握着她的双肩摇晃着，这个时候，在他最需要支持的时候，她竟然要离开他？他们可以同甘，却不能共苦吗？难道她对他的感情就这样浅薄吗？

纤雪看着他眼底的恐慌和哀恸，再也忍不住落下泪来。她紧紧拥抱他，哽咽地低吼道：“敬煦，我不想离开你，真的不想……”

“那就不要离开！我们在一起，还跟从前一样恩爱，我不会让她欺负你的，你相信我，纤雪！”周敬煦更加用力拥抱着她，抱得那样紧，仿佛连骨头都要压碎了，是那样的沉痛而哀伤。

“只要她进了门，她就是我周家的人了，我和妈妈会管教她的。我们都会保护你，不会让她欺负你的。纤雪，为了我，委屈一次好不好？纤雪？”

纤雪心中哀恸，这个傻子，他怎么就这样傻啊？岳潇潇现在能用权势逼迫他，进了周家的门就会乖了么？她嫁了人也还是北方的公主，仍然是岳惊云的继承人，她手里的权势一分不会减少，说不定岳惊云看她成了家，反而会下放给她更多的权力。这样的岳潇潇，谁能制得住？

“纤雪，你怎么不说话，你答应我好不好？永远不要离开我。”周敬煦捧着她的脸，急切地寻求答案。沉默的纤雪让他害怕，他知道她还没有想通，她还不肯让步，他知道她委屈，她不甘，可是，他以后会补偿她的，一定会的。

“敬煦，这样吧，我们双管齐下，你虽然已经答应了她，但以你们的身份，她要嫁过来总不能太仓促了。在这期间，我想办法联系岳惊云……”

纤雪很认真地跟周敬煦分析，可是周敬煦一听到“岳惊云”三个字就怒了。“我不准！不许你跟他联络！他知道了又如何？岳潇潇是他的亲侄女，难道他还能帮着我们不成？”

纤雪有些头痛地抚着额头，暗自叹息一声，认真地说：“敬煦，岳惊云不是那样的人！他向来有原则，这件事情他肯定是不知道的，若是知道了，绝对不会让岳潇潇这样乱来的。我唯一担心的是，爹爹确实去了南方，又的的确确被南方政府拘留过，还有我们去年年底的那两批货，这些都是不容易说清楚的事情，所以我才要用自己跟他做交易，以换取他的信任……”

“你倒是了解他！你怎么就这样肯定他不是这样的人？他又是怎样的人？总之，我不准你见他！”想着“交易”两个字，周敬煦脑子里就浮现出岳惊云搂着自己妻子亲热的画面，他简直要发疯。

纤雪目瞪口呆地看着愤怒的周敬煦，深感男人吃起醋来实在不可理喻。想着他如今被人逼成这样，心情不好她应该体谅，于是顺着他的话道：“我不见他就是，我只要给他打个电话就行。”

“不行，电话也不行。你是我的，是我一个人的！”周敬煦反射性地反对，然后才醒悟过来自己竟然朝纤雪发火了。纤雪也是为了周家想办法，他怎么可以对她发火呢？正要开口道歉，就听纤雪有些生气了。

“你都要娶别的女人了，我打个电话想想办法，都不行？”纤雪想不到他的醋性竟然这样大，但到底还是隐忍下来。他之所以这样为难，不都是为了自己么？“要不这个电话你来打，只要让岳惊云知道这件事情就成。”

第二十七章　离　婚

周敬煦静静地凝视着她眼底的隐忍和无奈，忽然紧紧抱住她，半天才道，“纤雪，我很害怕，害怕会失去你。”她是这样好，这样体谅他，这样善解人意。可是，他心里明白，不管她怎样善解人意，她的骄傲决定了她不可能会轻易妥协的。怎么办？他该怎么办？

纤雪闭上眼睛冷静了一下，这才轻轻地推开他道：“敬煦，我们尽量想办法吧。但是，如果实在没有办法了，你必须娶她的话，我只能带着孩子离开……”

“不！纤雪，你不能这样！”周敬煦心里正担心这个，一听就急了。

“敬煦，你别急，你听我说。”纤雪主动亲吻他的唇角安慰他，“你始终没有明白，岳潇潇手中有权，就掌控着我们的生死，特别是我和孩子，必定是她除之而后快的目标。你想要用丈夫的身份压制她是不可能的，要反败为胜，只有一个办法，那就是控制她的情感，让她死心塌地爱上你，只有这样你才能通过她掌握权势。但是敬煦，你自己想想，你能做到吗？只要你心里有我们母子，只要我们在你身边，你就不会给她一个好脸色，因此她也绝不会真正爱上你，我和孩子就会是她的眼中钉肉中刺。所以，我们母子只有离开，才是保全之道。”

“不，我可以保护你们的，爹和妈妈也可以保护翊安，纤雪，我舍不得你……”其实这些他不是不明白，他只是不想明白。他不能接受这样的事实，他竟然连自己心爱的女人都保护不了，只有放她们离开才能保护她们。

“敬煦，你清醒一点吧！你仔细想想，如果你将她娶进门，打算将她置于何地？她又是否会乖乖听话？她现在是公主，嫁给你了她还是公主，你又能把她如何？”纤雪越想越低落，她知道，这个时候，自己斗不过她。但是，敢抢她叶纤雪的男人，破坏她好不容易找到的幸福，就要有付出代价的觉悟。她绝不会放过那个女人的。公主又如何？

“我……纤雪，我不能没有你……”周敬煦知道纤雪说得不错，她们母子留下来，的确可能成为岳潇潇的眼中钉，可是，他怎么舍得让她离开？如果放开她的手，她是不是就会如风一般飞走，再也抓不住？会不会有别的男人把她抢走？比如那个道貌岸然的岳惊云？可是，如果真的强留她在周家，会不会害了她？周敬煦思虑再三，不得已做出决定。“纤雪，我安排你和孩子去郊外那栋别墅里住吧！就说你们母子身体不好，在别庄修养。这样不住在一起，她应该不会去招惹你们了吧？”

“不，我们登报离婚，我带着孩子回叶家，除此之外，别无他法。”纤雪摇头，说得淡然，然而心里却仿佛被人硬生生剜去一块似的，血流不止，痛彻心扉。如果不能联系到岳惊云，让他干预岳潇潇的逼婚，这一切都会变成事实。

“不，我不答应，我不离婚，你是我的妻子，永远都是……”周敬煦紧紧抱着她，说什么都不肯放开。

“舍不得我是不是？”纤雪轻轻拍着他的后背。

周敬煦赌气地不予回答。这不是废话么？

“那明天我们就给姑父打电话，问清楚大帅在前线的电话号码！这样，我们才有机会。”

“说到底你还是要找他！”敬煦愤怒地放开她。

“不找他你还有别的办法吗？”纤雪逼问。“敬煦，这是我们最后的机会。如果你非娶岳潇潇不可的话，我和孩子只能离开。”

周敬煦握紧拳头，沉痛地闭上眼睛，许久才点头，“好吧，姑且试一试吧！”

第二天一大早，周敬煦就给陈子荣打了电话，将他们想要联系岳惊云的意思稍微透露了一下。

陈子荣为难地说：“敬煦啊，你知道，现在不比以前，现在正在打仗，大帅亲临战场指挥，他的电话不是谁都能打进去的。这样吧，我联系岳康，将这件事情告诉他，请他转告大帅吧。不过，你最好不要抱太大希望，据我所知，大帅心中有愧于大小姐，未必能约束她。”

纤雪听陈子荣这话里的意思就有推托之意，可惜现在岳惊云的确不好联系，除非她亲自跑一趟前线。可是，敬煦又怎么可能让她去？纤雪猜得不错，陈子荣根本就没有给岳康打电话，甚至岳康主动打电话过来询问，他也一直瞒着这件事情。岳康在京都有无数密探，京都里发生的大事小事，只有他不想知道的，没有他不知道的。但岳潇潇向周敬煦逼婚的事情他却隐瞒住了岳惊云。

以岳康对岳惊云的了解，他知道大帅肯定是要制止这件事情的。但同时岳康也清楚，大帅是真的喜欢周家少夫人的，大帅为了她竟然献了一千毫升的鲜血，让自己差点休克。可大帅这个人就是太好了，好像自己真的是北方的保护神一样，不肯伤害自己的子民。还说什么只要她幸福就好了。

少夫人幸福了，大帅怎么办？大帅已经错失好几次机会了，这一次，他要帮大帅赢回一个机会来。岳康主动给陈子荣打了电话。陈子荣还想瞒着，却不想岳康直接道："陈司令，周家那件事情，我会帮你瞒着大帅的，但是，你必须保证少夫人的安全。这样吧，你让周敬煦登报离婚，然后尽快与大小姐订下婚期，这件事情必须先斩后奏，不然大帅肯定不会答应的。"

陈子荣喜出望外，立即答应下来。而后他再次来到周家，又与周敬煦一番密谋。陈子荣说他已经给大帅打过电话了，如今前线战事不顺，大帅心情不好，说京都的事情由大小姐全权做主，他不会干预也没有精力管。

周敬煦一听，最后一丝希望也彻底破灭了。其实他早就知道岳惊云和岳潇潇是一丘之貉，不会管这件事情的，但听叶纤雪说得那样肯定，他也不禁抱了一点点希望，但最后他还是失望了。

紧接着，陈子荣又道："敬煦啊，昨夜我深思熟虑，觉得你们还是登报离婚，正式解除婚姻关系比较好，否则以大小姐的脾气，只怕少夫人和孩子有危险。"

周敬煦没有立即回答，因为岳惊云这条路走不通，纤雪会离开就已经成为定局。

"敬煦啊，今天早上周副官跟我说，你父亲病了，我才叫了大夫过去看过了。唉！想你父亲这辈子何曾受过这样的罪啊！牢房里潮湿污秽，饭菜又不好，虽然我尽力交代了周副官好好照料你父亲，可是大小姐派了人守着，我也不好明着照顾他。唉，你是没看到，我听周副官说，你爹他现在……唉，这才三天，若是拖久了，你爹的身体可怎么吃得消啊！"

"我爹病了？严重吗？是不是着凉了？"周敬煦又惊又急，"岳潇潇究竟想怎样？我不是都答应她了吗？她到底什么时候才肯放我爹回来？"

"敬煦啊，大小姐说了，要先看看你的诚意。本来，她是打算在你将少夫人贬为侧室以后就放你爹回来的，可现在看来，不如你和少夫人赶紧登报离婚吧！迟了，你爹要是有个万一……"

"砰"地一声，周敬煦右手握拳狠狠地捶打在面前的桌子上。为什么要这样逼他？他该怎么办？他还能怎么办？真的留不住纤雪么？将她们母子另外安置也不成么？

周敬煦一夜没睡，第二天一大早打电话给《京都日报》，下午就与纤雪去了京都民政局办理离婚手续。隔天，报纸上就刊登了周家大少爷周敬煦与妻子叶纤雪的离婚公告。原本的金童玉女，情比金坚，怎么会突然离婚呢？人们看着报纸，议论纷纷。有些人有幸看到过之前被岳潇潇销毁的报纸，同如今的消息联系起来，隐约猜到一些内幕，偷偷传播开来，引发出不同的猜测。

“大少爷和少夫人那样恩爱，一定是岳潇潇公主殿下逼迫他们离婚的！没听说吗？周家大老爷被公主殿下抓起来了，周家的店铺都被封了好多天呢！哎呀，想不到咱们北方的公主殿下竟然是这个样子的。啧啧，还是公主呢，竟然强抢别人的丈夫，少夫人多可怜啊……”

“这还用说？虽然少夫人才华横溢也十分难得啦，可怎么能跟尊贵的公主殿下比？一定是大少爷为了周家的前途和个人权势抛弃结发妻子，男人不都这德行？”

而在周家，魏清婉拉着纤雪的手，恋恋不舍，眼中泪光隐隐。“孩子，是我们周家对不起你，你别怪敬煦，别怪妈妈……”

“妈妈，您别这样说，我都明白的……”纤雪也想不到进门的时候，婆婆对自己百般挑剔，现在要离开了，反倒是她对自己这样不舍。

“在妈妈心里，你永远是我的儿媳妇。妈妈虽然让你把翊安一起带走，只是想保护他，你要记住，翊安他永远是我们周家的长孙。现在，你带着他离开，以后……你要带着他健健康康地回来！”魏清婉拉着纤雪舍不得放手。

“妈妈，您放心，翊安是我的孩子，我会保护好他的。”

“有什么困难，有什么需要就打电话告诉妈妈……”

“我会的，妈妈。您不要担心，我和翊安都会好好的……”纤雪向来冷情坚强，到此刻也忍不住红了眼睛。

“妈妈，您别这样，总有一天，我会把她们母子接回来的！”周敬煦狠下心来，拉着纤雪的手转身上了汽车。

汽车上，周翊安在乳母怀中甜甜地睡着了，丝毫不知道对于自己的离去大人们有多么心痛。

纤雪透过玻璃窗望着这座自己生活了近一年的房子慢慢变小，慢慢远去，她心中一痛，随即闭上眼睛，将整个身体都靠在后座上。她不断告诉自己，离开是绝对正确的，眼不见为净。否则，亲眼看到自己的丈夫与别的女人名正言顺地亲密，她会愤怒心痛得杀人的……该死的岳潇潇，强取豪夺破坏他人姻缘，一定不会有好下场的！哼，她叶纤雪的男人不是那么好抢的，等着吧……

汽车一直开到叶府大门前，叶清源和崔月眉已经等候多时了。他们静静地看着汽车在身前停下，看着驾驶座的车门打开，看着周敬煦沉默地走出来，打开后座的门，牵着女儿的手下来，然后是蜀宝和抱着孩子的乳母林嫂。

叶清杨和叶镜飞默默地站在叶清源夫妻身边，同样不知道能说什么。这件事情，他们自然是非常清楚的。虽然知道不能怪周敬煦，但他到底休了自家的女儿，心里又如何能没有一点隔阂和怨恨？

“哟，这是怎么了？前不久不是还在唱什么谢谢你，爱得死去活来的么？怎么这么快就离婚了？”不用说，听声音就知道，叶家的大夫人到了。

“你来做什么？滚回去！”叶清扬心里难过，又听妻子对侄女冷嘲热讽的，顿时来了气。

纤雪冷冷地看了大伯母一眼，什么都没有说。有些人本性就是那样，她并不指望着自己帮助过对方，人家就会对自己感恩戴德。现在她心情低落，也就懒得跟她计较了。

叶夫人怏怏而去，所有人都沉默下来，缓缓地陪着叶纤雪往西院走去。

周敬煦牵着纤雪的手走在叶清源身后，叶镜飞走在他们身边，时不时看他们一眼，但什么都没有说。迈进西院，蜀宝立即带着乳母林嫂抱着孩子去了客房。周敬煦拉着纤雪的手跟在叶清源身后一直走进客厅里，大家分宾主坐下，他却站到叶清源与崔月眉身前，深深地鞠了一躬，道：“敬煦愧对纤雪，不敢求岳父岳母原谅，只希望岳父岳母帮我好好照顾她们母子，若有什么事情，千万一定要打电话告诉我……”

崔月眉将脸扭到一边，偷偷拭泪。叶清源叹息一声，说：“此事也怪不得你。”

“多谢岳父岳母体谅……”周敬煦声音也有些哽咽，他再次鞠躬，紧接着又来到叶清扬和叶镜飞父子跟前，又是深深一礼道：“千错万错都是敬煦的错，是我们周家对不起纤雪。以后，还望伯父和大哥多多照拂她们母子，不要让人欺负她。虽然我与纤雪迫不得已登报离婚，但在敬煦心里，纤雪永远是我的妻子，是我此生唯一的妻子……”

“唉！”叶清扬也忍不住一声叹息，回道，“你放心，纤雪母子在叶家不会受人欺负的。”

“多谢伯父！”周敬煦谢过叶清扬，这才走到纤雪面前，轻轻蹲下身体，却紧紧抓着她的手道：“纤雪，你一定要等我。最多五年，我一定会接你们母子回去的。以后但凡我的消息，无论你听到什么，看到什么，都不要相信，你只要记住一件事，我对你的爱和誓言此生不渝。”

“我知道。”纤雪轻轻地点点头，沉痛的目光最后一次抚摸他的容颜。她的敬煦，虽然满脸的疲惫与伤痛，眼中的深情却是不变。可惜造化弄人，这样好的丈夫，竟然就被人硬生生抢走了……”

“一定要等我！”周敬煦不放心地再次要求道。纤雪心中一阵酸楚，差点就答应下来,好在还保留着一丝理智,出口的话就有了保留:“敬煦,我说过,这件事情我不怪你。可是，我们还有没有未来，现在谁也确定不了。如果可以的话，我当然愿意等你，可是如果……”

“没有如果！”周敬煦紧张地打断她的话，而后又轻轻摇晃着她的手臂，好像要不到糖吃的孩子似的，可怜巴巴地望着她道，“没有如果，纤雪，你答应我好不好？你会等着我，不会被别人抢走。”

“敬煦，你不要这样……”纤雪眼睛一眨，终于忍不住滚落下一串晶莹的泪珠。她有多久没有哭过了？就是去年被人莫名其妙迷奸，她也没有掉过眼泪，然而看到这样的敬煦，她的心真的好酸好痛!

“那你答应我，答应我永远都不会被别人抢走。纤雪，我不能失去你！”他已然明白她的决定,他一直知道,她是一个非常理智的人,可是,他不甘心,他真的好不甘心啊!

周敬煦将头埋在纤雪膝上，滚烫的热泪很快打湿了她的裙摆。“我们都还没有开始，怎么能就这样结束？不，我不甘心，我好恨……纤雪，你一定要等着我，我们可以重新开始的……”

几个大人纷纷侧头，不忍再看。

“敬煦，你别这样……”纤雪轻轻抚摸着他的头发，拉着他的手让他站起身来。

周敬煦知道哭也无用，反而令她看不起，于是将眼中的泪水又强压了回去，最后一次拥抱了她，转身离开了叶家。

第二十八章 鹊占鸠巢

他们虽然离婚，但纤雪的陪嫁并没有送回叶家，周敬煦承诺过，他们住过的房间，她的东西会在原来的地方，不会有人乱动。如果她想要的话，随时可以回去取。纤雪明白这是他给她找了一个回去的借口，但她想，她可能不会用到。不管怎么想念他，只要他与岳潇潇正式确立了婚姻关系，她就绝不会主动找他。

周敬煦将周氏在京都最赚钱的八个店铺拨到她名下，但并不需要她出面打理，他会帮她一并打理好，每个季度将利润划拨到她名下的账户。同时，他将飞天电影实业公司也拨到她名下，由她全权负责，并一次性从周氏账面上拨了五百万的活动资金过去。他说以后有需要，告诉他一声就成，只要是她的心愿，他无论如何都会帮她达成。

纤雪心里也很痛苦很难受，但比起周敬煦来显然更冷静，更理智一些，连叶清源和崔月眉都感到不解。周敬煦的心让他们做父母的都很感动，而为何自己女儿还能这样冷静呢？其实纤雪心里更多的是愤怒和不甘。周敬煦是她好不容易找寻到的幸福，眼看他们就要如同童话般幸福下去的时候，丈夫却被人横刀夺走，她如何能平静？可是，这些愤怒和不甘里面，有多少是爱呢？她并不十分清楚。她知道自己是喜欢周敬煦的，应该也是爱他的吧？他对她这样好，本身才貌也出众，她要是一点不爱他才奇怪，除非她的心是铁石做成的。可是她也知道，自己的爱是有保留的，别人付出多少，她会酌情回报多少，别人收回，她也可以随时收回。不是她冷情，她只是被感情伤害太多次了！但她内心里还是期盼着周敬煦不要让她失望，她其实是愿意等他的，只要他们还有在一起的希望。

岳惊云一直有看报的习惯，虽然京都的报纸到达前线需要延迟三四天，但重要信息岳康早就跟他说过了，看报纸不过是想将事情的来龙去脉了解得更加详细而已。他没有想到岳康竟然会偷偷劫下两份报纸，更没想到那两份报纸对他来说有那么重要。当时各地的日报晚报一大堆，他也没有注意到哪天的报纸差一张。因此，当他晚饭后出去巡视，无意中听到其他下属谈论周敬煦与叶纤雪登报离婚的消息，竟然怔在当场。“究竟怎么回事？”岳惊云强忍愤怒和震撼回来质问岳康。这小子从前不是最喜欢提叶纤雪的消息么？这一次这么重大的事情他竟然一个字都没有说。

“大帅，属下是担心您知道了少夫人的情况在战场上分心，所以才没有提……”岳康低着头，小声回答。

“我要知道怎么回事！”岳惊云强忍怒气一声低吼。

“请大帅恕罪，属下还有一件事情没有告诉您……”

“什么事？”岳惊云问得淡然，心里却是咬牙切齿的愤怒。该死的，岳康究竟瞒了他多少事情？难道自幼一起长大的兄弟也不能信任了么？

“大小姐与周家大少爷，已经登报结婚。”

岳惊云瞪大眼睛难以置信地盯着岳康，“你再说一遍！”

“大小姐号召民众响应新的婚姻法，说战争期间，一应从简，只需夫妻双方到民政部登记就算是合法夫妻，有钱的登报宣扬就是庆贺，她以身作则，已经与周家大少爷登报结婚。”岳康不敢直视大帅的眼睛，低着头像背书似的，将早已经准备好的说辞背给岳惊云听。

潇潇的胆子也太大了！她嫁什么人不好？为什么非要跟叶纤雪抢周敬煦？一个小白脸有什么好的？“潇潇和周敬煦是怎么认识的？是周敬煦为了权势抛弃叶纤雪，还是潇潇在里面做了手脚？”岳惊云很快冷静下来，抓到事情关键。

“大小姐和周敬煦是在陈司令的生日宴会上认识的，他们二人一见倾心。后来，周敬煦便与少夫人登报离婚，随即便与大小姐登记结婚……”岳康很少有欺骗岳惊云的时候，说起谎来还是不太利索。

“真的？”

“真，真的……”岳惊云明显看出岳康此话不实，正要好好审问他，忽然门外传令兵高声道：“报告大帅！发现南城外敌人有异动！”

“走，看看去！”一听有军情，岳惊云只好暂时放过岳康，全副心思都转到战事上去了。不知道这场战事会胶着多久，也不知道自己什么时候才能回京都去，不知道她是不是很伤心很难过？一个被休弃的女人，有没有人欺负她？不管此事背后原因为何，总归是潇潇惹出来的，都是他对不起她啊！

眼看城门就在前面，岳惊云忽然转身问道：“她，过得好不好？现在住在哪里？孩子呢？”岳康诧异地瞪大了眼睛，随即便在心中笑开来。他没有做错，大帅真的很在意叶小姐啊！现在，他终于又可以称呼她叶小姐了。

“大帅放心，我特别跟陈司令交代过，不会让人欺负叶小姐的。对了大帅，周家竟然让孩子跟她一起回了叶家，还将京都的八家店铺，连同新创办的飞天电影实业公司，也给了叶小姐。”

“周家竟然连孩子也不要？”岳惊云皱眉。周家这是什么意思？周敬煦的野心竟然那样大？他是在想大帅之位？

“大帅，我觉得可能……可能那个孩子不是周家的吧？”岳康原本就怀疑，如今看周家不要这个孩子，就更怀疑了。

“什么意思？”岳惊云有些恼怒。他无法忍受别人质疑叶纤雪的人品。她不是随便的女子，那个孩子不是周敬煦的会是谁的？

“大帅您忘了，叶小姐的孩子当初可是早产的。不过，接生的稳婆和大夫都说，那个孩子不像是早产的孩子……”岳康摸着鼻子，想说又不敢说。那个孩子，说不定就是大帅您的呢！

岳惊云瞪了岳康一眼，严厉地说：“这种话我以后不想再听！”话虽如此，岳惊云心里却忍不住嘀咕，难道真的是因为怀疑那个孩子不是亲生的，周敬煦才抛弃她们母子？该死的周敬煦，果然不是好东西！

说话间，岳惊云已经登上城楼。他举起望远镜，只见对面敌人的阵地上果然影影绰绰地有不少人影晃动着。然而看起来却不像要进攻的架式，反而是一副防守的工事。怎么回事？南方军要转为防守？他们不是一直想将这座刚丢掉的城池夺回去么？

周敬煦和岳潇潇结婚了，虽然暂时岳潇潇还畏惧周敬煦的脸色，不敢进行周公之礼，但是，毕竟她光明正大地嫁到周家了。来日方长，她一定要得到周敬煦的心。周敬煦却想着，怎么样能够把岳潇潇一步一步引入自己的感情陷阱当中。

纤雪在家里待了一周，哪里也不去，不看报，不听周敬煦的任何消息，整天就抱着儿子说话，儿子睡了，她就到自己琴房里练琴。成亲的时候，她惯用的乐器都搬去周家了，如今琴房里大多是新添置的乐器，不过以她的水平，多用两次也就顺手了。

父母知道她心里难过，却不知道该如何安慰她，只能每天做了好吃的让她补身体，毕竟她生产还不到两个月。

看纤雪被周家“休弃”归家，叶夫人同两个女儿本来是要过来奚落几句的，不过在叶清扬的严令下才管住了自己的脚。对叶夫人母子来说，难得叶纤雪有落下风的时候，多好的报仇机会啊，竟然就这么浪费了！

那天早上，叶纤雪用过早饭，正在给儿子弹催眠曲，不想蜀宝进来说有人送了一束鲜花来，要亲手送给她，怎么都劝不走。纤雪很有些意外。这个时代，还没有专门送花的礼品公司吧？谁突发奇想，跨越了时代？难道有新的穿越姐妹过来了，开办了这样的礼品公司？她带着浓浓的好奇来到客厅，发现送花的是个年轻的小伙子，笔直地坐在客座上，看起来很精神，容貌却是平常。“叶小姐吗？有位先生托在下将这束花亲手送给您，请您笑纳！”说着，送上一束包装好的粉红月季。

纤雪疑惑地看了看对方，伸手接过来，问道：“有位先生？能透露一下是哪位先生么？”是敬煦么？他怕她心情不好，所以让人送花过来？

“非常抱歉，在下不方便透露这位先生的身份。不过，相信过不了多久叶小姐就会知道的。”那人对着叶纤雪鞠了一躬道，“在下任务已经完成，这就回去了。请叶小姐保重身体，再会！”

叶纤雪猜到对方可能不会告诉自己，没有太强的期待，倒也没有觉得太大的失望。

她点点头，让蜀宝将其送出去，自己却抱着花束静静思索。

刚才接花的时候她特意看了看对方的手，很干净，但虎口和食指上有厚厚的茧子。再联系对方的坐姿及精神面貌，她基本上能肯定此人一定是军人，而且年纪很小的时候，就参加了部队的训练。

可是，军人？周敬煦刚刚与岳潇潇结婚，不可能这么快就能收服军中的人做这样的事情。但总不至于是岳惊云吧？不是说他还在前线？他既然默许了岳潇潇逼婚，又何必这时候找人送花惺惺作态安慰她？

可除了他们，还有谁会做这样的事情呢？当晚，叶清源在饭后忽然道:“听说南北暂时休战了，大帅可能就要回来了。”纤雪不明白父亲怎么突然提起这个消息，既然岳惊云一门心思护短，回不回来又有什么关系？正在疑惑，就听父亲继续说道：“今天收到明远的电报，他说要来探望你。”

“萧大哥要来？”纤雪看父亲神色平静，不由得小心问道，“爹，您知道萧大哥在南方做什么吗？”

“听说跟着他舅父做生意吧！怎么了？”叶清源疑惑地看了看女儿。萧明远估计也是知道女儿离婚所以才回来的吧？可周敬煦不是让她等他五年的吗？女儿和明远还有希望在一起？

“没什么。”萧大哥的事情知道的人越少越好。对了，今天的花不会是萧大哥让人送的吧？她忽然想起上次萧明远在信中的话，他说要守护她的幸福，如今一听说她离婚了就冒险来京都，难道之前他们分手还有别的内幕？会不会是误会了什么？

饭后，纤雪拉着母亲在院子里散步，斟酌着问道：“妈妈，当初萧大哥要跟我分手，究竟是为什么？是因为那天晚上我没有回家，所以他认为我已经不清白了吗？”

崔月眉诧异地看着女儿，不知道她什么意思，难道当初女儿不知道明远跟别的女人有染这回事情？

纤雪看母亲神色，心中更加怀疑，不由催促道：“妈妈？”

“呃？那天早上他急匆匆地跑来问你回来了没有，我看到他脖子上还有吻痕，想起你回来的时候情绪不对，以为他做了对不起你的事情，难道不是么？”崔月眉想，周敬煦已经娶了岳潇潇，即便女儿等上五年又如何？岳潇潇的问题就能解决了？会不会女儿空等五年，虚耗了青春，结果一无所得？既然明远一直记挂着女儿，说不定他们还有机会。她总觉得，明远就是再不好，也不会这样伤害自己的女儿吧！当初那件事情，或许真的有什么误会也说不定。

纤雪大为震惊，那天晚上，萧大哥也曾跟一个女人在一起？难怪他说自己配不上她？天啊，这误会可大了！那天晚上，跟她在一起的会不会是萧大哥呢？纤雪赶紧跑回去看孩子。她一直觉得这孩子不怎么像敬煦，她得仔细看看，是不是？有没有一点像萧大哥……

“雪儿，你看什么呢？”崔月眉奇怪女儿的反应，她怎么听了萧明远的事情转而就回来看孩子呢？

“妈妈，我看翊安长得像谁。”纤雪看来看去，觉得不像敬煦，但也不像萧大哥。

“呵呵，你呀！”崔月眉轻笑道，“孩子嘛，自然是像父母的，不过这小子好像比较像你。你看看，这小嘴，还有这耳朵，跟你小时候一个样儿！”

纤雪泄气地坐在床边，觉得整个脑子都乱糟糟的。那天的事情她没有什么印象，原本只当被狗咬了一口，并不太放在心上，但有了孩子就不一样了。等孩子长大了问她，妈妈，我爹是谁啊？她总不能说，对不起，宝贝，妈妈也不知道。

该死的！那天晚上究竟是怎么回事？敬煦说是他，其实也是猜测，而萧大哥是跟她一起昏迷的，不是也有可能？啊！纤雪忽然给了自己脑门一下，她被岳潇潇气疯了么？怎么变笨了？儿子是谁的，验血不就知道了么？虽然现在还无法开展 DNA 检验，但看看血型总是可以的吧？

岳惊云不太清楚南方主动休战的原因，但对这件事情本身他却是持支持态度的。不过，他还是很小心，观察了好几天都没有离开前线，后来还是在南方的密探打探到一些具体消息，他才放下心来回京都。尽管如此，他还是秘密乘专机回来，很低调，没有通知人接机，也不让报纸做任何报导。岳惊云回到大帅府第一件事就是将岳潇潇找来训了一顿。背着他结婚也就罢了，找什么人不好，非要找个有妇之夫！

岳潇潇低着头，扭着手绢道：“人家怕你不同意嘛！”

“你要是找个好男人，我会不同意？”

“敬煦他哪里不好了？他聪明勤奋，人又上进，不像别的男人那样吃喝嫖赌，这样的男人我上哪儿找去？”越说岳潇潇越觉得自己做得对。

这几天来，她耐着性子不管不顾周敬煦的冷眼，对他嘘寒问暖，呵护备至，敬煦对她已经不像之前那样忌恨冷淡了。甚至她说话，他偶尔还会“嗯”上一声回答她。对此，她信心倍增，她就知道敬煦的心不是铁石做的，他总有一天会被自己感动的。这个时候，绝不能让叔叔拖了后腿。

“他好？他要真是个好男人能抛弃结发妻子，连亲生儿子都不要？”想起来岳惊云就感到无比愤怒。纤雪那样举世无双的女子嫁给了他，他竟然不懂得珍惜，真是该死！

岳潇潇低着头，不敢说那都是自己逼迫的。

“你怎么不说话了？说啊，这样的男人好在哪里？他既然连结发之妻都能抛弃，以后同样也可能抛弃你，你懂不懂？”岳惊云一方面为叶纤雪而感到愤怒，一方面又为侄女担心不已。

“叔叔，我爱他！不管将来如何，我都不后悔。”岳潇潇抬起头来，对上了岳惊云的目光，态度十分坚定。

如今生米已经煮成熟饭，岳惊云对这件婚事再是不喜也回天无力，只能认了。不过，不骂那个负心汉一顿，他心有不甘。“周敬煦呢！让他来见我！”

“他去公司上班了，晚上才回来。”听了这句话，岳潇潇知道叔叔已经妥协了，高兴地挽着他的胳膊撒娇道，“叔叔，谢谢您！等他回来，我就让他来见你，不过，你可不要凶他哦！”

第二十九章 大帅回京

“有了夫君就不要叔叔了。”岳惊云有些无奈地捏捏侄女的鼻子，轻轻叹息一声，自己上楼去了。洗了澡出来，岳康也已经换了衣服等候在一旁了。

“这些天，她情况怎么样？”岳惊云一边扣扣子一边问。

“据说一直在家没有出门。”

“让你送的花，每天都送了吗？”

“送了。”

“没说是我送的吧？”

“按您的吩咐，什么都没有说。”岳康心中得意，虽然大帅交待了不让提，但他特意让大帅留在京都的亲卫兵去送的，如果叶小姐够聪明，一定能猜得到是大帅送的。

“密切注意她的情况，随时向我报告。”岳惊云对着穿衣镜整理好衣服，忽然又吩咐道，“再帮我找个女人吧！”

“啊？”镜子里岳康惊诧地张大了嘴，而后苦着脸道，“大帅，现在叶小姐单身，正是好机会啊！您又找其他女人做什么？”

岳惊云长长地叹了口气，黯然道：“潇潇抢了她的丈夫，我却在这个时候追求她，别人会怎么说？说我们叔侄倚仗权势，离间人家恩爱夫妻，各取所得？”

岳康立即变了脸色。难道他还是做错了？岳惊云从镜中看到岳康神色，没好气地说：“怎么了？脸色这样难看，知道自己做错事了？”

“那，因为大小姐，您和叶小姐就再也没有机会了吗？”岳康心中无比沮丧，他一直为大帅的幸福而努力，没想到还是弄巧成拙了？

岳惊云看着岳康沮丧的神色，心中感动于他一番心意，转身拍拍他的肩说："现在肯定不行，等过个一两年再说吧！"

"一两年？叶小姐会不会被别的男人抢走？"岳康清楚，虽说叶小姐离过婚，又有一个孩子，可才华横溢，如今又有不错的身家，只怕聪明的男人不止他们家大帅一个。

"呵呵……"岳惊云低沉地笑笑，说，"她要是真的曾与周敬煦情深意重，哪里是这么快就能变心另嫁的？你看着，现在就急急忙忙凑上去的男人都不会有结果的。"

"那，那您也不必另外找女人吧？给叶小姐留个好印象不好么？"岳康真是着急死了，标准的皇帝不急，太监急。

"岳康啊，不是我离不得女人，而是我的身份决定了，我如果暂时不想结婚的话，最好弄一个花瓶在身边，不然那些贵族女子围上来就麻烦了。"岳惊云轻轻叹息一声，应付自己不爱的女人，其实并不是什么愉快的事情。

"可是，您这样，叶小姐会不高兴的。我听说，叶小姐最讨厌男人花心了。当初，周敬煦答应她一生一世不纳妾，她才答应嫁他的。这一次，周敬煦本来是想将她贬为侧室的，是她自己要登报离婚的。"

"以她的骄傲，要就要唯一，怎么可能与人分享感情？周敬煦也太把自己当回事了。他还想脚踏两条船？"岳惊云嘲讽地笑笑。那个男人配不上她，其实离了也好。

"大帅您什么都懂，怎么还犯她忌讳？"岳康着急得想跺脚了。

岳惊云笑而不答。他就是要给自己树立一个风流花心的不羁形象，这样，以后他追求一个离异的带着孩子的女人，也就不是什么值得大惊小怪的事情了。她的忌讳是什么，他心中有数。浪子回头金不换，虽然她结过婚，生过孩子，但让他结束了"花心"的"放浪"生活，民众会接受她成为国母的吧！要掩饰她嫁过人的污点，唯有一个办法，就是自己在私生活上比她更污秽。

"大帅！"周敬煦敲门进去，神情淡漠。

岳惊云放下手中的书，抬起头来，以审视的目光细细打量了周敬煦一番，心中不由有些疑惑。这人面对他，神情怎么如此淡漠，甚至隐隐还有些恨怒之色，这是一个觊觎他大帅之位、醉心权势的人该有的目光么？

难道自己真的误解他了？岳惊云立即想到另一种可能，不由得变了脸色，却很快压抑下去，只微微蹙眉道："你为何要抛弃结发妻子娶潇潇？"

周敬煦冷哼一声，唇角一扬，带着几分毫不掩饰的嘲讽道："大帅在演戏么？我为什么要娶岳潇潇，你会不知道？"

只需看周敬煦一个表情，岳惊云就知道自己猜对了，但他还是不敢相信，自己一手带大的侄女潇潇，会是那种以强权逼迫人家与结发妻子离异，进而与自己结婚的人。那是什么行径？那是占山为王的土匪才喜欢干的事！她是什么身份？她是北方的公主啊！她是一个未出阁的少女，她是公主啊！“潇潇，是潇潇逼你的？”虽然极力压抑了，但岳惊云问这句话的时候，声音仍然有些颤抖。

“哼，大帅以为呢？大帅不是说了么？京都的事情由大小姐全权做主，在下一介小民难道还能与整个北方政府枪杆子政府对抗不成？”周敬煦看着岳惊云难看的脸色，始终认为他在演戏，心中对其人品更加不屑。老天真是没眼，竟然让这样一个敢作不敢当的小人当了他们北方大帅！

“我得到的消息说，你与潇潇在陈司令的晚宴一见钟情……”或许是周敬煦的目光太肆无忌惮，岳惊云忍不住就辩解了一句，然而他自己也意识到自己这句话，本身实在缺乏说服力，所以也只说了这么一句。

“哈哈哈哈，一见钟情？我与纤雪的感情天下间谁人不知谁人不晓？这样蹩脚的谎言大帅也信？”周敬煦一阵狂笑，眼中却隐隐含着泪水。

岳惊云羞愧难当，双手握拳，捏得骨头咯吱作响。

“岳康！”岳惊云怒吼一声，岳康立即推门进来，只不过他一直低着头，隐约间脸色胀红，显见是羞愧不已。

“这就是你瞒着我的原因？”岳惊云怒不可遏，一拳就打了过去。“潇潇年轻不懂事，你也不懂事吗？你从小跟我一起长大，连最起码的是非都分不清楚了吗？”

周敬煦心中冷笑不已，好啊，打吧，最好打死一个打伤一个才好。既然做戏么，自然逼真一点更好。

“大帅，都是岳康的错。”岳康跪在地上，虽然自己一片私心为了大帅，此刻却什么都不能说。

周敬煦懒得看他们做戏，嘲讽一笑道：“请问大帅，我可以走了么？”

岳惊云立即冷静下来，他将手覆在额上沉默了一下，忽然轻声道：“岳康，去把潇潇给我叫过来！”

“是！”岳康领命而去。

岳惊云主位上坐下，沉声对周敬煦道：“坐下，把事情说给我听听。”

周敬煦依言坐下，对岳惊云却依然不屑，撇撇嘴道：“大帅想听什么？”

岳惊云深深吸了一口气，勉强压下心头怒火，冷声道：“潇潇怎么逼你的？”

周敬煦又是自嘲一笑，道：“说起来还真怪我们自己呢！南北不是开战了么？我爹不放心南方的产业，便偷偷跑去安排布置，结果被人家当奸细抓起来了。后来调查清楚，也就把他放回来了。然后么，我们尊贵的公主殿下就带着一大票人，荷枪实弹地上门了，说我们周家是南方政府的奸细，说宁可错杀一千，不可漏掉一个，要把我们周家上上下下全都抓进大牢候审。”

“然后呢？”岳惊云暗中为侄女辩解，前方有战事，潇潇谨慎一些也是没错的。

“后来，我跟公主殿下求情，我儿子才两个月大，就算我们周家都有罪，孩子这么小，总没法充当奸细吧？于是公主殿下开恩，只抓走了我爹，其他人都被软禁在家。然后我姑父上门告诉我，只要我愿意跟纤雪离婚，转娶公主，公主殿下就可以放我爹回来。我和妻子没有办法，只好向大帅求救。结果呢，大帅说一切都由公主殿下做主，您老人家不插手。偏偏这时候，我爹又在大牢里病了，我这个做儿子的还有别的办法么？只能与原配妻子离婚，舍身救父了……”

岳惊云一脸阴沉，虽然没有说话，但显然气怒至极。潇潇，潇潇竟然将他赋予她的权力用来抢男人！如果周家真的是奸细，岂不是一个美男计就把她收买了？看来，自己立潇潇为继承人的决定，还需慎重考虑。

“如果，事到如今你仍然不能接受，便由我做主，你和潇潇离婚，你回去找你的妻儿吧！”岳惊云沉痛地说。他眼睛微合，单手撑在桌案上扶着额头，心中刚刚升起的一线希望再次被理智抹杀了。

周敬煦眼神一暗，有些诧异岳惊云能这样说。整个京都都知道他是被逼迫才离婚另娶的，他若与岳潇潇离婚，然后与纤雪复婚，世人只会同情他们夫妻经历的这些磨难，祝福他们有情人终成眷属，但岳潇潇这辈子估计别想嫁个好男人了。

“你考虑一下吧！”岳惊云睁开眼睛，细细打量周敬煦的神色。对权势，他真的一点野心都没有？

周敬煦反射性地就要问一句：有什么好考虑的？但刚刚抬起眼皮他就醒悟过来。已经付出了这样大的代价，就这么算了？现在他也算清醒了，在这个军阀混战的乱世中，唯有权势才能保护自己，保护自己的家人。就这么按照计划继续走下去，他有把握从岳潇潇那里夺得部分政权和兵权，为周氏家族争取更多更大的发展机会。可是，只要他现在放弃这个计划，只要他点头说一声好，他就可以飞奔到纤雪身边，将她们母子接回家去。一边是家族百年不遇的良机，一边是自己最心爱的女人，他该怎么选择？“只要我愿意，就可以？”周敬煦虽然紧盯着岳惊云的眼睛，然而内心却在进行激烈的争斗，这句话，他其实是在问自己。

“是的，只要你愿意。”岳惊云说得很平静，然而心里很紧张。自己还有没有机会，就在周敬煦的一念之间。可是，他却不能因为自己的这一点私心而放弃自己做人处世的原则。该放手的时候，心就是再痛，也得放手！

“好，我离婚！”周敬煦终于做出决定。“但是，你能保证她以后不会找我以及周氏的麻烦吗？”

岳惊云欣然一笑，只是这笑容中颇多苦涩。他到底还是选择了她，虽然迟疑了一阵，但勉强也算配得上她了。男人面对权势的时候，谁又没有迟疑呢？

“我会管教潇潇的。也请你原谅，潇潇她自幼丧母，父亲早逝，是我这个做叔叔的没有把她管教好，在此，我代她的父母向你说一声抱歉，请你和你的妻子不要记恨她……”

就在这时，门“砰”地一声被踢开来，两个男人抬头一看，只见岳潇潇愤怒地跑进来，大声吼道：“不，我不同意！”

傍晚，太阳已经落山，天边残留一片金色的彩霞。叶纤雪抱着儿子在花园里散步，一边走一边笑着跟他说话。小家伙也不知道听懂没听懂，反正表现得很是兴奋。他喜欢出门，喜欢见识自己没见过的不懂的东西，喜欢听母亲说话，喜欢母亲给他讲那些他听不懂的、奇怪的故事。他会用自己的笑容和欢呼表达自己喜悦的情绪。

正说得高兴，突然就见蜀宝飞跑过来，边跑边喊：“小姐，小姐，电话！电话！”

纤雪抬头看了一眼，转身将儿子交给林嫂，立即迎着蜀宝大步走去。“谁的电话？我妈不是在家吗？”

“小姐，是大帅府打来的。”蜀宝小声道，“找你的。”

谁？大帅府？岳惊云？岳惊云回来了？他找她做什么？

“对不起，我很抱歉……”纤雪听见电话那边支支吾吾，是岳惊云的声音。说完这句，岳惊云也沉默下来。

纤雪回过神来，冷静地问道：“为什么？”

“对不起，我刚刚才知道这件事。潇潇是我一手带大的，我想不到她会变成这样……”

“为什么？”她又问了一句，语调是那样的冷静。

岳惊云一怔，沉默了一下，最后无奈地苦笑了一下道：“你不是都知道了么？”她实在是聪明敏感得不像个十八岁的女子。原来自己在她面前，任何的掩饰都是无用的。不过，让她明白他的心意也好。岳康说得不错，两年的时间可不短。

“不，我不知道。我什么都不知道！”纤雪忽然激动起来，“我恨你，恨岳潇潇，我告诉你，她就是现在就派人把我杀了，她也永远别想得到幸福！而如果我活着，她这辈子就只能待在地狱里！”

岳惊云没有说话，他知道她说得不错。其实她什么都不用做，因为她比潇潇实在优秀太多了，又珠玉在前，周敬煦这辈子都不可能看到潇潇的好。潇潇如此草率地将自己交给一个不爱自己，甚至可以说痛恨自己的男人，怎么可能会有幸福？他原本想解救潇潇，让他们现在就离婚，可是那丫头不愿意，竟然以死威胁，还质问他，她母亲是怎么死的？

那一刻，他知道自己一定神色大变。这么多年了，他始终无法忘记那件事情，他没有考虑过结婚生子，原因就在于此。但他不知道，潇潇是怎么知道那件事情的？竟然还用来威胁他。是啊，他对不起潇潇的母亲，他的大嫂。所以这么多年来，他一直很疼爱潇潇，他想做些弥补以至于把她宠坏了。可是，这样真的不行，潇潇这样等于把他们三个人都毁了，谁都不会有幸福的。他还是再找潇潇好好谈谈吧！等岳惊云回过神来，纤雪早就挂了电话。他看着话筒，想着叶纤雪一脸委屈愤怒的样子，心微微有些疼。的确是他不好，他如果再精明一点，对她用心一些，潇潇的诡计又怎么能成功呢？

“小姐，怎么了？”蜀宝远远地站着，疑惑地看着自己小姐。为什么生这样大的气？刚才她接电话的时候，对方分明说，你好，我是岳惊云，请问叶纤雪小姐在吗？请找她听电话。

岳惊云，大帅啊！大帅找小姐，而小姐却冲着电话大吼大叫，真的是好勇敢哦！

“没什么？”纤雪摇摇头，忽然笑了。诅咒了岳潇潇一次，心里舒坦多了，因为她知道，自己的话会慢慢兑现的，岳潇潇这辈子不会有幸福了。

这天晚上，周敬煦回周家去了。岳潇潇在房间里哭了半夜，第二天一大早就去周公馆接人。她现在是敬煦名正言顺的妻子了，她一定要感动他的！

第三十章 工厂南迁

萧明远到叶家的时候一如往常，手中提着一个小木盒子，温和谦逊地与人打招呼，一身白绸简易唐装，看起来很清爽。刚刚到这里来的时候，纤雪很是看不惯这里的男人短发加唐装的装扮，现在看习惯了，倒觉得这样的穿法别有一番味道，精明利落中带着一种温和含蓄的美。但是，如今的萧大哥跟一年前还是有些不同了，她看着他的眼睛，在里面看到更多的自信和深沉。

“萧大哥，来，看看我的孩子！”

有别于去年分手时的黯然，此次再会，他们仿佛又回到了过去，没有半分隔阂的样子。萧明远有些诧异，但更多的是惊喜。看起来，离开周敬煦，她依然过得很好。

小家伙正在睡觉，林嫂坐在摇篮边，正轻轻给他摇扇。纤雪带着萧明远进来，林嫂脸一红，立即避到一边。纤雪坐到摇篮边，伸出手指点点儿子粉嘟嘟的小脸，然后抬头对着萧明远得意一笑道：“怎么样，我儿子可爱吧？”

萧明远哑然失笑，重重地点点头，说：“嗯，可爱，真可爱！小师妹，我是不是可以当孩子的干爹？”

“好啊，好啊！咱们没爹的孩子，多个干爹疼自然好。”说着，纤雪就伸出手去，“见面礼准备好了吗？”

萧明远促狭地拍掉她的手，却慎重地从脖子上取下一块麒麟玉来，小心翼翼地带在孩子脖子上。“好像很名贵的样子，你该不会把你的传家宝给他了吧？”

纤雪前世出身豪门，今生又是贵族之家，虽然没落了，但眼光还是有的。“是我母亲留下来的。给我儿子不是正好？反正我这辈子，就这么一个儿子了。”

来之前，他就已经想好了。她的孩子，就是他的，他认成干儿子，也就名正言顺了。

纤雪难得认真地沉默了一下，轻叹道：“你真的不打算成家？你现在的身份……”萧明远苦笑了下，忽然抬头直视她的目光，认真地说：“除非你改变主意。”

纤雪避开他的目光，却又故作轻松道：“什么啊，当初可是你不要我的。”

萧明远几度欲言又止，但到最后还是什么都没说出口。

“对了，萧大哥，你是什么血型？”纤雪状似无意地问。

“好像是B型吧！怎么了？”

“呵呵，没什么，随便问问。”纤雪打了个哈哈掩饰心底的失望，为什么萧大哥跟敬煦的血型一样？天啊，地啊，你真的在玩我啊！

萧明远奇怪地看了看纤雪，她神色间似乎有些失望之色，可是，为什么呢？不过一个血型而已。纤雪看他的神色就知道现在的萧明远不好糊弄，于是转移话题道：“爹爹一直很想你呢！他一直以为你跟着舅父做生意，你自己小心些，别让他担心。”

萧明远点点头，却忽然有些后悔。自己这样贸贸然地跑来，若是被北方的密探发现了，不是连累恩师一家么？

“师妹，我听说周敬煦把飞天电影实业公司也给你了，接下来，你是不是打算拍几部电影？”

“不是打算拍，而是已经在紧密筹备中了，下周我就要去当导演了。呵呵！”前世纤雪学过很多专业，不过影视导演这个专业还真没学过，好在她看得多了，想来比起刚刚起步的电影业，她这半吊子到了这里估计能充当大师了。

“南方景致不错的，人杰地灵，师妹有没有考虑过去南方拍摄？”萧明远婉转地问了一句，却紧张地摸了下鼻子，微微侧头，几乎不敢看她。纤雪是人精，哪有听不明白的？不过电影公司的事情倒不要紧，内景地和外景地都在京都。倒是兵工厂的事情需要人帮忙，既然不能与岳惊云合作，那么找萧明远倒也是个不错的选择。

“萧大哥，有件事情，还真的想找你帮忙呢！”

“什么事，你说。只要我能办到的，一定帮你。”

纤雪没有立即开口，反而往琴房走去。萧明远诧异地跟在她身后，隐隐明白，估计她要说的不是小事。到了琴房，纤雪站到窗前，面对敞开的大门，这才开口道：“我想在南方找一块地，隐秘一些，然后将一批藏在运河口岸的设备运过去，办一家小厂……”不等萧明远表态，她又补充道，“这批设备北方政府会严查，可能难度有点大，不知道你有没有这个路子？”

“什么厂？”萧明远知道，如果是一般的厂，北方政府自然也不会严查。可如果不是一般的厂，又是如何与师妹扯上关系的？

纤雪看着他的眼睛，忽然狡黠一笑，小声道：“兵工厂。”

“什么？你……”萧明远瞪大了眼睛，随即趴到窗外打量了一番，这才回头低声问她，“我没听错吧？你怎么可能与那个扯上关系？”

“呵呵，萧大哥，你从来就没真正了解过我。我会的，可多了！”纤雪在原地转了半个圈儿，嫣然一笑道，“这是在家里也就罢了，如果出门，有两件东西我是一定会随身携带的，你猜是什么？”

萧明远看着她倩然一笑，微微摇头。“什么？”不是他猜不到，而是不敢猜。

纤雪轻轻说了一声，语气淡然：“手枪和匕首。”

萧明远虽然已经有了心理准备，但还是被她的答案击得心神一震。“你什么时候学的那些东西？”

纤雪淡淡一笑：“你可以当我是天才。音乐是我的爱好，但武器设计我也喜欢。”

主要是这里的手枪太笨重了，性能还不好，实在与前世自己用惯的差距太大，所以她才不得不狠下心来自己研发设计。

“武器设计……”萧明远重复了一遍，却怎么也无法将这四个字与眼前自己心仪的女子联系起来。他发现自己真的不了解她，一点都不了解。她与自己梦想中的妻子完全不一样，可是，为什么他还是那样喜欢她，时时都想着她，为她欢喜，为她忧虑……

很快。萧明远就安排人手将纤雪的机器从水路偷运出去，同时正式向叶清源提亲，并邀请他们一家去南方。他没有直说自己现在的身份，只说自己在南方有些经济基础，要养活他们一家没有问题，他还弄来了南方大学的邀请信，邀请叶清源去南方大学执教。叶清源和崔月眉有些心动，如果纤雪愿意，去南方的确是个不错的选择。

不过，纤雪却另有想法，暂时她还不打算走。就算要走，也要等《白狐》拍摄完毕之后，她不能半途而废。

纤雪将儿子丢给母亲和林嫂，开始去电影公司上班。《白狐》剧组已经准备完毕，马上就可以开拍了。第一天去公司，回到叶家天都擦黑了。进了门，却不见了孩子和林嫂，她大吃一惊，找到还在厨房里忙碌的母亲，喘着气道：“妈妈，翊安呢？”

眼见桌子上倒好了一杯蜂蜜水，她正好口渴了，端起来便一口喝干。

“孩子让他奶奶接回周家去了！”崔月眉轻轻叹息一声，脸上也有些不舍。这些天来，这个孩子带给她很多欢乐。

纤雪很是紧张：“为什么？”

“你婆婆一直说想见见你呢，问了你好多事情，担心你伤心难过，担心你吃不下饭，担心你被人欺负，一直等到五点多才走。说是家里人想孩子，把孩子接回去住几天。”说着，崔月眉又感叹道，“真想不到，你们婆媳关系会变得这样好，可偏偏你又和敬煦离婚了……”

叶纤雪神情有些黯然，但很快就恢复过来。这几天忙，孩子让婆婆看几天也好，等她忙过这段时间再把孩子接回来好了。

“对了，你婆婆带了一盒糕点过来，说是你最喜欢吃的，刚才明远回来我都没给他吃。你提回房里去吧！”

“谢谢妈妈！不过，好东西应该大家一起分享嘛！但既然是给我的，我先吃两个好了。”纤雪打开红木食盒，取出一盘绿豆莲蓉糕，一口气吃了两块，然后给自己倒了一杯茶。

正好见萧明远进来，纤雪正要招呼他一起吃，忽然觉得腹痛难忍，于是喜悦的招呼立即变成了痛苦的求救。

“萧大哥……”

“怎么了？”萧明远脸色一变，飞跑过来，正好接住她从椅子上滑落下来的身体。“哪里不舒服？”

纤雪痛得头上直冒冷汗，她只能咬紧了牙关，才能防止自己痛呼出声。但现在她必须自救，她还不想死。想起前世的经验，她左手抓着萧明远的手臂让自己站稳身体，同时将右手手指伸进咽喉催吐，然后才瘫在了在萧明远的怀中，急切地说了一句：“快，送我去医院……”

萧明远总算在慌乱中明白过来，她是中毒了。

他抱起她就往外冲，一边跑一边叫人准备马车。一家人都被吓坏了，等纤雪被送进手术室洗胃，他们才想起来，女儿究竟是怎么中毒的？她刚才吃了什么？难道是周家？周家抱走了孩子，还想毒杀他们的女儿？

半小时以后，叶纤雪被送回特殊病房，人已经昏迷过去。崔月眉和萧明远守在她床边，叶清源去院长办公室打电话质问周敬煦什么意思。周敬煦如今住在大帅府，叶清源一个电话过去，周敬煦没找到，电话是大帅的护卫队长岳康接的，知道了他的身份，说话很是客气，让叶清源原本一肚子话都不好发作，立即挂了电话改拨周公馆。

周敬煦确实是得到消息回周公馆了，他是回来看儿子的。这些天他一直很想去叶家，但想到那个计划，到底忍了下来。这两天岳潇潇情绪很不稳定，虽然岳惊云在京都，还是小心一些比较好。

周家因为周翊安回家热闹多了。叶清源打电话过来的时候，一大家子人全都围在一起说笑逗弄孩子。电话是下人接的，听这位从前的亲家老爷口气不太好，她立即叫老爷。

周明翰将孙子递给妻子，笑道："看吧，孩子抱回来才几个小时，他外公就打电话来问了。"

一家人都笑开了，可是，等周明翰拿起电话，他的脸色很快就变了。"什么？纤雪吃了糕点中毒了？怎么回事？现在情况如何？在哪家医院？"

周明翰连问一气，惊得周敬煦三魂去了七魄，几步跑到父亲身边，一把抢过电话问道："她现在怎么样了？她现在在哪儿？"

叶清源听周家父子俩的口气，倒像是真不知道一般，于是口气稍缓，这才将纤雪中毒的情况说了一遍。周敬煦什么都来不及问，知道了是哪家医院，立即就出去开车了。周明翰回头将孩子递给林嫂，拉着魏清婉也跑了出去，坐上汽车要司机尽量快点前往仁康医院。

纤雪还在昏迷中。而她出事前，就只是吃了两块魏清婉送过去的绿豆莲蓉糕。魏清婉急红了眼睛，她怎么会想要害纤雪呢？她是那样喜欢这个被迫离开的儿媳妇。

两家人坐下来细说情况，今天魏清婉为什么会去周家，为什么会抱走孩子等等，而周敬煦却守在纤雪床边，拉着她的手，心如刀绞。

"纤雪，都是我不好，是我没能实现自己的诺言，没有好好照顾你。一定是我连累你了，你说，我干脆把脸毁了好不好？你一定不会嫌弃我的对不对？这样我们一家就可以在一起了。"周敬煦原本只是心痛愧疚，无意识地说了这句话，但他很快反应过来，这确实是一条可行的计策。岳潇潇看上他，不就是看上了他这张脸么？他把它划破了，不好看了，她就不会缠着他了吧？可恨他怎么早没有想到这个办法呢？

周敬煦当即就要找刀子，萧明远赶紧拦着他，低吼道："你发什么疯？你要毁了你这张惹祸的脸我不拦着，可是你别连累纤雪！你这个时候把脸毁了，岳潇潇不发疯才怪，你这不是要害死她么？"

周敬煦挫败地用力捶打着墙壁，双眼发红，心里又悔又痛。纤雪是吃了母亲送过去的糕点才中毒的，可是母亲怎么会害纤雪呢？一定是岳潇潇那个贱人收买了家里的厨子，竟然想借母亲的手谋害纤雪。好恶毒的女人啊！总有一天，他会报仇的！

大帅府。

岳康还在奇怪叶清源怎么会打电话过来，没过一会儿就得到叶纤雪中毒的消息。他赶紧咚咚咚跑上楼，急切地敲着岳惊云的门。“大帅，大帅您睡了么？”

岳惊云打开门，疑惑而紧张地看着他道：“有紧急军情？”

岳康正要说叶小姐中毒住院生死未卜，就看到岳潇潇红着眼睛也走了出来。他立即把话又咽了回去，先向岳潇潇行礼问安，而后才对岳惊云暗示道：“大帅，我，我想跟您请个假。那个，我喜欢的那个女孩子，就是上次唱歌向我借肩章的那个女孩子，她生了急病，现在生死未卜，所以……”

“她生病了？什么病？很严重吗？现在如何了？在哪家医院？还不快去备车！”岳惊云一听就知道他说的是叶纤雪，火急火燎地抓起外套就要出门。

岳康偷偷瞥了岳潇潇一眼，赶紧拦着岳惊云道：“大帅，我去看看就成了，您就不用过去了吧？我会向她转达您的问候。”

岳惊云这才反应过来。去不去、怎么去呢？毕竟他与纤雪的关系很是尴尬，她还在恨他吧？但想着生死未卜几个字，他的心都揪紧了。她有生命危险，他竟然还要顾虑这个顾虑那个么？

岳惊云神色如常地跨出房门，拍着岳康的肩膀道：“走吧、走吧，她生病了，她那个漂亮的姐姐一定也在吧？我送你去，不然人家可能不让你进门。你年纪不小了，也该成个家了。”

岳康“憨厚”地笑笑，跟着说：“是啊，年纪不小了，也该成家了。”

岳惊云瞪了他一眼，转而回头对岳潇潇道：“你早点睡吧！周敬煦不是说回去看儿子了么？明天也就回来了。毕竟是人家的亲生骨肉，难道你还拦着不让人家父子相见么？潇潇，你要有心理准备，周敬煦会一直牵挂孩子以及孩子的母亲，你若是接受不了，趁早离婚吧！”

岳潇潇跺跺脚，愤怒地“哼”了一声，跑上楼去了。

第三十一章 大帅探病

岳惊云立即转身给岳康使了个眼色，两个人匆匆出了门。坐上汽车，岳惊云立即追问道：“怎么回事？什么病这样凶险？”

“大帅，不是急病，是中毒了。今天下午周敬煦的母亲去了叶家，趁着叶小姐不在，抱走了孩子，留下一盒糕点。叶小姐晚上回来，吃了两块糕点就中毒了。”

“周家做的？”岳惊云摇摇头，“不像！周家就算有这个心，也不会做得如此明目张胆。”

岳康摸摸鼻子，不好意思直说，现在所有人都怀疑是大小姐找人干的。想了想，他转移了话题道：“大帅，昨晚有人发现艾莉丝小姐的消息了。”

“哦，她的消息不用跟我说了，除非有兵工厂的消息。”岳惊云摆摆手道，“你说叶小姐现在怎样了？真的很危险吗？医院那边怎么说的？”

“大帅放心，据说已经没有生命危险了，不过人还昏迷着，没有醒。”岳康暗自咂舌，大帅竟然连艾莉丝小姐的事情都不感兴趣了？如果证实叶小姐就是艾莉丝小姐的话，不知道大帅会不会后悔今天的话。岳康忽然坏坏地想，要不暂时瞒着吧，不是大帅自己不让说么？

“现在医院里都有些什么人？”

“都在呢！叶小姐的父母，周家的老爷太太，还有周敬煦和那个萧明远。”岳康想了想，又道，“大帅，那个萧明远的身份可能有问题。”

“有什么问题？他不是叶清源的得意弟子么？之前是京都学院的学生会长，还是挺有能力的。”对于叶纤雪身边的人，岳惊云都有一定的了解。特别是去年的音乐会上，萧明远与叶纤雪同台献艺，还是唱的一首情歌，想不引人注意都难。

"只是有些奇怪，以前我调查过他，他父母双亡，第一年来京都学院的学费和路费还是家乡的人一起给他凑的。可是这次回京都，他出手却颇为大方，让人疑惑他的钱哪儿来的。"岳康只是面对消息时的一时直觉。不过，他已经让人调查了。叶小姐身边的人，不能不小心。

岳惊云想了想，说："萧明远此人有才，如果在南方找到一份好差事，回京都拜谢恩师，出手大方是可以理解的。更何况他对纤雪有企图，自然是不惜血本。"

岳康暗叹，人家都知道不惜血本了，您还要磨磨蹭蹭的，再等一两年，叶小姐早被别的男人捷足先登了。不行，他还得刺激大帅一下才好！

"大帅，您以前不是很喜欢艾莉丝小姐吗？怎么一下子又不喜欢了？"

岳惊云靠在后座上，轻叹一声道："我以前喜欢她，是因为她聪明敏捷，性格好强，又精通武技枪法，才华横溢，这些都是我欣赏的特质，她也适合当我的妻子。可是那样的完美显然是不真实的，所以她才会消失不见。更何况，一个人，一颗心，怎么能同时装两个人呢？我既然认定了叶纤雪，既然我还有机会，那么，以后就是她了，不会再有别人。"

岳康撇撇嘴道："那您还跟那个赵小姐出双入对的。"

岳惊云不以为意地说："不过就是一起吃个饭，看个电影，在公众面前露个脸而已。你还不知道？"

"可是我知道有什么用？叶小姐又不知道。我只知道，因为大小姐的事情，她已经怨恨您了，现在您自己又故意弄一个放荡不羁的假象出来，她对您就更没有好感了。"岳康想起来都着急。"所以，今天您过去一定要把话挑明了说，这样，叶小姐知道您喜欢她，就不会随便嫁人了。"

"呵呵，你别急，我心中有数的。不用我开口，她……早就知道了。"岳惊云欣然一笑。

"叶小姐早就知道了？她知道了您还出去找女人？"震惊之下，岳康误踩刹车，汽车"嘎"地一声停在路边。好在夜已深，街上也没有人。

岳惊云挑挑眉，探出头借着月光看了看外面，忽然打开车门道："既然她没有生命危险，那我先去桂园采束花吧！你想办法把其他人都弄走，我偷偷进去。"

岳康赶紧打开车门追出去。"不行，大帅，您一个人也太危险了。"虽然这里离大帅秘密置下的桂园不远了，但距离医院还有段路呢，万一被南方政府的刺客发现了，可怎么得了？

"没看到我换了便服么？这么晚了，外面也没有人，哪来那么多危险？放心吧，我也是临时起意要去医院，就算有人要对我不利，也没办法在这么短的时间里安排好。”岳惊云拍拍岳康的肩，让他赶紧把车开走。“你不是希望我向她表白么？你不把那一屋子人弄走，我怎么开口？”

“好吧！您小心些。”为了让大帅与叶小姐的未来，他就当一回坏人吧！

“桂园”是岳惊云去年秋天才置下的一处房产，院子不大，只有两进，但很是清幽。院子里有两棵几十年的老桂花树，当初第一次走进来的时候就闻到一股清雅的桂香，所以岳惊云便将这里取名为桂园。

桂园是他放松心情的地方，闲来无事的时候，他会偷偷到这个院子里来，泡壶茶看看书，或者种些花草。岳惊云在自己的花园里看了一圈儿，剪了九支粉红的月季，用红色缎带包好，而后又找了一个锦囊，采了些茉莉花放在里面，系好带子，就成了一个香包。女人都是喜欢花的，但愿看在他的这份心意上，她不会让他太难堪。那丫头可不是会因为他是大帅，就会给他面子的那种女人。

岳惊云来到医院的时候，叶清源夫妻、周敬煦一家连同萧明远都被京都警务处的人带回警局调查了，病房里只留下蜀宝一个丫头照看着。

岳惊云怕被人认出来，翻出一顶黑色的帽子戴上，帽沿压得很低，一路低着头小心翼翼地来到了纤雪所在的特殊病房。好在此刻已经是夜里十二点了，一路上也没有碰到什么人。特殊病房在一栋单独的小楼里，一间病房就是一个套间，除了休息室，还有会客室和洗手间。

岳康等候在小楼外面，跟岳惊云说了门牌号，便进去引开那个蜀宝。蜀宝是个很尽责的丫头，她牢牢记住老爷夫人的吩咐，一步都不离开小姐的病床。因为是特殊病人，医院还特别派了一位护士在一旁照顾。

岳康敲门进来，冲着蜀宝招招手。蜀宝本来不认识岳康，但刚才岳康带人来，一下子把所有人都带去警局了，所以她一看到岳康就没了好脸色。“康队长是吧？不知道您找我一个丫头有什么事？是不是怀疑我也是毒害小姐的疑犯？”蜀宝跟着纤雪长大，可不像一般的丫头那样胆小。

岳康不好意思地笑笑，将蜀宝带到一边，小声道：“我也是没有办法啊，为了我家主子，我只好当一回坏人了。”

“你家主子？”那不就是大帅么？蜀宝脸色一变。小姐和大帅有什么关系？难道那个岳潇潇还想让大帅来害她家小姐不成？

“是啊，”岳康点点头，见四下无人，这才凑近蜀宝的耳朵道：“大帅想来看看叶小姐，又不想让人知道，所以我才出来当坏人，把叶先生和夫人都一起带走了。”

“大帅见我家小姐做什么？他还嫌我家小姐不够惨，是不是？”蜀宝怒视着岳康。

“嘘——”岳康又往四周看了看，瞪了这丫头一眼，“小声点。我们家大帅喜欢你们家小姐，你不知道么？”

“啊？什么？”震惊之下，蜀宝的音量高了点。

岳康赶紧捂住她的嘴，低吼道：“我的小姑奶奶，你小声点行不行？”

蜀宝迅速拉开岳康的手，瞪大眼睛道：“你说什么？大帅喜欢我们小姐？”

“是啊！喜欢好久了。去年叶小姐嫁人的时候大帅去东北视察了，不然大帅若是出手，哪里还有周敬煦的分儿！我劝大帅不要那么君子，先把人抢过来再说，他非要讲什么君子之道，说只要是叶小姐是自己愿意的，他就只能祝福。结果呢，叶小姐嫁人了，他就只好一个人望着钢琴偷偷想念，你说他傻不傻……”

“真的吗？可是我们家小姐都不知道呢！不过大帅那么花心，我家小姐多半也是不会喜欢他的。”蜀宝可不像一般的丫头那么好糊弄。

“好了，好了，就知道你不信。”岳康有些无奈地叹气，他就知道大帅胡乱找女人要坏事。

“我跟你说件事情吧，说了你就信了！”

“什么事？”蜀宝猜疑地看着岳康。

“叶小姐那次生宝宝的时候难产是吧？失血过多需要输血是吧？当时医院没有O型血是吧？”

蜀宝连连点头。这又如何？

“当时我们大帅就在周公馆的院墙外面守着，听说叶小姐需要输血，立即就叫了最近的医生过来，采了他自己的血送进去救人。若不是我家大帅，你家小姐说不定早没命了。你不知道，大帅因为骤然失血过多，当时就休克了。”

“啊！”蜀宝捂着嘴一声惊呼，这是真的吗？听起来好感人哦！“可是我们小姐都嫁人了，大帅还喜欢她么？”

“那当然，不然今天他来做什么？我偷偷告诉你，虽然我们大帅明着找了些女人，其实从来不碰她们的，就是做个样子。大帅今天就是来向你家小姐表白的。所以，你快点将那个护士支出去，好让大帅与你家小姐单独相处。”

蜀宝眼冒红心，这是真的吗？大帅一直喜欢自家小姐？连她嫁人了也不在乎？天底下还有这样痴情的男人？还是有钱有势有才有貌的大帅？啊！真是太感人了！

蜀宝连连点头，立即进去将那护士支走了。而后，岳康在岳惊云有些不耐烦的咳嗽声中，将蜀宝也拉出房间。

岳惊云迅速闪进房去，轻手轻脚关上房门，径直走到纤雪病床前坐下。

纤雪脸色苍白，一张脸又瘦又小，下巴尖尖的，双眼轻轻闭合，长长密密的睫毛，在眼睑下投下两排淡淡的阴影。岳惊云有些心疼地摸了摸她的下巴，手指缓缓滑下，感觉到她颈侧血脉的搏动，这才轻轻舒了口气，将月季插到花瓶里，又掏出茉莉的香包放到她枕头下面。

“纤雪，你知道么？我想牵着你的手，想了很久了……”岳惊云轻轻握住她没有打点滴的那只手，细细地抚摸她的手心、手背、每一根纤细的手指，甚至手指上发白的干茧。就是这双手，在琴弦上跳跃，奏出美妙动人的音乐，这一定是世间最美丽的手。

忍不住，他抬起她的手放到唇边轻轻一吻，嘴角一扬，勾出一个浅淡的笑容。终于，吻到她了……

纤雪迷迷糊糊中醒来，发现有人抓着自己的手，一时精神恍惚，还以为是周敬煦，于是半睁着眼睛道：“水，放蜂蜜。”

岳惊云没想到她看到自己竟然如此镇静，心中一喜，赶紧起身倒水，并在案上看到一瓶蜂蜜。他用两只杯子将水倒来倒去凉了一下，这才兑好蜂蜜端到床边，小心地扶起她的头，将杯口凑到她嘴边。

纤雪一口气喝掉半杯，而后侧头表示不要了，这才睁开眼睛：“啊！怎么是你？”

纤雪被他吓了一跳，一声惊呼，差点从床上跳起来。

岳惊云微微一怔，随后自然地放好杯子，依旧坐到她床边，淡淡一笑道：“看到我很吃惊么？“

“你怎么会来？”纤雪神情戒备地看着他。不知道为什么，在他身边，她总是感觉很紧张，或许是密室里被他打败轻薄的后遗症。

“听说你中毒了，生死未卜，就来了。”岳惊云语气淡淡地，似乎在说一件非常平常的事情。

“那你知道是谁下的毒吗？”纤雪回想中毒前吃的绿豆莲蓉糕，但怎么都不愿相信是魏清婉下的毒。

“还在调查中，但我觉得不是周家。”说到这里，岳惊云神色才严肃下来，问道：“你还跟别人结仇了么？”

纤雪瞪了他一眼，冷哼一声道：“除了你家的公主殿下，还能有谁？”

“不，应该不是她。”岳惊云直觉地摇头。今晚，潇潇还很无助地向他哭诉呢，怎么会是潇潇呢？

“哼，你护短！自然帮着你侄女说话。”纤雪侧头不看他，却发现花瓶里多了一束新鲜的月季花，正是之前自己收到的那种。联想起送花来的士兵，难道那花竟然是他送的？哼，还说他不知道呢！不知道她离婚了还给她送花？骗鬼去吧！难道他竟然因为私心，所以装作不知道，任岳潇潇逼迫她离婚？

岳惊云摇摇头，淡淡地说："不管你是否相信，我从未曾想过要通过权势得到你。不管是去年你决定嫁给周敬煦的时候，还是这一次。"

"这花是你拿来的？"纤雪看了那花一眼。"嗯，这是我刚才去桂园亲手剪的。喜欢吗？"

"前些天的花也是你让人送的？"

"是。"

"你还说你之前不知道？"

"岳康跟我说周敬煦和潇潇一见钟情，周敬煦为了权势抛弃了你和孩子。"

纤雪冷笑。"所以你就相信了？"

"当时战况有变，我一时间没有细想。"岳惊云静静地看着她变得有生气的脸，心也跟着暖起来。对于过去的事情，他并不想多做解释，既然今天把话都说开了，他会让她看到他以后的表现的。

"热不热？要不要我给你扇一扇？"

"让大帅给我打扇，我可没有这个福气。"纤雪白了他一眼，语带嘲讽。

"呵呵，其实我跟别人又有何不同呢？除开这个身份，也只是一个喜欢你的男人而已。为自己喜欢的女人打扇，是我的荣幸。"岳惊云轻轻地笑，取过床头的扇子，轻轻为她扇着风。

纤雪偷偷瞥了他一眼，心跳忍不住加剧，还很不争气地脸红了。真是的，他不就说了一句喜欢么？有什么不好意思的？喜欢她的男人多了去了。不过，他比她想象中脾气更好。他不是大帅么？从前电视里大帅不都是强抢良家妇女的坏蛋么？他没事长这么帅也就算了，还没有什么脾气，真不知道他怎么当大帅的。

"我现在也不方便出面保护你，以后自己小心点，有事给我打电话。我想，等过个一两年，或许人们就会淡忘这些事情。"岳惊云一手轻轻摇扇，一手自然地帮她将脸上的头发拨开。

嗯？不对，不对！他这是什么意思？敢情他就这么一句话，她仿佛就成了他的人一般。他开什么国际玩笑？

第三十二章 表 白

纤雪一个激灵坐起身来，正色地看着他道："第一，我能保护我自己；第二，我的事情跟你没关系；第三，就算你喜欢我，那也是你的事情，我不会答应你什么，更没有承诺会等你，因为我们之间什么也不是！"

岳惊云静静地看着她，淡淡一笑，笑得有些勉强。为什么她要这样理智、这样聪明呢？哎，这种女人……"喜欢你是我的事情，我并不会以此要求你什么。不过，我希望你给我一次机会，就算现在做不成情人，做朋友总可以吧？"

纤雪白了他一眼，侧过头去不予回答。说可以吧，言不由衷；说不行吧，又完全是废话。她说不行，他就不再缠着她了？咦，她怎么闻到一缕茉莉的清香呢？

岳惊云看她不说话，猜到她的心思，心中难免有些失落。但想着潇潇对她的伤害，又很快释然。她没有赶他出去，他就应该庆幸了。"你不说话，我就当你默认了。"岳惊云怕她反驳，立即又问，"现在我们来分析一下，到底谁是凶手吧！"

听到这个话题，纤雪不得不将头转过来。"这还用分析吗？不是岳潇潇？"

岳惊云细细想了一阵，仍然摇摇头道："我觉得不是。我也算阅人无数了，而潇潇又是在我身边长大的，我了解她。潇潇有时候蛮横，但从来没有杀过人。若她今天真的对你动手了，绝不可能如同往常一样，我应该能发现一些蛛丝马迹的。"

纤雪诧异地看了他一眼，没有说话，然而心里却相信了他。但，如果不是岳潇潇，又会是谁呢？她相信周敬煦是爱自己的，而公公和婆婆应该也不至于谋害自己吧？她死了，对他们有什么好处？对啊，她死了对谁有好处？

纤雪换了一个思路，第一个嫌疑人仍然是岳潇潇，而第二嫌疑人却是周明翰和魏清婉。如果周家决定要攀附岳潇潇，除掉自己自然是很有必要的。周明翰一直都是一个利益至上、为达目的不择手段的人，她不是早就知道了么？但想到这里，她还是忍不住有些伤心。难道那些关心和疼爱，全都是假的么？

“别想了，我会调查清楚的。”岳惊云看她神色中有些伤心，不由得伸出手摸了摸她披散的长发。

纤雪回过神来，狠狠地瞪了他一眼道：“请大帅自重！纤雪虽然不是未出阁的少女，但好歹也是良家妇女，不是大帅你想摸就可以摸的！”

岳惊云略带尴尬地收回手来，讪讪地说：“抱歉，一时没能忍住。”

“哼！”纤雪冷哼一声道，“我看是习惯成自然了吧？大帅花心之名，也不是第一次听说。但请您记住，纤雪可不是您可以随便玩弄的女人！”

岳惊云看着她气呼呼的样子，忽然间心情大好。她在意他的花心么？或许，她心里还是有些在意他的吧？即便她自己不肯承认。除了她，其他女子见了他，何曾这般自然随性？“虽然你可能不相信，但我还是要说，我喜欢你不是一天两天了，你大概也知道吧？以前，我心里一直在犹豫，你和艾莉丝究竟我更喜欢谁多一点？毫无疑问，对于我的身份，会功夫的她，更合适一些。但每一次见到你，我都忍不住被你吸引，直到她的影子越来越淡，你的身影越来越清晰。你嫁给周敬煦的时候，我没有争取，因为那个时候我还没有弄清楚自己爱的究竟是谁，但每见你一次，我就忍不住后悔一次……”

这一刻，纤雪还真是懊恼。想不到他不但喜欢叶纤雪，竟然还真的对艾莉丝动了心。还好他不知道自己就是艾莉丝，不然，他更加不会放过她了吧？唉！她可不想招惹他。不得不说，岳惊云的爱情观实在有些与众不同。

“艾莉丝？”纤雪故作不解地反问了一句。

“嗯，”岳惊云点点头，说道，“听说你以前与弗朗西斯大使也有交往，你认识艾莉丝吗？”

“认识，不过不是很熟悉。”纤雪怕他问得太多露馅儿，感觉引开话题道，“艾莉丝可是比我聪明漂亮多了，你喜欢她是对的，放弃她喜欢我才是不值呢！”

岳惊云满脸审视地看着她，她这话是真是假呢？她真的不喜欢他？还是女人的小伎俩？可是看来看去，她的神情都不像是做戏。“我哪里不好？”他有些不服气地问，眉间有些隐怒，不过被他压抑得很好。

“你有什么好的？”纤雪反问。

“我英俊潇洒，仪表堂堂，文武双全……”岳惊云滔滔不绝地说着，大有她不叫停就一发不可收拾之势。

“停——”纤雪深深皱着眉，疑惑地想着，怎么这时代的男人也有这么自恋的？

“知道我的好了么？”岳惊云笑问。他非常喜欢与她相处，他喜欢看她生动的表情，哪怕怒瞪着他，都是那样的真实而生动，而不是那些女人的矫揉造作。

“你还有一个优点怎么不说？”纤雪嘲讽地看着他。

“什么优点？”岳惊云扬扬眉，知道她没好话，但还是很配合。

“有钱有势啊！”明显的嘲讽语气。

“呵呵，”岳惊云毫不意外别人最喜欢的优点在她面前却是最大的阻碍，心里高兴的同时也有懊恼。“其实，那也不全是麻烦对不对？至少，权势能保护你啊！”

“可是你保护我了么？”纤雪反问。

岳惊云被她噎得无语，细细想来，好像自己的权势的确没有保护过她，反而带给她不少麻烦。“以后，以后我一定会将你保护好的。”

“不用。”纤雪干脆地拒绝，“我能保护我自己。”

“那你怎么会在这里？”

“我不是没死么？要是换了别人，多半已经死了！”纤雪想起那厉害的毒药，若不是自己及时催吐了绝大部分来，她此刻哪里还有命在？

岳惊云听得心都紧了！事情竟然这样严重么？他忽然抓住她的手，非常认真地说：“让我保护你好不好？不管别人怎么看，只要你点头，明天我就捧着鲜花来医院向你求婚！”

“别，你不想活了，我还想多活两年呢！”纤雪真是被他给吓坏了，这个男人怎么说风就是雨？以前一声不吭的，这一出场就吓死人。

“真、真有那么严重么？”说得他就好像是瘟疫一般。他是北方所有未婚少女的梦中情人好不好？

纤雪没好气地瞥了他一眼，拒绝回答这样的白痴问题。

“难道当了大帅，就不能追求自己喜欢的女人么？纤雪，我只是大帅而已，不是皇帝，没有三宫六院的。”他自然知道她最在意的是什么。

“可是我现在不想找男人，真的！我刚刚才被人从婚姻的城堡里赶出来，你让我歇口气成不成？”纤雪无奈地闭上眼睛，却再次闻到那股茉莉的幽香。“外面有茉莉吗？我闻到香了。”

其实岳惊云等的就是她这句话。她现在不想找男人，拒绝了他，自然也不能接受别的男人。他会让岳康把她看好的，绝不给别的男人任何机会。“好吧，你现在不想谈感情，我能理解，我会等你的。”岳惊云笑着从她枕头底下掏出香包来递给她，“喏，茉莉在这里。”

纤雪诧异地接过来，深深地嗅了嗅，看着岳惊云的神色稍稍有些变化。这个男人，还蛮细心的嘛！不过一个香包就想收买她，他也想得太美了。

这时，岳康忽然敲门，轻声道："大帅？"

"有事？"岳惊云脸色一沉，心中老大不爽。难得有机会跟纤雪单独相处，这小子这个时候出来坏什么事？

"叶小姐中毒的原因查出来了，不是周家糕点，是蜂蜜！"岳康隔着房门禀报导。

"蜂蜜？"岳惊云紧张地抓起几案上的蜂蜜瓶子，脸色血色尽失，转而扑到病床上抓着她的手臂道，"你有没有哪里不舒服？岳康，快，叫医生过来！"

"不用了！"纤雪高声叫住。既然问题出在蜂蜜里，她已经明白是谁下的毒了。

看岳惊云如此着急，纤雪忍不住心中有一段感动，忙道："我没事的。这个蜂蜜不是家里带来的。"

岳惊云立即领会她言下之意。"你是说，下毒的是叶家的人？或者说有人收买了叶家的人下的毒？"

"应该是这样吧！"纤雪轻叹一声，难得这一次竟然没有觉得很伤心。其实不用猜，如果问题出在叶家，那一定是大伯母和她的三个儿女下的手了。

堂姐带着未婚夫来炫耀，却没想到那位未来的姐夫居然爱上了她，然后跟大伯母提出退婚，甚至还来找纤雪妈妈提亲，这怎么不让大伯母怀恨在心呢？她"抢"了大堂姐的未婚夫，他们恨死了她也是自然的。亲近的人都知道她喜欢喝茶，但疲惫的时候喜欢喝一杯蜂蜜水补充能量，他们一定是打听过她的喜好，所以才把毒下在蜂蜜中的吧！

"又是你大伯母？"岳惊云蹙着眉，联想叶家的情况，猜到些端倪，心里已经打定主意要好好整治一下那个不识好歹的女人。

"这件事情你别管，反正我很快就要搬出叶家了。"看在大伯面下，她就给大伯母他们留一条生路吧！岳惊云若铁了心要给她报仇，只怕他们母子四个一个都逃不掉。

"杀人偿命，虽然你侥幸捡回一条命来，他们也应该受到应有的惩罚！"岳惊云说得淡淡地，心里已经有了打算。

"那教训一下就好，别让我大伯太伤心了。"纤雪轻声说。

岳惊云淡淡地看了她一眼，笑而不答，转而道："想不想吃点东西？我让人熬了点小米粥，现在也差不多了吧！我让岳康跑一趟，很快就回来。"

"不用了，我现在不想吃。"纤雪不想承他的情，尽管他让她心中颇为感动。她不想做个水性杨花随波逐流的女人，她在周敬煦身上投入了那么多感情，只要他还爱她，只要他们还有复合的可能，她就会等他。

岳惊云笑笑，并不理会她的拒绝。难得有这样的机会，他自然要好好表现，这样才不枉岳康当了一回坏人。他正要吩咐岳康去桂园看看他吩咐云妈熬的粥好了没有，就见岳康焦急地推门进来，急切地说："大帅，叶先生和叶夫人回来了！马上就到医院了，您看……"

岳惊云狠狠地瞪了他一眼：怎么这样快？岳康实在委屈。叶先生和叶夫人是受害人的父母，将他们强行带去警局问话本来就有些说不过去，拖了这么长时间已经很不错了。岳惊云也知道这短短的相处时间来之不易，立即又扑到纤雪病床前，认真地说："我留下，好么？"言下之意，就是要在长辈面前坦白对她的感情。

"不，你走，现在就走！今晚的话不许再向第三人提及！"纤雪想着让自己等待的周敬煦，以及为了她不顾危险千里迢迢从南方赶过来的萧明远，实在不想再把岳惊云也牵扯进来。另外，她还得为萧大哥的身份做掩护，要是让岳惊云看出什么来就糟了。

"那你答应我，你不会答应别的男人的追求！"岳惊云霸道地锁着她的眼睛。

"我说了现在不会考虑感情的事情。当然，如果敬煦跟岳潇潇离婚，我会回他身边。但是，你最好不要在中间搞破坏！"纤雪狠狠地瞪着他，这个男人也太霸道了吧？喜欢谁接受谁是她的权力好不好？不过，她权衡利弊，决定暂时不捋虎须。

想起周敬煦，岳惊云的神色难免有些黯然。若不是自己的侄女以强权逼迫，她和周敬煦还是人人称道的恩爱夫妻，他也不可能有机会说出自己的感情。他对不起他们夫妻，自然不会从中作梗，如果可能，他希望促成周敬煦和潇潇离婚，然后得到一个与周敬煦公平竞争的机会。可是，她竟然连这样一个机会都不给他。"纤雪，我不否认，周敬煦他也爱你，可是，你们真的合适么？你真的爱他么？有时间，也考虑一下我，好不好？或许，我们在一起更合适。"岳惊云告诉自己，机会难得，他一定要争取。这一次，他不想再错过她了。

纤雪被他问得一愣，但很快恢复自然。"这个问题，我会考虑的。"她很认真地说，"婚姻是需要两个人共同经营的，我和敬煦彼此了解，相处和睦，我觉得，这就是幸福了。如果没有岳潇潇，我们会一直幸福下去的。"

岳惊云有些挫败。她说得这样认真，对周敬煦却全是肯定，那个人就真的那么好么？

"大帅，叶先生和夫人已经过来了，再不走就只能留下了。"岳康从门口探风回来，声音有些焦急了。虽然他很希望大帅和叶小姐能幸福，但他也明白，现在对民众公开大帅的感情，对他们两个人都是不好的。

纤雪转头看了一圈儿，指着窗户道："从那里走！快点！"

岳惊云看了看窗，又看了看她，心中很有些不舍得。他堂堂北方的大帅，看望自己心爱的女人，竟然需要爬窗子，实在是憋屈。

"大帅，您不想给叶小姐带来麻烦吧？"岳康催促道。

听到这句话，岳惊云才算完全醒悟过来。理智战胜了情感，他急切地对她说："有事记得给我打电话！"说完，他几步跑到窗口，拔掉插销，单手一撑就跳了出去。岳康紧随其后也跳了出去。两个人迅速消失在月色里。

纤雪看着他们"狼狈"地离开，忽然忍不住开心地笑起来。这个大帅，还真不像个大帅。但他维护自己的那份心意，却让人心暖。

这时，蜀宝迅速打开门溜了进来，嬉笑着看着自家小姐，两眼放光道："小姐，大帅呢！呵呵！我想不到大帅竟然也喜欢我们小姐！"

纤雪白了她一眼，没好气地骂道："没出息的丫头！大帅又如何？一个名头就把你收买了？我跟你说过多少遍了，越是有权势的人家，麻烦就越多，以后对大帅，我们能避就避吧！"嫁到周家已经是迫不得已了，她可不想给自己添麻烦，去招惹北方最有权势的男人。

"可是，大帅对小姐一片真心，连我都感动了，难道小姐你一点都不心动吗？"蜀宝眨巴着一双大眼睛，想要探究主子心底的秘密。虽然跟小姐一起长大，但她有时候还是无法了解自己这位小姐小脑袋里装的是什么？

"哦，你感动了？那我把你送给他如何？"纤雪取笑道，"你以前也说周敬煦不错的。怎么，现在叛变了？"

蜀宝低着头说："姑爷也不是不好啦，可是他却跟你离婚娶了别的女人，虽然这事也不怪姑爷，可他还是让小姐伤心了啊！如果是大帅的话，就没有人能欺负你了。"

纤雪想不到她竟然是这样想的，心里也有些感动。她拉着蜀宝的手，柔声道："好妹妹，不要担心，你家小姐不是那么容易让人欺负的。"

"可是那个岳潇潇就欺负你了。还有，你怎么会中毒的？我听岳康说了，是有人在你的蜂蜜里下毒。那还能有谁呢？"说起这些，蜀宝比纤雪还委屈。

"好了，不气了。人的一生哪儿能一直一帆风顺呢？在这个乱世，能保住性命、能丰衣足食就很不错了。如果还能有一段真挚的感情，那就是上天厚爱了。你看，我得到了这么多，老天爷让我吃点苦头也是应该的嘛！"纤雪拍拍蜀宝的手，又道："去看看我爹他们怎么还没进来？不是说已经过来了么？"

蜀宝低着头，并没有起身离开，绞着手绢，好一阵才道："大老爷来了，在外面跟老爷夫人说话呢！"因为下毒的是大夫人，二少爷和两位小姐又经常欺负自家小姐，蜀宝连带着将大老爷也一块儿恨上了。

第三十三章 搬 迁

叶夫人因为指使下人下毒被逮捕入狱，让叶清扬几乎无脸见纤雪一家。可是，妻子犯的错误，他做丈夫的没能及时发现阻止，至少也要亲自上门问候一声、道个歉，才对得住自己的良知。若不是警局的人上门把人抓走了，他根本不相信自己的妻子竟然会做出这样令人发指的事情来。

叶清扬大受打击，显得很颓废。尽管叶清源夫妻和叶纤雪本人都没有怪他，他还是无法原谅自己。这一次，不用叶清源提起，他就主动提及他们搬出来的事情。

叶清源已经看了几套房子，正在洽谈中。他手头并不宽裕，又不愿接受叶清扬的资助，纤雪现在倒是有好几家店铺，不过还没到分红的时候，想找一处合意又便宜的房子，实在是个困难的事情。

然而好运来得实在有些莫名其妙。第二天，叶清源找的中介就上门来，介绍了一处小巧精致、价格便宜的房子给他们。

纤雪吊了一天点滴，喝了点粥，精神也好多了，叶清源就带着崔月眉一起去看了看那个小院。那个院子离医院并不远，没走一会儿就到了。两人一见就喜欢上了，更难得价格实在便宜，于是当即就交了订金，说三日后就搬进来。听了母亲的描述，纤雪微微蹙眉，静静沉思。哪有这样巧的事情？之前怎么都找不到合适的房子，她一出事，房子就自己跳出来了。她猜测着，如果不是岳惊云找人办的就是萧明远做的手脚，如果是周敬煦的话，他会直接告诉她，让她搬过去的。

但这一次，她愿意接受他们的好意，反正她“什么也不知道”。她是真的不想回叶家去了。

纤雪出院以后直接就回了新家。院子不大，取名“桂园”。原主人没有别的要求，只说有一个老佣人，在这里住了很多年了，希望新主人能连同这个老佣人一起接纳。叶清源没有拒绝，把一个孤寡妇人赶出去他也于心不忍。当纤雪看到后花园的茉莉和月季，她立即就明白"桂园"是谁送她的了。本想打个电话说声谢谢，后来想了想，到底没有打。只有她"什么都不知道"，以后才能挺直了背脊拒绝他。

不过话说回来，这园子真的很合意。夏季的午后，泡一壶茶躺在紫藤花架下面，翻几页书，清风徐徐，暗香浮动，实在是人生一大享受。

周敬煦知道纤雪搬家，很想过来看看。可是，自从岳潇潇亲自到警局将他带出去，就给他配了两名警卫"保护"他。岳潇潇甚至还威胁说，她一直很想去看看叶纤雪究竟好在什么地方，言下之意大有毁了叶纤雪的意思。如此，周敬煦也只好忍下心中牵挂，每天傍晚回周公馆看看儿子，吃了晚饭就回大帅府。

然而，心里到底牵挂着。那天，趁着有人邀约，他主动将会面的地点改在纤雪新家斜对面的咖啡厅里。不能去看望她，看看她住的房子也好。或许，正巧碰到她出门，他就可以远远地看她一眼了。

周敬煦定了二楼靠窗的一个包间，但提前一个小时就到了。这里的生意真不怎么好，他走进来，只看到一个顾客在大厅里，一个伙计端着托盘正背对着他往厨房而去。

周敬煦没有惊动任何人，轻巧地上了楼，径直来到预定的包房。他本来想就这样静静地望着纤雪的新家，感受一下她的气息，想象一下她在做些什么，却不想没过一会儿，隔壁忽然来了人，打破了这份宁静。

听声音有两个人，一个年轻人，一个中年人。他们说话声音很小，但周敬煦靠在椅子上耳朵紧贴着墙壁，到底还是听了个七七八八。然而，越听他越震惊，越听越疑惑。那两个人的声音都有些熟悉，可是他怎么都想不起来究竟是谁。

"少爷，老爷又来电报催了，您的事情到底办完了没有？"

"再等等吧，再等两三个月。"

"少爷，您也知道现在是个什么局面，别的事情拖一拖倒不要紧，可是打仗这样的事情能拖么？您再不回去主持大局，只怕老爷要生气了。"

"现在这样和平稳定也没什么不好嘛！打仗又死人又耗银钱，有什么好的？"

"可是少爷，不是我们要跟北方动手，是北方抢了我们的城池，是北方步步紧逼，要蚕食我们的领土，您作为老爷的继承人，不能这样没志气啊！"

"我知道，长期的分裂会让我们的国家衰落下去，但是你真的认为我们能拼得过北方革命军？”

“可是少爷，北方的优势，不也是他们的劣势？他们不敢从北方调兵的。如果这个时候北方再出点乱子，他们反而要从南方战场调兵过去镇压，这不就是我们的大好机会了吗？”

“不行！国家利益高于一切，我宁愿停战，也不能让国家分裂。”

“少爷！”

“你不必说了，再等等。再等半个月吧，如果她还是不愿意跟我去南方，我就先回去。”

这一声叹息让周敬煦茅塞顿开，他终于想起来了，那个声音不是别人，正是住在叶家的萧明远！而另一个人，似乎就是此间咖啡厅的老板！原来，这里竟然是南方同盟军的隐秘据点。而最让周敬煦感到震惊的是，萧明远竟然是南方同盟军的少帅！他不是个孤儿么？怎么就成了南方同盟军的少帅？他还想将纤雪带到南方去，好在纤雪没答应。

这一刻，周敬煦感到危机重重。他想不到自己竟然还有这样一个强有力的对手。从前他并不将萧明远放在眼里，认为他一个无所依靠的孤儿，能有什么出息？纤雪怎么可能看上一个无能之人？但现在情况不同了，他和纤雪离婚了，那个萧明远一下子成为南方同盟军少帅，岳父岳母又一直很喜欢他，纤雪在自己这里受了伤害，会不会去南方寻求萧明远的保护？

这一刻，周敬煦深刻感受到权势的压迫和诱惑。权利，让他和纤雪被迫分开；权利，可能将纤雪抢走。只有掌握了最高的权利，才能保护自己以及他想要保护的人，只有最高的权利，才能保护他和纤雪的爱情和幸福。

刹那的晃神之后，周敬煦迅速回到现实。现在怎么办？周敬煦靠在椅背上，连大气都不敢出。他明白，自己无意中听到了他们的秘密，若让他们发现，肯定要杀人灭口的。他要不要向岳惊云密报，将萧明远抓起来？不，不行，这样肯定会连累纤雪和岳父岳母的。岳潇潇正愁找不到整治纤雪的借口呢，不能把这样的把柄送上去。不过，不让岳惊云出面抓人，他也可以让萧明远立即回南方去。

岳潇潇努力做个好妻子，每天都陪着周敬煦一起回周家，但看着他抱着儿子欣喜而满足的笑容，她就觉得心里一阵酸涩刺痛。不行，这样下去不行！如果他们一直有名无实，她永远也无法走进他心里。

她讨厌他的冷漠！她也要为他生个孩子！她要让他抱着他们的孩子幸福地笑！可是，她毕竟是个女人，她可以逼他离婚娶了自己，却无法逼迫他与自己同房。岳潇潇思考了几天，终于拿定主意。她得找个同盟军才好。

那天，叶纤雪亲自将孩子接了回去，周敬煦回到周家时扑了个空，刚好晚了一步。他心中憋闷又痛苦，若不是那两个警卫老是看着自己，若不是岳潇潇整天缠着自己，他至于这样一点自由都没有吗？

这天晚上，他喝了很多酒醉了，然后借着酒劲，嚷嚷着坚决不回大帅府。周明翰和魏清婉看儿子这样，也很心疼。周明翰亲自给大帅府打了电话，说儿子喝醉了，今晚就不回去了。岳潇潇接到电话，十分善解人意地说既然喝醉了，自然就不要来回跑，住在周家便是了。

岳潇潇挂上电话，立即吩咐准备车，她要去周公馆。她是敬煦的妻子，他住在哪里，她自然也住在哪里。魏清婉虽然不喜欢这个强势的儿媳妇，但也不能不给公主殿下面子，于是将敬煦的房间钥匙给了岳潇潇。

那是周敬煦和叶纤雪结婚的新房，后来纤雪发现有了身孕，周敬煦才搬到了三楼的书房。躺在床上，周敬煦回想起他和纤雪在这个房间里的甜蜜幸福，心里又酸又甜，又苦又涩。他真的好想她啊！如果不是岳潇潇，此刻，他们一定恩恩爱爱地在一起。他想纤雪，疯狂地想她，那么迫切地想要她……

迷迷糊糊中，仿佛有个女子向自己走来，温柔地躺到了自己身边。周敬煦没有看清对方的容貌，她低着头，长发柔顺地披在身后，跟纤雪一样。她穿着纤雪的睡衣，身上带着纤雪的馨香，轻轻滚入他的怀抱。

“纤雪，纤雪是你吗？你回来了？我好想你，想得心都痛了……”

可是“纤雪”没有说话，却颤抖地解开了他的睡袍，以及她自己的。

周敬煦得到鼓励，忽而一笑，总算想起来。“对了，你已经把孩子生下来了，现在你的身体也养好了，我们可以同房了……”那一夜，实在很癫狂。尽管记忆中的片断有些模糊，但那销魂蚀骨的感受却深深烙在他脑海中。原来与女人结合的感觉是那样的美妙，难怪好多男人都好色呢！不过，与自己心爱的女人结合，感觉是不一样的吧？周敬煦连睡觉都在回味，睡着了脸上都带着幸福满足的笑容。

然而，等他醒来，看到熟悉的房间，自己怀中搂着的却是一个陌生的身体，他所有的幸福和美妙都成了刀子和毒药，他被岳潇潇娇羞幸福的脸从天堂打落地狱，仿佛有人一刀一刀凌迟着他的心。“怎么会是你？”周敬煦一声怒吼跳下床来，冲到浴室里洗了半个小时，仍然无法原谅自己。他竟然背叛了纤雪，而更让他无法接受的是，昨夜他竟然觉得与岳潇潇在一起时是销魂蚀骨的美好。他怎么能在别的女人身体里感到愉悦呢？他的身体竟然背叛了他的情感，他背叛了纤雪，她一定会生气的，一定会的，怎么办才好？

周敬煦走出浴室，岳潇潇已经离开了。凌乱的大床已经被整理好了，床单还跟昨夜一样，可是，上面却没有落红。周敬煦又羞又恨，又悔又痛，立即让人将那张床连同上面的枕头被套，全部搬出去烧掉！

那天晚上，萧明远从叶清源手中接过一封奇怪的信，信上没有地址，是一个小乞丐送给叶清源转交的。信封上写着“萧君明远亲启”，却没有留下落款。萧明远疑惑地撕开信封，打开信纸一看，却迅速变了脸色。

“怎么了？”叶清源本来也不甚在意，坐在一边喝茶，然而看到萧明远神色巨变，他立即变得紧张起来。

“呃，家里出了点事情，我要尽快赶回去。”萧明远立即将信纸重新塞回信封里，带着几分隐忍和急切，“先生和师母再考虑一下吧！去南方，让明远照顾你们。”

叶清源轻轻摇头。“雪儿的孩子在这里，她是不会走的。她不走，我们又怎么能放心去南方？”

萧明远其实早就知道是这样的结果，他只是不甘心，他想再争取一下。哪怕多留一天，亲眼看看她的幸福，那也是好的。可是，却有人不希望他留下，竟然以他的身份威胁他。其实他不怕威胁，南方同盟军在京都也有很多产业和密探，岳惊云未必能抓住他。他只是担心自己身份暴露会连累先生一家人。所以，他只能选择尽快离开。

第二天一早，萧明远就开始收拾东西，并让人定好火车票，乘坐当晚的火车南下。一路上检查都很严格，虽然南北商业并未完全中断，但很多种货物都严禁出关。

直到火车开出京都很远，同行的护卫队长苏澄阳才开口道：“少爷，经过这两天的观察，我们发现那个小院一直有人监视着。”

“你是说桂园？什么人在监视？有多少人手？难道北方的密探已经怀疑我了？你怎么不早告诉我？”震惊之后，萧明远心里立即冒出浓浓的忧虑来。他们会不会对先生一家不利？

苏澄阳摇摇头，带着诸多疑惑道：“监视的人手倒是不少，我们的人也不敢近了打探，但看起来他们对叶先生应该没有恶意。或许只是怀疑少爷你，而叶先生和叶小姐毕竟是文化界名人，他们没有证据，也不敢直接对叶先生动粗的。”

萧明远点点头，稍稍放心了些。对于萧明远的离去，纤雪同样松了口气。他留在北方实在太危险了。而他是为了她才来的，如果真的出了什么事情，让她情何以堪？

就在萧明远离开的第三天，叶纤雪在电影公司接到周敬煦的电话，说希望见她一面。两个人商量了一下，约在距离电影公司不远的一家银楼里。那是周家的产业，他们可以借一个房间细述别情。

这几日周敬煦心情很不好。他不敢再喝酒，也找不到人倾诉，那一夜狂乱的记忆憋在心里，仿佛吃了苍蝇一般恶心难受。而他最最担心的是，纤雪会不会因此而放弃他。整整想了两天，他才下定决心向纤雪坦白，争取她的谅解。

纤雪见到周敬煦的时候大吃一惊，这才多久不见，他怎么就憔悴成这个样子了？“敬煦，你怎么了？生病了吗？”

周敬煦摇摇头，只是深情而受伤地凝视着她，万分期待地说：“纤雪，我还可以抱你吗？”说着，他就冲她张开了双臂。

纤雪看着他的眼神，心中一痛，尚未考虑清楚，身体已经投入他的怀抱。周敬煦立即抱紧了她，之前的忐忑伤痛霎那间得到安抚和缓解，滋生出无限的温暖，紧紧包裹着他的心。他将头埋在她颈侧，一手揽紧了她的腰，一手托着她的头，轻轻一个侧转，就吻住她的双唇，比从前更加激烈，更加深情，更加缠绵悱恻。

第三十四章 忏情记

纤雪只当多日不见，他想她了，想着从前的恩爱，想着之前他满眼的伤痛，便没有拒绝。可是渐渐地，她发现不对，有些不对劲！敬煦向来最是温柔体贴的，怎么会这样急切？隐隐还有些粗暴？他受什么刺激了？“啊！敬煦！你做什么？”纤雪将他伸到自己衣襟里的手抓出来，坚决地推开他道：“敬煦，究竟怎么了？”

遭到她的拒绝，其实在他的意料之中，但他还是立即红了眼睛，再次紧拥着她的身体。“纤雪，我爱你，我每天都想你，我只爱你一个人……”

“我知道，我相信。可是敬煦，你究竟怎么了？发生什么事情了么？”纤雪用温柔的声音安抚他的不安和急躁。他究竟怎么了？

“我……对不起，你原谅我好不好？纤雪，我……”

原谅？纤雪迅速在心里分析着，他究竟做了什么事情需要她原谅？“敬煦，你好好说，到底出了什么事情。”

“你把孩子接走的那天晚上，我回家晚了，没有见到你们，心里很难过，就喝多了……“周敬煦忐忑地看着冷静聆听的纤雪，双手紧紧搂着她的腰不放。

“嗯，然后呢？“纤雪面上冷静，心却一直往下沉。他喝醉了，然后酒后乱性，跟岳潇潇上床了？虽然早就想过，岳潇潇不可能跟周敬煦做一对有名无实的夫妻，她既然逼着敬煦离婚娶她，肯定是要得到敬煦这个人的。可真听到这样的消息，纤雪心里还是很难受。

周敬煦不安地搂紧了她的腰，这才看着她的眼睛继续说道：“我不肯回大帅府，就在我们的房间里睡了。我爹给那个女人打了电话说明情况，没想到那个女人放下电话，半夜就跑过来……”

纤雪嘲讽地笑笑，他喝醉了嘛，所以就将岳潇潇当成她了。其实不怪他的，但为什么她心里还是这样憋得难受呢？

周敬煦不是没看到她的伤痛，但他更知道，这件事情他必须跟她说清楚，然后取得她的谅解。不然，若让她从别的人口中知道，她伤心之下多半就会放弃他了。

“她穿着你的睡衣，用了你的香水，我迷迷糊糊中看到好像是你回来了，激动不已，就……纤雪，你原谅我好不好？我那天真的是喝醉了，才会把她当成是你的。我真的好后悔，我恨死我自己了……”

纤雪无法形容此刻心里的感觉。酸、涩、痛、苦、憋闷……他们成婚近一年，都从未有过夫妻之实。现在，他却跟别的女人……他说他只爱她一个人，却跟别的女人上床了……他说他只是喝醉了，可他到底跟别的女人……不管有多少理由，他跟别的女人有了夫妻之实，这是事实。可是，他们已经离婚了，他跟岳潇潇是名正言顺的夫妻，有夫妻之实也是很正常的，她又有什么资格责怪他？只因为他说爱她么？他跟他的妻子有了肌肤之亲，却来请求她的原谅，这说明什么？说明在他心里，他一直当她是妻子，他觉得自己做了对不起她的事情，所以才会这样不安，这样后悔。那么，她应该原谅他么？

“纤雪，原谅我好不好？纤雪，原谅我吧，我保证，以后再也不会喝酒了，这种事情绝不会发生第二次！纤雪，别的女人再美我都不要，我只想要你……”

纤雪看着他的眼睛，他双眼泛红，隐忍的痛苦并不比她少。她立即就心软了。他为什么这样痛苦？他为什么这样苦苦哀求她的原谅？不都是因为他太爱她了么？本来就不是他的错，她又怎么忍心再责怪他？

“敬煦，这件事情，我不怪你……”纤雪尚未说完，已经被他紧紧抱住，他是那样用力地拥抱她，以此来表达自己此刻喜悦激动的心情。

“啊，纤雪，纤雪，你真好。”

“敬煦，你轻一点啦，我都快要喘不过气来了！”纤雪挣扎了一下，将他推开了少许。

“噢，我弄疼你了吗？纤雪，有你真好……你等着我，我们一定会再相聚的。那个淫贱无耻的岳潇潇，我不会让她好过的！”对纤雪爱得越深，周敬煦对岳潇潇的愤恨与厌恶就更深刻。拆人姻缘，肯定是要得到报应的，对吧？

“敬煦，我明白你的无奈，我知道受伤害的不只是我一个，所以这件事情我不怪你。我很高兴你跟我坦白，虽然知道了这件事情我很难受。我不敢跟你说以后，因为我不知道我们还有没有未来，毕竟岳潇潇的势力是那样强大，我们又不可能抛下亲人私奔出国。我无法跟你保证什么，但是，只要你全心全意爱我一天，只要你还是我心中那个敬煦，我就会等着你的……”

“纤雪，我们一定会幸福的！”两个人再次拥抱，深深拥吻，心里已经没有丝毫隔阂。

纤雪回到电影公司，对明天开始的外景拍摄再次进行统筹安排，这些日子，她已经把《白狐》的内景全部拍摄完毕，等外景戏拍好，完成后制工作，很快就可以上市了。所以，广告也可以开始了。纤雪在《京都日报》上刊登了玉玲珑的戏照，下面有记者访谈，在叶纤雪的示意下，玉玲珑被冠以“玉女明星”的称号，让人对这部电影有了很大的期待。

实际上，单单玉玲珑这张戏照出去，就能吸引一大票男人的目光了。等拍摄工作全部结束，剩下的工作就是影片的剪辑配音，纤雪趁着这个时间先把《白狐》主题歌拿到电台去播放，又安排玉玲珑接受主持人的采访，短短几日，听过广播的人几乎都在谈论这首歌，对这部尚未面世的电影充满了期待。

纤雪又早早地就将《白狐》的剧照挂出去，使得整个京都到处都能看到玉玲珑清新脱俗的倩影，绝美的、温柔的、凄婉的笑容让女人嫉妒，让男人们大吞口水。如此，飞天电影实业公司制作的第一部电影尚未面世，已经引起轰动，从某种意义上说，纤雪已经成功了。

正式上映前，纤雪决定再做一次大的排场，弄一个电影首映式，以作宣传。她让人弄了几十张请柬发出去，邀请京都名流和各大报社电台的记者参加。

电影本来就拍得很好，而主人又这样大方，临走时还每人赠送一张玉玲珑的剧照，以及由她演唱的《白狐》主题曲的唱片，客人们看完电影出去自然是赞誉不断。

各家报社电台都盛赞这部电影怎么怎么好，玉玲珑的演技、扮相，叶纤雪的编剧、策划、导演以及主题曲的制作等等，只要和片子搭上线的，全都是大家称赞的对象。

玉玲珑看着叶纤雪各种宣传手段层不出穷，自己的名气也越来越高，愈加佩服起她来。两个人经过这段时间的磨合，关系倒是处得不错，在朋友与知己之间，于她们的身份来说也是恰到好处的。

对叶纤雪来说，只在京都的成功是不够的，京都看得起电影的人是有限的，光靠这点收入，勉强够她的成本。要做就做大，她通过周家的商业网络，将电影的宣传海报散布到全国各地，然后组织了专门的放映队到各地循环放映。先是北方各大城市，然后她又让人大摇大摆地带着电影进军南方，同样受到上流社会热烈欢迎，成绩之好票房之高更胜北方，真真是名利双收，盛名之下令人赞叹不已。

岳惊云从收音机里听到人们对叶纤雪的赞誉，看着手中她的近照，他的心也感觉甜甜的，很为她取得的成绩而骄傲。纤雪，确实聪明！那些宣传的手段真不知道她怎么想出来的，还一个接一个，层出不穷。而最难得的是，她竟然打着“艺术无国界”的旗号，成功进入南方，辗转各大城市放映宣传，而没有被人家当成奸细抓起来。这一点，他自认自己也做不到。

岳惊云自然办不到，可对叶纤雪来说，不过是小事一桩。甚至她连个电报都不用拍，萧明远知道是她的影片，早就打了招呼，让人一路放行。萧明远还暗中做了指示，让南方的报纸只准说好听的，负面的报导谁都不准发。

如此，就有了《白狐》的巨大成功。

这不仅仅是飞天电影实业公司的成功，也是玉玲珑的成功，更是叶纤雪的成功。

与纤雪的功成名就相比，岳潇潇好像就没有那么幸运。那一夜与周敬煦有了夫妻之实，岳潇潇原想作为改善他们夫妻关系的一个契机，但是她再一次失算了。

因为那一夜之后，周敬煦更加厌恶她，之前原本有所缓和的关系再次被打入冰点，周敬煦甚至不想多看她一眼。他时常住在周家不回大帅府，却不让她进他的房间，岳潇潇只好忍着羞辱住进三楼他曾经住过的书房。

婆婆总是对她冷漠以对，倒是公公对她关怀备至，令她想起自己的亲身父亲来。而实际上，她觉得公公比自己的父亲更温和慈爱些，让她在周家总算感受到一丝温暖。

那天晚上，天气闷热，她心情又烦躁，怎么都睡不着，于是一个人从房间里出来，想去花园里透透气，不想竟然发现周明翰在花园的凉亭里抽烟。

“公公？您怎么这么晚了还没睡？”周明翰看到岳潇潇这么晚了还出来，也很意外。

“唔，睡不着，出来抽根烟。你跟敬煦……”周明翰忽然叹了口气，“唉，敬煦那孩子死心眼，不懂得惜取眼前人，我会好好说说他的。不过，潇潇啊，你也要努力啊。敬煦是个很有责任感的人，只要你们有了孩子，他就不会再对你这样冷漠了。”

岳潇潇又羞又恼地侧过头去，半天才道：“我也想给他生个孩子，可是他……”

周明翰也知道儿子的性子向来固执，但想着周家的前程，却鼓励道：“你是他的妻子，又身份尊贵，年轻美貌，只要你温柔主动些，他哪有不动心的道理。男人嘛，还不就是那样……”

岳潇潇听得连连点头。公公说得是啊，男人嘛，哪有不食荤腥的？那天晚上，他不就很激烈吗？

周明翰起身往回走，并没有侧头看岳潇潇，却低声道：“晚上外面凉，早点回去休息吧！敬煦房间的备用钥匙就放在书房的抽屉里。”

岳潇潇唇角一扬，露出一个欣喜的笑容来，跟在周明翰身后轻快地回了主屋。用备用钥匙打开房门，岳潇潇轻手轻脚地走到床边，小心翼翼地躺到周敬煦身边，并没有惊动他。这一刻，她觉得自己只要能安静地躺在他身边，就是一种幸福了。

可惜幸福是那样短暂，当清晨周敬煦醒来，看到岳潇潇竟然躺在自己身边，怒气就不打一处来。他讥诮一笑，讽刺道：“怎么，公主殿下耐不住寂寞，想找男人了？可惜啊，看到你的脸我就倒尽了胃口，提不起半点性致来，不过公主裙下之臣也不少吧？您只要勾勾手指头，一定会有无数男人排着队等候您的‘宠幸’的。我看你也别整天没事跟着我了，还是抽空去找你的那一票老相好的玩乐去吧！”

“周敬煦！你不要太过分！”岳潇潇被他的话羞辱得七窍冒烟，恨不得上前把他脸上讥诮的笑容撕成碎片。

“怎么？说到公主殿下的痛处了？你是不是要告诉我，你没有什么老相好？”周敬煦冷哼一声，眼睛里是浓浓的厌恶。

“我真的没有！在认识你之前，虽然也有很多人追求我，但我从来没有跟他们交往过，真的！敬煦，你相信我。”岳潇潇知道他是因为那一夜她没有落红，所以才这样侮辱她的。她也很后悔，当初在国外怎么就那么蠢被人骗了呢？可是，她虽然表面上一副放浪的样子，其实回国后并没有跟那些男人有过暧昧关系，自从认识他以后，她更是安分守己，一心当一个贤妻良母。人非圣贤，孰能无过？为什么他要这样对她？

“哦，原来我们的公主殿下真的是玉洁冰清啊！那是我错怪你了？”周敬煦抓住她婚前不洁这一点不放，让岳潇潇没有丝毫底气。

“敬煦……”岳潇潇再也忍不住哭出声来，从前高高在上的公主气势荡然无存。“我并不是那么随便的女孩子，只是在美国的时候，我被人家骗了。所以才恨所有的男人，所以我才不相信这世上有真正的爱情，可是见到你的时候，我就是忍不住想跟你认识，你越是不理睬我，我就越喜欢你……”

周敬煦冷漠地看了她一眼，冷哼一声，什么都没有说。

“敬煦，我们已经是夫妻了，你就原谅我的过去好不好？我会做一个好妻子的，我们生几个孩子，一家人快快乐乐地生活，我可以搬过来住，好好孝敬公公婆婆。”岳潇潇第一次抛下了自己的自尊，将一个脆弱无助的自己呈现在他面前，只求他一丝怜悯。

可惜，周敬煦对此无动于衷。在认识叶纤雪以前，也有无数女子试图用痴心和柔弱打动他，他从来都不曾动心，也不曾心软过。那些女人固然不好，但怎么也比岳潇潇强。对这个拆散了自己与妻子的恶毒女人，他心里只有无穷无尽的恨！

“岳潇潇，我实话告诉你，如果这辈子你非要缠着我，就准备守一辈子活寡吧！我周敬煦这一生都不会再碰你一下！什么尊贵的公主，我多看一眼都觉得脏！”

岳潇潇羞怒不堪，猛然挺直了背脊，红着眼睛含着热泪怒吼道：“周敬煦！你会为你今天这番话付出代价的！”

周敬煦的秀润让岳潇潇伤心了，愤怒了。她开始寻找一切机会打压叶纤雪。正巧叶纤雪在报纸上宣传新片，又有人主动联系她商量打击叶纤雪飞天电影实业公司的事情，她立即答应下来。她给各家报社电台打了招呼，那些合伙人就负责搜集材料，找记者写稿子添油加醋诋毁叶纤雪和玉玲珑，说二人是如何不知检点，在上流社会四处举债，才拍出这样一部电影的。

周敬煦知道以后更加愤怒，指着她的鼻子骂道：“岳潇潇，除了这些小人伎俩你还会什么？你以为你这样打击她、抹黑她，就显出你的高贵来了？我告诉你，在我心里，你连给她提鞋都不配！”

“好，咱们走着瞧！有本事你不要来求我！”岳潇潇从来都是吃软不吃硬的，周敬煦越是维护叶纤雪，她就越是愤怒不平。但不管怎么愤怒，她还是舍不得直接伤害他，所以她选择打击叶纤雪，打击他最在乎的女人。

周敬煦四处找关系，用尽办法让报纸和电台取消对叶纤雪的负面报导，然而有岳潇潇在背后撑腰，谁敢给他面子？事情最后还不得不靠纤雪向岳惊云求情才得以解决的。否则那些流言蜚语漫天飞舞，对影视公司和玉玲珑等演员都是很不利的

从此，两个人的仇越发结大了。

第三十五章 雨夜情伤

其实，只要周敬煦肯好好跟岳潇潇说句好听的话，只要他肯对她好一点，她就可以让步，就可以放过叶纤雪的。但周敬煦向来骄傲，之前被逼婚虽然也屈辱，但说到底被一位公主逼婚还是很有面子的事情。可现在不一样。这个婚前不洁的公主，这个逼迫自己与爱妻离婚的卑鄙女人，他怎么能向这样的女人低头？不，他绝不妥协！

周敬煦原本还抱着委屈求全，慢慢引诱控制岳潇潇，进而顺利进入政坛的目的，但因为那一夜，他实在无法勉强自己对一个肮脏污秽的女人做戏。后来得到纤雪的原谅和承诺，他更是坚定了信念，无论如何，一定要干干净净地把纤雪接回来。纤雪能原谅他第一次的不小心，但绝不会原谅他的故意和算计。所以，哪怕现在是为了纤雪，他也不能妥协！

岳潇潇见周敬煦始终不肯低头，每天像看仇人一样看着自己，她再坚强的心也有些承受不住。她没有相熟的闺中密友，没有父母，叔叔又不在，想来想去，竟然没有一个人可以倾诉。最后，她想起与自己一同策划逼迫周敬煦离婚的陈子荣。既然他有办法让她与敬煦结婚，也有办法让敬煦接受她吧？

现在她真有点后悔，当初真不应该让周敬煦与叶纤雪离婚的，如果叶纤雪和孩子还在周家，敬煦也不会这样恨她的。唉，现在可怎么办才好。岳潇潇给陈子荣打了电话，约他在一家咖啡厅见面。他们要了一个包间，将侍者打发走，岳潇潇说起自己的委屈，陈子荣不断安慰她，可惜一时间也没有好办法。不过，他还是说了句人话："潇潇啊，敬煦的性子也是吃软不吃硬的，我觉得你这次做得实在有些欠考虑啊！"

"哼！"岳潇潇冷哼一声，但想起自从自己对叶纤雪出手，周敬煦不但没有求饶，反而更加恨自己。她想起他如刀刃一般的目光，每看自己一眼都仿佛在凌迟自己的心，其实也有些后悔。

她难得低一次头，嘟着嘴道："可是……我就是忍不下这口气啊……"心里难受，喝咖啡不是越喝越苦么？所以岳潇潇点了一瓶威士忌，一边诉苦一边喝，一杯接一杯，不到一个小时，就醉得趴在桌子上痛哭不止。

陈子荣无奈地摇摇头，原本还想在这位公主殿下身上捞些好处的，如今看来似乎只能做梦了，他但求不要惹上一身臊就不错了。看岳潇潇醉成这样，陈子荣也不放心就这样离开，想了想，他去不远处儿子所在的商行交待了一下，这才回警务处办公室。

好久没与岳潇潇见面，周敬煦眼不见为净。这一日，他突然被父亲的电话召回周公馆，诧异地发现岳潇潇也在，满脸娇羞。而母亲竟然还坐在她身边，正在跟她说话，看神情态度跟从前的冷漠大不相同。再看，连三位姨娘和妹妹脸上都带着乐呵呵的笑容。

"爹，妈妈，我回来了。"他缓缓走进去，疑惑地看了岳潇潇一眼，眼底隐隐还是藏着一抹厌恶。

"呵呵，敬煦，喜事啊！潇潇怀孕了呢！"二姨娘第一个站出来恭喜他。

"是啊，是啊，潇潇有喜了，你要做父亲了！"

"有个孩子就热闹了，呵呵……"

一时之间，周敬煦的眼前黑了，几乎再也听不清众人都说了些什么，他只感觉天旋地转，不知身在何处。他是在做梦吧，一定是的！岳潇潇怎么会怀孕呢？他不过就碰了她那一次！但脑子里却猛然涌出那一夜的破碎的记忆来，那天晚上，他以为是纤雪，他很激动，很激烈，直到后半夜才睡……可是……不！老天不能这样对他！他不要这个孩子，纤雪不会接受这个孩子的！她一定会离开他的！

"不，我不要这个孩子，你不配给我生孩子！打掉！你给我打掉他！"

周敬煦抓住岳潇潇的手就往外拉，换来一屋子的尖叫。岳潇潇自是不肯的，一边挣扎，一边哭泣，一边向公公婆婆求救。几位姨太太从未见过这样不可理喻的周敬煦，也都被吓坏了。岳潇潇是谁？那是他们北方的公主啊！敬煦竟然说她不配生他的孩子！天啊，她们不会被他连累吧？

"敬煦，你住手！"魏清婉立即就追过去，抱住儿子另一条手臂不让他走。

同时，周明翰也追过去，怒吼道："周敬煦，你给我放手！你要是伤了潇潇，我会打断你的腿！"

周敬煦见父母都偏向于岳潇潇，心里又痛又苦，愤然推开岳潇潇，自己跑了出去。

魏清婉赶紧扶着岳潇潇，担心地问："潇潇，你怎么样？有没有哪里不舒服？要不要去医院？"

虽然周敬煦的反应让岳潇潇很是伤心失望，但得到公公婆婆的承认和关爱，还是让她很高兴。敬煦是个孝子，如今公公婆婆都站在自己一边，她就不信他能一直与她对抗下去。

周敬煦一口气跑出了周公馆，晚风一吹，头脑逐渐清醒过来，却不知道自己该去哪里，能去哪里。

之前自己不想见到岳潇潇还可以回周家，还有父母可以给自己安慰，可如今连父母都站到了岳潇潇那边，反倒是他变成了无家可归之人。在人前，他是周家大少爷，是北方政权的驸马爷，他有钱有势有才有貌，谁知道人后的他其实一无所有。因为一个岳潇潇，他不但失去了挚爱的妻儿，现在连父母、连家都没有了。

周敬煦漫无目的地走在漆黑的街道中，秋风带着阵阵寒意从脖子里灌进来，他却丝毫没感觉冷。风再冷，夜再冷，有他的心冷么？

今晚天空一片漆黑，连颗星星都没有。厚厚的云层低低地悬浮在头顶，风一阵紧似一阵，一阵狂似一阵，眼看就要下大雨了。

周敬煦看了看漆黑的天幕，又看了看自己所处的街道，心下有些恍然。这里，是哪里？自己，又该到哪里去？唔，那扇门好像有点熟悉呢！周敬煦慢慢踱过去，凭着院子里的一点微光，终于认出来，原来自己心神恍惚中竟然跑到叶家来了。这是叶家老宅的后门，纤雪跟自己说过，她以前就经常从这里翻墙回家的。想起纤雪，他忍不住唇角一扬温柔一笑，却不想岳潇潇忽然从脑海中闪了出来，让这个笑容在霎那间又变作了苦涩。他该怎么办？岳潇潇肯定是不会打胎的，父母也不同意，他还能怎么办？真的让岳潇潇把孩子生下来？纤雪要的感情是干净的唯一的，他跟别的女人有了孩子，她还不转身就走？纤雪，纤雪……对，找纤雪，找纤雪去……

深秋的风夹着豆大的雨点劈哩啪啦打下来，很快就湿透了周敬煦单薄的秋衣，紧紧贴在他身上，阵阵寒气直往毛孔里钻。他的外套进门的时候脱下来了，出门的时候又跑得太急，哪里还记得穿衣服？

他在雨里不辨方向地乱跑，可惜天太黑，街道两旁的房子里偶尔有灯光，却始终无法照亮漆黑的夜。雨太大，令人几乎无法睁开眼睛。当他跑过三四条街道，才发现自己好像跑错路了。

他扶着墙停在街道的拐角处喘气，看到前面一户人家大门口的房檐下坐着一个乞丐，双臂抱膝紧紧靠着大门缩成一团。风雨很大，门口两个大红灯笼也随风晃动，但到底没有熄灭。火光中，那个乞丐虽然一身脏乱，好歹没有被雨淋湿了衣服，好歹还有一块干的石板让他栖息。

周敬煦忽然觉得自己连个乞丐都不如。他有家，有妻儿，有父母，可是在这个下着大雨的深秋的夜里，他却无处可去。他缓缓走过去，在房檐下歇了口气，抹去脸上的雨水，找准方向，再次冲进雨里。纤雪，纤雪，他的妻子，这一刻，他疯狂地想念她。当他跌跌撞撞终于找到桂园，正要敲门，忽然从墙后闪出一个人来，一把将他双手反锁在身后，沉声问道："你是谁？想干什么？"

周敬煦疑惑而愤怒地回头，眯着眼睛看了对方一眼，忽然冷笑道："怎么？难道岳潇潇让你们守在这里不让我进去？她还想做什么？是不是还要对我的妻儿下毒手？"

对方一听他的话，立即将他放开，后退两步，说了一声："抱歉，我们只是奉命保护叶小姐。"

他冷哼一声，明显不相信。可是对方没有再多看他一眼，三两下就消失在黑暗中。周敬煦看着大门上的铜环，手伸出去，却又迟疑地放了下来。这么晚了，他们都睡了吧？雨又这样大，跑出来开门都要打湿衣服。更何况，自己就算进去了又能如何？他要怎么跟她说，岳潇潇怀了他的孩子……周敬煦抱着头靠着门缓缓坐下，学着之前看到的那个乞丐曲着腿双手抱膝，想给自己一点温暖。渐渐地，他的意识竟然有些模糊了。

清晨，云妈妈打开大门，却见地上坐着一个人，因为她打开了大门，对方一下子失了依靠而缓缓倒在门坎上。云妈妈吓得惊叫一声，程伯听到声音跑出来，扶起地上的人一看竟然是周敬煦，同样又惊又疑。见周敬煦浑身湿透了，头上却是滚烫，程伯立即把人抱起来就往屋里跑。

程伯"自作主张"将周敬煦抱进之前萧明远住的那间客房里，一面让云妈妈烧热水，一面让张妈通知小姐和老爷。

纤雪刚刚起床，听外面声音不对，赶紧开门出去，就见张妈飞跑过来，见到她便招着手叫道："小姐，小姐，不好了，是姑爷！姑爷昏倒在咱们家大门口了……"

"啊！"纤雪三两步迈到她跟前，急切地追问道，"人呢，现在在哪儿？"

"在客房里……"张妈刚刚说了个开头，纤雪就已经跑远了。

客房里，程伯正在给周敬煦换衣服，他把湿衣服脱下来扔在地上一堆，赶紧拉过被子给他盖好，然后拿干毛巾帮他擦头发。

纤雪进门来，看着地上湿漉漉的衣服，忍不住红了眼圈儿。她轻轻坐到床边，摸摸他的额头，却被烫得立即缩回手来。"不行，得立即送医院，打退烧针！"

纤雪立即跑到父亲那里找了一套衣服过来递给程伯道：“快，给他穿上。”

程伯丢下毛巾，掀开被子就帮周敬煦穿衣服，纤雪在一边帮忙，眼光不小心扫到他赤裸的身体，忍不住红了脸。

这时，叶清源也推门进来，问道：“怎么样？病得严重么？他怎么会晕倒在我们门口的？”

“不知道究竟出了什么事，但必须马上送医院，他烧得太厉害了。”说话间，纤雪已经和程伯一起帮周敬煦穿好了衣服。

程伯蹲下身，背对着床，急切地说：“快，我背姑爷去医院！”

纤雪将周敬煦扶上程伯的背，红着眼睛回房披了一件衣服，抓起钱包就追了出去。

此刻天色尚早，街上还没什么人，连黄包车都没有。好在桂园离仁康医院并不太远，程伯背着周敬煦一路小跑，也不过十分钟的样子就到了。办好住院手续，纤雪回到周敬煦的病房，他已经打了退烧针，此刻正在打点滴。她轻轻坐在床前，摸摸他依然很烫的额头，又将他的手拉出来，两眼隐隐含泪道：“敬煦，你能听到我说话吗？你怎么这样傻？昨晚下那么大雨你还来，来了不会敲门吗？你存心想让我愧疚难过是不是？我告诉你，你一定要好好地醒过来，翊安不能没有父亲的……”

“嗯，翊安，我唯一的孩子……我的儿子是翊安，只有翊安……”周敬煦咕哝了一句，又沉沉昏睡过去。

纤雪初时没在意，又将他的两个手心擦了一遍才反应过来。他说翊安是他唯一的孩子？那是什么意思？难道说就因为那一夜，岳潇潇竟然怀孕了？他知道她无法接受，害怕她会离开他，所以才会夜里跑到桂园，却又不敢敲门？

纤雪的心猛然一痛，仿佛被人用锥子狠狠刺了一下，竟然比当初被迫离婚时更痛。

他竟然跟岳潇潇有了孩子？他们竟然有了孩子？

她的孩子还不知道是不是他的，他竟然跟别的女人有了孩子……

那她该怎么办？

他们还有未来么？

魏清婉担心了整整一夜，可周明翰却道：“他一个大男人，有什么好担心的？让他自己冷静一下也好！潇潇是什么身份？他竟然要潇潇打掉孩子，这不是拉着我们周家一起找死么？大帅回来知道了能饶得了他？”

“可是昨晚下那么大雨，也不知道他有没有被淋到……”

“他又不是傻子，还不知道找个地方避雨？”周明翰不以为意地穿好衣服，洗漱好就去花园散步。魏清婉可不像周明翰这样放心，她一晚上就没怎么睡着，如今起床第一件事情就是让府里的下人都出去找少爷。

岳潇潇昨夜名正言顺地睡在了周敬煦的主卧房里，睡梦里都笑得很满足，丝毫不担心周敬煦一夜没回家会发生什么事情。

叶清源打电话过来的时候，是魏清婉接的，听说儿子淋了一夜雨在叶家门前睡了一夜，如今高烧住院，立即心痛地流下泪来。她扔下电话就往外跑，一边跑一边喊着:“明翰,快,儿子在医院！快开车！”周明翰听说儿子住院了，也立即慌了神，赶紧去车库将车开出来。家里的下人除了厨娘都出去找周敬煦了，没有了司机，周明翰只好自己开车，匆忙赶去医院。

看到周敬煦躺在病床上，烧得人事不知，周明翰和魏清婉都红了眼睛。而后看到坐在病床前不住为儿子擦手降温的叶纤雪，心里也有些感动。到底是结发夫妻啊！难怪儿子放不下呢。

纤雪淡淡地跟周明翰和魏清婉打了个招呼，回头摸摸周敬煦已经开始降温的额头，状似不在意地问：“岳潇潇怀孕了？”

“呃？敬煦告诉你了？”魏清婉忽然有些不知道怎么面对叶纤雪。她也是个女人，很明白自己的丈夫跟别的女人有了孩子心里是个什么滋味。

“他的烧已经开始退了。”纤雪忽然站起身来，看着魏清婉道，“我还要去公司，就先走了。”

“你不留下照顾他？”魏清婉吃惊地望着她，“你就这样放心离开？”

不但魏清婉,周明翰和崔月眉也是一脸诧异地看着她,隐隐的,除了不解,还有些不满的成分。

纤雪淡淡地扫了周敬煦一眼，面无表情地说：“他已经退烧了，不会有危险了。有妈妈在这里照顾，我有什么不放心的？更何况……”她忽然又自嘲一笑道，“等会儿岳潇潇就要来了吧？我觉得我们还是不要碰面的好。如今的我，还有什么资格留在这里？”

闻言，所有人都忍不住心痛。崔月眉掏出手绢擦了擦眼角的泪水，拉着女儿的手就往外走。走到门口，纤雪忽然又回头对魏清婉道：“妈妈，等会敬煦醒了要是情绪不稳定，您就告诉他，让他好好养病，不要让我担心。等他好了，可以去桂园看看翊安。不管怎么说，他永远都是翊安的父亲。”

第三十六章 爱的迷茫

周敬煦睁开眼睛，便看到岳潇潇坐在床边，正在看报纸。他立即蹙眉，转头一看，瞬间又平静下来。只见母亲坐在对面的沙发上织毛衣。他记得，那是给自己织的。

“妈妈。”他轻轻叫了一声。岳潇潇一惊，欣喜地站起来，又迅速弯下腰去摸他额头。周敬煦侧头躲开她的手，冷漠地盯着她道：“出去！我不想看到你！”

岳潇潇眼圈儿一红，委屈地冲着魏清婉叫道：“妈妈，您看他……”

魏清婉看儿子醒了，精神似乎还不算太差，心里总算松了口气，便转头安慰岳潇潇道：“敬煦生病了，情绪不好，你别放在心上。你现在是母亲了，不能生气愤怒，也不能伤心难过的，否则对孩子不好。”

岳潇潇点点头，微微一笑道：“我知道了，妈妈。我不会跟敬煦生气的。”

魏清婉看着此刻乖巧的岳潇潇，悄然在心里叹息了一声。这个岳潇潇，看起来乖巧，其实聪明狠毒，为达目的不择手段。而叶纤雪看起来对人冷漠疏离，心地其实很好。儿子也是看穿了两个女人的真面目，所以才这样愤怒难过的吧？

“妈妈，我想喝水。”周敬煦懒得看岳潇潇做作的脸，只当她是空气一般，完全无视她。岳潇潇立即跑去倒水，怎么看都是一个贤惠的妻子。

魏清婉怕儿子不高兴，赶紧接过来道：“我来吧。你怀着孩子呢，要小心，孕妇是不能提重物的。以后可记住了啊！”

岳潇潇看婆婆说得认真，赶紧放下热水瓶，点点头道：“我知道了，妈妈，我会小心的。妈妈，您有空多给我说说吧，我还需要注意些什么？”

魏清婉闻言轻轻“嗯”了一声道：“好，等会儿妈妈慢慢跟你说。”

周敬煦愤恨地瞥了岳潇潇一眼，越看就越发觉得这女人丑陋无比。他很想问问母亲纤雪的事。之前迷迷糊糊中他记得好像是纤雪送他来医院的，她还说了不离开他的，是不是岳潇潇过来把她赶走了？可惜岳潇潇在这里，为了纤雪的安全，他只能隐忍着。对了，昨夜他去桂园，好像有人在保护纤雪？是保护还是监视？是什么人派过去的呢？岳潇潇还是岳惊云？纤雪和岳父岳母他们知道吗？

魏清婉将温热的开水端过来，扶起儿子的头，小心地喂他喝。周敬煦喝了几口便抬起头来，以口型问母亲：纤雪呢？

魏清婉一愣，立即意识到他在顾及岳潇潇，便给了他一个安慰的眼神，又喂他喝了几口水，这才柔声道："饿了吧？想吃什么？"

周敬煦会意地接口道："没什么胃口，就喝点桂圆莲子粥吧！"

魏清婉点点头，转身对岳潇潇道："潇潇，你去给家里打个电话好吗？让宋妈熬了粥送过来。"

岳潇潇立即起身道："好，我这就去。"

看岳潇潇出了房门，魏清婉立即过去把门关好，这才回来坐到床边道："你别担心，纤雪在潇潇过来之前就离开了。她让你好好休息，说无论如何你都是翊安的父亲，等你病好了，就去桂园看望他们。"

"她真的这么说？"周敬煦紧张而激动地抓住母亲的手，眼中闪现着无数惊喜。

魏清婉点点头，继而又沉下脸来骂道："你也真傻，既然想见她，都到门口了，为什么不进去？在外面淋雨很舒服么？还好及时送医院了，万一烧成肺炎可怎么得了？"

周敬煦忽而一笑，轻轻拉着母亲的手道："我知道了，妈妈。以后我会好好照顾自己的。"

他知道纤雪的性子，如果昨夜他就那么敲门进去，多半也是被赶出来的多，还不如在她家门前坐一夜，不过生场病而已，她却原谅他了不是么？

魏清婉看出儿子所想，忍不住轻轻叹了口气，低声道："你究竟想怎样呢？你再不喜欢潇潇，你们都已经是夫妻，都有孩子了。敬煦啊，我看潇潇对你也是一片真心，如今又怀着咱们周家的骨肉，你就对她好点吧？啊？"

"妈妈！"周敬煦不悦地叫了一声，恨声道，"我就是恨她！她毁了我的幸福，我不会让她好过的！"

"傻孩子，你这样跟她拗下去，还不是让三个人都不得幸福？莫不如你们各自退一步，说不定还有转圜的余地。"

"退？怎么退？"都这样了，他还能怎么退？让他退步就意味着接受岳潇潇，他能退么？

“你对潇潇好一点，让她高兴了，说不定就同意你将纤雪母子接进门，这样岂不是大家都好？”魏清婉想着早上纤雪离去时那个苦涩的笑容，很是心酸。虽然这样对纤雪不公平，但有自己和敬煦的爱护，还有作为周家长孙的翊安，潇潇未必能欺负得了她。

“这怎么可能？”敬煦觉得母亲简直是在说天方夜谭。

“为何不可能？”魏清婉反问一句。岳潇潇是北方的公主又如何？现在有钱有势的男人谁不是三妻四妾的？就算是到了大帅跟前，他也没理由反对。

周敬煦一时静默无语。母亲不明白纤雪，她是不可能与人共侍一夫的。否则，之前他们也不必离婚。

而此刻，站在门外的岳潇潇也陷入沉思。还有这条路么？她要走这条路么？就这样向叶纤雪认输？不，不行！现在他们离婚了，他都整天想着叶纤雪，如果她让叶纤雪进门，他还不整天都跟在叶纤雪母子身后？那自己又能从中得到什么？

纤雪下午才去电影公司。

《白狐》一炮而红，打响了飞天电影实业公司的名头，如今她正在筹拍第二部电影，以历史上大秦皇朝的末代妖妃柳子衿为原型的历史大片《倾国倾城》。如今剧本已经写好了，也给父亲看过，爹爹说她异想天开，但还是很佩服她的想象力。说，此片一出，必定引发史学界争论，对飞天电影实业公司这个新公司来说，肯定是利大于弊的。

如今还有几个问题没有解决，其一，片中的男主角之一，那个号称大秦末年江南第一才子兼第一美男子的洪飞扬的扮演者一直没找到合意的；其二，此片有两个大场面，需要向军队借人。她到底找谁借？

萧明远远在南方，她要是过去借兵拍片，肯定要暴露他的，如此还能少得了麻烦？

所以南方不能去！如此就只能在北方找人了。可她真不想欠岳惊云人情。更何况，如今南北虽然休战，谁知道什么时候就会打仗呢？这个时候找他借兵来拍戏，好像有点不合时宜啊！

其实如果修改剧本放弃那两个大场面也不是不行，只是一部历史大戏，缺少了这样恢宏壮丽的大场面实在不够气势。她既然拍片，就想拍最好的。

自从《白狐》走红以来，这段时间一直有不少人前来公司应聘，她的助理小杨说昨天有位年轻的公子前来应聘，相貌非常好，让她今天看看，能不能做《倾国倾城》的男配角。

纤雪初时并没有怎么在意小杨的话。若说相貌，周敬煦就是京都第一美男子，在她看来，也不过比一般人好看一点而已，与自己心中的洪飞扬还有些差距。她想，或许是她要求太高了。

但是，当颜弈博走进来的时候，她不禁眼前一亮，心中一阵翻腾，是了！这就是她心中的洪飞扬，江南第一美男子！光洁的皮肤，透着健康的象牙般的光泽；挺直的鼻梁，充满了正直之气；厚薄适中的双唇，透着健康的粉红色，怎么看怎么迷人；一双狭长的凤眼，晶亮的眸子深邃而充满了智慧。匆匆一面，他给人的印象极好，整个人的气质看起来如玉般温润，如月般皎洁。

“叶小姐？”颜弈博对着叶纤雪温柔一笑，声音很好听。

“好，这就是我心中的洪飞扬！”叶纤雪当即拍板，继而才伸出手去：“颜先生是吧，您好！欢迎来到飞天公司，我是叶纤雪！”

颜弈博握住她的手，脸上微微有些泛红。纤雪揶揄一笑道：“这可不行哦！握个手就脸红，怎么拍戏？拍戏就要完全放开自我，整个心神都投入到戏中的角色中去。对了，颜先生以前是做什么的？”

“嗯，我刚从国外回来，还没有开始工作，上个月有幸看到《白狐》，对叶小姐的才华惊为天人，因此才冒昧而来。”

“有颜先生的加盟，是我们飞天之幸！”叶纤雪报以一个真挚而欣喜的笑容。从他进门的时候纤雪就看出来了，这个颜弈博出身应该不错，气质极好，很有才子风范，而不是单单相貌生得好。即便他不善演戏，有这份容貌气质，包装成红歌星也是不错的。她听出来了，他音色极好。而最最难得的是，这样一个上层社会出身的人，竟然愿意来拍戏，实在令人意外，也让人惊喜。

颜弈博认真地看完剧本，激动地说：“让我试试吧！这个角色，我很喜欢！”于是立即换装试镜。

当颜弈博穿着戏服握着一本线装书走出来，单看扮相气质，众人就忍不住齐声叫好。纤雪很高兴，双方立即签订合约，颜弈博正式成为飞天电影实业公司的一员。公司有了玉玲珑这样的绝世美人，再来一个绝世美男子，想不红都难！不过，在新片上映之前，得先帮颜弈博宣传一下。

纤雪想了想，问道：“弈博可会唱歌？”

颜弈博笑着点点头，说：“在国外的时候学过钢琴，所以回国的时候听说叶小姐创作了好多曲子，又听了您自己创作并演唱的《谢谢你》，以及玉小姐的《白狐》，弈博就不顾家人的反对，到京都来了。其实弈博心里一直期待着能演唱您亲自创作的歌曲，那是弈博最大的梦想。”

纤雪点点头，有基础就更好了。

“这样吧，我去年在法国音乐学院的音乐会上演唱了一首男女合唱的歌曲，这次，我们再唱一遍，制作成唱片出售，先做个宣传。然后我再写一首《倾国倾城》的主题曲，由你演唱，而后再推出电影，我几乎可以想象成功就在我们前面招手了！”

“多谢叶小姐的栽培！”

纤雪站起身来，再次对他伸出手去：“呵呵，合作愉快！”

颜弈博毕竟出身世家，不说现在，就是在自己的前世，豪门世家对演员这个光鲜的职业也是不怎么看得起的，所以纤雪让他取个艺名。

颜弈博想了想，干脆地指着剧本上洪飞扬的名字道：“就叫洪飞扬好不好？”

纤雪诧异地瞪着他道：“你连姓都改了？”这个时候，君子还是讲求行不更名坐不改姓的。

颜弈博低头，微微苦笑：“如果不改姓，只怕我真的就要被赶出家门了。”

纤雪点点头。随他吧，他自己的事情自己考虑。总之，她是舍不得他这块宝就是了。

纤雪将《一滴泪》的谱子找出来，递给他先熟悉一下。

颜弈博看着谱上的歌词，不禁双眼一亮，看着叶纤雪的目光是掩饰不住敬佩和赤裸裸的爱慕。

他早听说过她在去年的音乐会上唱了一首歌，令人惊艳不已，当时他还有些怀疑，认为人们口耳相传，言过其实，想不到竟然是这样一首空灵的歌曲。这般有灵气的歌词和意境，也只有她才能想得出来吧？

纤雪诧然发现颜弈博的目光中竟然有几分爱慕，怔了一下，很有些不解，但再也不敢随便说话了。

“我们合唱？”颜弈博也意识到自己刚才的目光不小心流露出太多的感情，立即转移话题道，“叶小姐的才华令弈博敬佩不已，很高兴能与叶小姐合作。”

“大家在一起工作，以后就是同事了。我虽然是老板，但素来没什么架子，不过乘此偷懒，常常晚到早归而已。没办法，孩子太小了。”纤雪笑着摊摊手，故作无奈。

听纤雪提到孩子，颜弈博神色微微一黯，但很快调整过来。“如此，就不耽误叶小姐了。孩子是最离不得母亲的，您早点回去是应该的。”

回到家里抱着儿子，纤雪犹豫再三，还是没有找人打探周敬煦的消息。想来，应该没事了吧！其实她很不愿意想起这些恼人的事，但这些事情不是不想就不存在的。“宝贝，想你爸爸了没有？”她捏捏儿子的脸，却轻轻在心里叹了口气。自己前世就是没有父母疼爱的，难道自己的孩子也要在单亲家庭中长大么？半岁的周翊安跟着母亲呀呀学语，竟然跟着叫了一声："爸爸，爸爸……"

纤雪一怔，心中涌起无法言喻的惊喜和骄傲，她的儿子会说话了呢！但随即，这份喜悦又化成了沉重的伤痛。儿子会叫爸爸了，可是他的爸爸却不在身边，甚至她都不知道周敬煦究竟是不是他的爸爸。

臭小子，分明是她把他养大的，第一次说话竟然叫爸爸不叫妈妈，真过分！不过，她要不要给翊安找个爹呢？孩子还小，没有爹也没什么吧？周敬煦病愈回家，依旧对岳潇潇不理不睬的，不过倒也不再像从前般恶语相向，但这种冷漠有时候比争吵更伤人。

第三十七章 摊牌

几日后，岳惊云回京都，岳潇潇便要求回大帅府去。周敬煦最初不肯，但在父母的劝说下，还是跟岳潇潇回去了。父亲的话，尤其让他无法辩驳。

岳惊云知道潇潇怀孕，有些震惊，随即又化做惊喜。“真是太好了，我们岳家总算有后了！“然而，看到周敬煦还是那副不冷不热的表情，他心中又很是恼怒鄙视。既然不喜欢潇潇，怎么又跟她有了孩子？既然跟潇潇有了夫妻之实，又摆着个脸给谁看？

“周敬煦，到书房来一下，我有话跟你说！“岳惊云冷冷地看了周敬煦一眼，起身上楼。虽然是岳潇潇强迫周敬煦在先，但他也不能眼睁睁看着自己的侄女受人欺负。以前就不说了，但现在潇潇既然怀孕了，周敬煦还是这个态度就过分了。

书房里，岳惊云没有让周敬煦坐下，而是蹙眉看了他好一阵，才开口道：“你究竟想怎样？”

周敬煦冷漠一笑：“大帅何意？这话不是该我问大帅的么？”

岳惊云忽然嘲讽一笑道：“从前我还钦佩你对结发妻子的感情，但如今我对你只有鄙视！”

“哦？鄙视？可惜大帅的鄙视没有用，如果岳潇潇也鄙视我，愿意放了我，我让你们怎么鄙视都行！”周敬煦同样报以一个嘲讽的笑容。这对叔侄根本就是同路货色，他还记得，岳惊云曾经觊觎自己的妻子。

周敬煦的态度彻底惹恼了岳惊云。他猛然站起身来，怒视着周敬煦嘴角那抹嘲讽的笑容，怒吼道：“周敬煦，你还有一点男人的责任感吗？你要是真的不喜欢她，就不要碰她！既然忍不住碰了她，就应该对她负责任！她现在怀着你的孩子，你竟然还这样对她，周敬煦，你还有点人性没有？”

“呵呵！”周敬煦嘴角一扬，仍然是嘲讽一笑，只是眼睛发红，隐隐有泪光闪烁。他同样一声怒吼道：“你怎么不去问问岳潇潇她这个孩子是怎么来的？”

岳惊云心神一震，怒容一僵，紧握双拳道：“难道不是你愿意的？这种事情，她一个女孩子，还能强迫你不成？”

“她趁我喝醉酒，穿上纤雪的睡衣，半夜爬上我的床，我恨她毁了我的清白还来不及，我为什么要对她负责？”说起这个，周敬煦就羞怒不已。又不是他愿意的，为什么要他负责任？“更何况，她，她自己不检点，婚前就与人有染，我还怀疑那是不是我的孩子呢！”

岳惊云大为震惊，当即怒道：“不许你诋毁她的清誉！”

“清誉，岳潇潇她有清誉吗？”周敬煦一声讥讽，总算出了心中一口恶气。

“你——”岳惊云猜到可能是潇潇没有落红，心里也有些站不住脚，但他是潇潇唯一的亲人，他都不维护她，还有谁来维护她？“潇潇酷爱运动，又曾随我习武，即便没有落红，也不表示她不贞洁……”

“原来我们英明神武的大帅就是这样护短的？”周敬煦冷笑一声，“她自己都承认了，大帅又何必一味帮她隐瞒维护？”

岳惊云握紧了拳头，心中恨极，却不知道该恨谁。潇潇怎么会在婚前与人有染？是她自己愿意的，还是被人欺负的？“潇潇不是随便的女孩子，可能在国外她受了人骗，你们既然已经做了夫妻，你就大量一些，原谅她吧！你自己之前也不是干干净净的，有什么资格责怪她？”

“岳惊云！”周敬煦怒吼一声，“护短也不是这样护的！只有你们岳家是这家风，才不将贞节当回事！我告诉你，我周敬煦这辈子在岳潇潇之前，只有过纤雪一个女人！我曾无数次为此而庆幸，为此而骄傲，可是岳潇潇，她肮脏的身体玷污了我的清白！”

岳惊云以手扶头，心中羞愧不已。虽然他也并不是滥情之人，但在认识纤雪之前，他的确跟不少女人有过短暂的情缘，相比之下，自己真的比不上周敬煦。若是可以，他也想以一个干干净净的形象站到她面前。

“对不起，我收回我的话。”

周敬煦想不到岳惊云会道歉，但还是冷哼一声表达自己的愤怒。

“她……怎么说？叶纤雪会很在意这个吗？因为你和潇潇有了夫妻之实，她与你恩断义绝了？”

周敬煦愤怒得差点跳起来。“岳惊云，你不要痴心妄想了，我虽然被迫与纤雪离婚，但她永远都是我的妻子！你不要妄想染指她一根头发！”

“你胡说什么？”岳惊云又羞又恼，仿佛最隐私的秘密暴露人前。

“我说什么大帅不知道？你不是一直觊觎我的妻子吗？”

“别忘了，你的妻子是潇潇！”

“呵呵！是啊，你们叔侄连手，逼得我们夫妻离异，一个强迫我娶她，一个觊觎我的妻子。”

岳惊云不知道周敬煦是怎么知道的，但他明白，这个时候自己不能承认。“我一直敬佩她的才华，仅此而已。我们之间是清清白白的，你不要用龌龊的想法想她，那是对她的亵渎！”

“哼！桂园外面的警卫是你派的吧？”周敬煦也是直到此刻才肯定，原来岳惊云真的对纤雪有意。这一刻，他感受到一种强大的、几乎令他窒息的危机感。岳惊云竟然真的觊觎纤雪，怎么办？他怎么抢得过岳惊云？

“不错！我担心潇潇伤害她，所以派了人暗中保护她。”岳惊云不知道周敬煦是怎么知道的，但既然他知道了，自己也只好干脆认下来。

“我的女人我自己会保护，不劳烦大帅。”周敬煦一时激怒，也不管后果。

“你们已经离婚了。任何一位未婚男士都可以追求她！”既然话都说到这分儿上了，岳惊云也就不再遮遮掩掩了。爱上叶纤雪，并不是一件见不得人的事情。

“岳惊云！你们叔侄真卑鄙！”周敬煦愤恨不已，但有一个信念却在心里越发坚定起来。要保护自己的爱人，唯有权利！

岳惊云并没有解释，因为他知道，不管自己怎么解释，周敬煦都是不会相信的。“现在的问题是，潇潇怀了你的孩子，你有责任对她好一些！”

岳惊云带着几分真挚沉声道，“因为纤雪曾是你的妻子，因为你们曾经那样相爱，所以我才没有出手。我尊重她的选择，从未曾想过强迫她什么。如果她愿意等你，愿意回到你身边，我也会祝福你们！但前提是，你不能伤害潇潇！”

看岳惊云承认了对纤雪的心意，周敬煦就再也不相信他的话了。他一定要想想办法，他不能放任纤雪母子在自己的视线之外，不然，她很可能就会被岳惊云抢走了。可是，还能怎么办呢？

岳惊云看周敬煦蹙眉沉思，以为他在认真考虑潇潇的事情，于是放软了声调，认真地说：“潇潇是我唯一的侄女，也是我公开的继承人，但她毕竟是女子，太过感情用事，我听说，你在政务院时间不长，表现却是不错。如果你愿意，就好好学习锻炼一下，以后，由你接替我的职位吧！”

周敬煦一怔，很是意外。岳惊云竟然愿意将位置传给他？他没听错吧？

“据我所知，大帅今年才二十八岁，现在就说卸任的事情似乎太早了点吧？”

岳惊云淡淡地看了他一眼，神情有些萧索，却极认真地说："当初接下这个位置，也是为了北方的稳定。做国家的统帅，从来都不是我所求的。如果有合适的人选，我会卸任的。"

周敬煦不明白岳惊云此话有几分真心，但也没有一口回绝。不管岳惊云是真的不想当大帅，还是哄他的，他都会为了这个位置而努力的。为了纤雪，为了他们的孩子，他会努力的！

汽车在大帅府前停下，周敬煦刚刚走出来，就看到岳潇潇满脸含笑地迎上来。"敬煦，你回来了！"

自从岳惊云回来，岳潇潇就仿佛有了主心骨，一下子又恢复了信心和斗志，不管周敬煦如何冷脸，始终不气馁，总是笑脸相迎。

周敬煦眉头一蹙，怒道："跑什么跑？不知道自己怀孕了？昨晚才下了雨，路上滑你不知道？"

岳潇潇怔然停下，红着眼圈儿看着他，心中涌起无限喜悦和幸福，立即将她整个身心包围起来。敬煦竟然开始关心她了！他竟然开始关心她了！虽然他板着个脸，虽然他在骂她，虽然他是为了孩子，可是，他是真的在关心她啊！

"敬煦……"岳潇潇感动得想哭，看得周敬煦眉头越蹙越深，不耐烦地低声骂道："没事哭什么哭？我妈没跟你说过孕妇不能哭吗？外面风这么大，还不快进去！"说着，他板着脸先走进大门。

岳潇潇紧紧咬着下唇，雀跃地跟着他进了屋。

第二天，在晚餐时。岳潇潇因为怀孕，闻不来一丁点腥气，又不能吃辣，所以一桌子菜大多做得清淡，让她提不起食欲来。

"想吃什么？明天让秦妈帮你做。"岳惊云怜惜地看着她，顺手给她夹了一筷子蔬菜。"吃这个吧，这个不会恶心想吐的。"

岳潇潇嘟着嘴，看着盘子里的小白菜，用筷子挑来挑去，就是不想吃。

周敬煦看着她，冷着脸骂道："你当自己还是几岁的孩子么？吃个饭也东挑西拣的？你自己不想吃不要紧，别饿着我的孩子！你看看你，有个母亲的样子吗？"

岳惊云眉头一皱，本想责怪周敬煦不体贴怀孕的妻子，不想岳潇潇一听，竟然眉开眼笑，不但高高兴兴地把盘子里的菜吃了，最后竟然又将桌子上的菜挨个吃了个遍。岳惊云一怔之后便回过味来，敢情这已经算周敬煦对潇潇的最好表现了？他的脸越发阴沉下来，潇潇过的这是什么日子啊！被人家骂了一通，反倒眉开眼笑的。

岳潇潇没有想那么多，她只是看到了幸福的希望，所以整个人都显得神采奕奕的，眉间眼角都是幸福。周敬煦暗自鄙夷岳潇潇，也鄙夷自己。岳惊云暗自叹息，原来潇潇那丫头是这样容易满足的啊！既然她觉得这就是幸福了，他这个当叔叔的也不好多说什么了。

这天傍晚又开始下雨，寒流跟着奔袭而来，气温再次下降。周敬煦洗漱以后依旧抱着枕头被子扔到沙发上准备休息。在大帅府，他虽然被迫与岳潇潇同室而居，但一直睡沙发，从未上过岳潇潇的床。

岳潇潇站在沙发跟前，犹豫良久，到底小声开口道："天气越来越冷了，你还是到床上睡吧！"

周敬煦闭上眼睛，只当没听见。岳潇潇缓缓走到沙发跟前坐下，周敬煦立即绷紧了身体，却保持沉默。"你要是实在不肯与我同床，我来睡沙发就是。你白天还要上班呢！要是着凉了怎么办？反正我现在又不上班，白天还可以睡的。"

周敬煦冷冷地瞥了她一眼，看她低眉顺眼的，跟个小媳妇一样，不知道的还以为他欺负她了呢！可是天知道，这个女人有多么恶毒无耻。不过……

"让开！"周敬煦低吼一声，惊得岳潇潇立即红着眼圈儿站起身来。周敬煦不理她，径自抱着枕头被子扔到床上，随后就上床躺好，关掉一侧的台灯。

岳潇潇一愣，许久才露出一个笑容来。她缓缓走到床边，轻手轻脚地抱了自己的枕头和被子要去沙发上睡。

周敬煦本来已经闭上眼睛了，却忽然出声骂道："你发什么神经？我睡沙发会感冒，你身体能比我好？你想生病我懒得管，可是你不要让我的孩子跟着你受累！"

岳潇潇激动得几乎无法相信自己的耳朵。他的意思是愿意与她同床共枕了么？

"敬煦，你是说我也可以睡床上么？"

周敬煦忽然坐起身来，愤恨地瞪着她道："不要装得跟个小媳妇一样！我们之间到底谁欺负谁你心里清楚！还有，你离我远一点，不许碰到我的身体！"

"好……"岳潇潇赶忙擦去眼角激动喜悦的泪水，迅速上了床，隔着两尺远的距离侧身看着他的后背，久久无眠。

叶纤雪和颜弈博试音之后，给了他一些指导，第三日就开始正式录音。颜弈博音色很好，音域也广，吸气换气、对细节的处理等等都很到位，比起萧明远有过之而无不及，令纤雪惊喜不已。

唱片录制成功，等着下厂翻录制作。这个时候，纤雪的广告攻势已经开始了。

因为有叶纤雪与颜弈博合唱，又是演唱一首成名曲，因此众人都对这张唱片的发布报以十二分的期待。纤雪对艺名为“洪飞扬”的男歌手的具体消息三缄其口，很是神秘，却引得各大报社电台的记者们好奇不已，时常守在电影公司外面偷拍他的照片。

于是，周敬煦京都第一美男子的桂冠自然易主，落到这位不知底细，却俊美得好似谪仙的神秘美男子洪飞扬身上。

玉玲珑看着各家报纸上对颜弈博的不同猜测，不由咂舌。“叶小姐，您真是厉害！我算服了你了！难怪之前您怎么都不肯将飞扬的照片给他们呢！”

“呵呵，这没什么。人往往都是这样，你越是保密，他们越是好奇。”这种事情，纤雪见得多了。不过，要让一个人成名，最快的方法就是绯闻了。

“玲珑，你介意有绯闻吗？”

“嗯？”玉玲珑不解。“我想让飞扬尽快成名，而最简单的办法就是绯闻。如果你不介意的话，我安排个机会，让你们两个在公众面前暧昧一下，然后关于你们俩的绯闻就会满天飞了。人们就会关注他，等唱片和电影出来，人们出于好奇，就会购买观看。”

纤雪说得随意，因为这在她的前世，实在是太常见不过的戏码了。可是玉玲珑听了，却有些犹豫。她从前风闻就不好，如今好不容易有一点点玉女的名头，开始得人尊重，她怎么舍得破坏自己的声誉？

纤雪一看她的神情就醒悟过来，连忙道歉：“是我考虑不周，忘了现在不同往日。好了，你也别为难了，这件事情，还是让我来做吧！”

第三十八章 绯闻漫天

不过，得先跟颜弈博说清楚，要不然让他误会就麻烦了。纤雪找来颜弈博，把自己的想法跟他说了一遍。对于靠绯闻出名，颜弈博一听就很反感，但随后听纤雪说她愿意充当他的绯闻女主角，他立即改变了主意，含笑点头道:“一切听从叶小姐的安排。不过，这样对您的名誉……”

颜弈博从未想过，人还能靠绯闻出名的。更想不到的是，她竟然愿意牺牲她自己的名誉来成全他。难道，她心里对他也有意?

纤雪不以为意地摆摆手道：“我是个离过婚的女人，暂时也不想嫁人，有个绯闻也没什么。”也省得岳潇潇找她麻烦。

第二日午后，两人便大大方方地到一家上好的西餐厅喝咖啡。

纤雪前世也喝咖啡，但说不上很喜欢，正好颜弈博留学国外多年，对这玩意儿也有点兴趣，两个人坐下来，咖啡没喝几口，倒是谈了一些颜弈博在国外的学习和生活。

纤雪前世走的国家多，各地人文风俗地理都有一定了解，两个人倒是越说越投机，说到见解一致时，就会心一笑。

颜弈博对叶纤雪的见闻博学，不禁刮目相看。他对她的音乐才华已经是佩服不已了，后来又见到她的宣传手腕，更是赞叹不已，到如今，他已经无法用语言表达自己对她的崇敬之情了。

一个女人，似乎也没有读多少书，没有出过国，怎么就能这样聪明，这样博学呢? 虽然一开始说了是做戏，但不知不觉中，颜弈博望着纤雪的目光就变成真挚的仰慕。

记者很快得到消息，将两人脉脉含情相互凝视的场面快速捕捉下来，而后才在叶纤雪猛然发现以后的愤怒中道歉，答应不会将照片发到报上，也不会胡乱猜测他们的关系。

纤雪这才放那些被自己利用，却毫无所觉的记者离开，而后对颜弈博灿然一笑："任务完成了，可以回去了。明天开始拍片，你回去准备一下吧，我也回家陪儿子去了。"

颜弈博笑若春风，起身道："绅士怎么能让一位女士单独回家呢？我送您回去吧！正好，弈博也想看看小天才是什么样子的。"

纤雪一想，既然演戏，就演到底吧！让他送回家，记者们就更有"证据"了。颜弈博第一次去叶家，不好空着手去，于是两人一路招摇过市，买了不少小孩子的衣服和玩具，散步回家。

崔月眉看到女儿竟然将一个男人带回家来，还有说有笑的，心下狐疑不已。难道这么快女儿就变心了？自己的女儿应该不是这样的人啊！可是，她看起来跟那个颜先生真的很熟悉的样子，说话也不像普通朋友那样客套。而更加重要的是，这位颜先生看起来真的很不错。不仅仅是那出众的容貌，还有他举手投足间那份气度，绝对出身百年世族之家。不过，这位颜先生看起来怎么有些眼熟？

纤雪看母亲总是偷偷打量颜弈博，不由轻笑道："妈妈是不是觉得这位颜先生有些面熟？"

崔月眉瞪了女儿一眼，有些尴尬。叶纤雪抱着母亲的腰，将头搁在她肩上撒娇道："呵呵，没有关系啦。弈博是我难得的知己，不会介意的。妈妈，我跟您说，您可别告诉别人。弈博就是这段时间报纸上猜得沸沸扬扬的那个洪飞扬！弈博出身齐鲁颜氏家族，留学国外多年，洪飞扬是他取的艺名。"

崔月眉恍然大悟，难怪觉得面熟呢！原来在报纸上见过。不过，看他本人竟然比在报纸上出色百倍。可是，雪儿说什么？他们是难得的知己？这个……男人和女人，能做一般的知己么？

这时，林嫂将周翊安抱过来，纤雪抱着儿子亲了亲，然后才抱给颜弈博看。颜弈博找出刚刚买的拨浪鼓转动两下递给他。周翊安不认生地接过来，心里高兴，冲着颜弈博就叫着："爸爸，爸爸……"

纤雪脸一红，立即往他小屁股上打了两下，羞恼地骂道："臭小子，看到年轻男人就叫爸爸，我怎么教你的？"

因为学会了叫爸爸，周翊安便时不时地叫一声，纤雪无奈，只好拿了周敬煦的照片教他认。没想到这臭小子竟然看到年轻英俊的男人就叫爸爸，害得她都不敢抱他出门。这两天骂了他几次，也没让他看照片了，本来以为这小子已经忘记了呢，想不到这家伙死性不改，竟然记得牢牢的。

纤雪真是欲哭无泪，只能尴尬地对颜弈博道："抱歉，孩子太小了，不懂事。"

颜弈博轻笑着摇头，温柔地看着周翊安道：“孩子需要父亲。如果您愿意的话，弈博非常乐意扮演这个角色。”

纤雪笑容一僵，打了个哈哈道：“这个就不麻烦颜先生了，翊安的父亲很爱他，也时常回来看他的。他不会缺少父爱的。”

颜弈博点点头，神色如常地说：“如此就好。”

很快，颜弈博就告辞离去，崔月眉立即上来盘问女儿这个颜弈博的事情。她看出来了，这位颜先生对女儿有意。听起来，这位颜先生出身不错，又学识渊博，与女儿倒是相配，只是他竟然是女儿公司里的男演员，这一点让崔月眉不太喜欢。演员、戏子，向来不是让人尊重的职业啊！

第二天，报纸上就刊登出叶纤雪与飞天电影实业公司旗下新签约的男演员洪飞扬含情脉脉的照片，下面对两人的关系进行了猜测。从两人合唱一首情歌开始，到叶纤雪对洪飞扬的宣传包装，到两人共同喝咖啡相谈甚欢，处处影射这位离异的音乐天才，是不是找到了人生的第二个春天。

第一大早看到报纸，有两个男人都恨不得立即飞过去问清楚，特别是周敬煦。难道纤雪因为岳潇潇怀孕，不肯原谅他，所以放弃他了？他看着报纸上洪飞扬的照片，越看越刺眼。那个洪飞扬不但长得比自己好看，而且纤雪竟然望着他笑得那样温柔。

周敬煦心里又痛又怒，他都委屈自己应付岳潇潇了，眼看过不了多久他就可以成功了，纤雪怎么会在这个时候背弃他？如果他得到了一切，却失去了她，权势于他又有何意义？

周敬煦强自压抑着跟个没事人一样去政务处上班，然而心里一直记挂着报纸上那张照片，又急又痛。刚刚坐下不久，母亲就打电话过来，询问报上这是怎么回事？

虽然他与纤雪已经离婚，但无论是他还是父母，始终认为以他们的感情，离婚不过是暂时的，他们迟早都是要复合的。既如此，他们从未想过纤雪会与别的男子有暧昧。

但此次却是不同。

这一次，有照片为证，所有人都看得清清楚楚明明白白，纤雪真的是含情脉脉地与那个男子对视着。而那个男子，又确确实实比周敬煦好看。如此，让两个老人好生不安了。

周明翰道：“早知道她这么快就要琵琶别抱，当初就不该给她那么多商铺和电影公司做补偿。竟然用我们周家的钱去讨好小白脸，实在可恨！明天你就去把翊安给我抱回来，跟着那样一个母亲，说不定还带坏了我的乖孙子！”

所以魏清婉打电话过来问儿子：“究竟怎么回事？你们分开才多久，纤雪怎么就跟别的男人好上了？”

尽管自己心里也很不安，周敬煦还是安慰母亲道："妈妈，您别担心，这张照片不代表什么的，不过是记者拍摄的角度问题，纤雪跟我说过，那个洪飞扬只是电影公司的演员而已。"

"可是，老板和演员怎么会单独出去喝咖啡？而且你看纤雪那个笑容，就是在我们家，也难得见到她这样的笑容！还有，纤雪竟然带着那个洪飞扬买了一大堆婴儿用品还把他带回家，这是什么道理？"魏清婉说一句就忍不住看一眼报上的照片，越看心里越堵。

"妈妈，他们只是朋友而已。"周敬煦的声音低下来，这样的话，连他自己都不相信。妈妈说得不错，那样灿烂的笑容，纤雪就是在周家的时候也难得显露一次。"妈妈，下班后我去看看纤雪，等会儿你打电话到大帅府，就说让我回一趟周公馆。"

"好。你跟纤雪好好说说，虽然你们离婚了，但当初确实处于无奈。再说，我们周家也算对得起她了。那个电影公司可是为她挣了不少钱吧？人不能这样薄情啊，你们分开才多久……"

"我知道了，妈妈，您别说了。"

周敬煦匆忙挂了电话。他心里原本就不踏实，实在有些听不得这些。

而同一时间，岳康正着急地在岳惊云跟前转来转去。"大帅，你看你看，你还说叶小姐一两年内不会对别的男人动心。结果呢？这才多久，就出了一个洪飞扬。不过，这个洪飞扬也实在太好看了一点，你说怎么会有这样好看的男人呢？唉，这可怎么办才好，但凡女人都是喜欢俊俏的男人，想不到叶小姐也是这样的人……"

岳惊云有些头大地揉了揉额角，叹道："岳康，你不要再转了好不好？我都跟你说了不用担心的。你怎么就是不肯相信我呢？"

"大帅，您怎么就一点不担心呢？你不是喜欢叶小姐吗？眼看她就要被别的男人抢走了，你还坐在这里……"

岳康觉得自己是标准的皇帝不急太监急。不！呸呸呸！他才不是太监！

"我说过了，她若是这样肤浅的女人，那也就不值得我爱了。岳康，你对我有点信心好不好？我会看上那种肤浅的女人么？虽然照片上看起来两个人的确是脉脉含情的，但眼睛看到的未必是真相。或许那个洪飞扬真的对叶纤雪有心，但纤雪对他绝对只是朋友之情。"虽然照片的确很刺眼，但冷静下来，岳惊云却忍不住露出自豪的微笑。

"您怎么就这样肯定呢？难道您一直跟叶小姐有联系？不对呀，您要是跟叶小姐暗通款曲不可能我不知道啊。"岳康由疑惑到喃喃自语，怎么都想不明白大帅的自信是从哪里来的。

"我说了叶纤雪不是这样肤浅的女人。她从来都不看重人的相貌和权势，估计是那个洪飞扬在某一方面真的有才吧，不然不会让她另眼相看。不过，也只是朋友而已。你始终不明白她这个人。她若真的跟那个洪飞扬有什么，是绝对不会让记者给拍到照片的，更不会大大方方地跟着洪飞扬逛街买东西还把人带回家。”岳惊云摸着下巴，沉思道，“结合她这段时间的宣传手段来看，多半是为了扩大洪飞扬的知名度吧！毕竟这是个新人，比不得玉玲珑之前就在上流社会颇有名气。”

不过，牺牲自己的名誉成全一个新演员，她可真舍得。想到这里，岳惊云还是忍不住心里泛酸。岳康将信将疑，还是不放心。“万一您要是猜错了呢？我看，您最好找个时间去看看叶小姐吧！”

对这个提议，岳惊云欣然点头：“也好，趁我现在还在京都，的确应该多找机会与她见面的。可不能让她忘了我……”不过，今天周敬煦肯定是忍不住要去的，如果他也这个时候过去，会不会让她觉得好烦？

岳康总算松口气道：“那我这就去安排。”

“不了，”岳惊云叫住他道，“不用特意安排。”他得好好想想，时机是否成熟。

崔月眉看着报纸又怒又愁，没凭没据的，报纸怎么能这样乱说呢？败坏了女儿的名誉，女儿将来还怎么嫁人啊！叶清源也微微蹙眉，但想了想，最后却道：“雪儿向来聪明有主见，你不用担心。如果她不是真的喜欢上这个洪飞扬而失了分寸，那就是她有意为之了。”

崔月眉想起颜弈博的绝世风华，不由得忧心忡忡地说：“那个孩子，我看着真的很不错，风华气度，绝不是一般家庭能教养得出来的。我就是担心雪儿会动心……”

“女儿的事，我们还是少管吧！她自有主张的。”叶清源劝慰妻子，其实心里也是一样的担心。那个洪飞扬目前看起来还不错，但到底是个演员，知人知面不知心，谁知道那是个怎样的人啊！万一女儿受骗，岂不是名誉尽毁？这一生，可怎么过啊！

夫妻俩正在担心呢，就见蜀宝将周敬煦带进来了。

“敬煦拜见岳父岳母！”

虽然离婚了，每次来，周敬煦还跟从前一样行礼称呼。

“敬煦来了，坐吧！纤雪还没回来呢，不过估计也快了。”叶清源招呼周敬煦坐下，不用猜也知道他为何而来。

林嫂得到消息，立即将周翊安抱了过来。周敬煦已经有一个多月没有看到儿子，心里想念得紧，立即抱过来，心肝宝贝似的搂在怀中，亲了又亲。

周翊安仔仔细细看着周敬煦好一阵，忽然叫了一声“爸爸”，然后就伤心地哭起来。周敬煦小心地哄着他，一会儿抱着他在屋子里转圈儿，一会儿用玩具逗弄他，又时不时地亲亲他的小脸小手，总算将儿子安抚下来。但他一直没弄明白，儿子为什么会哭得这样伤心。周翊安又抽泣了几声，搂着周敬煦的脖子，也凑过去在他脸上亲了亲，连带着将自己的眼泪鼻涕口水全都抹在周敬煦脸上，口中仍旧委屈地叫着："爸爸，爸爸……"

其他几个大人很快明白过来，一个个都忍不住背过身去，心酸不已。

纤雪回到家，见到的正是这对父子抱头痛哭的心酸场面。她的心不可抑制地变得沉重起来，而后是浓浓的酸涩，揪得一颗心生疼。

"怎么了？"纤雪缓缓走过去，轻轻拍拍儿子的小屁股。周翊安看到母亲，本打算扑过去的，后来仿佛想起什么来似的，又回头巴着周敬煦不放。妈妈会打人，而且爸爸很久没有看到了。只有这个爸爸，叫着的时候不会挨打。

"雪儿，你带敬煦回房去谈吧！"崔月眉轻轻拭去眼角的泪痕，勉强笑道，"敬煦留下吃了晚饭再走吧，我去做饭！"

周敬煦抱着儿子跟着纤雪来到她的房间，刚进门就想抱她，然而看着怀中的儿子，同样舍不得抛下。

"纤雪，你……你在怪我么？"

"嗯？怪你什么？"纤雪将儿子抱过来扔到床上，又去洗手间弄了一条湿毛巾递给周敬煦擦脸。

周敬煦一直跟着她转，却不敢直接问她关于洪飞扬的事情。然而，他不问，并不表示纤雪就不知道他想问。

"岳潇潇怀孕了，这段时间我对她也不像从前那样挖苦讽刺。我想明白了，只有权势才能保护自己，保护我所爱的人。纤雪，你等着我好不好？不用很久的，最多三五年，我一定把你们母子堂堂正正接回去的。"

叶纤雪一听就明白，但同时也有些伤心。他今天过来，很明显是心里不安，他不相信她，他相信了报纸上的绯闻。而更让她伤感的是，他到底走了那一步，为了权势，他打算出卖自己了吗？他开始对岳潇潇妥协了，他怕她误会，所以他自己先坦白。

"敬煦，我明白你的处境，我也不会阻止你的决定，我只有一句话给你。"她冷静下来，认真地看着他道。

"你说！"

"我明白权势背后都有些什么，你太过纯善，白玉无暇，一头栽进权势的泥沼势必会弄脏了自己。可是，身上有些污秽不要紧，但切莫迷失了你的本性。"

周敬煦听她这么一说，总算放下心来。他轻轻拥着她道："你放心，我爱你的心意永远都不会变。"

第三十九章 对峙

纤雪勉强地点点头，知道他其实并没有完全明白自己的意思。他的可贵，难道只是对她的这一片真心么？或许是心情好，或许是崔月眉的手艺实在太好，总之这顿饭周敬煦吃得特别开心，特别满足。直到外面一片漆黑，他才起身，不舍地告辞离去。

纤雪将他送到大门口，叮嘱了一句："自己保重！若遇到难以决定的事情，就问问自己的心，你最想要的是什么，而哪些又是不能抛弃的。"

"我知道了。你不要担心，照顾好自己和孩子，好好等着我就是了。"周敬煦匆匆拥抱了她一下，在她额头轻吻了一下，就开车离去。

周敬煦没有直接回大帅府，而是去周公馆取了一盒母亲特意让人腌制的酸梅，这才返回大帅府。时间已经有些晚了，岳潇潇吃了晚饭，坐在卧房的沙发上，正在学着织毛衣，可惜实在手生，速度慢不说，姿势还极其难看。

周敬煦进门来，脱掉大衣，冷冷地将食盒递给她道："我妈给你腌的。"

岳潇潇惊喜地接过来。竟然还有礼物！她轻轻抚摸着自己微微隆起的小腹，暗道：这个孩子真是个福星啊！自从有了他，婆婆和敬煦对自己的看法就逐渐改变了。她本来还想等叔叔回来将那天趁自己喝醉迷奸的陈子荣的儿子陈鼎轩碎尸万段的，结果敬煦对她一日日在慢慢改变，让她的心也跟着变柔了不少。心里暗想，罢了，那人毕竟是自己孩子的亲生父亲，就暂时饶过他吧！

周敬煦去浴室洗漱之后，岳潇潇坐在沙发上，打开食盒拈了一个梅子放在嘴里，酸酸甜甜的，的确可口。今天早上看了报纸，她就知道敬煦必定是忍不住要去看望叶纤雪，但既然他愿意花心思哄她，她就当自己不知道吧。

周敬煦洗漱好出来，皱眉道："这么晚了，还不睡觉做什么？"说着，他已经上了床，准备熄灯。岳潇潇满脸喜悦地放下毛线针，很快上床躺下。

一切归于平静。在岳潇潇楼下，岳惊云轻轻打开房门，岳康立即闪了进来。“怎么样？”

岳惊云小声道。“周敬煦下班以后径直去了桂园，晚饭后才离开，又去周公馆转了一圈儿。”

岳惊云点点头，又轻轻叹息了一声。周敬煦这人的确不简单啊！他心里还舍不下纤雪，看到这样的报导去找她问个清楚也没什么，他只是担心此人这段时间对潇潇表现出来的几分关心都是假的。

《倾国倾城》已经正式开拍，剧组所有人都很忙碌，纤雪这个总导演兼制作人自然更是忙得连喝口水的时间都没有。今天要拍的内景在宫城。

好在之前他们都在电影公司的内景室试拍过，倒是没有浪费太多时间。他们按照场景不停转换剧情，对演员的要求非常高，然而令纤雪非常意外的是，颜弈博的表现真的是无可挑剔，与玉玲珑配合相当默契。她忽然想，如果玉玲珑愿意与颜弈博暧昧一下，等片子出去，所有观众都会相信他们是天生一对的。

真是两个天才的演员啊！自己的运气怎么就这样好呢？今晚要拍几个夜景，纤雪跟父母说过了，晚上不回家。不只是她，今晚剧组的相关人员全都要加班。大家聚在一处用了晚饭，稍稍休息了一下就开工了。或许是昨夜没有睡好，今天又加班，纤雪只觉得头越来越晕。她强忍着没有告诉别人，一直坚持着，直到清早拍完计划好的最后一个镜头。

“不舒服？”颜弈博连戏服都没有脱就立即跑到她身边。刚才拍戏的时候他就一直用余光注意她，早就发现她有些不对劲了。为了不影响她的拍摄计划，他也才强忍着跑过来的冲动，努力演好每一场戏。

“不要紧，昨晚没有睡好，今天又累了一点。”纤雪笑笑，借着他的手臂站起身来，却不想双腿忽地一软，身体就直往下滑。

颜弈博赶紧扶着她的腰，继而将她打横抱起，一面往外跑一面叫道：“黄师傅在不在？快，送叶小姐去医院！”

纤雪只晕了一下，很快就醒过来，只是浑身乏力，还有些头晕脑胀的样子。她挣扎着下来，自己上了车，又催着颜弈博回去换衣服。“我不要紧的，只是有点累，需要休息。医院就不用去了，黄师傅送我回公司去吧！”她想好好睡一觉，但这个样子回家妈妈肯定要担心的。还是回公司睡好了，傍晚再回家，脸色一定就会好多了。

“不行，必须去医院！”颜弈博强势地钻进汽车，又对开车的黄师傅道，

"别听她的，去医院！"

"飞扬，真的不必去医院啦，你不要大惊小怪好不好？"不就是缺少睡眠么？大不了还有点贫血，就算去了医院也没什么用，这个是需要慢慢调理的，她的身体她还不知道么？

"必须让医生检查一下，否则我不放心。黄师傅，快开车，去医院！"颜弈博对叶纤雪从来都没有员工对老板的谦卑感，或许是叶纤雪给他的感觉更像朋友和同事，所以他不自觉地也将她当成朋友和爱人一般关心保护着。

黄师傅看了看满脸无奈的叶纤雪，无声地笑笑，立即将车开往医院。经过一系列检查，倒也没查出什么大毛病，只是感冒了，有些低烧，另外，贫血有些严重。纤雪累得不行，头重脚轻，来到病床上立即就躺下睡觉了。临睡前只有一个吩咐：不许告诉她的父母！

颜弈博换掉戏服，主动留下照顾她，其余人等看着他暧昧地笑笑，各自回去休息。

周敬煦在第一时间就得到消息，给秘书交待了一下，立即就赶往医院。自从纤雪和颜弈博的照片上报以后，他就在电影公司找了几只眼睛"照顾"纤雪，想不到这么快就传回了这样重要的消息。

纤雪怎么会晕倒呢？她和那个洪飞扬真的没有关系？周敬煦心急如焚，急匆匆开车来到医院。推开门进去，正好看到颜弈博想叫醒纤雪起来吃药，纤雪要睡觉，怎么都不肯起床。

"你还在发烧呢，不吃药怎么成？不要任性了，吃了药再睡吧！"颜弈博将药和水杯放在床头的柜子上，顺势扶着她起身。

"我身体很好的，这点小感冒哪里需要吃药？是药三分毒，药吃多了也不好，会形成抗药性的。你让我好好睡一觉就好了嘛，我保证，到傍晚的时候就好了。"纤雪闭着眼睛，只觉得头晕乎乎的很难受。

"不行，必须吃！"说着，颜弈博就捏着她的下巴，将药片扔到她嘴里，然后立即将水杯凑到她唇边。

纤雪哭丧着脸无奈地喝了一口水将药片吞下去，然后立即滑下去，将被子拉到鼻子以下，闭上眼睛就要睡。

周敬煦握紧了拳头，喷火的目光盯着颜弈博曾搂着纤雪的手臂，他们竟然那样亲密？他们竟然那样亲密！那个洪飞扬的话，哪里是员工对老板说的话？分明是……不，不会是这样的，纤雪昨天才跟他说过她和这个男人没有什么的，可是……

直到这时，颜弈博才抬起头来看到周敬煦。他帮纤雪压好背角，轻轻走到门口问道："请问这位先生，您找谁？"

“我是周敬煦。”

颜弈博微微有些吃惊，忍不住细细打量了周敬煦一番。他虽然回国不久，但既然对叶纤雪动了心思，自然也调查过她的情况。他知道，周敬煦就是纤雪的前夫，周翊安的父亲。不是说他为了攀高枝，抛弃了纤雪母子吗？怎么看起来竟然像一个吃醋的丈夫？

“她怎么样了？”周敬煦看颜弈博不说话，继续问道。

颜弈博回过神来，想着无论如何他们已经登报离婚了，心里立即又有了无限底气，于是以主人的姿态道：“昨夜我们连夜拍片，她太累了，又吹了风，有点感冒。不要紧的，好好休息一下就是了。周先生不必担心。”

周敬煦悄然松了半口气，见颜弈博堵在门口不让他进去，不由得心中恼怒，蹙眉道：“请让一让，我想进去看看她。”

颜弈博寸步不让，反而沉下脸来，说：“对不起，纤雪她需要休息。多谢周先生的关心，等她醒了，我会转告的。”

周敬煦愤怒地瞪着颜弈博道：“你算她什么人？有什么资格代她说谢谢？”

颜弈博勾着嘴角一笑，带着无限深情的眼神道：“我们的关系，我以为所有人都知道了呢！”

“哼！”周敬煦看着他唇边那个刺眼的笑容，强忍着在上面打一拳的冲动，“昨天她才亲口跟我说报纸上那张照片只是为了替你做宣传。希望洪先生不要自作多情！”

颜弈博有些诧异，昨天他们见面了么？难道他们藕断丝连？还是说纤雪还爱着他？“我记得，你们已经离婚了。现在的她是自由的，所有单身男子都有追求她的权利！”颜弈博特别在“单身”两个字上加重了语气。

周敬煦强忍着怒气，锐利的目光死死盯着颜弈博的眼睛，几乎是一字一顿地说：“我与纤雪的感情不是外人可以想象的。我们离婚只是一种无奈，总有一天，我要把她们母子接回周家的。纤雪答应会等着我！希望洪先生不要吃错了药、表错了情，不然受伤的只会是你。”

颜弈博想起那首据说是在周敬煦生日晚会上即兴所作的歌曲《谢谢你》，想起他们共同的孩子周翊安，只觉得心里堵堵的。她的心还是在周敬煦身上？哪怕是他抛弃她娶了别人？周敬煦看颜弈博神思不属，立即推开他走了进去。他轻轻坐在纤雪病床前，摸摸她的额头，又用手指细细抚摸她的脸。

颜弈博紧握双拳站在一边，不甘心就这样离开，却也无力阻止周敬煦。但是，看着周敬煦在纤雪脸上游走的手指，他心里的酸涩痛楚就不打一处来。“你不要打扰她，她需要休息。”

“这里有我照顾她就好，洪先生可以回去休息了。”周敬煦缓缓收回自己的手，却没有看颜弈博一眼。

“是纤雪让我留下照顾她的。倒是周先生贵人事忙，据说您的妻子还有身孕在身，或许该离开的是您才对。”颜弈博走到床另一边坐下，如何肯就这样认输？

于是，两个人对视一眼，喷火的目光在对方身上烧出几个洞来，又同时转开目光，痴痴地盯着纤雪看。

岳潇潇放下电话，独自坐在沙发上沉默了一下。她轻轻抚摸着已经微微隆起的小腹，不知道该怎么办才好。

叶纤雪生病了，他就立即放下一切事情不管不顾地跑去医院探望，整整两个小时都没有出来。他心里还是爱着叶纤雪的么？他这些天来对自己的关怀和呵护，只是源于她肚子里的孩子？是不是只要叶纤雪存在一天，他就永远不会真心对她？

她该怎么办？

要不要对叶纤雪出手？她明白，如今他们的关系好不容易才因为这个孩子的出现而有所缓解，如果这个时候她出手杀了叶纤雪，敬煦一定会恨死她的，或许以后再也不会多看她一眼，即便是这个孩子也不能挽回什么了。可如果她不出手，就这样放任下去，自己同样得不到他的真心啊！这些天他偶尔闪现的温柔呵护让她食髓知味，是那样的激动与幸福。如果能得他倾心相爱，她就是死了也值得！对！人不为己天诛地灭，她要为自己的幸福搏一搏！不过，得撇开自己的关系，让他以为叶纤雪只是死于意外。可是，要怎么设计？又找谁动手比较好呢？

与此同时，岳惊云也从岳康口中知道了叶纤雪昏迷住院的事情。“情况如何？严重吗？”不过一天一夜不见，怎么就病了？“据说只是吹了风，有点感冒低烧，并不太严重。但是听说她的身体很不好，说是前段时间耗损得太厉害了，如果不悉心治疗，只怕会落下病根。”岳康低垂着头，几乎不敢看岳惊云的眼睛。说起来，叶小姐的身体会这样差，他也要付一部分责任。

首先是叶小姐的孩子“早产”，那很有可能是自己造成；然后，被大小姐逼婚，心情郁闷，也是自己瞒着大帅的；再到后来被人下毒，也怪他没有将叶小姐很有可能就是艾莉丝小姐的事情告诉大帅，如果大帅知道了，或许直接就将她抢回大帅府了，哪里还会中毒？

岳惊云放下笔，轻轻在心中叹息一声。

“大帅，您要不要去医院看看？”岳康小声问道。

岳惊云轻轻“嗯”了一声，没有直接作答。看是肯定要去看的，问题是什么时候去？以什么身份去？“现在，是谁在照顾她？”

“那个男演员洪飞扬，先前周敬煦也过去了。”

岳惊云忽然蹙眉，周敬煦消息竟然这样灵通，说明他一定在纤雪身边放了眼线的。

可是，潇潇也在他身边放了眼线的，他这样不管不顾地跑去医院，潇潇会怎么想？她会不会起心思对付纤雪？

岳惊云本来也不想将自己一手带大的侄女想得那样狠毒，可自从知道了她是如何逼迫周敬煦离婚娶她的，他便知道自己曾捧在手心里呵护的侄女，并不像自己以为的那样善良单纯，不得不小心防范。他当即让岳康做好防范，然后径直去了后花园。

第四十章 三男争锋

岳惊云刚刚转过玻璃花房，就看到潇潇沉着脸在贴身丫头的搀扶下，向自己走来。“潇潇，你这是要去哪儿呢？天气冷，没事就在家里吧！需要什么告诉叔叔，叔叔让人帮你买回来就是。”

“叔叔……”愤怒失望之后乍然见到亲人，岳潇潇立即红了眼圈儿，抱着岳惊云的手臂，委屈道，“您知道了么？敬煦他，他去医院看望叶纤雪了。”

“嗯，”岳惊云轻轻点头，云淡风轻地说，“刚刚听说了，怎么了？”

“怎么了？”岳潇潇嘟着嘴放开岳惊云的手臂，气怒地吼道，“他放下正事不做就去探望前妻，甚至都没有跟我说一声，您还问我怎么了？”

岳惊云淡然道：“叶纤雪忽然晕倒住院，敬煦与她夫妻一场，还有一个孩子，去医院探望她一下，有什么好奇怪的？”

“可是他们已经离婚了啊！”岳潇潇一声怒吼，总算将这些天来憋在心里的怨气吼了一些出来。

“他们是怎么离婚的，你又不是不知道。现在才来计较周敬煦的真心，潇潇，你脑子里到底在想什么？”这也是岳惊云一直不明白的。潇潇明知道周敬煦不爱自己，却非要人家娶她，现在又来在意人家的真心，真不知道她是怎么想的。若一个人的感情能转变得这样快，那这样的感情也就失去其珍贵之处了，要来何用？

“可是，可是……”岳潇潇急得跺脚，却找不到理由为自己辩解。“可是，叔叔，我心里好难过啊！为什么敬煦不能像对叶纤雪那样对我？”

“你想敬煦像对叶纤雪那样对你？”岳惊云脸色一沉，忽然间变得很不好看。

“嗯，当然。”岳潇潇点点头。当初之所以那样想要周敬煦，不就是羡慕他和叶纤雪的感情么？她爱他，爱的不就是他对妻子的忠贞么？如今她成了他的妻子，当然想要他的真心呵护。

岳惊云长长地叹息一声道："若你只是想他对你好一点，夫妻俩相敬如宾，只要你今后好好表现，真心以待，又有了孩子，过得几年，也不是没有可能。但是潇潇，如果你想他像对叶纤雪那样对你，我劝你还是别做梦了，那几乎是不可能的。"

"叔叔！"岳潇潇一声惊呼，无法接受这样的事实。难道她费尽心思到头来除了伤心什么都得不到么？不，她不能接受这样的结局！是的，现在周敬煦不爱她，可是如果叶纤雪不在了呢？他没有了最爱的人，就会将目光放到她身上了吧？

"潇潇，不要告诉我，你竟然从没有想过这样的结果。"岳惊云也变得认真起来。潇潇从来都不傻，这一次怎么会做出这样冲动愚笨损人不利己的事情来呢？

岳潇潇不是没有想过，但陈子荣的话及时打消了她的顾虑。陈子荣说，只要他们结了婚，敬煦与叶纤雪就会产生矛盾，感情就会破裂，敬煦就会看到她的好，就会爱上她的。那个时候，她从未想过事情会变成现在这样。

"我，叔叔，我也想去医院看看……"

闻言，岳惊云立即皱眉："你去看什么？"

"既然敬煦那么紧张她，可能她病得真的很严重吧？我去看看她表示一下关心也不成么？"岳潇潇低着头，拉着岳惊云的袖子轻轻晃了晃，"我想让敬煦知道，我也不是那样小气的人嘛！"

岳惊云细细地看了看她，略沉思了一下，便点头应下："我陪你一起去吧！"

这一次算是岳惊云正式出行，有亲卫队开道，一路威武而招摇地来到医院。岳潇潇最喜欢这种高高在上的感觉，既然是去看望丈夫的前妻，自然不能落了自己公主的面子。医院的院长带着几十名医护人员到大门口恭迎大帅亲临医院检查指导，虽然不必像从前皇帝出巡那样跪地相迎，但骨子里的畏惧其实如出一辙。

岳惊云很亲切地握住院长的手道："惊扰了大家的工作，是本帅的不是，请诸位医生护士各自回自己的工作岗位吧，不要因为本帅影响了医院的正常秩序。"

"多谢大帅！"毕竟医院比不得其他部门。医生护士们也不客气，鞠躬行礼，陆续离开。等人都走得差不多了，岳惊云又对院长道："院长如果有暇，还请陪本帅走一走，参观一下，看看医院的设施设备环境卫生等情况吧！有什么困难，也不必客气，跟本帅说说，改善民众的医疗卫生条件是本帅义不容辞的责任。”

“大帅为国为民，实乃北方之幸！大帅，您这边请！”老院长带着岳惊云四处参观，走了急诊室、手术室、治疗室、药品储藏室等等，最后才往住院病房而去。

而潇潇下车后就与岳惊云分道扬镳，立即赶往病房了。岳康在前开道，岳惊云认真听取了院长的汇报，也提出了自己的看法和建议，丝毫不露个人情绪，仿佛真的是计划好了过来参观指导一般。到了住院部，岳康才回来小声禀报导：“大帅，大小姐看望叶小姐去了，您要不要也过去看看？”

岳惊云“哦”了一声，转身看着老院长道：“不知道叶小姐什么病？严重么？”

叶纤雪也是上流社会的名人，其父叶清源与老院长更是莫逆之交，自从纤雪进院，他就一直关注着，见岳惊云过问，立即答道：“可能吹了风，有点风寒感冒，发了低烧，又连夜拍戏，没有休息，这才拖严重了。那孩子也是……唉！近一年来因为身体一直不太好，这次检查，我们发现她贫血很严重……”

岳惊云想起纤雪近一年来经历的生产，手术，离婚，中毒，舆论攻击等等，心里不禁有些酸涩难受。她所受的这些苦，多多少少都跟自己有些关系，的确是他愧对她啊！爱一个人不是应该用尽一切力气保护她的么？他怎么会让她受这么多伤害呢？他做得还远远不够啊！

“她的身体，需要好好调理吧！”岳惊云淡淡地说了一句，虽然极力掩饰了，其实还是能听出些关切的意味来。只是老院长心情有些紧张，所以才没注意到。

“药食调理是一个方面，最好能疏解她胸中郁闷，调理好睡眠，这样才能见效。”老院长顺着岳惊云的话往下说，但刚开了个头他就回过神来，大帅不过随意问一句，自己说这么多做什么？

眼看前面就是纤雪的病房了，岳惊云虽然着急，还是一间一间看过去，慰问了几位重病病人，特别跟前次南北战争中受伤在此调养的几位中低级军官说了好一阵话，耐心询问了他们的伤势愈合状况，以及家里面的情况，倾听他们的心愿等等，让陪伴的老院长及两名医生很有些感动。

他们的大帅真是亲民的大帅啊！

终于来到叶纤雪的病房，可惜里面人虽多，气氛却不怎么好。

老院长引着岳惊云进去，只见叶纤雪躺在床上，颜弈博坐在她身边。周敬煦铁青着脸站在床前，岳潇潇浅浅含笑站在周敬煦身边，正柔声道：“知道叶小姐没什么大碍，我和敬煦也放心了。叶小姐你不知道，听说你突然晕倒住院，可把我们敬煦急坏了，丢下工作就跑过来了。”

纤雪冷笑一声道:“是嘛?那可实在对不住,公主殿下可以将他带回去了。别说我现在没什么，就算有个什么，也跟别人的丈夫没有什么关系。”

岳潇潇很高兴。自己这一趟果然来对了。这个叶纤雪醋性真大，自从她见到自己微微隆起的腹部开始，脸色就变了。看来叶纤雪和敬煦已经有了隔阂，只要她再加一把火，或许他们就彻底完了。

“叶小姐也不必这样绝情，毕竟是夫妻一场嘛，你生病了，敬煦无论如何都应该过来看看的。我呀，就是喜欢他的有情有义。”

没见过这样无耻的女人！纤雪讥诮地看了岳潇潇一眼，正要开口讽刺几句，就见岳惊云进门来，沉声道：“叶小姐需要休息，我看大家都出去吧，不要吵到病人。”

岳潇潇立即点头：“叔叔说得对，我们就不打扰叶小姐休息了。敬煦，我们回去吧！”

周敬煦愤恨地瞪了她一眼，冷声道：“你先出去吧，我晚点回去。”

岳潇潇脸色立变，想不到周敬煦竟然当着这么多人给自己难看，但也是因为有这么多人在，她也不好发作，只能委屈地看着岳惊云。

岳惊云淡淡地瞥了周敬煦一眼，转而温和地对岳潇潇道：“潇潇你有孕在身，不宜劳累，先回去吧！”

“哼！”岳潇潇看叔叔也不帮自己做主，只好低低地哼了一声，闷声道，“那我先回去了。”

丫鬟扶着岳潇潇出去。周敬煦却转身望着岳惊云，冷笑道：“公主殿下都走了，大帅还要留下么？怎么？要代岳潇潇监督我们？”

老院长听得直冒冷汗，不知道这位周驸马怎么就这样大胆，不给公主殿下面子也就罢了，竟然对大帅也冷嘲热讽的。

岳惊云淡淡地看了他一眼：“周敬煦，我只提醒你一句，不要忘了自己的身份。”

颜弈博想着岳潇潇的身孕，也暗自撇撇嘴，认为周敬煦真是个没有担当的男人！周敬煦又怒又恨，恨声道：“身份？我现在的身份？天底下谁人不知道我与纤雪是恩爱夫妻？岳惊云，你少在这里惺惺作态，要不是你们叔侄逼迫陷害，我和纤雪会分开么？”

颜弈博很诧异周敬煦竟然这样大胆，对他不由得又有了一丝好感，然而，此刻实在不是周敬煦逞英雄的地方。所以，他起身劝道：“感谢大帅前来探望叶小姐，只是您刚才也说了，她需要休息，请二位有什么家事还是出去说吧！”

周敬煦没好气地怒视着颜弈博，红着眼睛低吼道：“要走的是你和他！我要留下照顾纤雪！”

岳惊云淡淡瞥了颜弈博一眼，转而蹙眉对周敬煦道："走吧，这里交给颜先生就可以了。相信他会好好照顾叶小姐的。"

"岳惊云！你少在这里装好人！你会不知道这个人对纤雪的心意？你让他留下究竟是何居心？"周敬煦指着颜弈博道，"我告诉你，纤雪是我的，谁也别想将她抢走！"

"周先生，我想，叶小姐是个独立的人，她有权选择自己的幸福，我们在这里争论毫无意义。而且，现在她在生病，请你不要打扰她！"颜弈博向着两人微微鞠躬，以主人翁的姿态赶人了。

岳惊云点点头，微微一笑道："颜先生说得很好。如何选择，都是她的自由。"

接着，他看着周敬煦道："我们出去吧！不要打扰病人休息。"

周敬煦愤恨地瞪着岳惊云，不甘心就这样离开。纤雪醒来之后，他都还没有跟她说上几句话，怎么能走？

这时，颜弈博忽然道："大帅海量宽宏，令人敬佩！"岳惊云略微点点头，什么都没有说。

然而，此举却勾起周敬煦无尽的恨意。"他海量宽宏？若不是他的指使和纵容，我和纤雪能走到这一步？岳惊云，你别装出一副高尚的丑陋面孔来，你自私护短，拆散别人的姻缘，注定你这一辈子都得不到所爱之人！"

"周先生，你真是越来越过分了！说实话，我看不起你！"颜弈博也被周敬煦话激怒了。

周敬煦恼恨地瞪着他道："颜弈博，你什么都不知道，这里没你说话的分儿！"

岳惊云微微蹙眉，为难地看了看床上的纤雪，转身道："我看我还是先出去吧，不要因为我，影响了病人的恢复。"

岳潇潇出去后，纤雪本来是闭目装睡的，眼见这三个男人都要吵起来了，不得已睁开眼睛，一声怒吼道："滚——要吵出去吵！统统都给我滚出去！"

所有人都怔了一下，看着睁开眼睛，声嘶力竭的叶纤雪。她指着周敬煦和岳惊云，恨声道："我谁都不想见！你们都给我滚出去！滚啊——"

颜弈博和老院长立即抬头打量岳惊云的神色，真担心他发怒。两人不由得同时在心中哀叹，纤雪怎么就这样大胆呢？这是大帅啊！外面还有好几百背着枪的大兵呢！

这时，岳康赶紧跑进来，着急地道："报告！大帅，日本属国的皇太子在大帅府等候您的接见，您看，是不是立即赶回去？"

只听岳惊云轻轻"嗯"了一声，却神色不变地看了看病床上的纤雪，上前几步欠身道："抱歉，打扰叶小姐休息了。希望您早日康复！"

而后，不等纤雪有所表示，他便转身走了出去。陪同他前来的老院长等人立即战战兢兢地跟着出去了。周敬煦看岳惊云都走了，担心纤雪生气，想着自己如今的处境，也跟着出去了。

于是，病房里就只剩下颜弈博，以另一种惊奇的目光打量着纤雪。这个天才女子越来越让他惊喜了。她竟然这样不畏强权！她竟然敢指着大帅的鼻子叫他滚，这份胆量与气魄实非常人。这样的一个奇女子，叫他如何不爱？

"你也回去休息吧！我想一个人静一静。"纤雪重新躺好，疲惫地闭上了眼睛。

"好！我回去帮你熬点粥带过来。还是不告诉叶伯父叶伯母吗？"颜弈博知道她是真的累了，不但身体累，心也累。自己留下也没什么用，她需要好好休息。

"嗯，别告诉他们。"纤雪闭着眼睛答了一句。

颜弈博帮她整理了一下被角，立即起身出去，并随手轻轻带上门。病房里立即安静下来，静静的，似乎只能听到自己的心跳声。纤雪迷迷糊糊中刚刚睡着，忽然感觉脸上有些痒痒的，似乎有人轻触自己的脸，她眯着眼轻轻掀开一条缝，立即又闭上，却在心里长长地叹息一声道——"哎！爬墙很好玩么？"

岳惊云勾着唇角一笑："难道你喜欢我先前那样大摇大摆地来看你？"

纤雪有些无语，这个男人，还是大帅呢，怎么就这样无赖呢？

"刚才不是看过了么？又何必回来打扰我休息。"

"刚才那怎么能算正式的探望呢？更何况，我刚才的出现引得周敬煦生气了，打扰你休息，得亲自跟你道歉啊！"

先前那样仪式隆重都不算正式探望，难道爬墙的倒算正式了？